Katharina Gerwens

Westfälische Affären

PIPER

Zu diesem Buch

Als Thekla Wissing ihren Putzdienst in der Gründerzeitvilla des Kalveroder Bankdirektors antritt, stockt ihr der Atem: Auf dem Dielenboden, am Fuß der geschwungenen Holztreppe, liegt ihr neuer Arbeitgeber. Tot. Wie betäubt greift sie zum Hörer und wählt die Nummer ihres Mannes, Kriminalhauptmeister Markus Wissing. Doch der hat sich frisch von Thekla getrennt und keine Lust, seine Ex als Zeugin zu vernehmen. So machen sich Hauptkommissarin Annalena Brandt und deren neue Kollegin an die Arbeit und stoßen im Zuge der Ermittlungen auf einige pikante Details: Sowohl beim Verkauf von Immobilienfonds, als auch in der anschließenden Verführung und sexuellen Ausbeutung der Kundinnen war der tote Bankdirektor ein Meister seines Fachs. Die Zahl der möglichen Täterinnen ist groß. Und schließlich gäbe es da noch den einsamem Demonstranten, der sein Zelt vor der Bank aufgeschlagen hat und gegen das Finanzsystem sowie seine Vertreter protestiert …

Katharina Gerwens, geboren in Epe, jetzt Gronau in Westfalen, arbeitete nach ihrer Ausbildung zur Journalistin in verschiedenen Verlagen und ist heute als freie Lektorin, Texterin und Autorin tätig. Gemeinsam mit Herbert Schröger verfasste sie die Niederbayern-Krimis »Stille Post in Kleinöd«, »Die Gurkenflieger von Kleinöd«, »Anpfiff in Kleinöd«, »Rufmord in Kleinöd« und »Selig in Kleinöd« sowie zuletzt allein den Westfalen-Krimi »Schürzenjäger«. Sie lebt mit Mann und Katzen in Niederbayern.

Katharina Gerwens

Westfälische Affären

Kriminalroman

Piper München Zürich

Mehr über unsere Autoren und Bücher:
www.piper.de

MIX
Papier aus verantwortungsvollen Quellen
FSC® C014496
www.fsc.org

Originalausgabe
Mai 2014

Umschlaggestaltung und -motiv: Hauptmann und Kompanie Werbeagentur, Zürich
Satz: Uhl & Massopust GmbH
Gesetzt aus der Aldus
Papier: Munken Print von Arctic Paper Munkedals AB, Schweden
Druck und Bindung: GGP Media GmbH, Pößneck
Printed in Germany ISBN 978-3-492-30256-2

1. Kapitel

Immer wenn ihr Mann im Freundeskreis behauptet hatte, sie habe ein Faible für Putzmittel, hatte Thekla Wissing aufs Heftigste widersprochen. Ganz so stimmte das nämlich nicht, auch wenn sie zugeben musste, dass es durchaus Sprays, Scheuerpulver und polierende Öle gab, die ihr die Arbeit erheblich erleichterten. Warum sollte sie die dann nicht auch benutzen? Ihr Mann verstand vom Saubermachen ja ohnehin nichts, jedenfalls hatte sie ihn noch nie putzen sehen.

Seufzend wienerte Thekla die Spiegel und die großen Fenster im Gästebad des Sparkassendirektors, wie sie es jeden Montag zu tun pflegte. Außerdem ging sie ihm samstags zur Hand, wenn er Besuch von einem Freund hatte, mit dem er Schach spielte. Thekla durfte dann Schnittchen vorbereiten und Rotweinflaschen entkorken, manchmal stellte sie auch salzige Nüsschen und ein Silbertablett mit knusprigen Chips auf den kleinen Beistelltisch. Einmal hatte sie sogar ein Blümchen in einer Glasschale mit Wasser auf den Treppenabsatz gestellt – zur Dekoration. Aber der Sparkassendirektor hatte sie gebeten, derartige Eigenmächtigkeiten in Zukunft zu unterlassen. Blumen, so sagte er, erinnerten ihn zu sehr an seine Frau. Dabei hatte er sie traurig angesehen. Thekla schluckte. Was für ein sensibler Mann! Davon müsste es mehr auf dieser Welt geben.

Leider musste Herr Kalupka immer so viel arbeiten. Sparkassendirektor war in diesen Zeiten wahrlich kein einfacher Job. Ob das mit der Finanzkrise zu tun hatte, von der sie nichts verstand?

Resolut zog sie die malvenfarbenen Chintzvorhänge am Küchenfenster zur Seite. Dabei fielen ihr acht tote Marienkäferchen entgegen, die sie nachdenklich auf ihr Kehrblech fegte. Womöglich hing ihr plötzlicher Tod mit dem keimtötenden Mittel zusammen, das sie vor genau einer Woche hier versprüht hatte. Das hatte so streng gerochen, dass sogar sie die Nase kraus gezogen hatte, wo sie doch sonst überhaupt keine Gerüche wahrnahm. Angeblich lag das an ihren wuchernden Nasenpolypen, die ihr der Arzt mit einer Nebenhöhlensanierung wegoperieren wollte. Sanierung – was für ein Wort! Ihre Nase war doch kein altes Haus. Und wozu brauchte man einen Geruchssinn? Sie kam gut ohne aus. Vielleicht hätte sie ja die Dosierung des Putzmittels etwas genauer studieren müssen, aber sie hatte, wie so oft, ihre Lesebrille vergessen.

An diesem Montag waren auch ungewöhnlich viele Fliegen im Haus – ganz anders als sonst. Sie schob es auf den enorm heißen Sommer und zog im ersten Stock der Gründerzeitvilla konsequent ihren Putzplan durch.

Thekla Wissing putzte gern. Und besonders gern für diesen weltgewandten Mann, der vor etwa vier Monaten nach Kalverode gezogen war und seitdem ganz allein in diesem großen zweigeschossigen Haus lebte. Anderen gegenüber bezeichnete sie sich hochtrabend als Felix Kalupkas »Hausdame«. Die Leute in Kalverode sollten ruhig glauben, dass sie über edle Teppiche durch große Räume schritt, dabei mit leichter Hand die – leider nicht erwünschten – Blumen ordnete oder allabendlich das Küchenpersonal bei der Dekoration von kalten Platten beaufsichtigte und mit gepflegten Händen edle Tischtücher aus feinstem Leinen glatt strich.

So zumindest malte sich Thekla ihre Zukunft aus, aber noch kam sie nur ins Haus, um zu putzen. Sie war die Einzige, die einen Schlüssel zu dieser Villa hatte, in der der Sparkassenleiter vermutlich nur schlief – bis auf die Abende von Samstag auf Sonntag natürlich, wenn er mit seinem Freund beim Schachspiel eine Flasche Wein leerte. Nie mehr. Das wusste

Thekla ganz genau, sie hatte es sich nämlich angewöhnt, auch seine Vorräte zu überprüfen.

Weil Herr Kalupka sich um die Weltfinanzkrise kümmern musste, hatte er noch keine Zeit gefunden, alle Umzugskisten auszupacken. Dabei waren alle Räume, Schränke und sogar – bis auf die Schlafzimmer – sämtliche Nischen hinter den Tapetentüren dank Theklas Einsatz gleich zu Beginn ihrer Tätigkeit blitzblank geputzt worden und harrten der Dinge, die da kommen würden. Doch wenn er erst einmal richtig eingezogen war, würde der Sparkassendirektor sie sicher für immer engagieren – und sie zöge zu ihm in dieses herrliche Haus.

Theklas Mann, Kriminalhauptmeister Markus Wissing, war vor knapp zwei Monaten aus dem gemeinsamen Haus ausgezogen, angeblich, um zu sich selbst zu finden. »Was willste denn da finden?«, hatte sie kopfschüttelnd gefragt und missbilligend auf seine gepackten Koffer gestarrt, woraufhin er ungewöhnlich leise gemurmelt hatte: »Mein Leben – meinen Sinn, vielleicht.«

»Dein Leben, das ist doch hier!«, hatte sie dagegengehalten.

»Nee«, hatte er gesagt. »Das glaub ich nicht mehr. Das wär doch irgendwie zu wenig.« Dann hatte er sich einfach so zum Schuhschrank gebückt und die von Thekla blank geputzten Frühjahrs-, Sommer-, Herbst- und Winterschuhe in seine Sporttasche gepackt. Ohne Baumwolltücher dazwischenzulegen, wie sie es ihm beigebracht hatte.

»Und was soll ich den Leuten sagen?«, hatte sie von ihm wissen wollen.

»Die Wahrheit«, schlug er vor. »Einfach die Wahrheit. So was kann eben passieren, dass die Liebe geht – oder was immer es auch war.«

Ihm vielleicht, dachte sie. Ihm war das passiert. Ihr wäre das nie passiert. Er hatte sie doch geheiratet. Er hätte bei ihr bleiben müssen. Nur der Tod konnte sie scheiden.

Tatsächlich hatte sie es sich angewöhnt, bei ihren Gängen durch den Ort den Weg zur Polizeiwache im alten Amtshaus auszusparen. Dort arbeitete ihr Mann, und sie war nicht scharf darauf, ihm zu begegnen oder gar jemandem, der wissen wollte, wie es ihr und Markus gehe. Wie mochte es ihm schon gehen? Bestimmt grottenschlecht. Und das geschah ihm recht.

Von einem Tag auf den anderen war er damals in dieses Mehrfamilienhaus am Stadtrand von Kalverode gezogen und hatte sich eine Mietwohnung genommen. Thekla schüttelte sich. Das war doch nur was für ganz arme oder ganz junge Leute. Um ihn herum lauter kindliche Paare mit frischem Nachwuchs. Nicht umsonst trug das Haus mit seinen zwölf Dreizimmerwohnungen den Namen »Schneller Brüter«. Da wohnte er nun. Und wenn er in »seine« Dusche stieg oder sich auf »sein« Klo setzte, war das alles ja nicht einmal seins, sondern gehörte in Wirklichkeit einem anderen, dem er dafür Miete zahlen musste.

Thekla wusste: An einem solchen Ort konnte man nicht glücklich sein. Was aber wäre, wenn er reumütig zu ihr zurückkäme? Würde sie ihn dann noch haben wollen? Würde sie für ihn diesen wunderbaren Status als Hausdame und eventuell sogar als weltgewandte Gesellschafterin eines Sparkassendirektors wieder aufgeben? Sie las sogar schon Leute-Magazine, um mitreden zu können, und sah sich im Fernsehen Klatsch- und Tratschgeschichten an. So war sie immer auf der Höhe der Zeit, falls es zu einem gesellschaftlichen Event bei Herrn Kalupka käme.

Thekla seufzte. In achtzehn Jahren Ehe war Markus ihr vertraut geworden. Der konnte doch gar nicht mehr alleine leben! Hatte er ja noch nie gemacht! Sie würde streng zu ihm sein, wenn er zu ihr zurückkommen wollte. Nein, einfach so würde sie ihn nicht wieder bei sich aufnehmen. Ein paar Wochen müsste er auf jeden Fall zappeln. Winseln sollte er und betteln und endlich das würdigen, was er an ihr hatte. Sie war viel zu gutmütig gewesen in all den Jahren. Das würde sich ändern!

Am liebsten putzte sie Fenster: je größer die Scheiben, desto besser. Dabei hatte sie das Gefühl, als könne sie zugleich ein bisschen Licht in ihre eigene Seele bringen, denn dort sah es, wenn sie ganz ehrlich war, nicht besonders hell aus, seit Markus sie verlassen hatte.

Sind Marienkäfer nicht Glückskäfer?, hatte sie gedacht, als sie die Tiere in den Mülleimer kippte und darin einen zerrissenen dunkelroten Damenslip entdeckte. Den hatte garantiert der schachspielende Freund von Herrn Kalupka dort deponiert, um sie zu verwirren. Diese Scherzkekse. Als sei sie keine Frau von Welt. Männer! Sie lächelte.

Später, sehr viel später, würde sie behaupten, dass tote Marienkäfer nichts als Unglück brächten und dass sie das angesichts der acht toten Insekten eigentlich schon geahnt habe. Aber wem hätte sie es sagen sollen? Sie war ja allein im Haus gewesen.

Thekla Wissing war an diesem Montag wie immer durch die Hintertür, den sogenannten Personaleingang, ins Haus gekommen und hatte im ersten Stock mit ihrer Arbeit begonnen. Dort befanden sich Schlaf- und Gästezimmer sowie zwei Bäder. Profis putzten nun mal von oben nach unten. Darüber war sie sich mit der Frau vom Drogeriemarkt einig, mit der sie über Qualität und Wirkung von Reinigungsessenzen zu diskutieren pflegte. Nur Amateure begannen wahllos irgendwo, womöglich ausgerechnet dort, wo es zufällig am schmutzigsten war. Nein, man brauchte einen Plan und die Disziplin, den dann auch einzuhalten. Nur so konnte man ein Haus vom Format dieser Gründerzeitvilla systematisch sauber halten.

Nach den Zimmern und Bädern im ersten Stock wischte sie das Fischgrätparkett der oberen Diele und fragte sich, während sie sich langsam über die große geschwungene Holztreppe zum ebenerdigen Eingangsbereich hinunterarbeitete, woher die ungewöhnlich großen metallisch blauen Fliegen kommen mochten. Es war sehr still auf der Treppe. Thekla verzichtete bewusst auf Radio und CD-Player, denn ihre eleganten Feg- und Wischgeräusche sowie das selbstbewusste Zischen ihrer Sprühflaschen mit Spezialmitteln für Glas, Holz, Messing, Plastik, leichten Schmutz, Staubbeläge und hartnäckigen Dreck untermalten ihre Träume viel eindrucksvoller.

Wie gerne hätte sie in einem solchen Haus gewohnt! Aber ihr Markus war für so etwas nicht großzügig genug gewesen. Er hätte sich niemals getraut, in eine Villa zu ziehen, sondern hatte für sie und sich ein Einfamilienhäuschen gebaut, das den Rahmen seines Bausparvertrages bei Weitem nicht ausschöpfte. Alles funktional, keine Fußbodenheizung, kein gläserner Wintergarten, keine Freitreppe, die man herrschaftlich hätte hinabsteigen können. Und jetzt hockte Thekla allein in dem Nullachtfünfzehn-Haus mit Bad, separater Toilette, vier Zimmern und einem Blumengarten nebst Terrasse. Über seinen leeren Handtuchhaken im gemeinsamen Badezimmer hatte sie ihren Ehering gehängt. Den brauchte sie ja nun nicht mehr.

Die Treppe der Kalupka-Villa hatte genau sechzehn Stufen. Thekla Wissing blickte weder nach links noch nach rechts, sondern wischte hingebungsvoll nicht nur Stufe um Stufe, sondern auch die gedrechselten Sprossen und Pfosten des Treppengeländers. Dieser Vormittag kam ihr außergewöhnlich heiß und still vor, und genau das würde sie später dem Kriminaloberrat Ewald Schmeing zu Protokoll geben. »Totenstill war es an dem Tag, glauben Sie mir.«

Als sie die zweitletzte Stufe und damit das Ende der Biegung erreicht hatte, spürte sie an ihrem linken Fuß einen Widerstand. Langsam und besonders wachsam drehte sie sich um. Gab es neben den toten Marienkäfern und den hässlichen Schmeißfliegen womöglich noch andere tote Tiere? Hoffentlich keinen toten Hund, denn sie hatte Angst vor Hunden.

Ihr furchtsamer Blick wanderte an ihren stämmigen Beinen hinunter bis zu den kastanienfarbenen Baumwollsocken. Und dann erblickte sie neben ihrem eigenen Fuß eine geöffnete Hand, die Manschette eines schwarzen Seidenhemdes, das verrutschte und zerknitterte Hemd und eine neonfarbene Krawatte. Darüber den eigenartig verdrehten Kopf des Sparkassendirektors, ihres Arbeitgebers. Die Augen waren weit aufgerissen, auf seinem Gesicht krabbelten fette Fliegen. Der Tote hatte beide Hände geöffnet, als erwarte er einen Geldsegen oder als plane er, gottgleich einen fragwürdigen Kredit abzusegnen.

Es war nicht der erste Tote, den sie in ihrem Leben sah, aber er war anders tot als ihre Eltern und Großeltern, die immer weniger geworden und dann sanft und erschöpft entschlafen waren und über deren Gesichter sich ein Lächeln gelegt hatte.

Dieser Mann war mitten aus dem Leben gerissen worden, und die unfassbare Erschütterung darüber spiegelte sich noch im Tod in den Gesichtszügen. Wie versteinert starrte sie ihn an.

Später warf sie sich vor, dass sie schneller hätte reagieren müssen oder gar schneller putzen, um ihn früher zu finden – aber dadurch wäre Felix Kalupka auch nicht wieder lebendig geworden.

Als sie wieder zu sich kam, sah sie auf die Uhr. Es war genau elf Uhr und siebenundzwanzig, höchstens zwei Minuten waren vergangen. Ihr fiel nur einer ein, der sie aus dieser Situation retten konnte: Kriminalhauptmeister Markus Wissing, ihr Mann.

Nur widerwillig unterschrieb Kriminaloberrat Ewald Schmeing, der Chef der Kalveroder Polizei, den Fortbildungsantrag seiner

Mitarbeiterin Hedwig Hagenkötter. Es war bereits der vierte in diesem Jahr. Musste sie wirklich ausgerechnet jetzt ein Kompaktseminar zum Thema Öffentliche Sicherheit und Ordnung besuchen? Andererseits hatte er ihr noch nie eine Fortbildung abgeschlagen. Warum also gerade jetzt? Die Tinte aus seinem Füllfederhalter mit der goldenen Feder war noch nicht trocken, als das Telefon klingelte.

Er griff zum Hörer. »Ja?«

»Ist Markus da?«

»Ach, Thekla, du bist es. Lange nichts von dir gehört. Wie geht es dir? Soll ich ihn holen?«

Etwas an der Art, wie sie ihr »Ja, bitte« in den Hörer hauchte, ließ ihn aufhorchen. »Ist was passiert?«

»Ja.«

»Hattest du einen Unfall?«

»Ich nicht, aber …«

»Wer dann? Nun sag's schon.«

Er hörte sie weinen. »Ich glaub, mein Chef ist tot.«

»Dein Chef?« Ewald Schmeing kniff ungläubig die Augen zusammen. »Du arbeitest doch gar nicht.«

»Doch. Ich halt dem Kalupka sein Haus sauber. Seit einigen Monaten schon.«

»Hat Markus mir aber nix von erzählt«, sagte Ewald Schmeing und stockte plötzlich. »Kalupka?«

So hieß doch der neue Direktor der Stadtsparkasse Kalverode. Mit dem hatte er heute früh einen Termin gehabt, und der Typ war nicht erschienen. Seine gouvernantenhaft wirkende Assistentin im grauen Businesskostüm hatte vergebens versucht, ihn per Handy zu erreichen, und ihm, Ewald Schmeing, währenddessen so vorwurfsvolle Blicke zugeworfen, als trage er die Schuld an der Unerreichbarkeit ihres Chefs.

»Es geht nur um einen Kreditantrag«, hatte Ewald Schmeing

sie besänftigen wollen und vorgeschlagen: »Ich kann auch mit seinem Stellvertreter reden, jetzt, da ich schon mal hier bin.«

Aber die Dame mit dem hochgesteckten Haar und der Designerbrille war konsequent geblieben. »Sie stehen in seinem Terminkalender, und deswegen wird nur er mit Ihnen sprechen. Kredite sind Chefsache. Ich ruf Sie an, sobald er da ist.«

Bis jetzt hatte sie noch nicht angerufen.

Auf dem Weg zu seiner Dienststelle im alten Amtshaus hatte Kriminaloberrat Schmeing sich gefragt, ob der junge und überaus smarte Sparkassendirektor sich selbst diese Assistentin ausgesucht haben mochte oder ob ihm das Mutterhaus der Sparkasse diesen weiblichen Zerberus ins Vorzimmer gesetzt hatte. Er tippte auf Letzteres.

»Wo steckt denn mein Markus?«, holte Thekla Wissing ihn in die Gegenwart zurück.

»Du sagst, dem Kalupka ist was passiert?«

»Ja.« Ihre Stimme klang anklagend. »Und auch noch in seinem eigenen Haus.«

»Rühr nichts an. Wir kommen sofort.«

»Ich geh da nicht mit«, stellte Markus Wissing klar. »Ich kann doch nicht meine eigene Frau als Zeugin vernehmen. Nicht unter diesen Umständen. Da bin ich befangen. Echt. Das müsst ihr verstehen. Lasst mich im Hintergrund ermitteln. Ich melde mich für den Schreibtischdienst und den ganzen administrativen Kram. Vielleicht ist ja alles nur ein Fehlalarm.«

Ihm wurde bewusst, dass er seiner Thekla genau das zutraute. Ein derart dramatischer Auftritt passte zu ihr. Vor zwei Monaten war er ausgezogen, seit genau acht Wochen bat sie ihn um ein Gespräch, und in diesen acht Wochen hatte er immer wieder neue Ausreden erfunden. Jetzt hatte sie sich also einen Todesfall ausgedacht, nur um ihn zu einer Aussprache zu zwingen. Nein, den Gefallen würde er ihr nicht tun. So nicht!

Nicht mit ihm! Ewald sollte ruhig mit vollem Ermittlungsgeschütz auffahren, in der schönen Villa einer hysterischen Thekla und einem Kaffee trinkenden Sparkassendirektor begegnen und beiden eine gesalzene Standpauke halten.

Mit seinen vierundvierzig Jahren, davon bittere achtzehn als Theklas Ehemann, war Markus Wissing jedoch klug genug, all diese Überlegungen für sich zu behalten. Sollten die doch losfahren, dieser Einsatz könnte dann immer noch als Notfallübung verbucht werden. Er würde die Tür hinter ihnen schließen und in aller Ruhe die *Kalveroder Nachrichten* lesen und dann am Computer eine Patience lösen.

Ewald Schmeing wandte sich an die erst seit Mai in Kalverode tätige Kriminalhauptkommissarin Annalena Brandt, die zugleich die Tochter seines ältesten Freundes war. »Annalena?«

Die junge Frau nickte gefasst. »Ich hab schon mal die Spurensicherung und den Notarzt informiert. Für den Fall, dass der nur ohnmächtig ist – was wir alle hoffen.«

»Vielen Dank. Und jetzt fahren wir da mal hin, zu Kalupkas Gründerzeitvilla an der Hauptstraße. Der Wilfried soll auch mitkommen. Lieber einer zu viel als zu wenig.«

»Kann ich nicht auch mit?«, bat Hedwig Hagenkötter von ihrem Schreibtisch aus. »Alle sagen, dass das ein so schönes Haus ist. Ich würde es zu gern mal sehen!«

»Du bleibst hier, und über deine Fortbildung müssen wir dann auch noch mal reden. Schick den Antrag bloß nicht weg, verstanden? Die Dinge haben sich geändert.« Ewalds Stimme klang resolut.

Seit er sich mit der Witwe Zentner zusammengetan hatte, war er energischer und strenger geworden, aber auch besser gelaunt.

Hedwig Hagenkötter nickte ergeben und dachte insgeheim, dass sie den Antrag spätestens heute Abend in den Briefkasten werfen würde. Ewald war ein guter Chef und hatte ihr noch nie etwas abgeschlagen. Sie würde ihn schon noch rumkriegen. Hedwig Hagenkötter liebte Fortbildungen, und ihr Büro war mit Zertifikaten gepflastert, die sie in jeder Disziplin als Expertin auswiesen.

»Weiß Wilfried schon Bescheid?«, erkundigte sich Ewald Schmeing.

»Der holt bereits den Wagen!«, verkündete Hedwig Hagenkötter.

»So ein Blödsinn, da sind wir doch schneller zu Fuß!« Ewald Schmeing schüttelte den Kopf.

Die Eingangstür des zweistöckigen Hauses stand sperrangelweit offen. Thekla Wissing saß breitbeinig auf den rosafarbenen Marmorstufen, die von der gepflasterten Auffahrt ins Haus führten. Sie trug schwarze Leggins und ein leuchtend gelbes T-Shirt. Ihr Gesicht war fast so weiß wie die Rolle Küchentücher, in die sie hineinweinte. Sie zitterte. »Wo ist denn mein Markus?«

Der Kriminaloberrat überhörte die Frage, zog sich blaue Plastikschoner über die offenen Sandalen und stellte in strengem Ton klar: »Du hast doch wohl hoffentlich nichts angefasst?«

Sie schüttelte den Kopf. »Ich pack da nix mehr an!«

»Dann ist ja gut.« Wie einem braven Kind tätschelte er ihr die Schulter und ging ins Haus.

Annalena setzte sich neben die blasse Frau auf die Marmorstufen und griff nach ihrer zitternden, noch in rosafarbene Gummihandschuhe verpackten Hand. »Alles wird gut.«

»Nichts wird gut«, fauchte Thekla. »Und überhaupt, mit Ihnen red ich nicht.«

»Wir brauchen aber Ihre Aussage …«

»*Sie* kriegen die nicht von mir, *Sie* nicht«, zischte Thekla, zog schluchzend die Hand zurück und den Handschuh aus. Dann stand sie schwerfällig auf.

Annalena hob die Schultern. Sie streifte sich Latexhandschuhe über, schlüpfte auch in blaue Plastiküberzieher und betrat die Diele.

Dort beugten sich bereits Ewald Schmeing und Wilfried Lütke-Tillmann über einen eigenartig verrenkt liegenden Mann.

»Da hätt ich ja heute Morgen lange warten können«, murmelte Annalenas Vorgesetzter. »Der unterschreibt keinen Darlehensvertrag mehr. Nie mehr.«

»Tot?«, fragte Annalena.

Ewald Schmeing nickte. »Rührt besser nichts an, bis Horst mit den Jungs von der Spurensicherung da ist. Meine Güte, ist das hier sauber. Und so leer. Was sagt eigentlich Thekla dazu? Ist ihr was Ungewöhnliches aufgefallen, fehlt vielleicht was?«

Annalena hob die Schultern. »Die spricht nicht mit mir.«

Der Kriminaloberrat seufzte demonstrativ. »Frauen! Markus wird schon gewusst haben, warum er von zu Hause ausgezogen ist. Ich rede mal mit ihr.« Er richtete sich langsam auf und befahl seiner Hauptkommissarin und dem Oberwachtmeister, sich schon mal im Hause umzusehen.

»Guck lieber nicht so genau hin«, warnte Wilfried Lütke-Tillmann seine Kollegin und legte die Lupe beiseite. »Der ist nicht mehr ganz frisch. Die erste Madengeneration ist schon zugange. Gibt's hier 'ne große Kühltruhe?«

Sie sah ihn verständnislos an.

»Wenn wir ihn einfrieren, können wir den Wachstumsprozess stoppen. Der liegt garantiert schon sechsunddreißig Stunden hier rum. Und das bei der Hitze!«

Annalena nickte und hielt sich ein Taschentuch vor die Nase. »Ich rieche es. Ist das wirklich der Sparkassendirektor?«

»Wie, du kennst den nicht?«

»Nein.«

»Du Glückliche. Darf ich vorstellen, das da war Felix Kalupka, der Herr des Geldes. Ist erst vor drei oder vier Monaten nach Kalverode gezogen. Mit dem muss jeder reden, der sein Konto überziehen oder gar einen Kredit haben will. Also praktisch alle, die Stress mit der Knete haben.«

Annalena umrundete die Leiche. »Und wenn er einen Antrag ablehnt, hat er sich automatisch einen Feind gemacht?«

»Gut möglich.«

»Ruf Hedwig an. Sie soll sich mit der Bank in Verbindung setzen und herausfinden, wer in Sachen Darlehen vorgesprochen hat und abschlägig beschieden wurde.«

»Und das Bankgeheimnis?«

»Wird vom Staatsanwalt kurzerhand außer Kraft gesetzt, oder? Damit kann sie zumindest schon mal drohen.«

Während Wilfried telefonierte, sah Annalena sich den Toten an. Felix Kalupka lag auf dem Rücken. Die verdrehte Lage des Kopfes ließ einen Genickbruch vermuten. Der winzige Schnitt unterhalb des rechten Auges könnte von einem ausgerutschten Rasiermesser stammen. Vielleicht war er einfach nur die Treppe hinuntergestürzt, vielleicht war alles nur ein Unfall. Sie würden das Bad genau untersuchen.

Trotz der hochsommerlichen Hitze überzog sich ihr Körper mit Gänsehaut. Sie fror. Nein, das war kein Unfall. Sie ging einen Schritt zurück. Irgendwas stimmte hier nicht. Das hatte sie im Gefühl.

Die großen Buntglasfenster tauchten die Eingangshalle der Gründerzeitvilla in ein dezentes Licht, und Annalena dachte an ihre letzten Ermittlungen. Damals hatte sie zum ersten Mal begriffen, dass Verbrechen viel über die Beziehung zwischen Täter und Opfer verrieten. Wenn Felix Kalupka die Treppe hinuntergestoßen worden war, so musste die Beziehung zum Täter sehr intensiv gewesen sein. Sie holte ihr Notizbuch hervor und schrieb, ohne groß nachzudenken, das Wort »Leidenschaft« hinein. Bereits beim Schreiben wusste sie, dass sie darüber schon sehr bald den Kopf schütteln würde. Doch aus irgendeinem Grunde erschien es ihr notwendig, diesen ersten Eindruck festzuhalten, und sei es nur deshalb, um das Wort Leidenschaft aus ihrem momentanen Denken zu entfernen.

Ewald Schmeing hatte Thekla Wissing zur Seite genommen und sie zu dem schmiedeeisernen Gartenbänkchen am Rande der Einfahrt geführt. Dort saßen sie nun nebeneinander unter einer ausladenden Trauerrotbuche, deren glänzende Blätter im Wind raschelten und an diesem späten Sommervormittag für eine leichte Brise sorgten.

Wie schön es hier ist, dachte Ewald und betrachtete die Frau an seiner Seite. Die hatte ihre Lippen so fest aufeinandergepresst, als wolle sie nie wieder sprechen. Er sah auf seine Armbanduhr und gestand ihr und sich eine dreiminütige Schweigepause zu. Thekla Wissing wurde unruhig. Nach exakt einhundertachtzig Sekunden drehte er sich zu ihr und fragte: »Warum redest du nicht mit Annalena?«

In aggressivem Flüsterton antwortete Thekla: »Seit die da ist, läuft alles schief. Mein Mann hat mich verlassen.«

»Ich weiß, aber das hat nichts mit unserer Hauptkommissarin zu tun. Das weißt du auch!«

»Pfff«, schnaufte sie. »Du sagst doch immer: Es gibt keinen Zufall. Zufall ist das, was uns vom Schicksal zufällt. Und was fällt mir zu, kaum dass die da ist? Ein Unglück nach dem anderen. Schick sie weg.« Sie begann wieder zu schluchzen.

»Das geht nicht. Sie ist meine beste Mitarbeiterin, und außerdem ist ihr Vater auf sie angewiesen. Du weißt doch, dass der krank ist.«

»Jahrelang war Markus dein bester Mitarbeiter. Und jetzt ersetzt du ihn einfach so durch dieses junge Huhn. Das hat ihn so gekränkt, dass er mich verlassen hat. Und jetzt finde ich einmal im Leben einen Toten, und du kommst mit diesem Mädchen hierher, statt meinen Mann mitzubringen, der doch Experte ist für die Beweissicherung. Du selbst hast ihn zu all diesen Fortbildungen geschickt, für die er dann auf die Wochenenden mit mir verzichten musste. Ich will mit ihm reden, nur mit ihm.«

Ewald horchte auf. »Hast du denn was zu sagen? Hast du was gesehen, ist dir was Ungewöhnliches aufgefallen?«

Sie schüttelte den Kopf. »Nein, ich hab schon die ganze Zeit darüber nachgedacht. Und wenn, dann hätte ich mich doch früher bei euch gemeldet.« Ihre Stimme zitterte. »Weißt du, ich putz da ahnungslos vor mich hin, und da liegt der schon wer weiß wie lange tot auf den Fliesen rum. Wie kann denn so was passieren? Das darf doch gar nicht sein!«

»Wir reden später darüber. Jetzt beruhige dich erst einmal.«

»Ich will mich aber nicht beruhigen!« Thekla Wissing stampfte mit dem Fuß auf.

Aus den Augenwinkeln heraus sah Ewald, wie der Notarzt zu seinem Wagen ging und dabei sein Handy bediente.

»Sekunde mal.« Er ließ Thekla Wissing auf der Bank zurück und hechtete zum Sanitätswagen. »Können Sie der Zeugin dort auf der Bank bitte eine Beruhigungsspritze geben und sie ins Krankenhaus bringen? Ich nehm das auf meine Kappe. Sie soll dort ein Einzelzimmer bekommen und am besten für die nächsten drei bis vier Tage aus dem Verkehr gezogen werden. Wir verhängen eine Nachrichtensperre über den Fall, und bei der da müssen wir eben ein bisschen nachhelfen, dass nichts nach außen dringt.«

»Wie eine Quasseltante sieht die aber gar nicht aus.«

»Der Schein trügt. Wer sie kennt, der fürchtet sie«, log Ewald. Er wusste, dass bereits ein einziger Satz genügte, um die Stadt mit den wildesten Gerüchten zu überfluten. Und das war das Letzte, was er und sein Team noch brauchten.

»Gut. Dann nehm ich sie mit.« Der Notarzt versuchte ein Lächeln. »Schreckliche Sache da drinnen. Hoffentlich kriegt ihr bald raus, wer das war.«

»Das hoffe ich auch.«

Nachdenklich ging Hauptkommissarin Annalena Brandt durch die Diele des spärlich eingerichteten Gründerzeithauses. Damals haben sich die Leute noch Platz gegönnt, dachte sie, während sie über das große schwarz-weiße Kachelmuster schritt. Wenn sie eine solche Diele hätte, würde sie darin Schach spielen. Hinter einer angelehnten Tür unter der Freitreppe entdeckte sie tatsächlich zweiunddreißig große und glänzende Schachfiguren aus poliertem Holz.

»Da hatte ja einer die gleiche Idee«, murmelte sie. »Wie schön.« Durch Bleiglasfenster gefilterte Sonnenstrahlen überzogen den Raum mit regenbogenfarbenen Lichtreflexen. Gegenüber von der Eingangstür hatte der jetzige Mieter des Hauses ein Halbprofilporträt von sich aufgehängt. Es passte auf eine eigenartige Weise zu der gigantischen Diele und erweckte den Eindruck, als diene der Raum nur dazu, diesem Bildnis Platz zu bieten.

Annalena fragte sich, wie eitel Felix Kalupka gewesen sein mochte. An Selbstbewusstsein hatte es dem jungen und dynamischen Sparkassendirektor offensichtlich nicht gemangelt. Das großformatige Bild war mit Ölfarbe auf Leinwand gemalt und zeigte ein interessantes schmales Gesicht mit einem sinnlichen Mund. Kinn und Mundpartie waren von dunklem Bartschatten gezeichnet, eine hohe Stirn mit Geheimratsecken und unter buschigen Augenbrauen hellgraue Augen mit Einsprengseln wie von dunklem Schiefer. Eine gerade Nase und perfekt geformte Ohren.

Hinter sich hörte sie Horst Toplischek und seine Mannschaft, nahm die typischen Geräusche der Tatortarbeit und das

Knistern der keimfreien Schutzkleidung wahr, in die die Spurensicherer gestiegen waren. Vermutlich schwitzten sie darin wie in einer Sauna.

Der Gerichtsmediziner hatte die Leiche schon in eine Bergungswanne legen und direkt zum Bereitschaftsdienst des Instituts für Rechtsmedizin nach Münster bringen lassen. »Gut, dass es hier keine Truhe gibt«, kommentierte er Wilfrieds übereilten Vorschlag. »Einfrieren! So ein Schwachsinn! Das Larvenwachstum wird durch Abtöten in hochprozentigem Ethanol gestoppt. Da wird auch gleich alles konserviert. Meine Mitarbeiter bestimmen dann mit dem Auflichtmikroskop das Alter der Maden und den genauen Todeszeitraum. Was für ein Glück, dass Sie den nicht gleich eingefroren haben! Morgen mehr!«

Als sie den Toten anhoben, fiel aus seiner Tasche ein dunkelgraues handgenähtes Leinensäckchen mit acht Euromünzen.

Annalena beschloss, die Spurensicherer nicht zu unterbrechen oder gar mit Fragen von ihrer Arbeit abzuhalten. Sie hatte die Erfahrung gemacht, dass es wesentlich mehr Klarheit brachte, die Erkenntnisse der kriminaltechnischen Untersuchung in einem Protokoll nachzulesen, das von Hedwig gegliedert, geordnet und getippt worden war. Immerhin hatte die Schreibkraft der Polizeidienststelle Kalverode für diese Art von Qualifikation mindestens drei oder vier Fortbildungen besucht und stellte immer wieder gerne ihr Können unter Beweis.

Was für ein Mensch war der Tote wohl gewesen? Ob er eine Freundin gehabt hatte, die abends mit ihm in dieser Diele Schach spielte? Wenn es draußen regnete, hatten sie womöglich Kerzen angezündet, Rotwein getrunken und abwechselnd ihre hölzernen Figuren verschoben. Und von der Galerie aus hatten sie dann womöglich einen Blick auf das Spielfeld geworfen, um überrascht oder erschreckt auszurufen: »Wie konnte ich diesen Zug nur übersehen!«

Wenn sie hingegen heimkam und ihren Schlüssel ins Türschloss steckte, war da nur ihr Vater. Abend für Abend. Gestützt auf seinen Rollator, erwartete er sie in der um einiges kleineren Diele seines Hauses. Als hoffe er darauf, dass sie ihm allabendlich die bunte Welt in sein tristes Dasein hineintrage. Dabei war er derjenige, der wesentlich mehr wusste als sie, da er von seinen Zuträgerinnen und Verehrerinnen über alles informiert wurde. Die Kriminalhauptkommissarin fragte sich, wie lange es trotz Nachrichtensperre dauern mochte, bis ihr Vater auch über Felix Kalupkas Ableben Bescheid wusste.

Horst Toplischek trat neben sie und holte sie aus ihren Tagträumen. »Wir haben hier alles gesichert. Soll das Haus als Ganzes versiegelt werden?«

Sie nickte. »Ja, unbedingt.«

»Und wenn es nun ein Unfall war?«

»Glaubst du das?«

Er schüttelte den Kopf.

2. Kapitel

Erst gegen vierzehn Uhr trafen Ewald Schmeing, Annalena Brandt und Wilfried Lütke-Tillmann wieder im Alten Amtshaus ein. Horst Toplischek wollte noch eine Stunde lang das Haus durchkämmen, wie er es nannte. Ewald und Wilfried waren nass geschwitzt und erschöpft und verschwanden als Erstes im Keller der Dienststelle, wo sich noch aus Zeiten der einst hier residierenden Volkshochschule ein weiß gekachelter Dusch- und Umkleideraum befand.

Unter den Nägeln des Toten waren fremde Hautpartikel entdeckt worden. In der Nähe der Leiche hatte man vier Haare, davon zwei mit Wurzeln, sowie die Hälfte eines abgerissenen Druckknopfes gefunden. Diese Fundstücke waren von Horst Toplischek in einer Plastiktüte verwahrt, säuberlich beschriftet und mit einer ins Diktafon gesprochenen Anmerkung katalogisiert worden.

Annalena Brandt drehte mit geübtem Griff ihr aschblondes Haar zusammen und befestigte es mithilfe eines Bleistiftes, fuhr dann ihren Rechner hoch und nahm es kaum wahr, als Markus Wissing zu ihr ins Zimmer trat.

Er stellte sich neben sie. »Und?«

»Gleich, warte einen Moment.« Sie wirkte gestresst.

Mit schnellen Tippbewegungen gab sie ihr Passwort ein und überflog ihre E-Mail-Nachrichten. Wissings Blick glitt über die Linie ihres langen Halses. Was für ein schöner Nacken, dachte er und riss sich zusammen, um die Kollegin nicht zu berühren. Beschämt erinnerte er sich daran, mit welchem Widerstand er und Kollege Ottenhöver Annalena in den ersten Wochen begegnet waren. Sie hatte es wirklich nicht leicht mit ihnen gehabt. Vor allem Jörg Ottenhöver hatte sich in eine derart unverständliche Wut auf die Polizeihochschulabsolventin hineingesteigert, dass er es nicht mehr in Annalenas Gegenwart ausgehalten hatte. Erst war er krank geworden, und dann hatte er sich nach Gütersloh versetzen lassen. Das war gerade mal vier Wochen her. »Ich halt diese Neunmalkluge einfach nicht mehr aus«, hatte er den männlichen Mitgliedern der Polizeistation an einem bierseligen Feierabend anvertraut. »Ihr müsst ja auch nicht mit der in einem Zimmer sitzen. Die geht mir so was von auf'n Sack! Dat könnt ihr euch gar nicht vorstellen!«

Markus erinnerte sich daran, wie fair Annalena Brandt zu Ottenhöver und ihm gewesen war, als ihnen beim letzten Fall alles aus dem Ruder zu laufen drohte. Sie hatte keinen von ihnen hängen lassen oder gar vorgeführt, obwohl er und Jörg verdammt viele Fehler gemacht hatten. Plötzlich merkte er, dass er rot wurde, und strich sich über seine schwarze Elvis-Presley-Tolle.

Die Hauptkommissarin blickte von ihrem Computer auf und nickte knapp in seine Richtung. »Kannst du mal frische Tapetenrollen holen? Ich werde unser Mindmap neu bespannen.«

Markus war erleichtert. Wenn die Kollegin für so was Zeit hatte, musste der Anruf seiner Frau vorhin ein Fehlalarm gewesen sein. Mit federnden Schritten ging er über den Flur und öffnete die Tür zu dem fensterlosen Raum, der ihnen als Archiv und Materiallager diente.

An die Notizen auf der Rückseite von wild gemusterten Tapetenrollen hatten sie sich inzwischen alle gewöhnt. Mit den großen Papieren bespannte Annalena Brandt den riesigen Wandspiegel im ehemaligen Yoga- und Ballettübungsraum der einstigen Volkshochschule. Als die Polizeidienststelle vor einigen Jahren ins Alte Amtshaus ausgelagert worden war, hatte man die Spiegelwand hängen lassen. Markus erinnerte sich, dass Jörg Ottenhöver sich gerne darin betrachtet hatte, während Annalena den Spiegel gehasst, ihn bei erster Gelegenheit mit weißem Papier bespannt und ihn »unser Mindmap« genannt hatte. Wenn gerade kein aktueller Fall anstand, wurden hier die Ideen und Verbesserungsvorschläge aller Mitarbeiter schriftlich festgehalten.

Jeder durfte an die Wand schreiben, was ihm gefiel oder missfiel, und während Markus auf dem leer geräumten Schreibtisch seines Kollegen neue Tapetenstücke zurechtschnitt und behutsam die alten von dem Spiegel löste, las er, was seine Kollegen und auch er in den vergangenen Wochen mal wieder an Wünschen und Erwartungen hingekritzelt hatten: »Der Kaffee könnte stärker sein«, »Eine Gehaltserhöhung wäre nicht schlecht«, einer oder eine hatte anonym und in Druckbuchstaben den Wunsch nach weicherem Klopapier geäußert und hinzugefügt, dass auch die Fenster mal wieder geputzt gehörten. »Ich hätte gern eine Ruheliege in meinem Zimmer, dürfen sich dann gern auch mal andere drauflegen«, hatte Horst Toplischek von der Spurensicherung geschrieben. Markus grinste. Toplischek hatte doch sicher inzwischen sein Kurznickerchen im Schreibtischstuhl perfektioniert. Aber vermutlich war ihm mittlerweile auch das zu unbequem. Sie wurden ja alle nicht jünger.

Na ja, dann würden sie sich eben später bei Kaffee und Kuchen über die Kritzeleien auf dem alten Mindmap austauschen. Er hatte also recht gehabt. Nichts war passiert. Wissing war heilfroh, dass er nicht auch noch mit ausgerückt war, um seiner hysterischen Thekla zu begegnen. Das war wirklich das Letzte, was er momentan brauchte.

In den vergangenen zwei Stunden hatte er erst eine Patience an seinem Computer gelöst und anschließend die Todesanzeigen in den Kalveroder Nachrichten studiert. Seit dem Tod seiner großen Liebe erschienen ihm alle Trauernachrichten wie tröstende Botschaften, wie zuversichtliche Abschiedsbriefe von Männern und Frauen, die sich aufgemacht hatten in jenes Land, in dem auch Stefanie nun weilte. Je öfter er an seine einstige Geliebte dachte, desto sicherer war er sich: Mit Stefanie wäre er glücklich geworden. Er hätte nicht zögern dürfen. Dann wäre alles anders gekommen. Bei Thekla hatte es in den letzten Jahren nur Vorwürfe und unerfüllbare Forderungen gegeben. Gut, dass er aus dem gemeinsamen Haus ausgezogen war. Allmählich gewöhnte er sich an seine Junggesellenexistenz und schätzte das freie Leben in seiner Dreizimmermietwohnung.

»Theklas Anruf vorhin war Fehlalarm, oder?«, stellte er gut gelaunt klar und heftete die erste weiße Bahn über den Spiegel. »Ich kenn doch meine Thekla: Wenn die sich eine Horrorstory ausdenkt, ist das allererste Sahne. Weißt du, Annalena, die guckt einfach zu viele Thriller im Fernsehen. Hab ich immer schon gesagt. Sie will immer nur dieses Gruselzeug sehen, Liebesgeschichten machen sie traurig, behauptet sie.«

Annalena sah nicht auf. »Von wegen Fehlalarm! Da lag wirklich ein toter Mann in der Villa.«

Erst jetzt fiel ihm auf, wie blass sie war.

»Es ist der Sparkassendirektor«, fuhr sie fort. »Und jetzt schon mal für dich als Vorabinfo: Wir haben eine absolute Nachrichtensperre über den Fall verhängt. Hat Hedwig dir gar nichts erzählt?«

Ungläubig schüttelte Markus den Kopf. »Nein. Ich hab nur gesehen, wie sie ans Telefon gegangen und dann aus dem Haus geschossen ist.«

»Sag mal, wo warst du die ganze Zeit? Wir haben versucht, dich zu erreichen, denn wir hätten lieber dich als Hedwig losgeschickt.«

»Ich hab im Keller geduscht«, gestand er. »Hier war ja nichts los, nur der Anruf für Hedwig – und dann war sie weg und hat mir nichts gesagt.«

Annalena nickte. »Sie ist zur Sparkasse marschiert, um was zu recherchieren. Wir müssen auf jeden Fall gleich mit dem Mindmap anfangen. Wenn Hedwig zurückkommt, können wir ihre Informationen gleich miteinbeziehen.« Die Hauptkommissarin holte einen dicken Filzstift aus ihrer Schreibtischlade und schrieb mit Druckbuchstaben den Namen »Felix Kalupka« in die Mitte der Tafel.

Erneut wandte sie sich an Markus: »Nur zur Info: Deine Frau haben wir ins Krankenhaus bringen lassen. Nichts Schlimmes, nur ein leichter Schock. Aber Ewald will, dass sie ein paar Tage dort bleibt. Er hat eine Nachrichtensperre verhängt, und es wäre dumm, wenn jetzt schon das Gerede beginnt.«

»Ich fass es nicht«, murmelte Markus Wissing und ließ sich auf einen Stuhl fallen. Plötzlich tat Thekla ihm leid. So stolz hatte sie ihm von ihrem neuen Job als Hausdame erzählt. Und er war heilfroh gewesen, dass sie endlich etwas zu tun hatte. Und jetzt das! Garantiert stand sie unter Schock, sie ließ ja alles so nah an sich ran. Als er sie damals kennenlernte, hatte er sie deswegen besonders geliebt – später hatte es ihn nur noch genervt.

»Sag mal, auf welcher Station ist sie?«, fragte er und heuchelte Interesse.

»Psychiatrie, denk ich. Sie hat eine Beruhigungsspritze gekriegt, und der Notarzt hat sie gleich mitgenommen. Soweit ich weiß, kriegt sie ein Einzelzimmer – und darin sollte sie auch ein paar Tage bleiben …« Annalena bemühte sich um einen sachlichen Ton. »Würdest du deine Frau als verschwiegen bezeichnen?«

Markus Wissing schüttelte den Kopf. »Nee, wirklich nicht. Eher das Gegenteil. Thekla ist 'ne echte Quasselstrippe. Vor allen Dingen, wennse grad nichts weitersagen soll.«

In diesem Augenblick trat Schmeing in Annalenas Büro. »Dat magste wohl sagen«, bestätigte er Wissings Aussage.

»Nee, die soll erst mal ihre Schnüss halten. Klatschtantenquarantäne, falls es so was gibt.«

Lütke-Tillmann und Toplischek kamen herein und bauten sich geschäftig neben der frisch bespannten Wand auf. »Gibt's schon was zum Aufschreiben?«

»Wir müssen eine Sonderkommission bilden«, erklärte Schmeing. »Und damit nicht wieder jeder seinen eigenen Stiefel ermittelt, soll Annalena die Koordination übernehmen. Sie hat das ja schon einmal sehr gut gemacht. Ich bin dafür, dass sie die Aufgaben verteilt und dass bei ihr auch alles zusammenläuft. Die hat ja schließlich dadrauf studiert«, witzelte er, um die Situation zu entspannen. »Gut, dass wir nun 'ne Expertin haben.«

»Ich weiß genau, was Jörg jetzt sagen würde.« Markus setzte sich auf den mit vollgekritzelten Tapetenrollen belegten Schreibtisch seines Exkollegen.

»Wir brauchen keine dummen Bemerkungen. Die Sache ist ernst genug«, mahnte Ewald Schmeing ungewöhnlich streng.

Markus schluckte.

»Was ist eigentlich mit Ottenhövers Nachfolgerin? Wann kommt die Neue?«, fragte Wilfried Lütke-Tillmann. »Jetzt können wir die doch wirklich gut gebrauchen.«

»Morgen«, antwortete Ewald Schmeing und betrachtete die große weiße Fläche. »Hedwig wird Blumen besorgen. Hoffentlich vergisst sie es nicht.«

»Ach, der geht doch nie was durch die Lappen«, stellte Lütke-Tillmann klar.

Um genau sechzehn Uhr fünf wachte Thekla Wissing in einem weißen Krankenhausbett auf und starrte an die Decke. Was war los mit ihr? Wie war sie hier gelandet und warum? Ihre Arme waren fixiert, als hätte sie um sich geschlagen oder als wolle man verhindern, dass sie auf und davon flöge. In der

Armbeuge klebte ein Pflaster. Sie war allein. Die Fenster zu ihrer rechten Seite standen weit offen. Weiße Gardinen mit hellblauen Streifen bewegten sich im kaum spürbaren Wind und fächelten ungewöhnlich schwüle Luft ins Zimmer. Thekla schwitzte. Dieses Schwitzen hatte eindeutig nichts mit den bevorstehenden Wechseljahren zu tun, sondern speiste sich aus einer jähen und abgrundtiefen Entrüstung. Sie probte einen Schrei. Er hörte sich heiser an. Dann holte sie tief Luft und schrie erneut um Hilfe.

Die weiße Tür öffnete sich ungewöhnlich schnell, und eine kleine, drahtige Schwester kam ins Zimmer geschossen. »Geht es uns besser?«

»Wieso uns?« Thekla sah sich um.

Die Schwester lächelte sanft und löste die Fixierungen an den Händen der Patientin.

»Was soll das?« Thekla setzte sich auf und strich sich das Haar zurück. »Ich will nach Hause.«

»Das geht nicht. Wir müssen Sie noch ein wenig beobachten.«

»Mich? Beobachten? Wieso das denn?«

»Sie stehen unter Schock.«

»Quatsch. Mir geht es gut. Wo ist mein Mann?«

Der Blick der weiß gekleideten Krankenschwester wurde um einiges besorgter. Sie begriff: Diese Frau war nicht umsonst vom Notarzt mit einem schweren Beruhigungsmittel sediert worden, bevor man sie eingeliefert hatte. Jetzt phantasierte sie also von einem Mann, dabei trug sie gar keinen Ehering. Mit sanfter Stimme erkundigte sie sich: »Wen sollen wir denn benachrichtigen? Bisher hat niemand nach Ihnen gefragt.«

»Gehen Sie zur Polizei«, befahl Thekla. »Die kennen mich. Und dann soll der Markus kommen. Und zwar sofort.«

»Markus?«

»Ja.« Thekla wurde ungeduldig. »Nun machen Sie schon.«

Die Schwester zog die Stirn kraus. »Ich kümmere mich darum«, versicherte sie und verließ das Zimmer.

Auf dem Flur lehnte sie sich an die weiß gekachelte Wand und starrte auf den Linoleumboden. Sie hatte in der vergangenen Woche während ihrer Nachtdienste einen Thriller über eine Stalkerin gelesen, der sie aufs Tiefste verstört hatte. Sie hätte nie gedacht, dass es so etwas auch in Kalverode gab. Nach außen hin wirkten solche Menschen völlig normal und waren doch von einer gefährlichen Obsession getrieben. Sie erinnerte sich an einen Vortrag zu diesem Thema und an die verschiedenen Stalkertypen. Diese Patientin gehörte vermutlich zum Typus der erotomanischen Verfolgerin – sonst wäre sie nicht eingeliefert worden.

Der arme Kerl, der von ihr behelligt wurde. Heilfroh würde der über ein paar Tage Ruhe sein.

Die Krankenschwester holte Luft, kam ins Zimmer zurück und log: »Ich hab Bescheid gesagt.«

»Das wurde auch Zeit.« Thekla stakste mit ihrem hinten weit auseinanderklaffenden Krankenhausnachthemd durch das Zimmer und suchte offensichtlich nach ihrer Kleidung. Die war auf Geheiß des Notarztes weggeschlossen worden.

»Was ist eigentlich passiert? Und wo ist meine Uhr?«

»Ich weiß es nicht genau.« Man hatte der Schwester gesagt, dass alles, was mit dieser Patientin zu tun hatte, der absoluten Geheimhaltung unterlag, und sie wollte keinen Fehler machen.

»Können Sie mir bitte den Schrank aufschließen? Vielleicht sind da ja meine Sachen drin«, fragte Thekla mit kleinlauter Stimme und setzte sich wieder aufs Bett.

»Ich schau mal«, antwortete die Schwester und murmelte besänftigend: »Alles wird gut.«

Thekla Wissing schüttelte den Kopf und widersprach: »Gar nichts wird gut. Und das wissen Sie genauso gut wie ich. Machen wir uns also nichts vor.«

»Man darf die Hoffnung nicht aufgeben. Niemals«, entgegnete die Schwester.

Thekla Wissing hatte das Gefühl, dass ihr dieser Satz gerade noch gefehlt hatte. »Die Hoffnung?«, rief sie aus. »Die Hoffnung ist eine Hure, die sich mit Verzweiflung bezahlen lässt, so ist das nämlich, nur dass Sie es wissen.« Puh. Das tat gut. Sie hatte diesen Satz irgendwann mal gehört oder gelesen und ihn sorgfältig weggeschlossen. Für den richtigen Augenblick. Und der war jetzt gekommen.

Die Schwester zuckte zusammen und schlug ein Kreuzzeichen. Dann verließ sie den Raum.

Noch immer verwirrt, legte Thekla sich in ihr Bett zurück und starrte an die Decke. Was war los? Warum war sie nicht zu Hause oder in der schönen Villa, wo sie doch ihrer Tätigkeit als Hausdame nachgehen musste? Was würde der Chef denken, wenn nicht alles blitzte?

Da war doch was gewesen? Kurz bevor sie hier an diesem eigenartigen Ort wieder aufgewacht war, hatte sie etwas gesehen. Sie legte sich flach auf den Rücken, faltete die Hände und versuchte sich zu erinnern. Bilder von einer neonfarbenen Krawatte, einem schwarzen Seidenhemd und einer verrutschten dunklen Hose zogen vorbei, ein roter Damenslip im Mülleimer. Aber wem nur hatte diese quietschbunte Krawatte gehört?

Thekla Wissing sah sich hektisch über die schwarz-weiß geflieste Diele der Gründerzeitvilla laufen. Über diesen schönen Fußboden. Meine Güte, den hatte sie heute gar nicht gewischt... Sie wusste, dass mit solchen Kleinigkeiten die wirklichen Katastrophen begannen, und ahnte Schreckliches. Einmal nicht aufgepasst – und die Welt geriet aus den Fugen. Man konnte nicht wachsam genug sein. Dann schlief sie ein.

Alle Informationen, derer sie habhaft werden konnten, hatten sie während der vergangenen Stunden zusammengetragen. Viele waren es nicht. Hedwig hatte von der Stadtsparkasse die Namen und Adressen jener sechs Männer mitgebracht, deren Kreditgesuche von Felix Kalupka abgelehnt worden waren. Das Original hatte sie Ewald gegeben und eine Kopie der Kommissarin in die Hand gedrückt. Annalena verschloss die Liste in ihrer Schublade.

Im Hintergrund spekulierte Hedwig mit Ewald und Markus darüber, ob die Kalveroder Frauen besser mit Geld umgehen konnten als ihre Ehemänner oder ob Geldangelegenheiten in dieser Stadt grundsätzlich von den Herren der Schöpfung, möglicherweise sogar ohne Wissen der dazugehörigen Ehefrauen, geregelt wurden. Warum sonst waren nur Männer beim Sparkassendirektor vorstellig geworden?

Der Kriminaloberrat schwieg dazu. Auch er wollte ohne das Wissen seiner Lebensgefährtin bei Felix Kalupka vorstellig werden, um wegen eines Darlehens anzufragen. Sein Haus musste dringend renoviert werden, und Birgit würde sich bestimmt über einen gläsernen Wintergarten freuen. Als Sicherheit hätte er eine Hypothek auf das Gebäude angeboten. Er war ja nicht mehr der Jüngste. Besorgt dachte er an jene Kandidaten, die sich von Kalupka eine Abfuhr hatten einhandeln müssen. Nun war er doch insgeheim froh, dass es nicht zu der Begegnung mit dem Filialleiter gekommen war. Aber deswegen hätte der ja nicht gleich sterben müssen.

»Hast du den Leuten in der Sparkasse eigentlich gesagt, dass über den Fall eine absolute Nachrichtensperre verhängt ist?«, wollte er von Hedwig Hagenkötter wissen.

Die schüttelte den Kopf. »Nee, wusste ich ja nicht. Aber eigentlich haste recht, Chef. Da hätt ich auch selbst drauf kommen können. Soll ich noch mal hin? Die sind sicher noch da, weil sie sich ja besprechen müssen. Oder soll der Wilfried schnell rüberlaufen? Der rennt am schnellsten, ist ja schließlich auch im Fußballklub.«

»Lass nur, das mach ich lieber selbst«, erklärte Ewald Schmeing. »Und ihr tragt währenddessen weiter zusammen, was ihr wisst – alles, jede Kleinigkeit.« Wenn er Glück hatte, waren in der Sparkassenfiliale noch alle da. Montags war die Kasse bis sechzehn Uhr geöffnet. Jetzt war es vierzehn Uhr fünfzig.

Kalverode war eine Stadt der kurzen Wege und hatte – wie fast alle kleineren Städte in dieser Region – eine kopfsteingepflasterte Fußgängerzone, die sich in exakter Linie über knapp achthundert Meter von Nord nach Süd erstreckte. Ewald wechselte die Straßenseite. So hatte er die Eingangstür der Stadtsparkasse im Blick und konnte schon von Weitem sehen, ob jemand – und wenn ja, wer – hinein- oder gar hinausging. Doch es sah so aus, als fände heute kein großer Publikumsverkehr statt. Vermutlich hatte sich die rigide Geldpolitik des Sparkassendirektors bereits herumgesprochen – oder etwa schon der Mord?

Dass er erst jetzt auf diesen Gedanken kam! Ewald begann zu laufen. Seit seinem sechzigsten Geburtstag schwänzte er den Polizeisport, denn ihm ging nichts über seinen Feierabend, wobei sich die Freude darauf vor knapp zwei Monaten verdoppelt hatte: Seitdem wohnte Birgit Zentner bei ihm und vervollständigte allein durch ihre Gegenwart sein Glück. Das Allerletzte, was er so kurz vor seiner Pensionierung noch brauchte, war ein komplizierter Fall, der nicht nur Kraft, sondern auch Nerven kostete und ihn auch noch völlig außer Atem brachte.

Entschlossen trabte er auf den Eingangsbereich der Bank zu. Die Tür war verriegelt. Von innen klebte ein handgeschriebenes Schild: »Vorübergehend geschlossen«. Ewald Schmeing klingelte Sturm. Es dauerte mehr als eine Minute, bis ihm von einem schlaksigen Bürschlein mit ungewöhnlich abstehenden Ohren geöffnet wurde, und der Kriminaloberrat konnte sich ein »Das wurde aber auch Zeit« nicht verkneifen.

Obwohl der junge Mann den Kriminaloberrat genau kannte, hielt dieser ihm demonstrativ seinen Dienstausweis unter die Nase und forderte: »Ich muss mit Ihnen allen sprechen. Und zwar sofort.«

»Ich weiß. Kommen Sie mit.«

Die Angestellten der Sparkasse hockten mit blassen Gesichtern an einem Konferenztisch im hinteren Teil des Gebäudes. Auch der großohrige Lehrling hatte wieder Platz genommen.

Ewald Schmeing setzte sich auf den noch leeren Sessel. Er hatte das ungute Gefühl, dass dies bis vor Kurzem der Platz des Sparkassendirektors gewesen war, und wäre am liebsten gleich wieder aufgestanden. Die führerlosen Angestellten fixierten ihn mit erwartungsvollen Blicken. Vielleicht warteten sie auf einen Satz, der alles als Irrtum darstellte, oder auf ein magisches Wort, das die Zeit zurückdrehte.

Der Kriminaloberrat rutschte auf dem noch neu riechenden Lederpolster hin und her und wandte sich zunächst an die drei Frauen. Eine davon war die Assistentin, eine ausgebildete Bankkauffrau, wie er nun erfuhr, die ihn heute früh so hochnäsig hatte abblitzen lassen. Als er ihr und den beiden Lehrlingen sein Beileid aussprach, bemühten sie sich um Fassung. Die jüngere Praktikantin putzte sich die Nase und wischte sich Tränen aus den Augen, die etwas stämmigere der beiden Auszubildenden weinte hemmungslos. Nur die Assistentin sah mit starrem Blick über ihn hinweg, während die beiden halbwüchsigen Herren in Jeans und gebügelten Streifenhemden auf ihre Hände starrten. Vermutlich handelte es sich auch bei den beiden jungen Männern um Managementanwärter oder Auszubildende – so nannte man ja die Lehrlinge heutzutage. Dabei war Lehrling ein so schönes und klares Wort, dachte Ewald Schmeing. Aber so war das mit der Sprache: Alle schönen und alten Wörter verschwanden.

Apropos Wörter: Über die Angelegenheit durfte kein Wort nach außen dringen. Der Kriminaloberrat fixierte die Anwesenden mit strengen Blicken und stellte unmissverständlich fest: »Nichts geht raus, gar nichts! Ist das klar? Weder ein Wort über Felix Kalupka noch über unsere Ermittlungen. Falls Sie gerade dabei sind, E-Mails oder SMS-Nachrichten mit dieser Information in die Welt zu schicken oder zu twittern – ich warne Sie. Oder ist etwa schon was draußen?«

Wie einstudiert schüttelten alle den Kopf.

»Aber Sie wollten gerade, oder?«

Verhaltenes Nicken.

»Bitte, dann also noch mal zum Mitschreiben. Es gibt eine Nachrichtensperre, und die ist so lange gültig, bis ich sie persönlich wieder aufhebe, ist das klar? Was machen Sie eigentlich hier? Warum sitzen Sie an diesem Tisch? Was wird hier beraten?«

Nun ergriff die verbittert wirkende Assistentin des Sparkassendirektors das Wort und rückte ihre Designerbrille gerade. »Angesichts der Ereignisse des heutigen Vormittags haben wir eine Krisensitzung einberufen, schließlich gibt es einiges zu regeln. Unter anderem geht es darum, einen kommissarischen Nachfolger zu wählen und den parat zu haben, falls wir von oben nach unseren Vorschlägen gefragt werden. Zudem feilen wir an ein paar Sätzen, mit denen wir der Zentrale unsere Betroffenheit, aber auch unsere Bereitschaft vermitteln wollen, trotz des Unglücks unseren Dienst zu verrichten. Das alles muss wohlüberlegt sein.« Sie sprach druckreif.

Langsam und mit Nachdruck fragte Schmeing nach: »Der Sitz des Sparkassenverbandes Westfalen-Lippe ist in Münster-Kinderhaus?«

Alle fünf nickten.

»Dann informieren Sie bitte Ihre Vorgesetzten auch darüber, dass erst dann bundesweite Traueranzeigen geschaltet werden dürfen, wenn ich das Okay gebe. Je weniger Leute von dem Vorfall wissen, desto besser können wir ermitteln. Und Sie wollen ja auch, dass der Fall so schnell wie möglich geklärt wird. Außerdem steht ja noch die Obduktion an.«

Verblüffend gefasst überprüfte die Assistentin mit beiden Händen ihre Hochsteckfrisur. Ewald schätzte sie als Frau ohne Alter und ohne Mitgefühl ein. Er mochte sie nicht.

Die anderen Mitarbeiter der Bank hingegen wirkten verstört und hilflos und hatten ungewöhnlich blasse Nasen. Hatte Hedwig nicht schon unzählige Seminare zur Krisenintervention und Notfallseelsorge besucht? Gut, dass er ihr alle Fortbildungen genehmigt hatte. Sollte sie mal ihr Wissen einsetzen.

Plötzlich begann die Assistentin und rechte Hand des Sparkassendirektors, in ihrer Handtasche zu wühlen, und heftete sich geschäftsmäßig ein Namensschild an das weinrote Jackett. »Isabella Höhler« las Ewald Schmeing. Sie erhob sich und wollte wissen, ob sie ihm einen neuen Termin beim noch nicht erkorenen Nachfolger des Verstorbenen reservieren solle oder nicht.

Der Kriminaloberrat schüttelte den Kopf. »Danke, das hat Zeit. Frau Höhler, was ich von Ihnen noch wissen müsste: Können Sie mir etwas über den persönlichen Hintergrund von Felix Kalupka sagen? Familienstand? Kinder? Lebenslauf? Hat jemand bei ihm in der Villa gewohnt? Ich meine, die ist ja groß genug. Andererseits macht das Haus auf mich den Eindruck, als wäre er noch gar nicht eingezogen.«

»Der war eben dauernd unterwegs«, stellte Isabella Höhler mit scharfem Unterton klar und befahl dem Kriminaloberrat: »Kommen Sie mal mit.«

In ihrem eigenen Vorzimmer suchte sie nach einem Schlüssel, öffnete einen Wandschrank und zog ein Fach mit genau sechs Hängeregistern auf. Gezielt griff sie nach dem ersten und schlug es auf: »Da, sehen Sie selbst. Erst verheiratet, mittlerweile geschieden. Keine Kinder. Hier ist die Adresse seiner Frau, genauer gesagt: seiner Exfrau. Roswitha heißt die mit Vornamen. Über Privates haben wir nie gesprochen. Geht mich ja auch nichts an.«

Ewald Schmeing notierte sich die Daten und öffnete anschließend die weiße Flügeltür, die ins Büro des Sparkassendirektors führte. Der Wandschrank stand ein wenig offen. Im Türinneren befand sich ein hölzerner Krawattenhalter, auf dem sich etwa ein Dutzend Schlipse in den schrillsten Farben tummelten. Schmeing öffnete den Schrank und entdeckte in einem der Fächer einen Stapel penibel gefalteter schwarzer Seidenhemden. Er hatte schon gehört, dass das das Erkennungszeichen des Bankdirektors war.

An den Wänden neutrale Blumenbilder, auf dem Schreibtisch ein Foto, das vermutlich Felix Kalupka zeigte. Der Mann trug einen Taucheranzug und stand vor einem Korallenriff. Das Gesicht war von der Taucherbrille verdeckt.

Isabella Höhler bemerkte seinen Blick und nickte. »Das war sein Hobby.«

»Was meinen Sie? Hat Felix Kalupka sich Feinde geschaffen? So lange war der doch noch gar nicht hier, oder? Vermutlich kommt eher jemand aus seinem vorkalverodischen Leben für die Tat infrage.«

Isabella Höhler blätterte in der Mappe. »Hier ist sein Lebenslauf. Leider weiß ich kaum etwas zu Herrn Kalupka, schließlich bin ich auch erst seit Kurzem in dieser Stadt.«

Ewald horchte auf. »Seit wann?«

»Knapp vier Monate«, antwortete sie. »Wir sind zusammen hier eingesetzt worden.« Sie trat ans Fenster und sah nachdenklich in die städtischen Parkanlagen, die sich hinter der Fußgängerzone erstreckten. »Ob er Feinde hatte?«, wiederholte sie dann grübelnd. »Ich weiß nicht. Die Liste mit den Personen, deren Kreditanträge er abgelehnt hat, habe ich ja schon Ihrer Mitarbeiterin gegeben. Bitte denken Sie daran, dass das alles unter das Bankgeheimnis fällt. Ich hätte ihr die Informationen eigentlich gar nicht geben dürfen. Sie hat mich einfach an die Wand geredet. Na ja, ich baue auf Ihre Verschwiegenheit. Es waren insgesamt nur sechs Kreditabsagen, und ich denke, er wird in diesen Fällen schon seine Gründe gehabt haben. Vielleicht hat er sich ausnahmsweise auch mal besonders eng an alle Vorschriften gehalten.« Sie hielt kurz inne. »Ach, vergessen Sie's. Ich will nichts gesagt haben.«

Sie sprach so differenziert und bedacht, dass Ewalds Blick kurz an ihrem Jackett entlangglitt. War dort vielleicht ein Aufnahmegerät versteckt, das jedes ihrer Worte dokumentierte? Und ging alles, was sie sagte, direkt an die Zentrale?

»Sie stammen also nicht aus Kalverode?«, hakte er nach.

»Das stimmt. Ich komme direkt aus Münster. Man hat mich Herrn Kalupka zugeteilt.« Ihrer Miene war nicht zu entnehmen, ob sie das als Strafe oder als Auszeichnung empfunden hatte.

»Und Sie wohnen hier über der Sparkasse?« Er wusste, dass diese Frage reichlich idiotisch war, wollte aber sehen, wie sie reagierte. Die Sparkasse residierte nämlich in einem neu errichteten Glaspalast in der Fußgängerzone, und in sämtlichen Neubauten dieses verkehrsberuhigten Bereichs gab es nur Büros, Konferenzzentren, Internetcafés und Lagerräume. Einzig die alten und unter Ensembleschutz stehenden Fachwerkhäuser beherbergten noch Wohnungen mit vorwiegend älteren Menschen, die dort lebten, schliefen und aßen.

Vermutlich würde auch die Kalveroder Polizeiinspektion demnächst aus ihrem gemütlichen Alten Amtshaus ausziehen müssen, um in so einer Konstruktion aus Beton und Stahl repräsentativ zu residieren. Ewald hoffte, dass er bis dahin schon im wohlverdienten Ruhestand wäre.

»Hier?«, fragte Isabella Höhler mit gespieltem Entsetzen. »Auf gar keinen Fall.« Sie nannte ihm die Adresse des Mehrfamilienhauses am Stadtrand. »Meine Münsteraner Wohnung oberhalb des Prinzipalmarktes habe ich natürlich behalten. Wer weiß, wie lang das hier gut geht. Fängt ja schon reichlich ungut an.«

Er bemühte sich um einen leichten Ton: »Wissen Sie eigentlich, wie wir das Mietshaus nennen, in dem Sie wohnen?«

Isabella schüttelte den Kopf.

Der Kriminaloberrat biss sich auf die Lippen. Eigentlich war wirklich nicht der passende Augenblick für Scherze. Er suchte nach einer Ablenkung und sagte: »Mein Kollege Markus Wissing wohnt übrigens auch dort.«

»Ja, ja, den kenn ich. Er ist mein Nachbar und hat sich sogar erboten, im Urlaub meine Blumen zu gießen. Aber ich besitze gar keine.«

Das passt zu ihr, dachte Ewald Schmeing. So eine wie die hatte keine Blumen. Bei der ging sicher alles sofort ein. Das war eine Hexe.

»Also, wie nennen Sie das Haus?« Die Assistentin des Sparkassendirektors blieb so hartnäckig, als hätte sie diese Beharrlichkeit in einem Workshop beigebracht bekommen.

Er schämte sich und nuschelte vor sich hin: »Schneller Brüter, wegen der vielen Babys.«

»Schneller Brüter? Versteh ich nicht.«

»Macht nichts.« Es hatte keinen Sinn, es ihr zu erklären. Diese Frau war offensichtlich nicht nur unsympathisch, sondern auch extrem humorfrei.

Wilfried Lütke-Tillmann betrachtete die noch fast leere Fläche auf dem Mindmap. In der Mitte des großen Papierbogens – zusammengesetzt aus Rückseiten von Tapetenrollen – stand der Name Felix Kalupka. Darüber klebte ein Porträt des Toten. Hedwig Hagenkötter hatte dem jungen Kollegen mal gesteckt, dass Annalena eine Spiegelphobie hatte. Deshalb also hing das Mindmap hier. Was das wohl war, eine Spiegelphobie? Er würde es googeln oder Hedwig fragen. Die war ja nicht nur Polizeisachbearbeiterin, sondern auch selbst ernannte Lebensberaterin.

Annalena las ihren Kollegen die Familiennamen der unwürdigen Kreditanträger vor und legte die Liste in ihre Schublade zurück. Die Namen kamen ihr vertraut vor, und sie fragte sich, ob sie einen der Männer persönlich kannte.

Ihr Vater, der einstige Schuldirektor Walter Brandt, kannte sie bestimmt. Er kannte alle. Die Hauptkommissarin seufzte und beschloss, ihren Vater aus diesem Fall völlig herauszuhalten und absolutes Stillschweigen zu wahren. Das würde nicht leicht sein. Denn vermutlich war Walter Brandt, wie eigentlich immer, bereits von seinen diversen Zuträgerinnen über die neuesten Gerüchte und Halbwahrheiten informiert worden.

Hedwig Hagenkötter und Markus Wissing flüsterten sich Details zu den einzelnen Kreditstellern zu. »Sprecht ruhig laut«, sagte Annalena. »Was ist mit den Leuten, was fällt euch dazu ein? Lasst hören. Nur so aus dem Bauch raus. Die Fakten schreiben wir aufs Mindmap, wenn wir mit den Männern gesprochen haben.«

»Nichts Besonderes, nur, dass keiner von uns gedacht hätte, dass die irgendwie klamm sind. Das war auch mein erster Gedanke, als ich in der Bank die Liste gekriegt habe. Weißt schon, nach außen hin den dicken Max markieren, aber dann zur Stadtsparkasse rennen und nach 'nem Rettungsschirm fragen. Dat is echt ein Dingens, oder?« Hedwig sah Markus Wissing an. »Wat meinst du denn dazu?«

Der hob die Schultern. »Man kann eben in keinen reingucken. Ich hätte schwören können, dass die genug anne Füße haben.«

»Das alles bleibt aber wirklich zu hundert Prozent unter uns«, stellte Annalena zum sicher schon zwanzigsten Mal klar.

»Logo, hab ich auch schon dieser Obertussi von der Bank versprechen müssen. Bankgeheimnis. Trotzdem darf man sich doch seine Gedanken machen.« Hedwig wies auf die Wand. »Für dein Mindmap.«

»Für unser Mindmap«, sagte Annalena. »An dieser Wand arbeiten wir alle. Deswegen ist sie ja so groß. Kann gut sein, dass Ewald auch noch ein paar pikante Einzelheiten mitbringt.«

»Wenn man vom Teufel spricht«, meinte Wilfried. »Da kommt er schon.«

»Ist das heiß«, stöhnte der Kriminaloberrat und zog seine Windjacke aus. »Früher waren die Sommer heiß, aber nicht schwül. Ich könnt schon wieder eine Dusche vertragen.« Er legte sein Notizbüchlein auf Annalenas Schreibtisch und studierte die Namensliste. »Wenn ihr mich fragt, die können wir gleich vergessen. Und zwar alle sechs. Von denen macht keiner so was. Für die leg ich meine Hand ins Feuer.«

»Na, da wäre ich lieber vorsichtig«, murmelte Hedwig, doch Ewald ging nicht weiter darauf ein.

»Und, wie war's in der Sparkasse?« Annalena sah ihn fragend an.

»Ich hab die Adresse seiner Exfrau und seinen privaten Terminkalender.« Ewalds Stimme klang sachlich.

»Okay.« Annalena suchte seinen Blick. »Wer soll es ihr sagen?«

»Ich dachte an Jörg Ottenhöver.«

»Was? Der ist doch gar nicht mehr bei uns.«

»Der ist in Gütersloh, und da lebt auch die Exfrau. Es wäre wirklich am vernünftigsten, wenn er sie informiert. Das Risiko, dass sie es von irgendjemandem erfährt, bevor einer von uns da aufkreuzt, ist mir einfach zu groß.«

»Aber ausgerechnet Jörg!« Annalena zog die Stirn kraus. »Ich weiß nicht. Der ist doch viel zu unsensibel. Und geht das überhaupt, der ist doch gar nicht mehr für unseren Bereich zuständig?«

Sie war heilfroh, dass Ottenhöver nicht mehr mit ihr in einem Zimmer saß, dabei hatte sie sich vor ihrem Dienstantritt sogar ein bisschen auf ihn gefreut, auf ihren ganz persönlichen Schutzengel. Auch wenn er es längst vergessen hatte: Annalena konnte sich noch gut daran erinnern, wie er sie als Siebenjährige aus einem vereisten Wasserloch des Kalveroder Ententeichs gezogen hatte. Wie naiv sie doch gewesen war: Nur weil er sie einmal gerettet hatte, hieß das noch lange nicht, dass er sie immer beschützen würde.

Tatsächlich hatte er von Anfang an gegen sie gearbeitet – und sich dann nach Gütersloh versetzen lassen, wo er bessere Aufstiegschancen hatte.

»Hör mal«, widersprach ihr Vorgesetzter. »Ich hab den doch jede Fortbildung machen lassen, die angeboten wurde. Wenn du willst, können wir gerne noch mal in den Unterlagen gucken. Da war garantiert auch was mit Notfallseelsorge und Übermittlung von schlechten Nachrichten dabei. Wenn er schon auf Staatskosten so was lernt, dann soll er es auch mal einsetzen dürfen. Wofür schick ich euch denn dauernd auf Schulungen?« Jetzt fixierte er nicht nur Annalena, sondern auch Hedwig Hagenkötter. »Ich red mit dem seinem Vorgesetzten. Soll der den für uns dahin schicken.«

Bevor eine von ihnen antworten konnte, stürzte Horst Toplischek in den Raum und verkündete selbstbewusst: »Gut, dass ich noch mal alles in der Villa durchgeguckt habe. Wir haben ein neues Beweisstück!« Wie eine Trophäe hielt er einen zerrissenen dunkelroten Damenslip hoch. »Den habe ich im Mülleimer gefunden.« Mit boshaftem Grinsen wandte er sich an sich an Markus Wissing: »Du, deine Alte putzt doch bei dem, ist das etwa der ihrer?«

3. Kapitel

Annalena schreckte aus einem Traum hoch, in dem Jörg Ottenhöver sie zu küssen versuchte und unangenehm zudringlich wurde. Sie schüttelte sich und war dankbar, dass das Klingeln des Weckers sie aus dieser unguten Geschichte befreit hatte. Ausgerechnet Jörg! Was hatte der in ihren Träumen zu suchen?

Die Kirchturmuhr von Sankt Agnes schlug sechs Uhr. Schlaftrunken wankte Annalena in die Küche und warf die Kaffeemaschine an. Unter ihr war noch alles still. Ihr im Erdgeschoss wohnender Vater schlief noch. Vor neun, halb zehn stand er nie auf.

Fast gerührt erinnerte sie sich daran, wie er ihr bei ihrer Rückkehr nach Kalverode vorgeschlagen hatte, an all ihren Arbeitstagen gemeinsam zu frühstücken. Das hatte mehr als Worte deutlich gemacht, wie sehr sie ihm gefehlt haben musste. Dabei waren sie beide ausgewiesene Morgenmuffel und hätten sich bei diesen Begegnungen über ihre Kaffeetassen hinweg nur schweigend und blinzelnd angestarrt.

Selbst um diese frühe Zeit lag die Julihitze schon wie eine Glocke über der Stadt und verschluckte jeden Windhauch. Die seit Tagen angekündigten Gewitter machten um Kalverode einen Bogen oder regneten im Teutoburger Wald ab. So zumindest stand es in den Zeitungen.

Annalena duschte kalt und steckte sich das Haar hoch. Anschließend stand sie vor ihrem Schrank und fragte sich, ob es erlaubt sei, angesichts der aktuellen Ermittlungslage und ihrer Stellung als Einsatzleiterin ein dünnes Sommerkleidchen anzuziehen. Ein hellgelbes Seidenkleid mit Spaghettiträgern und

Glockenrock. Was wäre, wenn der Staatsanwalt käme oder weitere Hinterbliebene des Opfers? Sie war schließlich im Dienst und nicht auf einer Cocktailparty. Egal. Für alle Fälle griff sie nach einer schwarzen Strickjacke und sah an sich herunter. Das musste gehen. In den Spiegel würde sie deswegen noch lange nicht schauen. Sie wollte sich ja nicht den Tag verderben.

Erstaunlich, wie friedlich sich die Stadt am frühen Morgen zeigte. Offenbar hatte Annalena die stille Stunde zwischen Zeitungsausträgern und frühen Brötchenholern erwischt. In den Briefschlitzen der Häuser steckten bereits dicke und mit Werbeprospekten gefüllte Kalveroder Nachrichten, und aus den geöffneten Fenstern strömte der Geruch von frischem Kaffee, aber auch von verschwitzter Bettwäsche, überlagert von Duftnoten exotischer Duschgels.

Noch waren alle Geschäfte und Cafés in der Fußgängerzone mit Gittertüren verrammelt. Die Kommissarin schlenderte gemächlich und entspannt den Bürgersteig entlang, ohne von Wühltischen, Kleiderständern sowie Kaffeehausmöbeln zu Umwegen gezwungen zu werden.

Sie ging langsam, um nicht gleich wieder ins Schwitzen zu kommen, und überquerte die mit unregelmäßig aufgestellten Blumenkübeln dekorierte Straße. Einmal hatte ein Kollege auf dem Mindmap vorgeschlagen, diese Bottiche mit Salat und Kräutern für alle zu füllen anstatt mit kränklich wirkenden Rosen und staubig grauen Bodendeckern. Gar nicht so schlecht, die Idee, dachte Annalena und blieb gedankenvoll vor den Betongefäßen stehen. Welche Kräuter und Gemüsesorten passten wohl am besten zum Flair einer Fußgängerzone? Und wie würde das den Hunden (»Beinchen heben verboten!«), den Rauchern (»Dies ist kein Aschenbecher!«) und dem Stadtrat beizubringen sein? Per Eingabe an die Kommunalverwaltung oder doch besser in einem Vier-Augen-Gespräch mit dem Bürgermeister? Letzteres könnte ihr Vater übernehmen. Der hatte früher, vor seinem Unfall, mit allen örtlichen Parteivorsitzenden gekegelt und so manches Pils getrunken. Ihr persönlich würden Stangensellerie und Möhren und dazu viel frische Petersilie am besten gefallen …

Streng rief sie sich zur Ordnung. Sie war offensichtlich wieder mal auf der Übersprungsschiene gelandet. So weit kannte sie sich schon. Sobald sie sich mit einer bestimmten Sache nicht befassen wollte, wurden so unwichtige Dinge wie betongraue Pflanzkübel in der Fußgängerzone außerordentlich wichtig.

Und da spürte sie es zum ersten Mal. Eine Gänsehaut lief ihr über die nackten Arme. Sie fürchtete sich vor dem aktuellen Fall. Es war ungerecht, dass Ewald ihr die Hauptverantwortung übertragen hatte, nur weil sie in der Vergangenheit ein bisschen Struktur in die chaotische Kalveroder Dienststelle gebracht hatte. Diese Geschichte war zu groß für sie allein, wenn nicht zu groß für sie alle. Der Tote und sein Umfeld gehörten einer Gesellschaftsschicht an, in die sie sich nur schwer hineindenken konnte. Und das Einzige, was bisher in ihrem Notizbuch stand, war die reichlich kryptische Anmerkung »Leidenschaft« mit einigen Fragezeichen dahinter. Aber genügte das, um ein Täterprofil zu erstellen?

Das Schild mit dem Hinweis »Vorübergehend geschlossen« war inzwischen von der Tür der Sparkasse entfernt worden. Ob dort heute wieder alles seinen gewohnten Gang ging? Der vielleicht ganz einfach verunglückte Direktor würde sich dann im Nachhinein als kleine Irritation erweisen, die den gestrigen Geschäftsbetrieb durcheinandergebracht hatte. Aber heute war ein neuer Tag, und vermutlich gab es auch schon einen neuen, zumindest einen kommissarischen Filialleiter.

Die fast neben der Bank liegende Gründerzeitvilla war immer noch weiträumig mit einem breiten rot-weißen Polizeiabsperrband umzäunt, um das sich gestern ein ziemlicher Menschenauflauf gebildet hatte.

Horst Toplischek hatte die Neugierigen mit dem vagen Hinweis »Leute, geht weiter, wir haben ein paar Unregelmäßigkeiten zu überprüfen« zur Ruhe bringen wollen. Doch als Annalena heimgekommen war, wusste ihr Vater bereits die ungeheuerlichsten Dinge zu berichten, und der Kommissarin war klar, dass die Gerüchteküche heftig brodelte. So war es immer schon gewesen. Je unklarer eine Information, desto dramatischer die Spekulationen über das Ausmaß der vermeintlichen Katastrophe.

Walter Brandt hatte von seinen Zuträgerinnen erfahren, dass das Haus der Sparkassenfiliale sowie die Villa des Direktors von Mitarbeitern des Verfassungsschutzes auf den Kopf gestellt worden waren, dass im Rahmen dieser maßlosen Aktion alle Schränke des Herrn Kalupka durchwühlt, jeder Teppich hochgehoben und jedes Dielenbrett gelöst worden waren und dass die arme Frau Wissing, die doch nichts anderes getan hatte, als in dem großen Haus für ein bisschen Ordnung und Schliff zu sorgen – und die übrigens eigenhändig die riesigen Fenster so schön geputzt hatte –, dass ausgerechnet die nun als Mitwisserin arrestiert worden war – ebenso wie der Sparkassendirektor. Vermutlich saßen die sogar in ein und derselben Zelle. »Zumindest im selben Gefängnis«, fügte ihr Vater hinzu und lächelte abwartend.

Kopfschüttelnd nahm Annalena das alles zur Kenntnis. Aber es kam noch schlimmer: Walter Brandt hatte zudem vernommen, dass aufgrund der üblen Machenschaften des Herrn Kalupka nun das deutsche, wenn nicht gar das europäische Bankensystem auf tragische Weise zusammenbrechen würde, wobei Letzteres seine Informantinnen viel weniger aufzuregen schien als die Tatsache, dass Markus Wissing nichts, aber auch gar nichts unternahm, um seine Thekla aus dem Gefängnis zu befreien. Okay, die lebten zwar nicht mehr zusammen, aber sie waren auch noch nicht geschieden. Und das sei ja wohl das mindeste, was so einer wie Markus für Thekla tun könne und müsse.

Mit aufgestützten Ellenbogen saß Annalena am Küchentisch und hörte ihrem Vater zu. Sie war fassungslos.

»Ganz so schlimm ist es nicht«, log sie dann und legte ihm die Hand auf den Arm. »Wirklich, mach dir keine Sorgen. Was die Villa betrifft: Wir lassen sie stehen. Und in Sachen Weltwirtschaft sind wir von unserer Inspektion die Letzten, die da was zu sagen haben.«

Vermutlich war es allein diesen überbordenden Gerüchten zuzuschreiben gewesen, dass am späten Nachmittag dieses Montags ein Run auf die örtliche Sparkasse stattgefunden hatte. Jeder zweite Kalveroder schien sein Erspartes auf Heller und Pfennig ausbezahlt bekommen zu wollen. Damit hatte niemand gerechnet, und so viel Bargeld war auch gar nicht vorrätig. Das war natürlich Wasser auf die Mühlen aller jener, die schon seit Ausbruch der Finanzkrise vor einem möglichen Bankencrash gewarnt hatten.

»Was ist denn nun passiert? Was soll ich meinen Damen sagen? Die stehen morgen an der Tür und wollen Neuigkeiten hören«, jammerte Annalenas Vater in gespielter Verzweiflung.

»Sag ihnen einfach, dass das mit dem Verfassungsschutz total übertrieben ist und dass ich dir sonst nichts verraten habe.«

»Gar nichts?«, hakte er mit ungläubiger Stimme nach.

»Stell dir vor, so gemein bin ich zu dir. Ich sag dir gar nichts.« Sie versuchte ein Lächeln. »Das kannst du denen ruhig erzählen.«

Er seufzte theatralisch. »Und den jungen Mann, habt ihr den wenigstens mal befragt? Ich meine, der wohnt da direkt vor der Sparkasse. Sozusagen im Zentrum des Geschehens.«

Seine Tochter zog die Stirn kraus. »Welchen jungen Mann?«

»Du weißt schon, den Mann, der seit Wochen in der Fußgängerzone zeltet. Direkt vor der Sparkasse. Eine einsame Protestaktion. Sag bloß, du hast den nicht gesehen.«

»Nein, hab ich nicht.« Annalena schüttelte den Kopf. »Heute Mittag war da keiner. Du weißt ja, ich mag keine Fußgängerzonen. Ich bin da so gut wie nie. Und du bist doch derjenige, der samstags mit seinen Freundinnen auf den Markt geht.«

»Genau, und letzten Samstag war er da.« Walter Brandt legte beide Hände auf den Tisch. »Eigenartig, oder? Um Christi Himmelfahrt hat er sich dort eingerichtet. Das weiß ich so genau, weil ich zu ihm gesagt habe: ›Das ist ja ein wahres Himmelsfahrtskommando – mit so einem Ein-Mann-Zelt in unserer Fußgängerzone, bin gespannt, wie lange das gut geht.‹« Er griff zu dem Katzenkalender an der Küchenwand und blätterte zurück. »Da hält er ja schon etliche Wochen durch. Ich hab übrigens ein paarmal mit ihm gesprochen. Gar nicht so dumm, seine Ansichten.« Er putzte sich die Nase. »Und du bist dir ganz sicher, dass du ihn nicht gesehen hast?«

»Ganz sicher.« Annalena nickte. »Da stand kein Zelt, glaub mir. Das wäre mir aufgefallen.«

Die nahe Kirchturmuhr schlug sieben. Noch immer stand Annalena sinnierend vor dem Eingang der Sparkasse. Ihre Kollegen hatten gestern die Fassade des gläsernen Geldpalastes fotografiert – wenn da tatsächlich ein Zelt gestanden haben sollte, dann müsste es auf dem Foto zu sehen sein. Und überhaupt: Seit Christi Himmelfahrt sollte der Typ schon da gecampt haben? Da hätte es doch eine Anzeige wegen wilden Zeltens in der Innenstadt gegeben! Sie wurde wieder zuversichtlich. Garantiert hatte einer aus dem Team die Personalien des wilden Campers aufgenommen.

Entschlossen ging sie zum versiegelten Haus des Sparkassendirektors. Ob schon irgendjemand von den Kalveroder Schwatzmäulern wusste, dass er tot war? Sie hoffte nicht. Sollten die ruhig weiter denken, Felix Kalupka säße gemeinsam mit seiner Putzfrau in Untersuchungshaft. Mann und Frau in einer Zelle – so eine Geschichte konnte auch nur in dieser Stadt entstehen!

Annalena fiel der rote Damenslip ein, den Horst Toplischek mit boshafter Freude hochgehalten hatte. Mit diesem Angriff auf Markus war er wirklich zu weit gegangen.

Komisch, der Stress zwischen ihren beiden Kollegen war exakt an dem Tag losgegangen, als Markus verkündet hatte, dass er zu Hause ausgezogen sei, weil er zu sich selbst finden müsse.

Der Leiter der Spurensicherung hatte daraufhin mit vor Mitleid triefender Stimme wissen wollen: »Und wie war es zum ersten Mal ganz allein in der kleinen Wohnung? Nur du, ohne deine Frau? Hast du dich nicht gefürchtet?«

»Ich kann es dir sagen«, hatte Markus geantwortet und ihn angestrahlt. »Ich hab die Tür zweimal hinter mir abgeschlossen, mich an die Wand gelehnt und mich so was von befreit gefühlt. Endlich! Ich hätte viel früher gehen sollen.«

Annalena würde nie vergessen, wie blass Horst daraufhin geworden war, als hätte Markus ihn aufs Gemeinste beleidigt. Dabei hatte Markus nur genau das gesagt und getan, wozu Horst Toplischek seit Jahrzehnten der Mut fehlte. Und deshalb schob der oberste Spurensicherer ihrer Polizeiinspektion nun einen solchen Brass auf Markus Wissing. Anders konnte es gar nicht gewesen sein. Sie fragte sich, was Hedwig zu dieser Theorie sagen würde. Sicher kannte sie genügend solcher Geschichten aus ihren Selbsthilfegruppen.

Scheppernd wurden die ersten Türen und Fensterläden der Boutiquen, Parfümerien, Zeitungskioske und Feinkostläden in der Fußgängerzone geöffnet. Die Kellnerin des Parkcafés stellte Tische und Stühle ins Freie und wischte sie mit einem feuchten Tuch ab. Es sollte ein heißer Tag werden, an dem der Eisumsatz Rekordhöhen erreichen würde. Annalena hörte, wie hinter der Theke des Cafés mit leisem Zischen die Kaffeemaschine hochfuhr, und beschloss, sich einen doppelten Espresso zu gönnen.

»Sieh an, die Kommissarin, schon so früh auf den Beinen?«

Obwohl sie die Stimme sofort erkannt hatte, drehte sie sich betont langsam um, tat überrascht und lächelte den hochgewachsenen Mann mit dem kurzen, zerrupft wirkenden Haar an. Sie freute sich, ihn zu sehen, aber das musste er ihr ja nicht gleich anmerken. »Herr Vortkamp, auch schon aus dem Nest gefallen? Heute beginnen Sie aber früh mit Ihrem Tagwerk.«

»Ich gestehe, mir ist der Kaffee ausgegangen. Ich hab ja auch nicht so viel Lagerplatz. Und Sie, haben Sie etwa eine Verabredung mit dem Geldvernichter?« Er wies mit einer Kopfbewegung auf die Sparkassenfiliale. »Die machen aber erst um neun auf.«

Annalenas Miene verfinsterte sich.

»So schlimm?«, fragte er besorgt. »Seien Sie bloß vorsichtig mit dem Kalupka. Man hört so einiges. Der ist hinter allem her, was Röcke trägt, und wenn es dazu noch so ein wunderbares sonnengelbes Kleid ist … wenn Sie wollen, pass ich auf Sie auf.«

»Nicht nötig.« Sie wurde rot.

Friedemann Vortkamp bestellte sich einen Cappuccino, und Annalena blinzelte in das von Minute zu Minute gleißendere Licht. Sie suchte in ihrer Tasche nach den aufsteckbaren Gläsern für ihre Sonnenbrille und befestigte sie an ihrer normalen Brille.

»Vielleicht sollte ich ans Meer fahren«, begann ihr Tischnachbar zu träumen. »Ich würde mein Wohnmobil direkt in den Dünen parken und mir schon vor dem Frühstück eine Wattwanderung oder ein kühles Bad erlauben. Je nachdem, ob gerade Ebbe oder Flut herrscht. Und an den Nachmittagen könnte man, gegen eine Sanddüne gelehnt und von flatternden Sonnenschirmen beschattet, gute Bücher lesen. Hätten Sie Lust mitzukommen?«

Und wie, dachte sie, schüttelte aber vehement den Kopf. »Ich kann hier nicht weg.«

»Schade.« Er schien es ernst zu meinen.

Sie mochte diesen Aussteiger auf höchstem Niveau, dessen Adresse aus einem Postfach beim Kalveroder Briefzentrum bestand und der als selbst ernannter Philosoph und Flaneur in einem Wohnmobil der Luxusklasse lebte. Wäre der ihr im Traum der vergangenen Nacht so nahegekommen, so wäre sie nur ungern erwacht.

»Sie können es sich ja noch überlegen«, bot Friedemann Vortkamp an und schenkte ihr sein schüchternes Woody-Allen-Lächeln. »Der Sommer ist schneller vorbei, als man denkt.«

»Das Leben auch«, sagte sie, ohne groß nachzudenken.

»Für manche schon«, murmelte er. »Aber nicht jedem wird nachgetrauert.«

Wie recht er doch hatte.

Annalena drehte ihren Caféhausstuhl so, dass sie die Villa des Herrn Kalupka voll im Blick hatte. Die Ostfront des großen Gebäudes war um diese Zeit in Sonne getaucht. Offensichtlich wusste ihr Tischnachbar noch gar nicht, was passiert war. Sie seufzte. Spätestens dann, wenn er die rot-weiße Absperrung bewusst wahrgenommen hatte, würde er fragen, was denn in dieser schönen Villa passiert war.

Glücklicherweise hatte sie gestern verhindern können, dass Kalupkas Exfrau dort übernachtete. Noch bei der Erinnerung daran lief ihr ein Schauer über den Rücken. Allein der Blick, mit dem die geschiedene Roswitha Kalupka durch die Räume geschlichen war: vorwurfsvoll und nach Mitleid heischend. Sie hatte vehement darauf bestanden, als Erstes den Tatort zu sehen.

Wer wusste schon, was Jörg Ottenhöver der Witwe auf der knapp einstündigen Fahrt von Gütersloh nach Kalverode alles erzählt haben mochte. Annalena fragte sich immer noch, welcher Teufel ihren Chef geritten hatte, dass er ausgerechnet Jörg mit dieser Aufgabe betraut hatte. Nur weil der vor Ort war? Um Zeit zu sparen? Ottenhöver gehörte doch gar nicht mehr zu ihrem Team.

Außerdem hatte sie den Eindruck, als hätte Jörg Ottenhöver dieser Roswitha Kalupka nur Abwertendes über seine einstigen Kollegen mitgeteilt. Warum sonst hätte die geschiedene Witwe Annalena, Wilfried und Ewald mit so viel Abscheu angestarrt, als hätte sie eine Begegnung mit den berüchtigtsten Folterknechten der Welt zu überstehen?

Roswitha Kalupka war eins achtzig groß und hatte ein ebenmäßiges Gesicht mit ungewöhnlich großen braunen Augen. Annalena schätzte sie auf Ende dreißig. Erschöpft hatte Frau Kalupka sich in der Empfangshalle umgesehen. Irgendetwas war mit ihrem Speichelfluss nicht in Ordnung. Sie wischte sich dauernd den Mund, während sie durch die Räume ging.

»Sie hätten nicht mit ihm mitfahren sollen«, hatte Annalena gesagt. »Sie sind ja krank.«

»Seit er weg ist, bin ich krank«, bestätigte Roswitha Kalupka. »Kann ich ihn sehen?«

Annalena nickte. »Ja, Sie müssen ihn sogar identifizieren.«

»Wenn es derselbe Mann ist wie auf dem Bild dort«, erklärte Frau Kalupka und wies auf das große Wandgemälde, »dann ist es Felix.« Sie hustete. »War es ein Gewaltverbrechen?«

»Sieht ganz danach aus«, sagte Ewald Schmeing und nickte ernst. »Trauen Sie sich das zu? Es ist kein schöner Anblick. Annalena Brandt wird Sie begleiten.«

»Wat mott, dat mott!« Sie hatte sich auf die dritte Treppenstufe von unten gesetzt – genau dorthin, wo die Hand des Toten gelegen hatte.

»Ich komme mit und fahre Sie dann wieder nach Hause«, versprach Jörg Ottenhöver. »Sie müssen sich schonen!«

»Seit er aus dem Haus ist, muss ich mich nur noch schonen.« Frau Kalupka liefen die Tränen herunter. »Was anderes gibt's nicht mehr in meinem Leben.«

»Das kommt schon wieder«, versuchte Jörg sie wenig überzeugend zu trösten.

»Sollen wir vielleicht eine Polizeipsychologin vorbeischicken?«, schlug Annalena vor.

»Nein, nein, nicht nötig.«

Anschließend war Annalena mit Roswitha Kalupka nach Münster gefahren, wo diese mit einem Nicken die Identität ihres Mannes bestätigt hatte. Ewald Schmeing und Jörg Ottenhöver waren ihnen gefolgt. Wie versprochen hatte Jörg die Witwe nach Gütersloh zurückgebracht, und Annalena war mit Ewald wieder nach Kalverode gefahren.

Annalena stöhnte und schüttelte den Kopf. Das alles war so was von unprofessionell gewesen.

»Urlaub wär schon besser als Arbeit, oder?«, fragte Friedemann Vortkamp, der ihr Seufzen offensichtlich falsch deutete.

Sie nickte.

Er wies auf die Polizeiabsperrung: »Was ist denn da passiert?«

»Laufende Ermittlungen.«

»Was Schlimmes?« Seine Stimme klang besorgt.

Sie suchte seinen Blick. »Ja, das kann man wohl sagen.«

Er schluckte. »Tot?«

Annalena biss sich auf die Lippen und murmelte: »Ich muss dann mal.«

Sein zweites »Schade« an diesem Vormittag klang in ihr

nach und stimmte sie eigenartig zuversichtlich. Sie hatte nicht gewusst, dass bestimmte Worte eine solche Kraft entfalten konnten. Oder hing es davon ab, wer diese Worte aussprach?

Wenn sie darüber nachdachte, und Nicole Uhlenbrock würde bis zu ihrem Lebensende darüber nachdenken, so war ihr an diesem Abend nichts Besonderes aufgefallen. Felix war wie immer gegen neun Uhr durch die Hintertür in ihr Haus geschlüpft, hatte sich an den gedeckten Tisch gesetzt und eine Flasche Weißwein geöffnet.

Wie immer, wobei dieser Begriff relativ war, denn sie kannten sich erst seit vier Wochen, hatte sie sich den gegenüberliegenden Stuhl genommen und ihn angesehen. Diesen Mann, dieses Wunder, das ihr widerfahren war. Mehr als acht Jahre trennten sie, aber er hatte von Anfang an gesagt, dass es ihm nichts ausmache, dass sie älter sei. Er mochte ältere Frauen, seitdem eine junge ihn so bitterlich enttäuscht und betrogen hatte.

Und jetzt gab es Gerede in der Stadt. Nichts als Neid. Sollten sie doch sagen, was sie wollten – Geldwäsche, Verfassungsschutz, unlautere Geschäfte. Das musste ein Irrtum sein. Felix war ein guter Mensch. Darauf ließ sie nichts kommen. Seine Frau hatte ihn betrogen, und trotzdem hatte er, als er einmal über sie sprach, gesagt: »Sie tut mir leid.«

Durch diesen Mann hatte ihr Leben einen Sinn bekommen, wenn auch nur den, ständig auf ihn zu warten. Aber was für ein süßes und sehnsuchtsvolles Warten das war. Und am Ende stand die Erfüllung.

Nicole Uhlenbrock hatte Felix Kalupka an einem Montagmorgen um neun Uhr dreißig in seinem Geschäftszimmer kennengelernt. Eine gouvernantenhafte und abweisend wirkende Assistentin im grauen Businesskostüm und mit streng geknotetem Haar hatte nach langem Hin und Her einen Termin vereinbart, auf den Nicole vier lange Tage warten musste. Damals war ihr das gar nicht schlimm erschienen. Damals hatte sie ja noch nicht gewusst, was sie versäumte.

Seitdem begann sie jeden Tag mit der Erinnerung an ihre erste Begegnung. Wie er sie angeschaut hatte mit diesen wunderbaren graublauen Augen. Gleichermaßen interessiert und fürsorglich. Wie einer, der sich kümmert und sieht, wo anderen der Schuh drückt. »Frau Uhlenbrock, wie schön, Sie zu sehen! Was kann ich für Sie tun?«

Was für ein Satz, was für eine Melodie: »Wie schön, Sie zu sehen!« Von ihren Kindergartenkindern sagte das keines, und deren Eltern schon gar nicht.

Das Ausmaß des Glücks, das sie in diesem Augenblick spürte, hätte ihr verdächtig vorkommen müssen. Es war zu groß für sie. Es stand ihr nicht zu. Aber sie sog den Satz in sich auf, ließ ihn durch alle Fasern ihres Körpers gleiten, ließ ihr Herz darin hüpfen und lächelte. Und mit diesem Lächeln zog sie ihre Unterlagen aus der Klarsichthülle, breitete sie vor ihm aus und sagte den Satz, den sie vorbereitet hatte, um dieser Besprechung ein bisschen Leichtigkeit zu verleihen: »Ich möchte zu Ihnen überlaufen.« Das »mit Haut und Haar« konnte sie grad noch verschlucken. »Hier sind meine Unterlagen von der Postbank.«

Felix Kalupka hob die Augenbrauen und nickte verständnisvoll. »Das ist gut. Da sind Sie bei mir richtig.«

Sie musste ihren Blick von ihm wenden. Anders war es nicht auszuhalten, dieses plötzliche Glück.

»Darf ich?« Seine Fingerspitzen berührten ihre Hände, als er ihre Papiere an sich nahm. Sie nickte, schluckte und wandte den Kopf zur Seite.

Das Büro des Sparkassendirektors war auffallend karg eingerichtet und gab nichts preis über den Mann, der dort täglich arbeitete. Augenblicklich beschloss Nicole Uhlenbrock, das zu ändern. Zu ihrem nächsten Termin würde sie Blumen mitbringen. Allein die Vorstellung, dass Blumen aus ihrem Garten ganz nah bei ihm stünden, ließ ihr Herz schneller schlagen.

Er studierte ihre Unterlagen, während sie ihre Blicke durch sein Büro schweifen ließ. Auf dem Schreibtisch stand ein Bilderrahmen, der einen Taucher mit Taucherbrille zeigte. An der Stirnwand des Raumes hing das Foto eines Fisches. Ob sie ihn fragen sollte, was es damit auf sich hatte? Vielleicht war er ja ein leidenschaftlicher Angler?

»Sie besitzen also ein Haus«, hatte er dann mit dieser wunderbaren Stimme festgestellt. »Ein Haus, das schuldenfrei ist. Respekt. Das will was heißen in dieser Zeit.«

Sie wurde rot, so stolz war sie darauf.

»Und dann noch hundertachtunddreißigtausend Euro, die einfach so auf Ihrem Sparkonto liegen? Daraus kann man doch mehr machen, was meinen Sie?«

Nicole Uhlenbrock schnaufte durch die Nase und suchte seinen Blick. War es nicht wunderbar, dass es jemanden gab, der ihr sagte, was sie machen sollte? Sonst war immer sie es, die ihren Kindergartenkindern tausend Fragen zu beantworten hatte.

»Genau«, sagte sie dann und nahm dabei den staunenden Ton ihrer kleinen Zöglinge an. »Deswegen bin ich ja hier. Mein Kind soll irgendwann was Ordentliches erben, wissen Sie, ich bin alleinerziehend. Er hat ja nur mich.«

Wohlweislich verschwieg sie ihm, dass ihr Sebastian sich kaum noch bei ihr meldete, weil er in Bad Oeynhausen politische und andere Arbeit leistete. Sie war eine gute Mutter, und er war ein guter Sohn. Dieses Bild musste aufrechterhalten werden.

Felix Kalupka legte den Kopf leicht schräg und sah sie lange an. Zu seinem schwarzen Seidenhemd trug er eine gelbgrün karierte Krawatte. In den Gläsern seiner randlosen Brille spiegelte sich ein Sonnenstrahl, von dem sie sich durchbohrt fühlte.

»Das sieht mir ganz nach einer umfassenden Beratung aus. Wir könnten einen neuen Termin vereinbaren«, schlug er vor und klapperte auf der Tastatur seines Computers. »Eine Stunde sollten wir schon einkalkulieren, mindestens.« Dabei sah er sie an und lächelte.

Wäre es nach Nicole Uhlenbrock gegangen, so hätte er auch einen Tag, ein Jahr, ein ganzes Leben vorschlagen können. Sie hätte zu allem »Ja« gesagt.

»Schade, bis zum Monatsende bin ich schon verplant.«

Dann betätigte er einen Knopf auf seinem Schreibtisch und murmelte: »Isabella, hören Sie mich?«

»Ja. Was ist?«

»Kann einer der Termine, die Sie mir für die nächste Woche eingetragen haben, eventuell verschoben werden?«

»Nein. Es war schon schwer genug, die so auf die Reihe zu kriegen.«

»Bemühen Sie sich einfach, in Zukunft ein paar Zeitinseln einzuplanen. Ich bin doch keine Maschine.«

»Okay.«

Zu gern dachte Nicole Uhlenbrock an dieses »Okay« der hochnäsigen Assistentin zurück. Es hatte kleinlaut geklungen. Und das war gut so.

Sie erinnerte sich aber auch noch an ihre Angst. Würde Felix Kalupka sie abweisen? Hatte er zu viel zu tun, um sich auch noch um ihr Vermögen zu kümmern?

Ihr war klar, dass es ihr seit zehn Minuten nicht mehr um ihre Geldanlage ging, sondern darum, ihn bald wiederzusehen.

Er seufzte demonstrativ und lächelte verlegen. »Es sei denn, Sie würden sich einen Abend Zeit nehmen. Wir könnten beispielsweise essen gehen und in aller Ruhe miteinander reden.

Ich bin noch nicht so lange in Kalverode. Kennen Sie ein gutes Lokal? Da wäre ich wirklich dankbar für jeden Tipp.«

So hatte alles begonnen.

Der Mann, mit dem sie sich von nun an regelmäßig traf, sprach nicht viel, und Nicole Uhlenbrock ertappte sich dabei, dass sie in seiner Gegenwart redete und redete. Wie ein Wasserfall. »Haste Sabbelwasser getrunken?«, hätte ihre Mutter gefragt, die es gar nicht gemocht hatte, wenn Nicole so viel »rumsabbelte«. Aber die Mutter lebte nicht mehr.

Sonst sprudelten die Worte ja nie so unkontrolliert aus ihr heraus. Aber sie wusste: Wenn sie ihm nicht pausenlos Dönekes erzählte, würden die wenigen Worte, die sie ihm am liebsten gesagt hätte, übermächtig werden und in die Welt hinausdrängen. Und alles wäre kaputt gewesen. Die Zeit war noch nicht reif.

Jetzt machte sie sich gerade deswegen Vorwürfe. Schließlich hatte einer von den Sätzen gelautet: »Bekenn dich zu mir, und bleib die ganze Nacht.«

Hätte sie den ausgesprochen und hätte er Ja gesagt, wäre die Welt noch in Ordnung und er bei ihr. Aber er war immer morgens um fünf heimgefahren in diese große und kalte Villa, um dort zu übernachten und aufzuwachen – und jetzt saß er gemeinsam mit seiner Putzfrau im Gefängnis. Wie absurd! Vor all dem hätte sie ihn bewahren können.

An jenem Freitagabend war er nach dem Essen aufgestanden und hatte sie in den Arm genommen. Sie hatte sich an ihn geschmiegt und gespürt, wie er ihren Büstenhalter öffnete.

»Hey«, hatte sie gemurmelt. »In meinen Adern fließt gleich Quecksilber, wenn du so was mit mir machst.«

Er hatte sie noch enger an sich gedrückt und plötzlich gezittert. »Mach über so was keine Scherze. Ich lieb dich, wie du bist, und zwar gerade ohne Quecksilber.«

Die Heldin der Kindergartenkinder straffte sich. Sie würde ihn aus dem Gefängnis befreien. Das war sie ihm schuldig.

4. Kapitel

Ungewöhnlich gut gelaunt öffnete Annalena die Tür zum Alten Amtshaus und genoss die angenehme Kühle, die ihr entgegenschlug. Jetzt war sie froh, dass sie eine Jacke mitgenommen hatte, und legte sie sich um die Schultern. Während sie mit federnden Schritten durch den weiträumigen Flur ging, hörte sie die lautstarken Proteste des Kriminaloberrats durch dessen geschlossene Bürotür hindurch. So aufgebracht hatte sie Ewald Schmeing selten erlebt. Was nur brachte ihn derart früh am Tag so in Rage? Sie blieb kurz stehen.

»Pressekonferenz?«, schrie er. »Nichts gibt's! Was denken Sie sich! Ich habe eine Nachrichtensperre über die Sache verhängt, und dabei bleibt es. Da kann ja jeder kommen. Nein, nichts sag ich Ihnen. Nur das eine: Alles ist in der Schwebe, und wir wissen noch nichts.«

Annalena schlussfolgerte kühn, dass er mit einem Redakteur der Kalveroder Nachrichten telefonierte, und verkniff sich ein Lächeln. Garantiert würde die morgige Hauptschlagzeile lauten: »Was geschah in der Gründerzeitvilla? Kriminaloberrat Schmeing: Wir haben keine Ahnung!« Sie fragte sich, ob sie ihn vorwarnen sollte.

Auf dem Schreibtisch gegenüber ihrem Arbeitsplatz stand ein riesiger Blumenstrauß mit leuchtenden Sonnenblumen und dunkelblauen Ritterspornkerzen. Der war bestimmt für die Neue. Sie erinnerte sich an den Strauß, den sie zum Einstand bekommen hatte. Der war längst nicht so üppig gewesen und hatte so auf ihrem Tisch gestanden, dass sie bequem darüber hinwegschauen konnte, und zwar direkt in Jörg Ottenhövers allerfinsterste Begrüßungsmiene. Annalena schmunzelte. Hoffentlich bot die Neue einen gefälligeren Anblick. Sie würde sie auf jeden Fall freundlicher empfangen.

Die für alles zuständige und sich um alles kümmernde Hedwig hatte bereits ein Namensschildchen auf den noch leeren Schreibtisch gestellt: »Hauptkommissarin Melanie Dierks«. Na, großartig. Die neue Kollegin hatte offenbar denselben Dienstgrad wie sie selbst. Annalena war sich plötzlich nicht mehr sicher, ob sie sich auf die Kollegin freute. Warum hatte Ewald ihr verschwiegen, dass sie den gleichen Rang hatten?

Die vergangenen Wochen, in denen das Büro ihr allein gehört hatte, waren so schön gewesen. Aber jetzt mit dieser Kalupka-Geschichte brauchten sie tatsächlich jeden Mann und jede Frau. Auch Hauptkommissarinnen.

Sie fuhr ihren Computer hoch und ließ sich von dem Duft frisch aufgebrühten Kaffees in den Konferenz- und Allzweckraum der Polizeidienststelle locken. Hier residierte Hedwig Hagenkötter, die Seele des Geschäfts, wie Ewald zu sagen pflegte. Annalena nahm sich eine Tasse, blies auf das dampfende Getränk und setzte sich an den großen Konferenztisch.

»Sag mal, da war doch was mit einem Camper in der Fußgängerzone? Hast du das eigentlich mitgekriegt?«

Die Sachbearbeiterin mit dem Halbtagsjob und einer Unmenge von Zusatzqualifikationen, was die mit Urkunden gepflasterten Bürowände bezeugten, zog die Augenbrauen hoch. »Ach Gott, diese Geschichte. Wat willste denn jetzt damit? Wir haben doch wohl anderes zu tun.« Sie fuhr sich durch ihr dauergewelltes dunkles Haar. »Ich hab übrigens in dieser Sekunde das Protokoll von gestern früh an alle geschickt. War ein ganz schönes Durcheinander. Aber jetzt hat's Struktur.« Sie schien auf ein Lob zu warten. Immerhin zeichnete ein an der Wand hängendes Zertifikat sie als »beste Protokollantin« ihres Kurses aus, gekrönt mit der Note Eins plus.

Da Annalena nur beiläufig nickte, seufzte Hedwig kurz und

besann sich auf die aktuelle Frage. »Der Camper also. Oberwachtmeister Krabbe hat das damals aufgenommen. ›Erregung öffentlichen Ärgernisses‹. Und dann hat er ein Bußgeld von fünfzehn Euro kassiert, was übrigens exakt dem Satz für Parken im eingeschränkten Halteverbot entspricht. Und so hab ich es dann auch verbucht. Meinste, das war zu wenig?«

Annalena hob die Schultern. »Ist mir wurscht.« Sie nahm einen Schluck Kaffee. »Habt ihr die Personalien von dem? Der ist nämlich jetzt weg. Mein Vater hat gelegentlich mit ihm gesprochen. Und er sagte, dass der Typ direkt vor der Bank saß. Möglicherweise brauchen wir den als Zeugen.«

»Das war einer von diesen Occupys«, sagte Hedwig und zog die Nase kraus, als spreche sie über eine verbrecherische Sekte. »Die glauben tatsächlich, man könnte ohne Geld leben. Solche Spinner!«

Annalena blieb am Ball. »Und die Personalien von dem?«

Hedwig stand auf. »Kann ich nachgucken. Wenn's denn sein muss!« Ihr leiser Vorwurf war nicht zu überhören. »Weißte, ist nämlich schon alles auf der externen Sicherung beziehungsweise in der Ablage. Ich hab gleich heute Morgen Platz gemacht für unseren neuen Fall.«

»Ich will ja nicht hoffen, dass der dann unsere ganze Festplatte belegt«, murmelte Annalena und beobachtete, wie Hedwig sich in ihrer engen weißen Sommerjeans umständlich nach einem Ordner auf dem untersten Regalbrett bückte. Die Hose spannte gefährlich. Lieber Gott, lass mich mit Mitte fünfzig nicht so einen Hintern haben, dachte die relativ schlanke Hauptkommissarin Annalena Brandt und schämte sich gleich dafür.

Mit dem Tag, an dem Markus Wissing im Textilhaus Engbers bügelfreie Poloshirts entdeckt hatte, war sein Leben um einiges einfacher geworden. Praktischerweise hatte er gleich zwei Dutzend davon gekauft: zwölf schwarze und zwölf dunkelblaue. Die trockneten nach einem Feinwaschgang in der Waschmaschine auf Bügeln am Wäscheständer, wollten nur noch glatt gestrichen werden – und schon konnte er sich den übrigen Angelegenheiten des Alltags stellen. Insgeheim hegte er den Verdacht, dass Thekla ihm absichtlich die Existenz dieser wunderbar praktischen Textilien verschwiegen hatte, um ihn lebenslang mit gestärkten und gebügelten Hemden zu quälen, die zudem am Hals kratzten und nach einer Stunde Tragen schon zerknittert wirkten.

Seine Polohemden ersparten ihm außerdem das Krawattenbinden, und allein das war schon von außerordentlichem Vorteil. Kriminalhauptmeister Wissing fand, dass der neue Stil ihn sportlicher und irgendwie dynamischer erscheinen ließ.

An diesem Dienstagmorgen war er besonders froh darüber, sich um seine Kleidung keine großen Gedanken machen zu müssen. Er hatte schlecht geschlafen, lange wach gelegen und fühlte sich wie gerädert – und das lag nicht nur an der Hitze. Irgendwann um zwei Uhr in der Früh hatte er ein lautes und verzweifeltes Schluchzen gehört. Es war eine besonders heiße Nacht gewesen, und in sämtlichen Wohnungen des Schnellen Brüters waren die Fenster geöffnet, sodass ein leichter Durchzug herrschte, der aber kaum Linderung brachte. Schon seit Tagen lag die Hitze wie eine Glocke über der Stadt.

Es dauerte eine Zeit, bevor er begriff, woher das Weinen kam: aus der Wohnung direkt neben ihm. Und das Apartment gehörte der Assistentin des Sparkassendirektors, von der Kriminaloberrat Schmeing behauptet hatte, sie sei cool und herzlos.

Ohne Vorwarnung hatte Markus plötzlich an die letzte Nacht in seinem Haus denken müssen. Da hatte Thekla auch so geweint: hilflos, verzweifelt und wütend. Sie hatte mit den Fäusten um sich geschlagen, und ihr vom Weinen aufgedunsenes Gesicht war rot angelaufen. Er hatte neben ihr gesessen und ihr nicht helfen können. Und während sie so sturzbachartig heulte, hatte er nur noch von ihr weggewollt.

Ja, sie hatten sich mal geschworen zusammenzubleiben, »bis dass der Tod uns scheidet«. Aber er sah es überhaupt nicht ein, extra sterben zu müssen, um von ihr freizukommen. Überhaupt: Was für ein altmodisches Versprechen, was für ein rückständiger Satz. Der war vielleicht vor ein paar Hundert Jahren mal gültig gewesen. Damals wurden die Leute eben nicht so alt, hatten viele Kinder, viele Sorgen und kaum Zeit zum Nachdenken, mussten sich um Nachwuchs, Haus und Hof kümmern. Thekla hingegen war nie schwanger geworden, sie hatten weder Kind noch Hund oder Katze, und er selbst hatte vermutlich trotz seiner beruflichen Anspannung ein bisschen zu oft nachgedacht – und dann war ihm das Wunder Stefanie begegnet. Und hatte ihm klargemacht, was ihm fehlte: nämlich alles.

Er hatte Thekla in ihrer letzten gemeinsamen Nacht nicht helfen können, und er würde sie auch nicht in der Klinik besuchen. Sie sollte bloß nicht glauben, dass er zu ihr zurückkäme. Zu ihr und ihren gebügelten Hemden nebst passenden Krawatten, die ihm den Hals abschnürten. Er konnte ihr nicht helfen, und der weinenden Frau nebenan konnte er auch nicht helfen. Er würde einfach so tun, als hätte er nichts gehört. Das aber war schwer.

Diese verworrenen Überlegungen und die Hitze hatten ihn bis etwa fünf Uhr morgens wach gehalten, dann endlich war es nebenan still geworden. Als sein Wecker um halb sieben klingelte, wusste er, noch bevor er die Augen aufgeschlagen hatte, dass dies ein Kopfschmerztag werden würde. Resigniert war er ins Bad gewankt, hatte geduscht, seiner Elvis-Tolle wie immer mit Brillantine den letzten Schliff verliehen und sich für ein dunkelblaues Easy-Going-Poloshirt entschieden in der Hoffnung, dass heute wirklich alles einfach gehen möge. Warum sonst sollte das Textilhaus Engbers seine Produkte so nennen?

»Sebastian Uhlenbrock«, sagte Hedwig Hagenkötter in genau dem Augenblick, als Markus die Tür zum Konferenzzimmer öffnete. Auch ihn hatte der Kaffeeduft magisch angezogen.

Reflexartig reagierte er auf den soeben gehörten Namen. »Was ist denn mit dem?«

»Kennst du ihn etwa?« Annalena hob die Augenbrauen.

Markus nickte. »Das ist doch dieser verrückte Protestheini, der in einem Ein-Mann-Zelt vor der Bank gecampt hat und den Heinz immer wieder verwarnen musste. Kommt übrigens auch aus Kalverode. Wir haben hier ziemlich viele Verrückte, oder?«

Hedwig Hagenkötter nickte. »Das stimmt. Ich könnte fast jeden Tag eine neue Selbsthilfegruppe gründen.«

»Wie, der kommt aus unserem Ort und wohnt in einem Zelt in der Fußgängerzone?«, hakte Annalena ungläubig nach. »Wieso geht der nicht nach Hause zum Schlafen?«

»Weil der einen politischen Protest macht. Und jetzt ist er ja auch endlich weg.« Markus klang genervt. »Frag ihn doch selbst. Vielleicht erreichst du ihn bei seiner Mutter. Die wohnt gegenüber vom Kindergarten und geht zum Arbeiten nur einmal über die Straße. Die ist nämlich Kindergärtnerin.«

»Kindergarten, da gehört sie auch hin«, kommentierte Hedwig böse.

»Tante Nicole?«, fragte Annalena und erinnerte sich an eine Frau mit eckigem Gesicht und langen Haaren, die ihr vor mehr als zwanzig Jahren gezeigt hatte, wie Schnürsenkel gebunden wurden.

Markus nickte. »Warst du etwa bei der im Kindergarten? Ich bin mit ihr zur Schule gegangen. Das war auch nicht einfach.«

Nach und nach trudelten die noch ausstehenden Mitglieder der Kalveroder Polizeibesatzung im Alten Amtshaus ein. Pünktlich mit dem Halb-neun-Glockenschlag der Agnes-Kirche erschien Horst Toplischek. Schweigend nahm er sich eine Tasse Kaffee und verschwand in seinem Büro. Sein engster Mitarbeiter Heinz Krabbe lief direkt nach ihm ein. Auch er bediente sich wortlos an der Kaffeemaschine und nuschelte ein unklares »Moin«. Die anderen nickten ihm zu.

»Punkt neun treffen wir uns hier zur Lagebesprechung«, rief Annalena ihm nach, als er mit seiner Tasse verschwand.

Wilfried Lütke-Tillmann kam wie immer zuletzt. Der fast zwei Meter große Mittdreißiger hatte offensichtlich schon vor dem Dienst im Kalveroder Freibad seine tausend Meter weggekrault. Er wirkte so topfit und einsatzbereit, dass er bestimmt auch ohne Kaffee in den Tag hätte starten können, trotzdem füllte er sich auch eine Tasse des heißen Getränks ab.

»Na, was steht heute an?«, fragte er und dribbelte erwartungsvoll mit dem linken Fuß.

»Das klären wir in unserem Neun-Uhr-Gespräch«, maßregelte Markus Wissing ihn und wühlte im Erste-Hilfe-Schrank nach einer Kopfschmerztablette.

Wilfried sah auf die Wanduhr. »Also in vier Minuten. Da bleib ich doch gleich mal da.«

Gerade als die Kirchturmuhr von Sankt Agnes ihre neun dunklen Schläge ertönen ließ, stürmte Ewald Schmeing aufgebracht ins Konferenzzimmer: »Alle mal herhören!«

»Heinz und Horst sind noch in ihren Zimmern«, kam Hedwig Hagenkötter ihm zuvor. »Ich hol sie eben.«

»Also«, begann der Kriminaloberrat und fixierte seine Truppe mit strengem Blick. »Ganz wichtig. Die Fuzzis von der Zeitung konnte ich Gott sei Dank auf Donnerstag vertrösten. Spätestens dann müssen wir eine Pressekonferenz abhalten und denen irgendwas stecken, damit sie ihre Wochenendausgaben füllen. Am besten mit einer Fahndungsmeldung oder so.«

»Chef, bis Donnerstag ist der Fall doch gelöst«, meinte Wilfried Lütke-Tillmann zuversichtlich und schien tatsächlich daran zu glauben. Dann ergänzte er leicht süffisant: »Zumal wir heute ja auch noch Verstärkung kriegen.«

»Na ja, wenigstens herrscht nun an der Zeitungsfront etwas Ruhe«, murmelte Annalena erleichtert. »Wenn ich mich vor einem wirklich fürchte, dann vor Pressekonferenzen.« Sie fragte sich, wie der Kriminaloberrat es geschafft haben mochte, die ganze Geschichte zu vertagen. Normal war das nicht. Vermutlich schuldete ihm der Chefredakteur noch einen riesigen Gefallen. Um was es da ging, hätte sie zu gerne gewusst. Es musste eine größere Sache sein.

»Unsere Reporter sind eigentlich ganz zahm. Nicht so frech wie die im Fernsehen, aber nerven tun sie trotzdem«, beruhigte Ewald sie. »Nun sag mal, wie soll es jetzt weitergehen? Gibt's schon einen Plan? Du hast ja nun den Hut auf.«

Sie zögerte. »Da ist noch etwas, das wir klären sollten. Mein Vater hat mir gestern von diesem Camper erzählt. Und grad erfahre ich, dass Markus den auch kennt. Markus sollte dem Typen mal auf den Zahn fühlen. Vielleicht hat der irgendwas gesehen. Ich meine, wenn der schon vier Wochen lang vor Bank und Villa zeltet, Nacht für Nacht.«

»Sehr guter Ansatz«, lobte Ewald Schmeing so überschwänglich, dass Annalena sich fragte, ob er sie überhaupt ernst nahm.

Betont selbstbewusst und etwas zu laut wandte sie sich an Horst. »Gibt's was Neues von den Haaren und den Hautpartikeln? Konntest du einen Abgleich machen?«

»Ich hab die Struktur«, sagte Horst und nickte. »Aber der Abgleich hat bisher noch nichts gebracht. Deshalb will ich noch mal in die Datenbank vom Bundeskriminalamt. Unabhängig davon musst du mir Vergleichsmaterial herschaffen. Bisher hab ich nur Fingerabdrücke von Thekla Wissing.«

Sie nickte. »Machen wir. Was war mit dem Slip?«

»Da waren Haare drin, die hab ich separiert. Frauenhaare – und wenn ihr es ganz genau wissen wollt: die Schamhaare einer Frau. Die DNA davon ist aber nicht identisch mit den Hautpartikeln unter den Fingernägeln des Toten und hat auch nix mit den vier ausgerissenen Kopfhaaren zu tun. Kopfhaare und Hautpartikel dagegen haben dieselbe DNA. Eigentlich müssen wir nur noch den Typen dazu finden.«

»Und der Druckknopf?«

»An dem haben wir nix finden können. Viel zu fitzelig.«

»Na ja, möglicherweise finden wir ja noch die andere Hälfte des Druckknopfs.«

»Das bringt uns nur was, wenn der Täter den direkt an Hemd oder Hose trägt«, gab Horst zu bedenken. »Und so blöd is ja wohl keiner.«

Plötzlich klingelte es.

»Kundschaft!«, seufzte Hedwig und fügte hinzu: »Ich kenn das schon. Die kommen immer, wenn man es wirklich nicht gebrauchen kann.«

»So ein Schwachsinn, die Tür ist doch offen! Wer klingelt denn da noch an!« Ewald schüttelte den Kopf.

»Weißt du was, das könnte die Neue sein.« Hedwig stand auf und straffte die hellblaue Seidenbluse, die fast so knapp saß wie ihre Jeans. »Ich hol sie mal.«

Alle sahen ihr nach.

Drohend baute Ewald sich vor seiner Mannschaft auf: »Dass ihr mir bloß nett zu der seid. Die kommt aus Thuine bei Lingen und hat irgendwie Stress gekriegt mit den Franziskanerinnen im dortigen Generalmutterhaus. Deswegen wurde sie für eine Versetzung vorgeschlagen, und ich hab mich gleich um sie beworben. Wir brauchen Verstärkung, und ich will, dass sie bei uns bleibt, grad jetzt, wo der Jörg weg ist.« Er wandte sich an Annalena. »Dann hast du mal eine Frau an deiner Seite. Sie ist übrigens auch Hauptkommissarin.« Er klang stolz. Seine vier männlichen Mitarbeiter sahen nicht gerade begeistert aus und blickten verlegen zu Boden.

Die Tür öffnete sich, und da stand Melanie Dierks, eine mittelgroße rotgesichtige Frau Ende dreißig. Ihr dunkelblondes Haar war zu einem straffen Zopf geflochten, das Gesicht mit der spitzen Nase und den schmalen Lippen war auffallend kantig. Breitbeinig stand sie da, sah sich um und erweckte allein dadurch den Eindruck, als hätte sie alles im Griff. Und zwar wirklich *alles*. Nicht nur ihr eigenes Leben, nicht nur den prinzipiell vernünftigen Lauf der Welt, sondern vor allem jene Bereiche, die davon abwichen.

»Da bin ich also«, sagte sie gut gelaunt und reichte jedem Einzelnen die Hand. »Auf gute Zusammenarbeit. Ich freue mich.«

»Sie kommen gerade richtig«, sagte Ewald. »Seit gestern haben wir einen komplizierten Fall und brauchen dringend Unterstützung.«

»Dann passt es ja«, erwiderte Melanie Dierks, und Annalena fand, dass ihre Stimme ein bisschen zu laut und anmaßend klang. Eine Frau wie ein Erdbeben – und mit der sollte sie in einem Zimmer sitzen! Da war ja Jörg Ottenhöver fast noch besser gewesen.

»Worum geht's denn?«, fragte Melanie nun.

»Um einen toten Sparkassendirektor«, antwortete Heinz Krabbe wie aus der Pistole geschossen.

»So ein Mist, dann kann ich meinen Kreditwunsch ja wohl vergessen!« Sie grinste. »Kleiner Scherz am Rande.«

Annalena hob die Augenbrauen. »Sehr witzig.«

Die Neue war unglaublich, noch schlimmer als alles, was Annalena sich hätte ausmalen können. Sie fragte sich, wer ihrem Boss »diese Person« – wie sie sie insgeheim nannte – aufs Auge gedrückt haben mochte, und war davon überzeugt, dass in der Dienststelle in Lingen seit genau dem Tag gefeiert wurde, an dem Melanie Dierks verkündet hatte, sie werde dem Ruf nach Kalverode Folge leisten. Denn garantiert hatte die ihren Leuten ihre Strafversetzung als Sieg verkauft.

Aber so war es immer schon gewesen: Kaum erhoffte Annalena sich mal eine positive Änderung, schon kam sie vom Regen in die Traufe. Das Leben meinte es nicht gut mit ihr. Sie verspürte einen Anflug von Selbstmitleid, aber wischte ihn schnell beiseite. Immerhin hatte jemand heute Morgen mit ihr verreisen wollen und »schade« gesagt, weil sie keine Zeit hatte.

»Nun sind wir ja schon fast eine ausgeglichene Mannschaft«, verkündete Ewald Schmeing jovial und sah sich um: »Fünf Männer und drei Frauen. Ist die Genderquote damit erfüllt?«

»Da zwei dieser Frauen Hauptkommissarinnen sind«, ergänzte Melanie schnell, »zählen wir doppelt. Somit steht es fünf zu fünf.«

Die Herren blickten griesgrämig um sich.

»Wenn so gerechnet wird, zählt Ewald aber für drei«, versuchte Hedwig die Stimmung wieder aufzubessern. »Er ist schließlich Kriminaloberrat.«

»Genug!«, rief Ewald ungewohnt energisch. »Das ist keine Mathestunde. Wir haben einen Mordfall zu lösen.« Er sah auf die Uhr. »Und außerdem ist es schon halb zehn!«

»Darf ich mal?« Ohne eine Antwort abzuwarten, ging Melanie Dierks zu den Fenstern und riss sie auf. »Hier riecht es mittlerweile mehr nach Schweiß als nach Kaffee. Wenn wir so weitermachen und immer mehr Kinder kriegen, wird die ganze Welt irgendwann nur noch nach menschlichen Ausdünstungen stinken – dabei duften Rosen doch um einiges besser. Ich persönlich habe beschlossen, mich aus dem Kinderkriegen auszuklinken. Stattdessen kümmere ich mich um Recht und Ordnung in dieser Welt. Also, wo ist mein Arbeitsplatz?«

Glücklicherweise hörte sie nicht, wie Heinz Krabbe Wilfried Lütke-Tillmann vertraulich zuraunte: »Da machtse garantiert aus ihrer Not eine Tugend. Vor so einer kann man sich ja nur fürchten, oder kannste dir vorstellen, mit der … du weißt schon was?«

Das frühmorgendliche »Schade« von Friedemann Vortkamp milderte alles, was Annalena an diesem Tag widerfuhr, wie mit einem Weichzeichner ab. Es machte die Hitze erträglich und überzog ihre anfängliche Abneigung gegen Melanie Dierks mit einer Glasur entspannter Gelassenheit, vermischt mit einer Spur Neugierde auf diese Person. Sie mussten sich ja arrangieren – und sie würden sich miteinander arrangieren. Irgendwie. Ihnen blieb nichts anderes übrig. Da war es doch vernünftig, erst gar keinen Widerstand aufzubauen.

Annalena registrierte, dass die Neue absichtlich besonders resolut auftrat. Sie ließ sie gewähren. Um sich gut zu fühlen, genügte ihr das »Schade« von Friedemann. Dass ein kleines Wort so lange vorhalten kann.

Jetzt standen die beiden Kommissarinnen vor der tapezierten Spiegelwand. Melanie Dierks schüttelte ungläubig den Kopf. Der straff geflochtene Zopf verlieh ihr etwas klosterschwesterartig Strenges.

»Wie, mehr habt ihr noch nicht?«

»Nein.« Annalena riss sich zusammen und blieb ganz ruhig.

»Dann ist das also das Opfer?«, fragte Melanie Dierks und wies mit ihrem Bleistiftende auf das Porträt des Toten. »Was für ein charmantes Kerlchen – zumindest zu Lebzeiten! Als

Toter hat der sicher nicht mehr so lecker ausgesehen. Hast du auch ein Foto von der Leiche?«

Melanie Dierks hatte Annalena ohne Vorwarnung geduzt. Die zuckte kurz zusammen. Gut, wenn die Neue es so haben wollte. Was die konnte, konnte sie auch. Sie beugte sich über ihren Computer. »Ich such es dir mal raus. So, jetzt kannst du es dir anschauen.«

»Super. Danke.«

Jetzt waren sie also beim Du. Melanie stellte sich wieder vor das Mindmap und las. »Und das ist wirklich alles?«, hakte sie ungläubig nach.

Was fiel der eigentlich ein, so zu fragen? Annalena schnaufte leise. »Wir fangen doch gerade erst mit den Ermittlungen an. Der Tote wurde gestern früh entdeckt, und das hier ist unsere Wand fürs Brainstormen und zum Zusammentragen aller Erkenntnisse. Für mich persönlich ist diese Übersicht eine große Hilfe, und ich gehe davon aus, dass du mich darin unterstützt. Irgendwann ergibt sich beim Draufschauen so was wie ein roter Faden.« Sie biss sich auf die Lippen. Warum machte sie sich so klein?

Die Neue riss die Augen auf. »Oje, bist du etwa eingeschnappt? Ich hab doch nur gefragt. Warte.« Sie ging zu ihrem Schreibtisch, nahm eine hellblaue Ritterspornrispe aus dem riesigen Begrüßungsstrauß und reichte ihn der Kollegin. »Tut mir leid. Ich weiß, ich hab was Überfallartiges an mir. Damit kamen die in meiner letzten Dienststelle schon nicht klar. Deshalb hab ich mich vom Emsland nach Westfalen versetzen lassen. Weil die Westfalen doch so geduldige Sturköppe sind. Und jetzt geht das hier schon wieder los. Weißt du was, sag mir einfach immer, wenn's zu viel wird. Ich will doch einfach nur mit euch allen klarkommen – und was mach ich? Ich tret mal wieder in alle Fettnäpfchen.« Sie wirkte zerknirscht. »Wollen wir noch mal von vorne anfangen? Bitte.«

»Schon gut.« Annalena sah plötzlich wieder ihren ersten Arbeitstag in Kalverode vor sich. Da war auch sie in jedes vorhandene Fettnäpfchen getreten und hatte sich gleich ihr Gegenüber zum Feind gemacht. Das musste sich ja nun wirklich nicht wiederholen. Sie nickte verbindlich. »Also, ich erklär dir das Mindmap, und du hörst einfach nur zu.«

»Ich hoff, ich schaff das. Wenn nicht, darfste mir auf die Finger hauen.«

Sie hat es auch nicht leicht, dachte Annalena plötzlich und verspürte Mitleid. So, wie die aussieht – und dann mit dieser Art. Mit der würde Friedemann nicht verreisen wollen, zu deren Absage hätte er nicht »Schade«, sondern eher »Gott sei Dank« gesagt.

Innerlich lächelnd wies sie nun besonders freundlich auf das Bild von Felix Kalupka. Es war ein Schwarz-Weiß-Ausdruck des riesigen Porträts, das in seiner Diele hing. »Das ist das Opfer. Felix Kalupka, fünfundvierzig Jahre alt. Er ist vor knapp vier Monaten nach Kalverode gekommen und hat bis gestern die Filiale der hiesigen Sparkasse geleitet. Gefunden wurde er in seinem Wohnhaus.« Das Foto der Gründerzeitvilla war durch einen roten Strich mit dem Porträt des Toten verbunden. »Und zwar von Thekla Wissing, seiner …« Annalena lag das Wort Putzfrau auf der Zunge, doch sie verschluckte es. »… also seiner Hausdame. Nicht dass du dich über die Namensgleichheit wunderst: Thekla Wissing ist die Frau unseres Kollegen Markus Wissing, die zwei leben aber seit Kurzem getrennt. Und um gleich die Frage zu beantworten, die sich hier aufdrängt: Nein, Markus hat seine Frau nicht als Zeugin vernommen. Ewald Schmeing hat mit ihr gesprochen. Das Protokoll haben wir auch schon.«

Die Neue setzte zu einer Bemerkung an, biss sich aber auf die Lippen.

»Todesursache war Genickbruch«, fuhr Annalena fort. »Jemand hat ihn an der linken Schulter gepackt und mit aller Wucht gegen das Treppengeländer gestoßen. Das meint der Gerichtsmediziner. Wir hatten erst an einen Unfall gedacht – aber bei den Verletzungen und bei diesem Schnitt am Jochbein … Vermutlich ist es auf der Galerie zum Kampf gekommen. Dann folgte der Sturz. So weit meine Theorie.«

Die Neue nickte und schwieg.

»Wir haben die Szenen nachgestellt und berechnet. Der Täter ist männlich und mindestens einen Meter neunzig groß.«

»Oder eine Riesin«, warf Melanie schnell ein und hielt sich demonstrativ die Hand vor den Mund. »Ich wollte ja nichts sagen.«

Annalena gab ihr recht. »Okay, Mann oder Riesin. Hinzu kommt: Rechtshänder wegen des Hämatoms an der linken Schulter des Toten sowie Frühaufsteher, da zwei bis vier Uhr morgens als Tatzeit angenommen wird.«

»Na bitte, das ist doch schon was.« Die Dierks hatte ganz offensichtlich Schwierigkeiten, auch nur zehn Sekunden lang den Mund zu halten.

Annalena überging den Einwurf. Sie hielt immer noch die Ritterspornrispe in der Hand und benutzte die hellblaue Blüte als Zeigestock.

»Wir haben am Tatort vier Haare gefunden, die weder dem Toten noch der Hausdame zuzuordnen sind. Außerdem Hautreste unter den Fingernägeln des Toten, wobei nicht klar ist, ob die dem Täter zuzuordnen sind. Aber Haare und Hautreste sind identisch. Und wem sollte Kalupka sonst in jener Nacht so nahegekommen sein? Angeblich war der Sparkassendirektor ein Einzelgänger. Wir tragen noch Spuren zusammen.«

Melanie setzte erneut zu einem Kommentar an, schloss aber dann den Mund. Sie sah aus wie ein Fisch, der nach Luft schnappte.

»Im Mülleimer des Badezimmers lag ein roter Damenslip«,

zählte Annalena weiter auf. »Die Spurensicherung hat ergeben, dass Kalupka in seinem Bett allein übernachtet hat, und eine erste kriminaltechnische Untersuchung zeigt, dass auch das Badezimmer nur von ihm benutzt wurde. Aber da will ich noch eine genauere Prüfung. Wir haben übrigens schon gestern die Ehefrau des Toten benachrichtigt, die in Gütersloh lebt. Sie wurde von deinem Vorgänger hierhergebracht.«

Auf Melanies fragenden Blick fügte sie hinzu: »Kollege Ottenhöver hat sich versetzen lassen, weil er mal was anderes sehen wollte.«

»Und?« Melanie steckte sich das Ende ihres Zopfes in den Mund.

»Roswitha Kalupka hat ihn identifiziert.«

»Könnte sie's gewesen sein?«

Annalena schüttelte den Kopf. »Keinesfalls. Erstens hat sie ein Alibi, und zweitens ist sie krank. Die ist gar nicht in der Lage, jemanden umzuschubsen. Nicht einmal eine Stehlampe. Einfach zu schwach.«

»Was für ein Alibi?«

»Sie wurde in der Nacht von Samstag auf Sonntag vom Notarzt ins Krankenhaus gebracht. Akute Respirationsprobleme. Anschließend hat sie vierundzwanzig Stunden lang am Sauerstoffgerät gehangen. Das haben wir überprüft.«

»Ehrlich gesagt, ich bin ja immer froh, wenn wir schon jemanden ausschließen können«, meinte Melanie erleichtert. »Aber sag mal, was ist mit eurem Exkollegen, der nach Gütersloh gezogen ist?«

»Ja?« Annalena zog die Stirn kraus.

»Der hat die Kalupka doch gestern nach Hause gebracht. Das sollten wir auch hier vermerken.« Melanie wies auf die Pinnwand. »Kann ich mal dem seine Nummer haben?«

»Warum das denn?« Annalena spürte Ärger in sich aufsteigen.

»Die haben zweimal fast eine Stunde nebeneinander im Auto gesessen. Da wird sie ja wohl irgendwas erzählt haben. Außerdem frag ich mich, ob er die Witwe in deren Haus oder bei Freunden beziehungsweise Verwandten abgesetzt hat. Also ich hätte keinen Bock, alleine in meiner Bude zu sitzen, wenn ich eben meinen toten Exmann identifizieren musste.«

»Dann kontakte den mal.« Annalena reichte Melanie eine der Visitenkarten, die Ottenhöver gestern so großzügig verteilt hatte. »Viel Glück.«

»Wieso Glück?«

»Wirst du schon merken. Der Ottenhöver hat's nicht so mit selbstbewussten Frauen. Da stellt er sich bockig – unter uns gesagt.«

»Kleine widerspenstige Böckchen hab ich besonders gern«, murmelte Melanie und strich fast zärtlich mit der flachen Hand über das minimalistisch beschriebene Mindmap. »So, und was habe wir noch?«

»Wir haben ein halbes Dutzend Geschäftsleute, denen er keinen Kredit geben wollte.« Annalena legte die Ritterspornrispe auf ihren Schreibtisch und zog ein Blatt Papier aus der Schublade.

»Das nenn ich mal ein Tatmotiv!« Energisch griff Melanie Dierks nach einem schwarzen Filzstift und schrieb: »Mögliche Verdächtige« auf das Mindmap. »Sag an! Ich höre.«

Annalena schüttelte den Kopf. »Streich das mit den möglichen Verdächtigen durch, oder kleb am besten gleich ein Stück Papier darüber. Ich will nur die Namen da stehen haben, keine Infos, die uns beeinflussen könnten.« Sie stutzte und starrte auf das Blatt in ihrer Hand. »Wer hat denn da den Namen dazugeschrieben? Jetzt sind es plötzlich sieben.«

»Welchen Namen?« Melanie horchte auf.

»Den Namen einer Frau. Komisch.« Annalena drückte den

Knopf der Gegensprechanlage. »Hedwig, warum steht ausgerechnet die Siebert mit auf der Bankliste? Hast du die da hingeschrieben?«

»Weil er der auch kein Geld geben wollte. Hat diese Madame Isabella mir heute durchgegeben. Also, unter uns: Da kann ich ihn wirklich verstehen.«

»Die Siebert, wozu braucht die denn Geld?«

»Vielleicht für ihr Museum? Meinem Mann hat sie neulich erzählt, dass sie ein Puppenmuseum errichten will. Dabei ist die doch selbst museumsreif, die olle Schachtel!«

»Ein Museum für diese alten Puppen? Wer soll denn da hingehen?«

»Eben. Genau das hat sich unser Herr Kalupka selig wohl auch gedacht und deshalb das große Nein gesprochen.«

Annalena seufzte. »Okay, dann werden wir mit der wohl auch noch reden müssen. Oder sollen wir die gleich außen vor lassen?«

»Die freut sich über jedes Gespräch«, merkte Hedwig Hagenkötter spöttisch an, bevor sie sich wegklickte.

»Habt ihr schon mit einem von den abgelehnten Geschäftsleuten gesprochen?« Melanie wies mit dem Stift auf die Namen.

»Nein, wann denn?« Annalena klang gereizt. »Außerdem sollten wir erst einmal eine Strategie entwerfen.«

»Das ist nie verkehrt.« Die Neue wirkte zum ersten Mal an diesem Tag etwas kleinlaut. »Sorry, ich wollte dir nicht vorgreifen.«

»Ist schon gut.« Annalena ging in den Flur und kam mit einer kleinen Blumenvase zurück.

»Die Blüte hat genau die Farbe deiner Augen«, stellte Melanie fest, als der Ritterspornzweig auf Annalenas Schreibtisch stand. »Ein schöner Kontrast übrigens zu deinem gelben Kleid.«

Verlegen klickte Annalena sich durch die Tatortbilder auf ihrem Rechner und überschlug dabei in Gedanken ihre Möglichkeiten und Strategien. Vermutlich war genau dies der Augenblick, die Weichen auf gute oder schlechte Zusammenarbeit zu stellen.

Dann erst wagte sie den Vorstoß.

»Melanie?«

»Ja?« Die Neue schaute hinter ihrem riesigen Blumenstrauß hervor.

»Du, ich schick dir mal den Link zum Protokoll von gestern früh und zu den Tatortbildern. Dann bist du über das Wesentliche informiert. Wir legen so was immer auf unser gemeinsames Laufwerk. So können sich alle informieren. Und wenn du dir das alles angeguckt hast, reden wir weiter.«

Instinktiv nahm sie wahr, wie Melanie sich straffte und unmerklich größer wurde, und Annalena begriff, dass ihre Position als Vorturnerin im aktuellen Fall gefährdet war. Doch in diesem Augenblick war es ihr egal.

»Gut, dann machen wir das so.« Engagiert baute Melanie ihren Vorsprung aus. »Erzähl, was hast du bisher angeleiert?«

»Noch nicht viel.« Annalena zählte die Fakten an den ausgestreckten Fingern ihrer rechten Hand nach: »Markus Wissing recherchiert grad einem jungen Mann hinterher, der in der Fußgängerzone vor der Bank gecampt hat. Aus politischen Gründen. Könnte gut sein, dass der was gesehen hat. Horst Toplischek gleicht die DNA der Gewebeproben und Haare mit den Daten vom BKA ab. Heinz Krabbe und Wilfried Lütke-Tilmann hab ich noch mal in die Villa geschickt, die sollen sie von oben bis unten durchsuchen. Und unser guter Ewald bereitet sich auf die Pressekonferenz vor.«

»Ist eben auch nicht mehr der Jüngste.« Melanie lächelte so einsichtig und verständnisvoll, dass Annalena den verhängnisvollen Verdacht hegte, die Neue könne insgeheim auf den Posten einer Polizeioberrätin spekulieren. Der würde ja frei, sobald Ewald in Rente ginge. Angeblich zählte er schon die Tage.

Annalena sah auf die Uhr und schlug vor: »Um zwei sollten wir uns überlegen, wie wir die Befragung der abgelehnten Kreditantragsteller anlegen und wer dann mit wem spricht.«

»Ja, das hört sich doch gut an.«

Annalena fragte sich, warum das Lob, das in diesem Satz der Neuen mitklang, für sie einen so eigenartigen Beigeschmack hatte.

»Dann ruf ich zwischenzeitlich mal deinen Ex an«, sagte Melanie und grinste.

»Wen?«

»Deinen einstigen Kollegen Jörg Ottenhöver.«

»Viel Spaß.«

5. Kapitel

Auf Zehenspitzen schlich Nicole Uhlenbrock durch den Flur und schob den Riegel ihres Türspions zur Seite. Die knapp drei Meter entfernte Asphaltstraße flimmerte bereits jetzt, um kurz nach zehn, in der Julihitze. Im Inneren ihres Hauses dagegen war es wunderbar kühl. Der Mann, der bei ihr geläutet hatte, wandte gerade seinen sonnenbeschienenen Kopf nach links, und sie sah eine schwarze Haartolle über einer roten Stirn sowie auffallend dunkle Bartschatten um die Kinnpartie. Es war nicht Felix Kalupka, und es erstaunte und verwunderte sie gleichermaßen, dass sie tatsächlich für Sekundenbruchteile gehofft hatte, ihr Geliebter hätte sich aus eigener Kraft aus dem Gefängnis befreit und suche nun Schutz. Schutz und Sicherheit bei ihr.

Vorsichtig und mit angespannter Stimme sagte sie: »Ja?«

»Kriminalhauptmeister Wissing. Machen Sie bitte die Tür auf?« Es klang wie ein Befehl.

Sie schluckte, und vor ihrem geistigen Auge eröffnete sich ein neues und weitaus verheißungsvolleres Szenario: In seiner kargen Gefängniszelle hatte Felix Kalupka gestanden, dass er sie, Nicole Uhlenbrock, liebe und dass sie ihn in allen Belangen entlasten könne. Ja, sie würde ihn entlasten, würde sogar für ihn lügen – auch wenn es ihr schwerfiel, da sie nicht wusste, was ihm vorgeworfen wurde.

Sie kannte Markus Wissing seit ihrer Schulzeit und fand, dass er unendlich müde aussah. Und plötzlich siezte er sie. Vermutlich hatte er ihren Felix während der ganzen Nacht verhört. Mein Gott, wie mochte *der* sich gerade fühlen?

Nicole riss die Tür auf und fragte atemlos: »Wie geht es ihm?«

»Woher soll ich das wissen?« Der Polizist ohne Uniform schüttelte unwirsch den Kopf. Er trug ein dunkelblaues Polohemd und vermittelte den Eindruck, als wolle er trotz unerträglicher Hitze zum Joggen gehen. »Ist er zu Hause?«

»Wer?« Nicole Uhlenbrock hatte sich immer ein bisschen mehr Aufregung für ihr Leben gewünscht – aber das hier war eindeutig zu viel. Sollte ihr Felix es doch geschafft haben auszubrechen, und war er nun auf der Flucht? Was wäre, wenn er heute Nacht vorbeikäme und sie hastig aufbrechen müssten? Sollte sie vorsichtshalber jetzt schon packen? Würde sie einen Anwalt brauchen?

Sie kannte keinen.

»Ihr Sohn Sebastian. Ich muss ihn dringend sprechen«, erklärte Wissing und lehnte sich in den Türrahmen.

»Sebastian ist aber nicht hier.«

»Und wo kann ich ihn finden?«

»Warum?«, konterte sie, um Zeit zu gewinnen. Gleichzeitig begann sie zu begreifen, dass Felix kein Wort über sie verloren hatte. Das tat weh. Er zog sie also nicht als seine Retterin in Betracht.

»Sie sind seine Mutter«, sagte Markus Wissing vorwurfsvoll. »Sie müssten doch wissen, wo er steckt.«

»Er arbeitet. Und er ist erwachsen. Er muss sich nicht an- und abmelden.«

»Und wo arbeitet er?« Der Kriminalhauptmeister ließ nicht locker. »Ich dachte, der hätte nichts zu tun. Den ganzen Sommer zeltet er in der Fußgängerzone – da gäb's ja auch schönere Plätze!«

Sie ging nicht auf ihn ein. »In einer Herzklinik in Bad Oeynhausen. Da wohnt er auch. Er ist schließlich Krankenpfleger.«

Wissing wirkte einen Moment lang unsicher. »Aber das war doch Ihr Sebastian, der in den letzten Wochen vor der Sparkasse kampiert hat, oder?«

Sie nickte, verknüpfte Wissings Frage sogleich mit allen gestern vernommenen Gerüchten und stellte klar: »Wenn Sie glauben, dass mein Sohn was mit dieser Geldwäschesache zu tun hat, so irren Sie sich gewaltig. Ich weiß das, denn ich wasch ihm die Wäsche. Da war kein Geld dabei, was auch daran liegt, dass der Junge grundsätzlich nichts mit Geld zu tun haben will. Der glaubt tatsächlich, man käme ohne aus. Dafür geht er auf die Straße.« Sie versuchte ein Lächeln. Es misslang.

Markus Wissing ließ nicht locker. »Kann man ihn telefonisch erreichen? Hat er eine Handynummer?«

Sie bedachte den Kriminalhauptmeister mit einem Blick, dem zu entnehmen war, dass er keine Ahnung hatte. »Der doch nicht. Handystrahlen sind ganz ungesund. Gehen direkt ins Hirn – sagt mein Sohn.« Versöhnlich fügte sie dann hinzu: »Manchmal kommt er zu Besuch mit dem Überlandbus – aber nur, wenn er ein paar Tage freihat. Ich hab ihm eine Jahreskarte für den Bus geschenkt – sonst würd ich den ja gar nicht mehr sehen.«

»Meldet er sich zwischendurch bei Ihnen?«

Sie schüttelte den Kopf und fragte sich, was ihr Kind wohl angestellt haben mochte. Die Haustür stand offen, und Hitzewellen flammten in den kühlen Flur.

»Kommen Sie doch herein«, bat sie und trat zur Seite.

In den Häusern auf der anderen Straßenseite bewegten sich Gardinen. Ihr wurde bewusst, dass sie offenbar schon die ganze Zeit unter Beobachtung stand, und sie fragte sich, ob die da drüben auch das Gespräch belauscht haben könnten, und falls ja, dann war es ein Segen, dass Felix' Name nicht gefallen war.

Markus Wissing deutete ihr erleichtertes Stöhnen falsch und holte eine Karte aus der Brusttasche seines Polohemdes. »Ich will nicht länger stören. Wie heißt die Herzklinik?«

Sie nannte ihm den Namen und sah zu, wie er ihn mit Druckbuchstaben in ein kleines rotes Heft schrieb. »Danke, und falls er sich heute oder morgen bei Ihnen meldet und ich ihn noch nicht gesprochen haben sollte: Wir brauchen ihn als Zeugen. Er muss sich melden.«

»Als Zeugen? Worum geht es denn?«, wagte sie zu fragen und blickte für die Zuschauer hinter den gegenüberliegenden Fenstern besonders dramatisch.

»Nichts Besonderes, nur eine laufende Ermittlung«, wiegelte Markus Wissing ab.

Sie sah ihm in die braunen Augen. Mit denen hatte er mutmaßlich in der vergangenen Nacht ihren Felix betrachten dürfen. Sie beneidete ihn. Fast hatte es den Anschein, als hätte sich im Blick des Kriminalhauptmeisters noch das liebevolle, interessierte und zugewandte Lächeln ihres Geliebten bewahrt.

Das Leben war ungerecht. *Sie* hätte die Nacht mit ihm verbringen sollen.

Wissing straffte sich. »Ich muss dann mal«, sagte er, drehte sich um und ging. Ohne eine einzige Silbe über Felix Kalupka zu verlieren, mit dem er doch die ganze Nacht hatte verbringen dürfen und der ihm sicher viel erzählt hatte. Die tiefen Schatten unter seinen Augen sprachen Bände.

Nicole Uhlenbrock legte sich in ihrem verdunkelten Wohnzimmer auf die Couch. Ihre Kolleginnen und sämtliche Kindergartenkinder Kalverodes mussten heute auf sie verzichten. Sie war krank. Krank vor Sehnsucht. Am meisten ärgerte es sie, dass sie vergessen hatte, sich so ganz nebenbei nach dem Gefängnis zu erkundigen, in dem der Sparkassendirektor und – so wurde es seit gestern Mittag in Kalverode von Haus zu Haus weitergeraunt – die hartherzige Thekla Wissing einsaßen. Garantiert hatte die den armen und unschuldigen Kalupka in diese fiese Geldwaschgeschichte hineingeritten, hatte die in Gelb und Himmelblau strahlenden 200-Euro-Scheine aus dem Safe der Sparkasse geholt, sie gewaschen und öffentlich einsehbar an die Wäscheleine geklammert. Der war alles zuzutrauen. Erst warf sie den eigenen Mann aus dem Haus, und dann stellte sie den Sparkassendirektor bloß.

Meine Güte, und ihr grauäugiger Felix hatte sich von dieser Hexe manipulieren lassen. Er war einfach zu gut für diese Welt. Er brauchte jemanden, der auf ihn achtgab. Sie würde ihn retten und dann für immer und ewig auf ihn aufpassen.

Nur: sie konnte doch nicht einfach in den Justizvollzugsanstalten Büren, Castrop-Rauxel oder Bielefeld-Senne anrufen und blauäugig fragen: »Hallo, sitzt bei Ihnen zufällig ein Herr Kalupka ein?« Dort ging es vermutlich noch strenger zu als in Krankenhäusern. Man würde ihr keine Auskunft geben, da sie noch nicht mit ihm verwandt war.

Ihr Kopf dröhnte, und sie schob sich ein Kissen über die Augen. Kurz überlegte sie, ob sie sich ins Auto setzen und nach Bad Oeynhausen fahren sollte. Vielleicht hatte Sebastian ja heute Dienst. Dann würde sie ihn aus der Klinik holen und in eine Telefonzelle entführen. Und bevor er sich auf ein Gespräch mit diesem Wissing einließ, sollte er so ganz nebenbei fragen: »Hey, wo habt ihr den Kalupka denn eigentlich hingebracht?« Ja, das wäre eine gute Idee.

Mit dem Gedanken, den Mann, den sie liebte, in einer waghalsigen Aktion zu befreien und dann für immer an seiner Seite zu leben, schlief sie ein. Ihre Träume meinten es gut mit ihr. In diesem Traum kam er auf sie zu und küsste sie.

In der realen Welt lag Felix Kalupkas Leichnam nackt und aufgeschnitten auf dem Seziertisch der Rechtsmedizin und wurde von Melanie Dierks begutachtet.

Rötliche Bartschatten umspielten sein extrem blasses Gesicht mit den gleichmäßigen Lippen, spitz ragte die Nase daraus hervor, der schmale Schnitt am rechten Jochbein war mit einem roten Kreis gekennzeichnet, vermutlich mit einer

Jodtinktur. Eine gnädige Hand hatte ihm die Augen geschlossen.

»Ein wirklich schöner Mann«, stellte Hauptkommissarin Dierks fest.

»Schön, aber tot«, kommentierte der Gerichtsmediziner mürrisch. Es war noch nie geschehen, dass gleich zwei Hauptkommissarinnen vorbeikamen, eine gestern und eine heute, um seine Arbeit zu begutachten, und er fühlte sich kontrolliert und vorgeführt. Trauten die ihm etwa nicht, stand er unter Kontrolle? Hatte er nicht wichtige Hinweise gegeben, beispielsweise zur Größe des Täters, und herausgefunden, dass es ein Rechtshänder sein müsse? Und war ihm nicht als Erstes der frische Schnitt unterhalb des rechten Auges aufgefallen? Und jetzt das.

»Was meinen Sie, wurde er mit der flachen Hand umgestoßen oder mit der geballten Faust?«, fragte die kompakte Frau mit dem dichten Zopf, die er noch nie zuvor gesehen hatte und die sich als Hauptkommissarin Dierks vorgestellt und ihm gleich ihren Ausweis unter die Nase gehalten hatte. Woher kam die, und warum hatte man ihn nicht über den Neuzugang auf der Inspektion informiert?

Der Gerichtsmediziner trat näher an die Leiche heran und nickte halbherzig. »Ja, könnte auch eine Faust gewesen sein, jetzt, da Sie es sagen.« Er wies auf die frische Wunde. »Erst ein Hieb von vorn und dann der Schlag von hinten.«

Die Frau neben ihm schnaufte. »Nehmen wir mal an, es war eine Faust. Und nehmen wir weiter an, der Täter trug einen Ring. Könnte man feststellen, was für ein Ring es war, ich meine, ob er aus Gold oder aus Silber war?«

»Möglich ist alles«, gab er zur Antwort.

»Würden Sie sich darum kümmern?«

»Damit Sie alle Männer ab ein Meter neunzig ohne Ehering ausschließen können?«, hakte er spöttisch nach.

»Genau deshalb«, antwortete sie, lächelte ihn von oben herab an und rauschte davon. An der weißen Schiebetür drehte sie sich noch einmal um und rief ihm zu: »Bis morgen früh wär toll, spätestens um die Mittagszeit. Okay? Ich ruf Sie dann an!« Es klang wie ein Befehl.

Annalena Brandt hätte nie gedacht, dass die Stadt so schnell Gerüchte über den einsitzenden Sparkassendirektor in die Welt setzen würde. Es war müßig, herausfinden zu wollen, wann und wo das Gerede seinen Anfang genommen hatte. Aus ihrer Dienststelle war definitiv nichts nach draußen gesickert, aber in den letzten vierundzwanzig Stunden hatte die Geschichte um den verhafteten Kalupka einschließlich seiner festgenommenen Hausdame an kaum zu überbietender Dramatik gewonnen und war um pikante Details und anrüchige Vermutungen bereichert worden.

Annalenas Vater wusste alles. Wusste von Frauen zweifelhaften Rufs und von ausladenden Kellergewölben unterhalb der Gründerzeitvilla, die mit Lack, Leder und riesigen Spiegeln ausgestattet waren. Angeblich hatte Thekla Wissing hier in jeder zweiten Nacht – ausschließlich mit schwarzer Spitzenunterwäsche und einem blutroten Negligée bekleidet – Kalupkas Gäste bedient und ihnen drogenhaltige Cocktails eingeflößt.

»Hausdame – dass ich nicht lache!«, meinte Walter Brandt.

Annalena lachte. »Das hast du dir ausgedacht! Die Wissing in Strapsen! Schlimmer kann's ja wohl nicht kommen!«

»So wird aber im Ort geredet«, schwor er ihr und wollte neugierig wissen: »Und, ist was dran?«

»Natürlich nichts.«

»Aber warum erfährt man dann nichts? Nicht einmal in der Zeitung steht was. Nur ein Foto von der Villa und dem Polizeiabsperrband sowie die nicht gerade aussagekräftige Unterschrift: ›Ermittlungen im Fall Kalupka laufen‹.«

»Ewald gibt am Donnerstag eine Pressekonferenz. Bis dahin ist Nachrichtensperre. Auch für mich, auch für dich. Damit musst du leben.« Sie strich ihm über die Hand.

»Ja, ja«, murmelte er und fügte kopfschüttelnd hinzu: »Vermutlich sind alle enttäuscht, weil doch keine Sexorgien stattgefunden haben. In Kalverode sind die Phantasien immer weitaus schlimmer als die Wirklichkeit. Ich frag mich trotzdem, wer sich so etwas ausdenkt.«

Annalena lachte. »Das kann ich dir genau sagen: Zeitgenossen wie deine Tugend- und Sittenwächterinnen. Gut, dass die auf dich aufpassen.«

»Du hast ja zu wenig Zeit für mich«, konterte er, und sie wusste, dass er recht hatte. Sie hatte sich vor allem deshalb nach Kalverode versetzen lassen, um ihm nach dem Tod ihrer Mutter zur Seite zu stehen. Dabei war er es nun, der ihr Halt gab.

»Deinen Jungfrauen ist das doch ganz recht«, schoss sie zurück. »Für die bin ich ein Störfaktor, der ihre Rund-um-die-Uhr-Betreuung durcheinanderbringt. Die wären doch am liebsten vierundzwanzig Stunden lang in deiner Nähe.«

Er verzog das Gesicht. »Was für eine entsetzliche Vorstellung. Weißt du was, die sind auch noch aufeinander eifersüchtig. Wenn ich Zeit für mich brauche, lüge ich auch mal gerne und sage: Meine Tochter kommt.«

Erst lange nach dem Abendessen, Annalena wollte gerade in ihre eigene Wohnung hochgehen, kam Walter Brandt zur Sache: »Du hast mir gar nicht gesagt, dass du eine neue Chefin hast.«

Die Tochter des einstigen Schuldirektors riss die Augen auf, wurde rot und fühlte sich, als hätte man sie in der Mathestunde beim Abschreiben erwischt.

»Meine tugendhafte Freundin Maria musste heute zur Nachsorge in die Uniklinik nach Münster, und da lief ihr am

Empfang eine unglaublich resolute Person über den Weg, die sich als Hauptkommissarin aus Kalverode auswies und auf der Stelle den Gerichtsmediziner sprechen wollte. Der Typ am Empfang hat sie dann drei Straßen weitergeschickt. Und jetzt wissen wir, dass das Institut für Rechtsmedizin direkt hinter der Hautklinik ist. Das hat sie mir berichtet, und wir beide haben eins und eins zusammengezählt. Es ist also jemand ermordet worden?«

»Das ist nicht meine Chefin, das ist eine Kollegin«, protestierte Annalena energisch und überging seine Frage.

Der Vater wirkte besorgt. »Wenn das stimmt, was ich über die gehört habe, dann biste jetzt echt vom Regen in die Traufe gekommen. Das ist doch die Ersatzfrau für den Ottenhöver, oder? Hat die eigentlich auch einen Namen?«

»Melanie Dierks«, antwortete Annalena patzig. »Wir haben denselben Dienstgrad und überhaupt – wir kommen sicher gut miteinander klar. Und außerdem bin ich müde, das war ein anstrengender und heißer Tag.«

»Na, das kann ich mir denken.« Jetzt lächelte ihr Vater verschmitzt. »Du hast ja schon im Morgendämmern mit Friedemann Vortkamp gefrühstückt. Netter Mann. Zwar ein bisschen alt für dich, aber trotzdem.«

Später, als sie sich auszog und ihr sommergelbes Kleid über einen Bügel hängte, fragte sie sich, wer sie so früh am Morgen mit Friedemann gesehen haben könnte. Kalverode war tatsächlich eine Stadt der tausend Augen.

Erneut dachte sie darüber nach, ob sie wieder von hier fortgehen sollte. Jetzt wäre es um einiges einfacher als noch vor einer Woche. Ewald und Markus waren mit der Dierks gut versorgt. Sie würde ein Versetzungsgesuch einreichen und das Feld der Neuen überlassen. Diese Vorstellung fühlte sich gar nicht so schlecht an – doch dann fiel ihr ein, dass ihr Vater nicht mitkommen würde und dass es dort, wo immer sie auch hinginge, keinen Friedemann gäbe, niemanden, der mit ihr ans Meer fahren wollte und »schade« murmelte, wenn sie keine Zeit für ein paar Urlaubstage hatte.

Ja, es war wirklich schade. Vor dem Einschlafen stellte sie sich vor, sie würde mit ihm in seinem riesigen Wohnmobil ans Meer reisen, neben ihm in den Dünen liegen, den Wind in den Haaren spüren – und sie wusste: Genauso fühlt sich Glück an.

Wäre das Warten eine olympische Disziplin, dann hätte Maren Lisowski eine Goldmedaille gewonnen. Vielleicht war Warten das Einzige, was sie wirklich beherrschte. Dabei hätte sie lieber weniger gewartet in ihrem Leben. Vor allem an diesem Dienstag, der – wie alle Dienstage seit zwei Monaten – Karlstag hieß und ihrem Leben einen Sinn gegeben hatte.

Die Katastrophe hatte bereits am Montagabend begonnen, als sie keine E-Mail von ihm vorfand. Natürlich gab sie erst dem Computer Schuld und dann dem Provider. Was konnte das bedeuten? Würde Karl morgen nicht kommen? Und warum? Wie sollte sie die Woche überleben, wenn er nicht kam, wie sollte sie überhaupt weiterleben? Sie hatte während der Nacht wach gelegen und sich dabei die Zeit mithilfe eines Gitters aufgeteilt, das sich über die Nacht und den Tag legte und an dessen Streben sie sich entlanghangeln und festhalten konnte.

Doch es hatte nichts genützt. Das Gitter gab keinen Halt, und das Telefon hatte nicht geklingelt. Weder in der Nacht noch am nächsten Morgen. Niemand hatte an ihrer Tür geläutet, kein Briefträger ihren Briefkasten gefüllt, und auch der E-Mail-Eingang war weiterhin leer geblieben. Der, auf den sie wartete, hatte sich in Luft aufgelöst. Maren war verzweifelt. Für Notfälle hatte er ihr seine Handynummer gegeben, doch sein Telefon war ausgeschaltet. Was tun?

Sie meldete sich krank und wurde prompt von Panikattacken und Schweißausbrüchen geschüttelt. An diesem heißen Tag stand sie fast stündlich unter der Brause, das Telefon immer in Reichweite. Duschen, Trockenrubbeln und Eincremen gaben dem Warten Struktur, aber keinen Sinn. Er meldete sich nicht.

Um zwanzig Uhr, zur diensräglichen Karlsstunde, verbot Maren Lisowski es sich zu weinen. Falls er doch noch käme, wollte sie ihm nicht mit roten Augen gegenübertreten. Stattdessen saß sie kerzengerade auf ihrem weißen Ledersofa und starrte bewegungslos in den Garten. Dort verblühten die Rosen. Dort verstrich der Sommer, dort verging die Zeit.

Halbherzig redete sie sich ein, dass es vor zwei Monaten genauso gewesen war wie jetzt. Ohne Karlstage und Karlsstunden. Aber es war kein Trost.

Wäre sie an jenem Samstag vor zwei Monaten nicht an der Lutter spazieren gegangen, so müsste sie nun nicht so entsetzlich warten. Sie litt wie ein Tier.

Wäre sie nur damals zu Hause bei ihren Büchern geblieben. Die waren berechenbar und ließen sie nicht im Stich. In Büchern konnte man schreckliche Erfahrungen schnell überblättern und sich an schönen Szenen mehrfach erfreuen. Maren wünschte sich, ihr Leben wäre ein Buch. Dann würde sie die ersten fünfunddreißig Jahre hastig überblättern und dann immer und immer wieder nur diese eine Szene lesen: ihren Spaziergang am Ufer der Lutter vor zwei Monaten.

Sie war bis zum Baggersee in Blankenhagen vorgelaufen und hatte bereits einen bunten Sommerblumenstrauß gepflückt, als sie den Angler entdeckte. Nur ihn. Weit und breit war kein anderer Mensch zu sehen. Er saß auf einem mit Tuch bespannten Klappstühlchen und starrte auf die gleißende Wasserfläche, in der sich der blaue Himmel mit verwischten weißen Pastellwölkchen spiegelte. Dort, wo der Köder an durchsichtiger Schnur ins Wasser gelassen worden war, hatten sich auslaufende Ringe gebildet.

Sein Nacken war ausrasiert. Mit seinem pastellfarbenen

Hemd und den hellbeigen Shorts sah er aus wie das jugendliche Modell aus einem Farbprospekt für besonders teure Sportkleidung. Maren machte einen Bogen um ihn, pflückte Margeriten und dachte darüber nach, dass sie wirklich schöne Männer nur aus dem Fernsehen oder aus Werbeprospekten kannte. Sie hatte den falschen Job. An ihrem Arbeitsplatz begegneten ihr vorwiegend Kinder und verschratete Alte. Was hätte sie werden müssen, um attraktivere Menschen zu treffen? Vielleicht Modefotografin?

Verstohlen betrachtete sie erneut den ausrasierten Nacken des Anglers und die Form seines Kopfes. Anliegende Ohren. Perfekte Schultern. Vollkommene Proportionen. Alles im ästhetischen Gleichgewicht. Plötzlich drehte er sich um. »Hallo.« Er lächelte.

Sie wurde rot und lächelte zurück.

Mit einem Schulterzucken zog er die Angel ein. »Heut beißt nichts an.«

»Vermutlich ist es denen zu heiß«, bestätigte sie. »Es sind ja mindestens achtundzwanzig Grad.«

»Ob Fische schwitzen können?«

Was für ein Lächeln!, dachte sie und überlegte ernsthaft, ob sie jemals etwas über transpirierende Fische gehört oder gelesen hatte.

»Vermutlich nicht«, erwiderte sie. »War nur so dahingesagt.«

Er erhob sich und wies auf sein Klappstühlchen. »Wollen Sie sich nicht ein bisschen zu mir setzen? Wenn schon kein Fisch anbeißt, dann vielleicht wenigstens Sie!«

Und sie hatte angebissen, an diesem letzten Samstag im Monat Mai. Bedenkenlos war sie einen Schritt in seine Richtung gegangen.

»Was für ein Tag – und kein einziger Badegast«, fuhr er fort.

»Das liegt an den Hochhäusern in der Leipziger Straße«, erklärte sie und fügte hinzu: »Sie kommen wohl nicht von hier. Sonst wüssten Sie von den Bürgerversammlungen.«

»Stimmt. Aber was ist mit den Häusern?«

»Es sind Quartiere für rumänische Leiharbeiter, und die Bürger trauen denen nicht.«

»Und Sie?«

Maren sah ihn an. Hätte sie ihm sagen sollen, dass sie deshalb hier spazieren ging, weil niemand sonst da war? Weil auch sie niemandem traute? »Es wird behauptet, die würden sich nicht waschen«, erzählte sie. »Und stellen Sie sich das mal vor: Ein ungewaschener Rumäne verunreinigt den Baggersee. Das kann man weder in Blankenhagen noch in Gütersloh gestatten.«

Es war ihr Lieblingsthema. Sie war gegen die Hetze der Bürgerinitiative, auch wenn sie den verwaisten Baggersee liebgewonnen hatte.

Er hatte sich neben sie auf einen Stein gesetzt und sah zu ihr auf. »Sollen wir vielleicht in dieses dreckige Wasser steigen, das ja eigentlich so klar und einladend aussieht?«

Ihr Nein kam schneller, als sie wollte.

Er hob die Augenbrauen. »Macht nichts. War nur so dahingesagt.«

Maren sah an sich hinunter. Sie trug eine weiße Leinenhose im Marlene-Dietrich-Stil und dunkelbraune Sandaletten. Kritisch stellte sie fest, dass ihre Zehennägel etwas zu lang und nicht lackiert waren. Zu gern hätte sie ihre Füße versteckt, und sie hoffte inständig, er möge nicht hinsehen.

Er dagegen schien sie kaum noch wahrzunehmen. Mit der Angelrute holte er aus und ließ den Köder schwungvoll an durchsichtigem Faden ins Wasser gleiten. Gemeinsam sahen sie den kreisförmigen Wellen nach, die immer größer und flacher wurden.

Sie schwiegen. Und in diesem Schweigen hatte Maren an

ihre Mutter denken müssen. Wenn die sie hier gesehen hätte, dann hätte sie sie augenblicklich aufgefordert weiterzugehen. »Willst du was gelten, mach dich selten« – das war der Ratschlag, den sie seit Beginn der Pubertät von ihrer Mutter zu hören bekommen hatte. »Biete dich niemals an. Wenn du zu flatterhaft bist, wird keiner dich wollen.« Flatterhaft, was für ein Wort! Es ließ an Zitronenfalter denken und an Sommertage, an Tage wie heute. An so etwas wie Glück.

Nein zu sagen war auch ein schlechter Tipp gewesen. Keiner von denen, die sie abblitzen ließ, hatte es ein zweites Mal versucht. Nun war sie fünfunddreißig, niemals leichtfertig gewesen und hatte kein einziges Mal geflattert. Sie hatte keine Ahnung, was sie tun sollte und wie es weitergehen könnte. Aber einfach hier zu sein war gut. Deshalb blieb sie still neben dem angelnden Mann sitzen und starrte wie er auf den Baggersee. Und in dem spiegelte sich der Himmel mit seinen weißen Federbauschwolken.

Natürlich hatte sie sich an ihrem Arbeitsplatz, der Stadtbücherei Gütersloh, per Lektüre einschlägiger Bücher und Zeitschriften über die Kunst des Flirtens und über Beziehungsgeflechte informiert. Doch was es wirklich hieß, jemanden ganz nah an seiner Seite zu haben, so nah, dass man ihn berühren konnte, war etwas völlig anderes. Nachdem sie die raffinierten Tricks angeblicher Verführerinnen in ihrem Kopf neu geordnet und versucht hatte, sie auf ihre Situation anzuwenden, hatte sie schließlich jeglichen Rat zur Eigeninitiative verworfen und sich ihrem Schicksal ergeben: Sie würde einfach hier sitzen bleiben, bis er sie fortschickte oder selber ging oder sich eine Flutwelle aus dem Baggersee erhöbe und sie in diesem Augenblick des höchsten Wohlbehagens ertränkte. Das alles ging ihr durch den Kopf.

Plötzlich hatte sie seinen Ellenbogen an ihrem Oberarm gespürt.

»Hallo überhaupt, ich heiße Karl«, sagte er.

»Maren«, krächzte sie.

»Maren«, wiederholte er und nannte sie von diesem Moment an Mare – wie das Meer und weil sie sich ja auch an einem See getroffen hatten. Selbst wenn es nur ein popeliger Baggersee war.

Die so entstandene Mare war eine neue Frau und hatte nichts mehr mit Maren zu tun. Mare missachtete die Ratschläge ihrer Mutter, machte sich nicht rar, zierte sich nicht und nahm Karl mit zu sich nach Hause. Sie hatte viel zu lange gewartet, und sie hatte keine Zeit mehr zu verlieren. Faktisch aber war sie ahnungslos wie ein Schaf. Er dagegen war überrascht und verwirrt – unter den vielen Frauen, denen er bisher begegnet war, war nicht eine Jungfrau gewesen.

Mare schenkte ihm diese Erfahrung und ihren Schmerz. Er war es wert. Sie trank sich satt an dem Duft seiner Haut. Mitten in der Nacht stand er auf, stieg in seinen Wagen und fuhr fort in ein Leben, von dem sie nichts wusste und von dem sie jetzt schon insgeheim hoffte, es möge irgendwann ihrer beider Leben sein.

Obwohl sie so viel darüber gelesen und sich vorgenommen hatte, sich nicht von ihr kleinkriegen zu lassen, hatte sie die Sehnsucht unterschätzt. Noch vor dem eigentlichen Aufwachen war sie da und überfiel sie heimtückisch aus dem Hinterhalt. Es gab eine Handynummer, aber er hatte sie gebeten, nur im äußersten Notfall anzurufen. Er war ein vielbeschäftigter Mann und pflegte sein privates Handy tagsüber abzuschalten. Sie würde alles tun, was er sich von ihr wünschte, und ihn selbstverständlich nur anrufen, wenn es nicht anders ging.

Natürlich erhoffte sie sich von nun an Notfälle, um bei ihm anrufen zu können, und stellte sich vor, ein bewaffneter Gauner beträte die Bibliothek und nähme sie als Geisel. Die Pistole des Verbrechers im Rücken, würde sie furchtlos die Treppe hinuntersteigen und dann, überflutet vom Licht, das durch die gläserne Kuppel strömte, mit gefasster Stimme diesen einen Satz sagen: »Kann ich bitte noch ein letztes Mal telefonieren?«

Alle Mitarbeiter und sämtliche Besucher des Büchersaals wären vor Ehrfurcht erstarrt, und auch der Schurke hätte Erbarmen mit ihr und würde ihr sein Handy reichen. Dort würde sie dann Karls Nummer eingeben – die sie noch in der Nacht nach seinem plötzlichen Aufbruch auswendig gelernt hatte – und ihm entgegenhauchen: »Der Notfall ist eingetreten. Meine letzte Botschaft an dich lautet: Ich liebe dich.« Und natürlich fände Karl einen Weg, um sie zu retten, denn er hatte sie ja schon einmal gerettet und aus ihrer tristen Mittelmäßigkeit befreit.

Bedauerlicherweise gab es keinen Überfall in der Bibliothek, sondern einen Montag, der sich zäh über gefühlte zweihundertundvierzig Stunden erstreckte.

Karl würde Dienstag wiederkommen. Das hatte er gesagt, und sie glaubte ihm, weil sie keine Wahl hatte. Er hielt sein Versprechen. Von nun an waren die Dienstage Karlstage und die Tage davor und danach entsetzliche und mit grauem und zähem Brei gefüllte Abgründe, die allein durch das Zählen von Minuten und Stunden Struktur bekamen. Acht wunderbar schreckliche Wochen lang. Bis zum heutigen Mittwoch.

Maren Lisowski war krank und verzweifelt und hatte keine Ahnung, was sie tun sollte. Es war sechs Uhr morgens, und der vor ihr liegende Tag glich einer Herausforderung, der sie sich nicht stellen konnte. Sein Handy war abgeschaltet. Klar, das hatte er ja gesagt. Hektisch, und in der absurden Hoffnung, ausgerechnet dort eine Nachricht zu finden, die alles erklärte, kippte sie den Inhalt der in der Diele stehenden Kupferschale auf den Küchentisch. Seit Monaten warf sie dort alle Papiere hinein, von denen sie das Gefühl hatte, sie sich noch einmal ansehen zu müssen. Keine Nachricht von ihm. Und keine Visitenkarte. Sie wusste nichts von ihm, konnte ihn nicht einmal an seinem Arbeitsplatz anrufen. Warum nur hatte sie ihn nie nach seinem Nachnamen gefragt? Was mochte er von Beruf sein? Bestimmt ein Herzchirurg, Spezialist für gebrochene Herzen. Er wäre der Einzige, der ihres wieder heilen konnte.

Meine Güte, was sie da alles aufgehoben hatte! Hier ein Zeitungsbericht über die Selbsthilfegruppe liebessüchtiger Frauen. Wie anonyme Alkoholiker trafen die sich angeblich zweimal pro Woche im knapp zwölf Kilometer entfernten Kalverode. Maren Lisowski erinnerte sich noch an das Kopfschütteln, mit dem sie den Artikel gelesen und als Kuriosum zur Seite gelegt hatte. Die fett gedruckte Notrufnummer stach ihr ins Auge. Maren hielt sich keineswegs für liebessüchtig, aber sie musste einfach mit jemandem reden, und so griff sie zum Telefon.

»Frauennotruf Kalverode«, meldete sich eine freundliche und leicht salbungsvolle Stimme. »Was kann ich für Sie tun?«

Die neue Kommissarin hatte ihren riesigen Begrüßungsstrauß achtlos auf das Fensterbrett gestellt, ihre geöffnete Handtasche auf die Mitte des Schreibtisches platziert und hackte hektisch auf die Tastatur des Computers ein. Um sie herum lagen ungeordnete Papiere und erinnerten an ein aufgefächertes Kartenspiel.

Es war morgens um halb sieben und Melanies zweiter Arbeitstag in Kalverode.

»Hallo, so früh schon da?«, fragte Annalena überrascht.

Melanie antwortete mürrisch: »Bist wohl auch aus dem Bett gefallen, oder? Ich musste auf dem Sofa schlafen. Die Möbel kommen erst noch.«

Annalena schwieg. Die Möbel der Neuen waren ihr so was von egal. Ihr schönes Büro mit dem als Mindmap verkleideten

Spiegel wirkte mit einem Mal abweisend, chaotisch und ungemütlich. Sie war wütend. Das war jetzt schon die zweite Situation dieses Tages, die sie sich ganz anders vorgestellt hatte: Sie hatte insgeheim gehofft, auch an diesem frühen Morgen mit Friedemann in der noch leeren Fußgängerzone Kaffee trinken zu können, und sich dann, als weder er noch sein Wohnmobil zu sehen waren, damit getröstet, die erste Stunde des Tages allein in dem noch leeren Amtshaus zu verbringen und in ihrem ruhigen Büro einen Tagesplan zu entwerfen. Und nun das! Schweigend ging sie zu ihrem Arbeitstisch und hängte die Handtasche über die Rückenlehne des Schreibtischstuhls.

»Ich muss die ganze Zeit an die Faust denken«, sagte Melanie in die Stille hinein. »Faust, das bedeutet für mich Angriff. Definitiv. Da hat sich jemand breitbeinig hingestellt und zugeschlagen. Mit aller Wucht. Falls wir den Täter jemals erwischen und falls der mir dann erzählen will, dass das Notwehr war und dass er das nicht gewollt hat, dann werde ich ihm was husten!«

Annalena fuhr ihren Rechner hoch. »Was heißt hier falls? Wir *werden* ihn erwischen – es ist schließlich unser Job.«

»Kommst du immer so früh?«, fragte Melanie lauernd.

Annalena schüttelte den Kopf und log: »Nur wenn viel zu tun ist und wenn die Zeit drängt.« Dass sie so früh aufgestanden war, um sich erneut ein »schade« von Friedemann abzuholen, ging niemanden etwas an. Höflichkeitshalber fragte sie: »Gibt's schon was Neues?«

»Nee!« Melanie gähnte. »Ich hab übrigens versucht, eure Kaffeemaschine anzuschmeißen, bin aber nicht damit klargekommen.«

»Das ist auch Hedwigs Einsatzgebiet. Besser, wir lassen die Finger davon.« Annalena sah auf die Uhr. »In spätestens zehn Minuten läuft die erste Ladung durch.«

»Okay, so lang kann ich grad noch warten.« Melanie reckte

sich. »Ich hab übrigens gestern noch mit vier von den kreditunwürdigen Bankkunden gesprochen. Die waren vielleicht erschrocken, als ich zu ihnen gekommen bin! Die wissen doch noch nichts von dem Toten, oder?«

»Nein.«

»Gut, ich hab nämlich auch nix gesagt.«

»Hör mal, wir haben doch gestern die Lage besprochen und auch, was und welche Infos nach draußen gegeben werden«, sagte Annalena ärgerlich. »Hast du denn nicht zugehört?«

»Hey, ihr habt mich gestern alle dermaßen zugetextet, das konnte ich mir beim besten Willen nicht alles merken. Und reg dich bitte nicht auf, ist ja nix passiert.«

Die beiden schwiegen eine Weile.

»Die haben alle ein Alibi«, durchbrach Melanie nach einer Weile die angespannte Stille. »Von denen war es keiner. Sie haben alle artig neben ihren Frauen geschlafen und mit den Kindern gefrühstückt und können überhaupt kein Wässerchen trüben. Brave und ehrbare Männer eben und durchweg kleiner als eins neunzig.«

»Du hast die Gespräche geführt, ohne dich vorher mit mir abzusprechen?« Jetzt wurde Annalena wütend.

»Ich denke, wir sind ein Team?«

»Aber doch nicht so! Nur mit Absprache!«

»Sei doch froh, dass ich dir was abnehme. Jetzt sind es nur noch drei.« Melanie Dierks klang beleidigt. »Ich hab mich wirklich engagiert, gleich am ersten Arbeitstag vier Vernehmungen und dann noch die Leichenbesichtigung. Das soll mir mal einer nachmachen!«

»Ich hab schon gehört. Du warst in der Gerichtsmedizin!« Annalena seufzte. »Das hätten wir absprechen müssen. Wer hat dich denn da hingeschickt?«

»Keiner. Heinz Krabbe hat mich kutschiert. Und überhaupt, ich werde mich doch kundig machen dürfen, also wirklich!

Wenn das unser Fall ist, muss ich mir doch das Opfer angucken!«

»Klar kannst du das, aber es wäre besser gewesen, ich hätte erstens davon gewusst und du hättest zweitens vorher mit dem Gerichtsmediziner telefoniert und dich und Krabbe angemeldet. Der Arzt ist nämlich von Haus aus schon so ein Sensibelchen. Ist Krabbe etwa auch mit reingekommen?«

Melanie schüttelte den Kopf. »Nee, der wollte lieber draußen eine rauchen. Aber das mit dem Doktor stimmt. Der war ja richtig sauer, nur weil ich ein paar Fragen gestellt hab. Deswegen sitzt der vermutlich auch bei den Toten, die können ihm ja nicht widersprechen. Ach ja, bevor ich's vergesse. Ich hab dem übrigens angeschafft, dass er noch mal den Faustabdruck an Kalupkas Schulter und diesen Schnitt an der rechten Backe untersuchen soll. Kann gut sein, dass der Mörder einen Ring trug.«

Annalena zog die Stirn kraus. »Bringt uns das weiter?«

»Alles bringt uns weiter«, stellte Melanie im Brustton der Überzeugung klar.

»Wieso?«

»Weil dieser Ring vermutlich so fest sitzt, dass er ihn sich nicht mehr vom Finger ziehen kann. Damit hätten wir ein weiteres Merkmal neben der Körpergröße von eins neunzig und der Tatsache, dass der Täter Rechtshänder war, nämlich einen zu eng sitzenden Ring.« Die Neue triumphierte.

Annalena fiel auf, dass sie sich ein moosgrünes Band in ihren langen Zopf geflochten hatte.

»Na gut.« Annalena zeigte sich betont gelassen.

Nebenan hörte man es rumoren. Hedwig bediente die Kaffeemaschine. Es war genau sieben Uhr fünfzehn.

Ungeduldig wippte Melanie Dierks auf ihrem Schreibtischstuhl und wies auf die Liste mit den Personen, denen der Sparkassendirektor keinen Kredit bewilligt hatte. »Also, was ist jetzt? Gehst du dann zu der Siebert und den restlichen zwei Herren?«

»Ich will erst dein Gesprächsprotokoll lesen«, murmelte Annalena.

»Genau das wollte ich heute Morgen schreiben, aber man kommt hier ja zu nichts. Ich erzähl dir mal schnell, wonach ich gefragt habe.«

»Nein, ich will es lesen.« Annalena blieb hart. Sie war immer noch die Hauptermittlerin, und jetzt mussten endlich mal die Fronten geklärt werden. »Also, schreib bitte deinen Bericht. Damit ich informiert bin!«

»Und was machst du in der Zeit?«

»Ich hol mir jetzt erst mal bei Hedwig einen Kaffee, und dann fahr ich zu Kitty Siebert. Die ist ein Sonderfall. Ich kenne sie schon aus einer anderen Geschichte.«

»Dann hab ich wenigstens mal das Büro für mich alleine.«

Annalena nickte. »Wenn du wüsstest, wie gut ich dich verstehe.«

Die Eingangstür des kleinen Zollhäuschens stand sperrangelweit offen, und aus dem Inneren war ergreifende Musik zu hören, die Annalena nach längerem Hinhören als Mozarts *Requiem* erkannte. Trotz der Hitze lief ihr ein Schauer über den Rücken. Sie kannte Kitty Siebert zwar noch nicht lange, aber Musik war das Letzte, womit sie die verschrobene Puppensammlerin in Verbindung gebracht hätte. Irgendwas stimmte nicht.

Sie betrat den dunklen Flur, dessen Kühle ihr eine Gänsehaut verursachte, und verfing sich mit ihren offenen Sandalen in einem grünfeuchten Geflecht von Blumengirlanden. Fast wäre sie gestolpert. Der schmale Gang war mit einem Teppich aus Prunk- und Ackerwinden ausgelegt, dazwischen befanden sich vereinzelte weiße Lilien, deren intensiver Duft Annalena fast den Atem nahm. Die offenen Blüten hatten etwas eigenartig Obszönes. Der Flur mündete in jene Küche, in der Kitty Siebert an normalen Tagen für Hedwig Hagenkötters Mann Modelleisenbahnhäuschen zusammenklebte. Aber dies hier war ganz offensichtlich kein normaler Tag.

Die Musik dröhnte so laut durchs Haus, dass Kitty Siebert die Rufe der Kommissarin nicht vernehmen konnte. Annalena öffnete die angelehnte Tür zur Küche und erschrak.

Der Raum war verdunkelt, auf dem großen Tisch stand etwas, das aussah wie ein Kindersarg aus hellem Kiefernholz. An den Tischkanten waren große weiße Kerzen aufgestellt, die Kitty Siebert gerade entzündete.

Humpelnd umrundete die Puppensammlerin den Tisch. Sie trug ein schwarzes Kleid, schwarze Strümpfe und schwarze Schuhe. Ihr Gesicht war von schwarzer Spitze umhüllt.

»Was ist passiert?«, fragte Annalena und wunderte sich, dass die Siebert nicht über ihr plötzliches Auftauchen erschrak.

»Inge ist gestorben«, erklärte die Puppensammlerin. »Gestern Vormittag. So schnell kann es gehen. Das ist bitter.«

»Und Ihr Haus ist jetzt eine Kapelle, um Abschied zu nehmen?« Annalena nickte. »Verstehe.«

»Ich hätte schon erwartet, dass meine Trauergäste sich entsprechend kleiden«, murmelte Kitty Siebert und musterte vorwurfsvoll die hellblaue Seidenbluse der Kommissarin.

»Ich ahnte ja nicht, dass die Beisetzung schon heute stattfindet. Sonst hätte ich mich natürlich entsprechend gekleidet.«

»Man weiß einfach nicht mehr, was sich gehört«, stellte Kitty klar. »Und damit sind nicht nur Sie gemeint. Keiner weiß, was sich gehört. Sie können Samstag wiederkommen und sich entsprechend kleiden. Jetzt sterben sie alle. Es gibt keinen Platz mehr für sie. Mein Garten wird zum Puppenacker, und er ist schuld.«

»Ich weiß, der Sparkassendirektor«, behauptete Annalena

ins Blaue hinein und fügte als vollendete Tatsache hinzu: »Sie konnten Herrn Kalupka also nicht von Ihren Museumsplänen überzeugen.«

Durch Kittys Körper ging ein Ruck. Sie witterte eine Verbündete. »›Puppen – wen interessiert das noch?‹, hat er gesagt. Er würde eher auf die Modelleisenbahn vom Hagenkötter setzen – überlegen Sie sich das mal. Eine Modelleisenbahn zu so einem blöden historischen Verkehrsknotenpunkt findet der wichtiger als meine Puppen. Es ist nicht zu fassen. Gut, dass Sie den jetzt festgenommen haben! Noch viel besser, hat er gesagt, sei allerdings ein Fonds. Nee, nicht mit mir!«

Sie setzte sich auf einen Küchenstuhl, lupfte die dunkle Spitze vor ihrem Gesicht und putzte sich ausgiebig die Nase. Dann griff sie nach ihrem schwarzen Stock.

»Schauen Sie mal!«

Erst jetzt bemerkte Annalena die Puppenversammlung. Überall hockten sie: auf dem Büfett, dem Rand des Spülbeckens, dem Gasherd, zwischen den Topfpflanzen auf den Fensterbänken und auf den Rippen der Heizkörper. Ihre aufgerissenen Augen waren direkt auf ihre aufgebahrte Puppenschwester gerichtet, als ahnten sie, dass auch ihnen dieses erbarmungslose Schicksal bevorstand.

Die Puppe im hölzernen Sarkophag hatte leere Augenhöhlen. »Es ist gut, dass Inge das alles nicht mehr sehen und aushalten muss«, erklärte Kitty und fügte freundlicher hinzu: »Sie können Samstag wirklich gern kommen. Da werden frische Särge geliefert. Die Welt will sie nicht, und was sollen sie dann in der Welt? Wenigstens einen ordentlichen Abschied sollen sie bekommen. Das bin ich ihnen schuldig. Wenn der Puppenacker bestellt ist, werde auch ich meinen letzten Weg antreten. So ist es, und so ist es dann auch gut.« Sie wirkte fast heiter. Sie war eindeutig verrückt.

Die junge Kommissarin beschloss, die Puppensammlerin

nicht nach dem Sparkassendirektor und dessen fragwürdigem Fondsangebot zu fragen. Selbst wenn sie etwas gesehen haben sollte, so könnte ihre Aussage aufgrund ihrer psychischen Verfassung ohnehin nicht verwendet werden. Außerdem war die hinkende Siebert die Letzte, der Annalena es zugetraut hätte, sich in die Gründerzeitvilla zu schleichen, um Felix Kalupka die Treppe hinunterzustoßen.

»Ich hab ja nicht so viele Vertraute«, sagte Kitty Siebert, »aber den Herrn Vortkamp würd ich schon zur Puppentrauerfeier einladen – den Herrn Vortkamp und Sie. Zu Ihnen hab ich Vertrauen. Sie verstehen meinen Schmerz. Alle anderen tun nämlich so, als wäre ich verrückt. Was meinen Sie?«

Vielleicht hätte Annalena jetzt sachlich bleiben und Fragen stellen müssen wie: »Nehmen Sie Tabletten, gehen Sie regelmäßig zum Arzt? Wann sind Sie zuletzt medikamentös eingestellt worden?« Aber bei der Erwähnung Friedemann Vortkamps hüpfte ihr Herz und ihr Verstand setzte aus.

»Ja, ich komme gerne«, hörte sie sich sagen. »Dafür nehme ich mir die Zeit.«

»Dann werde ich Carol und die anderen Puppen bestatten. Schön, dass Sie dabei sein werden.«

Annalena nickte und schämte sich im nächsten Augenblick. Sie ermittelte in einem Mordfall und verspürte eine unbändige Vorfreude und ein verdächtiges Herzklopfen. Das konnte nicht gut gehen.

6. Kapitel

Dass die Neue ihr Protokoll selbst geschrieben hatte, brachte ihr bei Hedwig Hagenkötter unglaublich viele Pluspunkte ein. So also schmeichelt man sich ein, ging es Annalena durch den Kopf, als sie von Kitty Siebert zurückkam und die beiden Frauen einträchtig in Hedwigs Büro vorfand, wo sich die kompakte Kommissarin von der noch kompakteren Hedwig über die Macken ihrer Kalveroder Kollegen informieren ließ. Sie waren bereits per Du und schienen sich prächtig zu verstehen.

Annalena setzte sich zu ihnen und staunte, um wie viel schöner und einfacher sich die Welt anfühlte bei der Vorstellung, Friedemann am Samstag sehen zu können.

»Und, gibt es was Neues?«, fragte sie, als Hedwig mit der Aufzählung aller vergeblichen Aktionen zur Beseitigung von Toplischeks Mundgeruch fertig war.

Hedwig schlug sich an die Stirn. »Mein Gott, das habe ich ja völlig vergessen. Ein Mann wird vermisst.«

»Ach was!« Melanie lachte ein bisschen zu laut. »Was meinst du, wie lange ich schon einen Kerl vermisse.«

»Du brauchst einen Mann? Wofür denn?« Annalena ließ sich auf das Spiel ein.

»Zum Nägel-in-die-Wand-Kloppen, zum Müllruntertragen und … da war doch noch was …«

»Echt?« Hedwig hob in gespieltem Erstaunen die Augenbrauen. »Das wüsste ich aber.«

Melanie wieherte dröhnend, und Annalena räusperte sich. »Erzähl schon. Wer wird vermisst?«

»Ein Kerl«, sagte Hedwig und grinste.

»Hat der auch einen Namen?«

Hedwig biss sich auf die Lippen, suchte Annalenas Blick und hob die Schultern. »Geheim.«

Mit einer ausladenden Geste streckte Melanie beide Arme in die Luft. »Der Name des für mich bestimmten Mannes, sollte es ihn überhaupt geben, ist übrigens auch noch geheim. Was glaubt ihr – sonst hätt ich doch schon längst nach ihm gefahndet.« Dann wurde sie ernst. »Also, erzähl. Hast du schon eine Vermisstenmeldung?«

»Wie denn, wenn alles geheim ist?«, erwiderte Hedwig und kringelte sich vor Lachen.

»Das verstehe ich nicht.« Annalena setzte sich zu den beiden Frauen an den Tisch. »Woher weißt du denn überhaupt, dass jemand vermisst wird?«

»Eine Frau hat mich vorhin auf der Notrufnummer angerufen und meinen Rat gesucht. Ihr Liebhaber ist nicht zur vereinbarten Zeit am vereinbarten Ort erschienen, und da er bisher immer pünktlich war, macht sie sich große Sorgen.«

»Ach was, dem hat bloß die Ehefrau angeschafft, dass er mal zu Hause bleiben muss«, beschwichtigte Melanie Dierks und fügte vermutlich eine ihrer ganz persönlichen Lebensweisheiten hinzu: »Geheime Liebhaber sind grundsätzlich verheiratet. Am besten rufst du gleich noch mal bei deiner Klientin an. Bestimmt hat ihr Typ sich inzwischen gemeldet, und wir haben den Fall vonner Hacke.«

»Hab ich schon«, sagte Hedwig. »Er ist immer noch nicht aufgetaucht, und er geht auch nicht an sein Handy. Das könnte demnach ein Fall für die Kripo sein. Ich hab ihr geraten, sich an die Polizei zu wenden.«

»Na ja, erst der tote Sparkassendirektor und dann ein Liebhaber, der nicht kommt«, meinte Melanie nachdenklich. »Wir behalten das mal im Hinterkopf – vielleicht gibt es ja einen Zusammenhang. Wenn sich die Dame noch mal rührt, so sag ihr, dass wir ihren Lover nur finden können, wenn sie uns seinen Namen verrät und uns ein Foto gibt.«

Die Neue riss offensichtlich die ganze Ermittlung an sich. Annalena schluckte. Das ging eindeutig zu weit!

Viel zu spät, fand sie, wurde sie von Melanie Dierks über deren Gespräch mit Jörg Ottenhöver informiert. Und wenn sie nicht nachgefragt hätte, wäre ihr vermutlich gar nichts erzählt worden. Dabei hatte sie selbst alles über ihren Besuch bei Kitty Siebert weitergegeben, auf deren Namen an der Tapetenwand gezeigt, von Kittys geplatztem Puppenmuseumstraum, ihrer Gehbehinderung und ihrer gesundheitlichen Konstitution zu berichten gewusst und sie dabei gleich als Verdächtige ausgeschlossen – eine derart schwache Frau hätte niemals Felix Kalupka auf der Treppe zu Fall bringen können. Sogar von den anstehenden Bestattungen sämtlicher Puppen hatte sie berichtet, aber lieber verschwiegen, dass sie am Wochenende nebst Friedemann zu einer weiteren Puppentrauerfeier eingeladen war.

Sie war offen und gab alles weiter – und die Neue hatte über ihre Ermittlungsergebnisse einfach so geschwiegen.

»Warum erzählst du mir das nicht gleich?«, fragte sie ärgerlich. »Wir können den Fall nur lösen, wenn wir uns gegenseitig informieren. Du kannst doch nicht einfach wichtige Puzzleteile für dich behalten.«

»Meine Güte, ich hab's vergessen. Kann doch passieren. Und so weltbewegend war es auch wieder nicht.«

»Es geht mir nicht um Weltbewegendes, mir geht es um die Struktur.« Annalena wies auf ihr Mindmap. »Das hat was von einem Gerüst, verstehst du? Und gerade jetzt, wo wir am Fundament basteln, kannst du nicht einfach wichtige Stahlstreben weglassen. Dann bricht später alles zusammen.«

Doch schon im nächsten Moment kam sie sich kleinlich und oberlehrerinnenhaft vor und schämte sich wegen ihrer Gardinenpredigt.

»Jawohl, Frau Architektin«, meinte Melanie lächelnd. »War echt keine Absicht. Ehrlich!«

»Okay.«

»Ist eigentlich ein ganz netter Typ, mein Vorgänger. Ich hab heute Morgen fast eine Stunde mit ihm telefoniert. Er lässt dich übrigens grüßen.«

Annalena beschloss, auf diese Grüße nicht einzugehen. »Und, was hat Kollege Ottenhöver erzählt?«

»Meine Vermutung war ganz richtig. Er hat die Kalupka nicht an ihrem Haus abgesetzt, sondern bei ihrem Freund.«

»Hat der auch einen Namen?«

»Sicher. Richard Schulze-Kottig. Kennste den?«

Annalena schüttelte den Kopf. »Nein. Muss man den denn kennen?«

»Wenn man in Gütersloh wohnt, schon. Selbst Jörg kannte den, obwohl der noch gar nicht so lange da ist.«

Aha, dachte Annalena, mit Jörg ist Melanie also auch schon per Du. Bei der ging das ja wirklich flott. Sie war mit dem Exkollegen immer noch per Sie, und so sollte es auch bleiben. »Was sagt Jörg denn sonst noch so?«, fragte sie nun. »Wurde auf der Rückfahrt noch irgendwas geredet, was für uns von Belang sein könnte?«

Melanie nickte. »Sie hat dem Jörg die Ohren vollgejammert, dass sie seit dem Tag, an dem Kalupka sie verlassen hat, krank ist. Seitdem geht es ihr von Tag zu Tag schlechter. Hinzu kommen Panikattacken, eine nach der anderen. Und keiner weiß, woran es liegt. Die Ärzte sind ratlos. Und jetzt, wo ihr Ex nicht mehr lebt, hat sie sich offenbar eingeredet, sie sei auch bald an der Reihe.« Melanie fächelte sich mit einem DIN-A4-Blatt kühle Luft zu. »Die kann einem richtig leidtun, die Frau. Hab schon mit Hedwig darüber gesprochen, die hat ja viel Erfahrung mit Selbsthilfegruppen. Hedwig tippt auf psychoautomatisch – wenn du verstehst, was ich meine.«

»Ich verstehe.« Annalena grinste insgeheim. Psychoautomatisch – was für ein wunderbares Wort.

»Wenn ich daran denke, was die dem Jörg alles erzählt hat, sollte die mal zu einem richtigen Psychiater gehen, finde ich. In den vergangenen Monaten hat sie laut Ottenhöver nicht nur eine Kartenlegerin aufgesucht, sondern auch Kontakt zu ihren Vorfahren aufgenommen, doch von denen hatte auch keiner eine Idee, wie sie wieder fit werden könnte. In irgendwelchen geheimnisvollen Sitzungen hat sie sich zudem ihr ›Karma putzen lassen‹, wie Jörg es nannte, aber selbst mit blitzblankem Karma ging es ihr offenbar nicht besser. Jörg hat sich übrigens auch noch darüber beklagt, dass die Kalupka seine ganze Kleenex-Box geleert hat – ist übrigens für mich der erste Mann mit Kleenex-Box im Auto. Jörgs Stimme ist wirklich nett. Wie sieht der eigentlich aus? Etwa so schrecklich, dass Frauen bei seinem Anblick sofort das große Heulen kriegen?« Melanie verzog den Mund.

»Unter uns gesagt: Mir war oft danach.« Annalena seufzte betont dramatisch und fragte dann: »Hast du auch die Adresse von dem Schulze-Kottig?«

»Ja.« Melanie wühlte in ihrem Zettelberg, der in nicht einmal zwei Tagen zu einem unübersehbaren Chaos angewachsen war. Ihr Tisch und die Umgebung wirkten, als hätte dort eine Bombe eingeschlagen. »Verdammt noch mal. Ich hab das doch irgendwo aufgeschrieben«, stöhnte sie und gestand: »Irgendwas stimmt nicht mit mir. Wo ich hinkomme, herrscht Konfusion. In Lingen haben die mich Konfuzia genannt. Scheint was dran zu sein. Du solltest mal meine Wohnung im einzigen Mehrfamilienhaus von Kalverode sehen. Da wohnt übrigens auch ein Wissing. Ist das unser Markus?«

Annalena ging nicht darauf ein. »Wie viele Kisten stehen da denn noch?« Sie selbst hatte auch wochenlang zwischen Umzugskartons gehaust und erst vor ein paar Tagen die letzten geleert und in den Keller geschafft.

»Etwa achtzig«, sagte Melanie. »Auf etwa ebenso vielen Quadratmetern. Aber gestapelt. Und dazwischen kleine Gänge.«

»Respekt.«

Melanie seufzte, wühlte weiter in ihren Papierbergen, schichtete sie dabei ohne nachvollziehbaren Plan von links nach rechts und sagte dann: »Also, pass auf. Die Kalupka hat dem Jörg erzählt, dass der schöne Felix sie einem anderen in die Arme getrieben hat. Und zwar dem Mann, zu dem er sie am Montag bringen musste. Außerdem hat sie unserem Kollegen anvertraut, dass sie mal die Schönheitskönigin von Gütersloh war. Vor fünfundzwanzig Jahren oder so. Jetzt ist sie fünfundvierzig, sieht aber angeblich jünger aus, vor allem in gesundem Zustand. Jörg will die Sache mit der Schönheitskönigin nicht glauben, sondern behauptet, das sei ein erstes Zeichen ihres Wahnsinns.«

»Kommt mir auch unwahrscheinlich vor«, warf Annalena ein und erinnerte sich an die zerbrechlich wirkende Frau mit den knochigen Armen.

»Weißt du, das Schlimme ist, dass die Kalupka glaubt, ihr Mann habe sie bei seinem Auszug verhext. Und jetzt ist er tot und kann den Fluch nicht mehr von ihr nehmen«, legte Melanie nach. »Das hat sie unserem Jörg erzählt, wenn ich ihn mal so nennen darf.«

Annalena nickte gnädig. »Du kannst ihn von mir aus auch ›mein Schneckchen‹ nennen. Der scheint ja eine Menge Schleim abgesondert zu haben, um dich zu bezirzen.«

Die Neue blieb gelassen. »Eifersüchtig? Brauchste nicht zu sein! Also, ich fass mal zusammen: Seit dem Tag, als ihr Gatte das gemeinsame Haus für immer räumte, um sich hier in Kalverode zu installieren, geht es seiner Frau schlecht. Und es geht ihr *nicht* schlecht, weil sie ihn vermisst und um ihn trauert. Das hat sie wohl mehrfach betont.«

»Und was ist mit ihrem Neuen? War er den Seitensprung wert?«

»Keine Ahnung, aber der macht sich wohl ziemlich viel Sorgen«, berichtete Melanie.

Annalena erinnerte sich an die blasse jammernde Frau in der großen Gründerzeitvilla des toten Sparkassendirektors. »Wieso?«, fragte sie.

»Vermutlich hat er gedacht, er kriegt mit ihr, der einstigen Schönheitskönigin, das absolute Schnäppchen und wird dann von ganz Gütersloh – zumindest von der männlichen Hälfte – um sie beneidet. Doch kaum ist sie frei, verwelkt sie im Handumdrehen. Wie in einem bösen Märchen«, brachte Melanie Dierks die Sache auf den Punkt und stauchte den rechten Zettelberg zusammen. »Wenn du willst, kann ich die ganze Sache auch noch mit Jörgs psychologischen Erklärungen garnieren.«

»Ja, bitte. Verschon mich nicht.« Annalena merkte, dass ihr das Spiel gefiel.

Melanie setzte sich in Position. »Na gut. Ottenhöver meint, dass ihr Neuer auch ein schlechtes Gewissen hat. Vielleicht denkt er, dass er sie krank gemacht hätte. Jedenfalls hat er verstört gewirkt, als Ottenhöver die Kalupka dort abgesetzt hat.« Sie quietschte auf. »Hey, jetzt habe ich die Adresse, willste die gleich an die Tafel schreiben?«

Annalena griff nach ihrem Edding. »Super, und dann mach ich mein Protokoll. Damit alles seine Ordnung hat.«

Während sie ihre Unterredung mit Kitty Siebert in den Computer hackte, dachte sie, dass dieses ewige Dokumentieren wirklich überflüssig war, aber sie hatte die Regel ausgegeben, dass alles schriftlich festzuhalten sei, und dann musste auch sie sich daran halten.

Annalena tippte blind und betrachtete die ausladenden Blätter des Kastanienbaumes vor ihrem Fenster und den blauen

Himmel dahinter. Ein winziger Teil von ihr träumte von Dünen am Meer.

Ihr gegenüber wühlte Melanie Dierks weiterhin in einem Zettelberg, der auf geheimnisvolle Weise anzuwachsen schien, anstatt zu schrumpfen, obwohl sie fast jedes zweite Blättchen Papier in den Abfallkorb warf.

Annalena speicherte ihr Protokoll und wandte sich an die Kollegin. »Hast du noch die Namensliste, die Hedwig von der Sparkasse gekriegt hat?«

»Muss irgendwo auf meinem Schreibtisch sein, kann sich nur noch um Minuten handeln.«

»Lass nur«, murmelte Annalena und fügte hinzu: »Ich kann die vier, bei denen du schon warst, auch an der Pinnwand markieren. Die kommen eindeutig nicht als Täter infrage. Dazu gehört auch Kitty Siebert.«

»Gute Idee. Dann bleiben nur noch zwei.«

»So ist es.«

»Hast du meine Protokolle gelesen?«

»Ja.« Annalena hob den Kopf. »Und es gibt in allen Fällen eine Gemeinsamkeit. Auch bei meiner Befragung.«

»Nämlich?«

»Keiner der Antragsteller hat ein Darlehen bekommen, aber von allen wollte unser Sparkassendirektor das bereits angesparte Eigenkapital, um es in einen Fonds zu investieren. Sogar von der Siebert.«

»Ja, das ist mir auch aufgefallen.« Melanie suchte weiter.

Annalena beobachtete sie. »Hast du schon mal was von Selbstmanagement gehört?«

»Klar, ich habe sogar schon einen Kurs dazu gemacht. Aber ich habe alle Unterlagen verlegt – sind vermutlich in der achtzigsten Kiste ganz unten.« Sie grinste und wurde wieder ernst. »Machst du dann noch die letzten zwei Interviews?«

»Mach ich, und ich halt mich auch an deine Fragen und deine Struktur. So wird alles einheitlich.«

Sie sagte der Neuen nicht, wie überrascht sie über die Klarheit des Protokolls war – bei dem Schreibtischchaos hatte sie das nicht erwartet. Nein, besser kein Lob und keine Komplimente. Erst mal abwarten, wie sich die Zusammenarbeit entwickelte. Die nahm sich sowieso schon ganz schön viel heraus und hatte ihren Nachmittag verplant.

»Wie ich sehe, hast du mich ja schon angemeldet.« Annalena griff nach ihrer Handtasche. »Dass das klar ist, ich mache meine Termine grundsätzlich selbst. Und dabei soll es auch bleiben.«

Der Zopf wippte beträchtlich. »Je früher, desto besser. So, wie wir es gelernt haben. Dein Rendezvous mit Herrn Klöpper hab ich auf zwei, das mit Herrn Brüggemann auf vier terminiert. Und vergiss dein Aufnahmegerät nicht.«

Annalena schüttelte den Kopf. »So geht das aber nicht«, sagte sie und rauschte davon.

Herr Klöpper entpuppte sich als ein kleines Männlein mit leuchtend roter Nase und blondem, sehr gerade gescheiteltem Haar. Es schien ihm ein wenig peinlich zu sein, an seine Verhandlung mit Felix Kalupka erinnert zu werden, und er ging zum Angriff über: »Wat is denn nun mit dem? Sitzt der echt im Knast? Unter uns, das passt zu dem, der war nicht astrein, der Typ, wenn Sie mich fragen.«

»Klar frag ich Sie, aber erst will ich wissen, was genau Sie mit dem Leiter der Bankfiliale besprochen haben.«

Hansdieter Klöpper kniff die Augen zusammen. »Bankgeheimnis.«

»Ich kann auch mit einer Hausdurchsuchung kommen«, drohte Annalena.

»Wieso das denn?«

»Behinderung laufender Ermittlungen und Informationsverweigerung«, behauptete sie und fand, dass sich das ziemlich gefährlich anhörte.

Die rote Nase vor ihr wurde blass. »Aber ich hab doch gar nix gemacht. Ich wollte mir ein neues Auto kaufen und dafür einen Kredit aufnehmen. Zweitausend Euro Eigenkapital hätte ich selbst beigesteuert. Aber er hat behauptet, das wird für einen Wagen der Luxusklasse nicht genügen. Dann wollte er aber, dass ich ihm meine zweitausend für ein Supergeschäft überlasse. Dieser Lackaffe. Hab ich natürlich nicht. Bin einfach wieder gegangen.«

»Und Ihr neues Auto?« Annalena hob die Augenbrauen.

»Was soll's«, antwortete er. »Ich hab ja noch das alte. Man muss ja auch nicht einen Sieben-Gang-Cabrio-Roadster fahren. Auch wenn es mein Traum ist.«

»Eins muss ich Sie noch fragen: Wo waren Sie in der Nacht von vergangenem Sonntag auf Montag?«

»Verreist«, antwortete das Männlein, dessen Nase sich allmählich wieder rötete. »Wellness-Wochenende im Palmengarten. Warten Sie, hier ist der Beweis.« Er griff in einen Ablagekorb auf seinem Schreibtisch und reichte ihr eine Rechnung des Hotels zur Post in Bad Pyrmont. »Anreise Freitagabend, Abreise Montagmittag. Da haben wir dann was von den zweitausend verjubelt, die eigentlich für das Auto gedacht waren. Und ich sag Ihnen, die Investition hat sich gelohnt.«

»Wer ist wir?« Annalena zückte ihr Notzibuch.

»Vor dem Wochenende war es meine Freundin, nun sind wir verlobt.« Stolz hielt er ihr seine linke Hand mit dem goldenen Ring unter die Nase.

»Trotzdem. Ich brauche Namen und Telefonnummer Ihrer Zukünftigen.«

»Kein Problem«, antwortete der frisch Verlobte.

Es war genau vierzehn Uhr dreißig, als Annalena ihn verließ. Sie hatte noch anderthalb Stunden Zeit bis zu ihrer Besprechung mit Josef Brüggemann und fragte sich, ob die Dierks tatsächlich zwei Stunden pro Zeugenbefragung angesetzt hatte. Die hatte sie ja nicht mehr alle! Sie würde ein Machtwort sprechen müssen, um die Fronten zu klären.

Annalena kannte den mittlerweile weit über achtzigjährigen Josef Brüggemann seit ihrer Kindheit. Er war immer noch Inhaber und einziger Angestellter seines kleinen Lebensmittelgeschäftes mit überteuerten Preisen und Produkten, die oft am Rande des Verfallsdatums entlangdrifteten. Damals hatte er, wann immer sie bei ihm klingelte, selbst am Sonntag, die Ladentür für sie geöffnet, um sie mit Milch, Sahne und Eiern zu versorgen.

»Du bist doch dem Walter Brandt seine Tochter«, begrüßte Brüggemann sie nun, als sei für ihn die Zeit stehen geblieben. »Fehlt euch mal wieder was inne Küche? Dein Vater müsste dir mal beibringen, ordentlich zu planen. Hat ja schließlich auf Lehrer studiert.«

Josef Brüggemann war noch älter geworden. Bereits vor sechzehn oder siebzehn Jahren, als Annalena noch ein Kind war, hatte sie ihn als uralt empfunden. Noch immer stand er zitternd und gebeugt in seinem kleinen Laden, schrumpfte vor sich hin, ebenso wie ihm sein Kundenstamm im Laufe der Zeit wegschrumpfte. Vermutlich würde er sein Geschäft erst dann schließen, wenn sich keiner seiner gleichaltrigen Käufer mehr zu ihm verirrte.

»Ich bin dienstlich hier«, schrie Annalena ihm in die linke Ohrmuschel, hinter die er seine geöffnete Hand hielt, als gelänge es ihm so, die Schallwellen einzufangen.

»Willst nix kaufen?« Er schien enttäuscht.

Sie sah sich um. Es hatte sich nichts verändert. Hier war die Zeit tatsächlich stehen geblieben. Dass das Kalveroder Gesundheitsamt dieses Geschäft wegen Hygienemängel noch nicht geschlossen hatte, war sicher einer heimlichen Bürgerinitiative zu verdanken, dachte sie.

»Mach schnell!«, schrie der Alte nun und sah auf seine Armbanduhr mit den riesigen Ziffern. »Um vier kommt einer von der Polizei. Keine Ahnung, was die wollen.« Er zwinkerte ihr zu. »Da muss ich vorher noch ein bissken aufräumen!«

»Ich bin die Polizei!«, schrie Annalena ihm erneut ins linke Ohr und fragte sich, was er wohl wegräumen wollte. Sie an seiner Stelle hätte alles weggeräumt.

»Dann ist ja gut.« Er schien sich zu beruhigen. »Und was willst du von mir?«

»Sie waren doch bei dem neuen Direktor von der Sparkasse?«

Brüggemann nickte und dachte nach. »Ja, vor einer Woche.«

»Warum?«, fragte Annalena.

Er sah sie mit großen Augen an. »Kindchen, schau dich doch mal um. Ich muss meinen Laden modernisieren. Wird höchste Zeit. Seit mindestens sechzig Jahren wurde hier nichts mehr gemacht. Und statt sich das Geschäft mal anzugucken, sagt dieser Schnösel zu mir: ›Sie sind zu alt.‹ Und dann guckt der auch noch in seinen Computer und hat genau gesehen, wie mein Konto aussieht. Aber weißte, ich tu ja nicht alles auf mein Konto. Ich bin ja nicht blöd!«

Annalena gab ihm recht. Sie kannte einige, die mit dreißig nicht so hellwach waren wie Josef Brüggemann.

»Sie haben ja gar kein Eigenkapital«, zitierte ihr Gegenüber empört den Kalupka. »Das hat der einfach so behauptet, und da hab ich ihm eben von meinem Ersparten erzählt. Das war ein Fehler. Aber dass da extra die Polizei kommen muss … das hätt ich schon selbst wieder geregelt.«

»Und dann?«

»Er hat gesagt, ich soll ihm mein Erspartes geben, damit er

es vermehrt. Und dass ich den Laden dichtmachen soll. So ein Blödsinn. Was soll ich denn dann tun? Ich kann doch nicht den ganzen Tag doof rumsitzen.«

Sie gab ihm recht, sah sich in seinem Geschäft um und schrie in sein linkes Ohr: »Richtig modernisieren?«

Er nickte und nahm sie vertraulich beiseite. »Weißte, da gibt's so einen Großkonzern, der will in meinen Laden einziehen und zahlt mir viertausend Euro Miete jeden Monat – aber nur, wenn ich ein Kühlhaus anbaue. Und dann behalte ich nur noch die Zeitschriften- und die Zigarettentheke. Wie einen Kiosk und unter eigener Regie. Da muss ich dann auch nicht mehr so viel hin und her laufen. Aber das hab ich dem Kalupka natürlich nicht alles erzählt. Je weniger so 'n Banker weiß, umso besser. Ich wollte doch nur einen kleinen Kredit für das Kühlhaus.«

»Und Ihr Erspartes?«

»Ist noch hier.« Er hielt inne. »Die Leute vom Luna-Konzern waren übrigens ganz schön sauer, weil ich denen das Kühlhaus fest versprochen hatte. Jetzt haben sie gesagt, dass sie sich selbst drum kümmern. Ist auch besser so. Gibt's denn schon was Neues?«

»Was Neues?«

»Von dem betrügerischen Sparkassendirektor, den ihr eingesperrt habt. Lasst den ruhig noch ein bisschen zappeln, diesen nickelgeilen Hund.«

Annalena schüttelte den Kopf. »Wie alt sind Sie jetzt? Darf ich das fragen?«

»Zweiundachtzig«, antwortete er mit unverhohlenem Stolz. »Und glaub mir, wer mich reinlegen will, der soll sich erst mal warm anziehen. Ich bin zwar nicht mehr so schnell zu Fuß, aber rechnen kann ich immer noch.«

Während die Kommissarin durch die unter der Hitze stöhnende Stadt zurück zur Dienststelle ging, fragte sie sich, ob vielleicht Brüggemanns Mietinteressent was mit Kalupkas Tod zu tun haben könnte. Josef Brüggemann hatte den Sparkassendirektor sicher nicht zusammengeschlagen.

Sie beschloss dennoch, Markus Wissing auf diesen Großkonzern anzusetzen. Vielleicht hatte der ja was mit der Mafia zu tun. Dann rief sie sich zur Vernunft: Mafia in Kalverode – da war wohl die Phantasie mit ihr durchgegangen.

7. Kapitel

Annalena kehrte eigenartig enttäuscht von ihren Gesprächen mit den Herren Klöpper und Brüggemann in die Dienststelle zurück. Hatte sie wirklich insgeheim gehofft, unterwegs auf Friedemann Vortkamp zu treffen? Wie albern! Dennoch – was gäbe sie dafür, noch einmal sein »Schade« zu hören …

Sie preschte durch den Flur, fegte durch ihr eigenes Büro und stoppte erst im Zimmer von Markus Wissing, um dort mit wippenden Füßen darauf zu warten, dass der endlich sein langwieriges Telefonat beendete.

»Kannst du bitte so schnell wie möglich herausfinden, ob und wo die Großmarktkette Luna hier in Kalverode eine Filiale eröffnen will?« Sie staunte über die Ungeduld in ihrer Stimme.

Markus zog die Stirn kraus. »Da muss ich nicht erst recherchieren. Das kann ich dir gleich sagen. Nämlich nirgends. Hier gibt's schon Aldi, Lidl, Klaas & Kock, den Globus, Penny und Edeka – da ist kein Platz für noch einen Supermarkt.«

»Trotzdem, frag nach. Bitte!«

»Wieso das denn?«

»Sieht so aus, als hätten die Luna-Leute Josef Brüggemann als Strohmann wegen eines Kredits losgeschickt.«

Markus schwieg eine Weile. »Nee, das glaub ich nicht. Kennst du überhaupt diese Tante-Emma-Bruchbude vom Brüggemann? Da will doch keiner rein. Und der alte Brüggemann als Strohmann? Da lachen ja die Hühner. Nee, der checkt's doch nicht mehr!«

Annalena schüttelte den Kopf. »Du hast keine Ahnung. Ich hab mit ihm gesprochen. Der ist fit wie ein Turnschuh. Und bedenk doch mal die Lage des Geschäftes. Direkt am Kirchplatz. Die Parkplätze von der Kirche werden nur sonntags, zu Beerdigungen und Hochzeiten gebraucht. An Wochentagen können die Kunden direkt vorfahren.«

»Okay, die Lage ist super – aber was heißt das schon …«

»Das könnte viel heißen. Bitte, prüf das mal nach. Wir stehen erst am Anfang und sollten allen Möglichkeiten nachgehen. Je mehr Spuren wir in den nächsten Stunden abhaken können, desto besser. Dann kristallisiert sich das Eigentliche heraus.« Hoffentlich, dachte sie.

»Meinetwegen. Übrigens, da du grad hier bist: Ich hab Sebastian Uhlenbrock erreicht. Heut schafft er es nicht mehr, aber er kommt morgen früh zu uns auf die Wache. Dann kannst du ihn befragen. Bedauerlicherweise hat er ausgerechnet am letzten Freitag seine Zelte hier abgebrochen, weil seine Schicht am Wochenende begonnen hat. Sein Jahresurlaub war zu Ende – aber vielleicht ist ihm ja bei seiner Zeltaktion was Grundsätzliches aufgefallen. Ein Gespräch mit ihm kann nicht schaden, hab ich mir gedacht.«

»Vielen Dank, Markus!« Sie verließ sein Büro und eilte durch ihr Zimmer in den großen Flur, an dessen Ende der Gemeinschaftsraum lag. Dabei nahm sie aus den Augenwinkeln wahr, wie Melanie Dierks noch immer mit eigenartig hektischen Bewegungen Papierhäufchen auf ihrem Schreibtisch ordnete. Inzwischen wirkte die taffe zweite Hauptkommissarin gar nicht mehr so kompetent und selbstsicher.

Im Vorbeilaufen rief Annalena ihr zu: »Bin gleich wieder da!«, und wunderte sich insgeheim darüber, dass sie sich ausgerechnet von Hedwig im großen Konferenzzimmer so etwas wie Schützenhilfe und Zuversicht erhoffte.

Statt Bestärkung jedoch gab es dort nur Kaffee.

Hedwig telefonierte gerade.

Sie hatte tatsächlich bei Ewald durchsetzen können, die Notrufnummer ihrer Selbsthilfegruppe tagsüber auf einen Apparat der Dienststelle umzuleiten. Dieses Telefon trug ein lilafarbenes Bändchen und war für den Rest der Mannschaft tabu. Genau mit dem telefonierte sie nun und verschenkte Unmengen an Aufmunterung und Zuversicht an eine andere, die es offensichtlich bitter nötig hatte. Plötzlich wedelte sie mit dem rechten Arm und gab Annalena ein Zeichen. Dann hielt sie einen Zettel hoch. Darauf stand: »Er heißt Karl.«

Annalena hob die Augenbrauen.

»Der Vermisste«, raunte Hedwig, während sie die Hand auf den Hörer legte. »Sie kennt nur seinen Vornamen. Mehr nicht.«

»Dann nimm wenigstens ihre Personalien auf, auch wenn deine Gruppe offiziell anonym ist.«

»Mach ich.« Hedwig hatte vor Aufregung rote Ohren, nahm die Hand vom Telefon, murmelte »Ja« und »Ich verstehe« und salbte ihre Stimme mit größter Empathie, als sie ihre Gesprächspartnerin bat: »Bitte, nur für den Fall, dass sich irgendetwas ergibt, bräuchte ich Ihre Telefonnummer. Sie wollen doch auch benachrichtigt werden, sobald ich etwas erfahre. Ich red mal mit meinen Kontaktleuten bei der Polizei. Das mache ich für Sie.«

Lange Gegenrede mit stockend formulierten Argumenten am anderen Ende der Leitung. Dazu demonstratives Augenverdrehen von Hedwig. Sie trug heute eine hellblaue Bluse. Unter ihren Achselhöhlen hatten sich Schweißflecken gebildet. Dann log sie mit einer Selbstverständlichkeit, die Annalena Respekt einflößte: »Klar, das bleibt unter uns. Da können Sie sich ganz auf mich verlassen! Ehrlich.« Sie nickte und notierte eine Nummer. »Ich meld mich dann bei Ihnen. Bleiben Sie ganz ruhig. Glauben Sie mir, alles wird gut.«

Kaum war das Telefonat beendet, wischte sie sich über die Stirn, griff nach ihrem Wasserglas und murmelte: »Da wird nichts mehr gut. Gar nichts! Das spür ich im Bauch.«

»Was meinst du, müssen wir das ernst nehmen? Ist diesem Karl was passiert? Das Letzte, was wir jetzt noch brauchen, ist ein zusätzlicher Fall.«

In diesem Moment öffnete sich die Tür. Wilfried Lütke-Tillmann und Horst Toplischek schleppten ächzend zwei gut gefüllte Wäschekörbe aus weißem Plastik in den Raum.

»In dieser Villa gibt es total gut getarnte Tapetentüren – wer hätte das gedacht«, jammerte Horst statt einer Erklärung.

»Und hinter zwei von diesen Tapetentüren im oberen Schlafzimmer haben wir das ganze Zeug hier gefunden«, ergänzte Wilfried. »Das hat der da ja wohl nicht umsonst versteckt. Von diesen Ecken hat wohl nicht mal seine Putzfrau gewusst. Alles voller Staub!«

»Sollen wir's gleich zu euch ins Zimmer bringen?«, fragte Horst.

Annalena hob die Hände. »Nee, lieber nicht.« Sie dachte an das Chaos auf Melanies Schreibtisch. »Lass es besser erst mal hier. Was habt ihr denn alles gefunden? Und wo ist Heinz Krabbe, der war doch mit euch unterwegs?«

»Der überprüft noch den Keller der Villa und kommt nach. Wir wollten nur das hier schon mal abliefern. Damit ihr was zu tun habt.«

Annalena begutachtete den Inhalt der Körbe: externe Speicherplatten, USB-Sticks und jede Menge altmodischer Disketten. »Dass es so was noch gibt! Und wozu sammelt einer das?«

»Vielleicht wollte der ja auch ein Museum aufmachen«, bot Wilfried an. »Puppen- und Computermuseum in derselben Stadt. Altzeit trifft Neuzeit.«

»Ich hab noch ein externes Diskettenlaufwerk«, verkündete Horst nicht ohne Stolz. »Wenn da was gespeichert ist, dann können wir auch sehen, was.«

»Ich könnte ein Verzeichnis erstellen«, bot Hedwig an. »Ihr wisst doch, dass Ewald nichts so sehr liebt wie Listen.«

Annalena nickte. »Ja, bitte mach das.«

»Aber wer soll das alles auswerten?« Horst Toplischek schien Schlimmes zu ahnen.

»Du natürlich, Horst! Wer denn sonst?«

Beruhigend legte die pragmatische Hedwig dem schnaubenden Toplischek eine Hand auf den Arm. »Bleib cool, das kriegen wir schon hin. Ich geb den Dingern erst mal eine Nummer, dann haste schon mal eine Liste mit vielen leeren Feldern, die nur noch aufgefüllt werden müssen. Und das ist ja dann kein Berg Arbeit mehr, sondern nur noch kleine Häppchen. Und jeden Abend legst du diese Liste ordentlich auf unsere Sammelplatte. Dann können Ewald und die beiden Damen sehen, was du so geleistet hast, und sich ihre eigenen Gedanken dazu machen.«

»Pfff«, machte Horst, und Hedwig sprang angesichts seines Mundgeruchs instinktiv einen Schritt zurück.

»Wo steckt Ewald eigentlich?« Annalena sah sich um.

»Der ist noch mal zur Bank gegangen.«

»Was? Einfach so? Wir wollten doch alles miteinander absprechen. Er hat mir nichts gesagt.«

»Ich weiß auch nichts Genaues.« Hedwig hob die Schultern. »Er wollte, dass ich ihm die Zeugenaussagen von gestern ausdrucke. Dann hat er sie überflogen, hat eigenartig vor sich hin gemurmelt und ist plötzlich mit dem Satz ›Also, das muss ich überprüfen!‹ an mir vorbeigeschossen.«

»Wann war das?«

Hedwig sah auf die Uhr. »Ist garantiert schon 'ne Stunde her, wenn nicht mehr. Danach hat mich ja noch diese Mare angerufen, die ihren Karl vermisst. Schon ein eigenartiger Frauenname, oder? Ganz unter uns: Bei der könnte man wirklich Angst haben, dass die sich was antut. So verzweifelt, wie die klingt. Ist ja sowieso schon verrückt, sich mit einem Mann einzulassen, dessen Namen man nicht kennt. Karl, nichts als

Karl. Mehr weiß die nicht von ihm. Frauen sind viel zu gutgläubig.«

»Warst du denn nie verliebt?« Annalena dachte an Friedemann. Ob sie sich in ihn verliebt hatte?

»Ich? Um Gottes willen!« Hedwig schüttelte den Kopf. »Nee, dazu war ich viel zu vernünftig. Und mein Albert zum Glück auch. Glaub mir, das ist besser so. Auf die Weise haben wir uns ziemlich viel Frust erspart. Solltest du dir merken! Bloß keine Liebesheirat! Verliebtheit verblasst – Vernunft wächst.«

»Habt ihr zufällig noch 'nen Kaffee für eine große Chaotin?« Melanie kam ins Zimmer. Neugierig beugte sie sich über die Wäschekörbe. »Was ist das denn?«

»Erklär ich dir sofort«, sagte Annalena. »Sag mal, wusstest du, dass Ewald zur Bank marschiert ist?«

Melanie blickte hoch, schüttelte den Kopf und grinste. »Braucht der etwa auch einen Kredit? So sieht der mir gar nicht aus.«

»Angeblich kam ihm was komisch vor an den Zeugenaussagen. Ich kann mir auch schon denken, was.«

»Nämlich?« Melanie kippte Unmengen von Zucker in ihren Kaffee.

»Dass der Kalupka den Leuten zwar keinen Kredit bewilligen, ihnen dafür aber ihr Erspartes abschwatzen wollte. Wozu braucht er die Kohle?«

»Das kann ich dir genau sagen. Der hatte einen supergeilen Investmentfonds. In den wollte er das Geld seiner Kunden reinstecken. Hat auf die Leute eingeredet wie auf kranke Pferde. Ziemlich unseriös, wenn du mich fragst. So was macht man doch nicht.«

Annalena kniff die Augen zusammen: »Das könnte ein wichtiger Hinweis sein. Du hättest es mir gleich sagen sollen.«

»Wieso, ich hab's doch ins Protokoll geschrieben. Aber gekriegt hat er die Kohle nicht – zumindest nicht von meinen Gesprächspartnern.«

Melanie wies erneut auf die Wäschekörbe. »Jetzt sagt mal, woher kommen die?«

»Alles, was da drin liegt, war hinter Tapetentüren im Schlafzimmer des seligen Herrn Kalupka versteckt«, klärte Annalena sie auf. »Horst und Winfried haben noch mal das ganze Haus durchsucht und sind fündig geworden.«

»Und jetzt?«

»Jetzt gebe ich den Dingern eine Nummer und lege eine Liste an«, erklärte Hedwig. »Und wenn das passiert ist, wird Horst brav die Handys untersuchen, danach sämtliche Datenträger öffnen und lesen und hoffentlich alle Informationen in meine Liste eintragen.«

»Der arme Kerl«, murmelte Melanie.

»Wieso arm?«, widersprach Annalena. »Horst trägt nur die Informationen zusammen. Rückschlüsse ziehen, mögliche Verbindungen erkennen und geheimnisvolle Zusammenhänge aufdecken müssen dann wir. Wir sind die Armen.«

»Dafür kriegt ihr auch mehr Geld«, konnte Horst sich nicht verkneifen. Er nahm ein paar Handys aus den beiden Körben, beklebte sie mit Post-its und nummerierte sie.

»Die nehm ich schon mal mit und höre mich rein. Irgendwo muss man ja anfangen.«

»Da haste recht, Horst.« Hedwig wandte sich an den jüngeren Kollegen: »Und du, Wilfried, schieb mir schon mal die erste Schachtel rüber. Was wir haben, das haben wir!« Tatendurstig legte sie eine Exceldatei an und streifte sich Latexhandschuhe über.

»Sag mal, Hedwig, hast du vielleicht so was wie einen Tischordner für mich?«, erkundigte sich Melanie. »Ich nehme mir vor, ganz ordentlich zu sein. Versprochen.«

Annalena unterbrach sie. »Bei Klöpper und Brüggemann

war es übrigens das Gleiche wie bei deinen vier Leuten. Das schreib ich dir noch schnell zusammen, und dann gucken wir weiter.«

Sie ging in ihr Zimmer und fuhr mit einem Anflug von Sentimentalität ihren Computer hoch. Tapetentür – was für ein altmodisches Wort. Es erinnerte sie an einen Liebesroman aus dem 19. Jahrhundert. Der verliebte Herr verbirgt sich hinter einer Tapetentür und beobachtet die Dame seines Herzens, die sich langsam entkleidet.

Ihr Vater hatte berichtet, dass man in der Stadt sehr schlecht über Kalupka sprach. Er sei hinter Frauen her – und giere nach Geld, »nickelgeil« sei der. Walter Brandt hatte dieses Wort so ausgesprochen, dass Annalena sofort begriff: Es konnte sich nur um eine besonders verwerfliche Eigenschaft handeln. Angeblich waren alle darüber erleichtert, dass er nun hinter Gittern saß. Noch wusste niemand von seinem Tod. Die Sparkassenangestellten hielten sich an ihre Schweigepflicht. Eigentlich erstaunlich. Aber Kalupka muss auch noch eine andere Seite gehabt haben, dachte Annalena nun. Eine, die ihn liebenswert machte.

Sie öffnete den Ordner mit den Zeugenprotokollen und tippte das hinein, was sie von Hansdieter Klöpper und Josef Brüggemann erfahren hatte, wobei sie mit klammheimlichem Vergnügen als Zusatzinformation festhielt, dass Felix Kalupka allen um einen Kredit bittenden Herren nach einer eleganten Absage deren Erspartes für einen Investmentfonds abschwatzen wollte.

Die Assistentin des Sparkassendirektors schüttelte den Kopf. »Ich weiß von keinen Unregelmäßigkeiten. Und Sie wissen doch: Über die Toten spricht man nur Gutes!«

»Ich könnte eine Hausdurchsuchung veranlassen«, drohte Ewald Schmeing. »Dann nehmen wir alle Ordner mit und überprüfen jede einzelne Buchung, jeden Brief, jedes Fax, jede Mail, alles, was raus- und reingegangen ist. Alles. Jetzt pack ich erst mal seine Termine ein.« Er ließ den Querkalender mit der Spiralbinding in seiner Tasche verschwinden.

»Machen Sie das!« Isabella Höhler wirkte stoisch. »Mir sind keine Unregelmäßigkeiten aufgefallen, und über meinen Schreibtisch ist alles gelaufen. Da müssen Sie schon woanders suchen.«

»Das werden wir auch tun.« Ewald griff zu seinem Handy, drückte eine Kurzwahltaste und befahl resolut: »Hedwig, mach mir einen Termin beim Staatsanwalt. Und zwar so schnell wie möglich.«

Er fixierte sein Gegenüber. »Was wird aus Ihnen?«

Die heute in makelloses Weiß gekleidete Frau hob die Schultern und murmelte: »Keine Ahnung. Ich bin zwar ausgebildete Bankkauffrau, aber es sieht ganz so aus, als würden sie schon in dieser Woche einen Nachfolger aus der Zentrale schicken. Mich haben die gar nicht in Betracht gezogen. Das war nur eine Zwischenstation. Ich will auch nicht mehr hierbleiben. Kalverode ...« Es klang verächtlich, wie sie es aussprach. »Das ist nicht meine Stadt, hier ist nicht mein Platz.«

»Und wo ist Ihr Platz?« Die Frage war ihm einfach so rausgerutscht, und er staunte über ihre Reaktion.

Sie kniff die Augen zusammen und fauchte: »Nirgends. Fremdheit ist überall.« Dann griff sie zu ihrem Taschentuch und weinte bitterlich. Aus dem dunklen Haar löste sich eine Strähne. Ihr Make-up verlief.

Ewald wusste nicht, wohin mit seinen Händen. Er scharrte mit den Füßen, sah aus dem Fenster, blickte auf den Fußboden, zur weiß gestrichenen Decke und überlegte, was Hedwig in einer solchen Situation tun würde.

Manchmal hatte er ihre Gespräche belauscht, die tagsüber in die Dienststelle umgeleitet wurden, weil es sich ja grundsätzlich um Notfälle handelte. Dabei hatte er sich über Hedwigs Direktheit gewundert. Wenn es ihr zu lange dauerte, stellte sie einfach irgendetwas fest, anstatt nachzufragen, ob es vielleicht so sein könnte.

»Sie haben Herrn Kalupka geliebt«, behauptete Ewald nun ins Blaue hinein.

Die Frau vor ihm schniefte und zog die Nase hoch. Dann nickte sie. »Ja. Aber niemand durfte davon wissen. So war er nun mal. Aus allem machte er ein großes Geheimnis. Bei der Arbeit haben wir uns gesiezt. Ich glaube nicht, dass Liebesgeschichten bedeutender werden, nur weil sie verboten sind. Aber er tat so. Alles, was ihn betraf, war groß, wichtig und dramatisch.« Sie schluckte. »Oder glauben Sie, dass er sich mit mir geschämt hätte?«

Der Kriminaloberrat betrachtete die Assistentin des Sparkassendirektors und erinnerte sich, dass in manchen Kulturen Weiß als Farbe der Trauer galt. Hatte sie deshalb diese Farbe für ihre Kleidung gewählt? Sie war bestimmt zehn Jahre älter als ihr verstorbener Vorgesetzter und Liebhaber. Traute er ihr den Mord zu, verfügte sie über so viel Wut und Kraft? Nein, und außerdem war sie nicht so groß wie der mutmaßliche Täter. Dennoch fragte er, was er fragen musste: »Wo waren denn Sie in der Nacht von Sonntag auf Montag?«

Sie schluckte und gestand mit krächzender Stimme: »Ich wollte zu ihm, aber er hat nicht aufgemacht. Sonntags war ich immer bei ihm. Meist bis zwei Uhr morgens. Er wollte nie, dass ich über Nacht bleibe.« Sie zögerte und fügte hinzu: »Ich wollte es auch nicht.«

Ewald glaubte ihr nicht. »Können Sie bitte in unserer Dienststelle vorbeikommen? Am besten später, nicht jetzt gleich. Wenn wir gemeinsam gehen, entstehen nämlich die schlimmsten Gerüchte. Ich kenne die Stadt. Wir brauchen Ihre DNA. Dringend.«

Sie nickte und wurde von einem Augenblick zum anderen wieder geschäftsmäßig. »Soll ich Ihnen einen Termin für ein Gespräch mit Herrn Kalupkas Nachfolger machen, vielleicht Mitte nächster Woche? Das könnte ich noch arrangieren.«

Er schüttelte den Kopf. »Nein, danke. Bis später.«

Sein letzter Blick galt der weiß gekleideten Frau. Über ihr bleiches Gesicht liefen Schlieren von Wimperntusche. Es wirkte wie eine schlecht zusammengeklebte Maske aus zersprungenem Porzellan.

Der Kriminaloberrat blieb im gläsernen Treppenhaus der Bank stehen, holte tief Luft und warf einen Blick in den gepflegten Nachbargarten der Gründerzeitvilla. Er fragte sich, was er von diesem Kalupka halten sollte. Der Mann war verheiratet und begann trotzdem ein Verhältnis mit seiner Assistentin. Alles musste geheim bleiben und wurde gleichzeitig wie in einem Kitschroman mit Glanz und Dramatik ausgestattet. Das war doch unseriös. Warum taten Männer so etwas? Wenn er Hedwig glauben durfte, geschah so etwas ständig. Unglaublich! Er selbst war sein Leben lang seiner großen Liebe treu geblieben, auch wenn die einen anderen geheiratet hatte. Vom Augenblick ihrer ersten Begegnung im Kindergarten an hatte er gewusst, dass sie es war – und keine andere. Er konnte treu bleiben, und er konnte warten. Zwei Tugenden, die heutzutage immer mehr missachtet wurden. Darin waren er und seine Birgit sich einig. Dann war Birgits Mann gestorben, und er hatte sie getröstet, sich um sie gekümmert, sie beraten. Jetzt wohnte Birgit bei ihm. Sein Warten hatte sich gelohnt.

In dem Bewusstsein, ein etwas besserer Mensch zu sein als all die anderen, sah er durch die Glasscheiben auf die kopfsteingepflasterte Fußgängerzone und stieß ein entsetztes: »Das gibt's doch wohl nicht!« hervor. Da lief doch tatsächlich sein Oberwachtmeister Krabbe mit einem schwarzblauen Taucheranzug über die Straße und schwenkte fröhlich Atemmaske und

Flossen in den Händen. Offensichtlich hatte er während der Arbeitszeit die Ausrüstung für den nächsten Urlaub erstanden. Es war nicht zu fassen! Ewald schüttelte den Kopf. Er hatte seine Leute überhaupt nicht im Griff. Und Annalena würde es auch nicht schaffen. Die war viel zu freundlich.

Kurz dachte er an die Neue und an das Chaos auf deren Schreibtisch. Ewald hasste Unordnung. Mit dem Vorsatz, solche Zustände gar nicht erst einreißen zu lassen, stieg er die Treppe hinunter, durchquerte den klimatisierten Schalterraum der Bank und trat wieder ins Freie. Seinem Mitarbeiter Krabbe würde er in der Dienststelle eine ordentliche Standpauke halten müssen.

Als Ewald Schmeing wenig später in den Besprechungsraum kam, lag der Taucheranzug mitten auf dem Konferenztisch.

»Das ist ja ungeheuerlich!«, brauste er auf. »Eigentlich müsste ich euch alle rausschmeißen und eine neue Sonderkommission bilden. Hier macht ja offensichtlich jeder, was er will, der eine bereitet seinen Taucherurlaub vor, der andere programmiert sein Handy.« Er bombardierte Horst Toplischek mit wütenden Blicken. Unbeeindruckt blieb der neben der Kaffeemaschine sitzen und tippte in ein Smartphone.

»Chef, das ist alles anders, als du denkst«, versuchte Hedwig ihn zu beruhigen. »Nicht nur das Handy, auch der Anzug ist von Kalupka.« Dann nahm sie ihn beiseite und flüsterte: »Was ist eigentlich mit der Pressekonferenz morgen?«

»Morgen? Das kann nicht sein.« Ewald schüttelte den Kopf. »Wir hatten Donnerstag gesagt.«

»Morgen *ist* Donnerstag«, stellte Hedwig klar. »Wird ja auch mal Zeit, dass die arme Thekla endlich aus dem Krankenhaus entlassen wird.«

Ewald wand sich. »Hat eigentlich jemand sie besucht oder wenigstens Blumen geschickt?«

»Ich nicht«, sagte Hedwig schnell. »Vielleicht ihr Ex?« Sie wies mit dem Kopf in die Richtung von Markus Wissings Zimmer.

»Klär das doch mal«, bat er sie.

»Gleich«, versprach Hedwig. »Lass mich nur noch schnell die Liste fertig machen.«

»Listen sind immer gut«, murmelte er versöhnlich.

»Sag ich doch!« Hedwig nickte zufrieden. »Soll ich dir den Text für die Presseerklärung vorbereiten? Du weißt doch, ich habe auch dafür extra eine Fortbildung gemacht. Viele Konjunktive, viele Möglicherweise und noch mehr Vielleichts. Darauf kommt es an. Du könntest dich so lange um Thekla kümmern oder Markus hinschicken. Meine Güte, die arme Frau. Hatte die etwa auch Telefonverbot? Sonst hätte die sich doch bestimmt bei mir gemeldet!«

Wieder einmal dachte Ewald Schmeing, dass eigentlich Hedwig seine Dienststelle leiten sollte. Die war gut strukturiert und wusste, worauf es ankam. Er selbst hatte kein gutes Händchen fürs Personal. Sein Verdacht, dass die Neue aus Lingen abgeschoben worden war, weil niemand mit ihr klarkam und weil sie offensichtlich keine Ordnung halten konnte, verdichtete sich. Die war gar nicht so taff. Die war ein Problemfall. Und den hatte er nun an der Hacke.

»Ich kläre das mit Markus«, versprach er und ging in das Zimmer seines dienstältesten Mitarbeiters. »Wir fahren gleich zu Thekla und erklären ihr alles. Morgen nach der Pressekonferenz kann sie dann entlassen werden.«

»Ich geh nicht mit«, sagte Markus. »Das tu ich mir nicht an! Das pack ich nicht. Außerdem muss ich für Annalena was recherchieren.«

8. Kapitel

Thekla Wissing hatte ihre Armbanduhr in der Küche des Sparkassendirektors vergessen. Dort lag sie auf dem Tisch und maß die Zeit. Für sie selbst in ihrem sterilen Krankenzimmer galten seit Montag andere Maßeinheiten. Der dünne Kaffee bedeutete beispielsweise, dass eine Nacht vorüber war, und das Mittagessen, dass der Vormittag geschafft war. Sie schlief viel, denn sie fühlte sich unendlich erschöpft. Und sie hatte Schwierigkeiten, das Bild des Toten zu vergessen. Sobald sie die Augen schloss, sah sie ihn wieder vor sich liegen. Verrenkt und mit eingenässter Hose. Ob er das noch mitbekommen und sich geschämt hatte?

Zweimal hatte es schon Frühstück gegeben, drei geschmacklose Mittagessen. Kaffee und Abendbrot versuchte sie zu vergessen. Es war zu unbedeutend. Nur eine der Schwestern redete mit ihr. Sie hatte graues, sehr kurzes Haar und hellblaue Augen, und ihrer Stimme haftete etwas Zwitscherndes an. Sie erinnerte sie an ein gut gelauntes Vögelchen. Alle anderen weiß bekittelten Klinikmitarbeiter kamen nur herein, stellten das Tablett mit den langweiligen Speisen hin und holten es eine halbe Stunde später wieder ab.

Die Krankenschwester, mit der Thekla gleich am Montag gesprochen hatte und die ihren Mann informieren wollte, war nie wieder aufgetaucht.

Thekla hatte es inzwischen aufgegeben, weiterhin nach ihrem Mann zu fragen. Sicher durfte er nicht kommen. Sie hatte zwar keine Ahnung, warum man ihm Gespräche mit der eigenen Frau untersagen sollte – noch waren sie ja verheiratet –, aber ein ermittlungstechnisches Besuchsverbot war der einzige Grund, der ihr einleuchtete und logisch erschien. Er hatte oft solche Worte benutzt. Kriminaltechnisch, verhörtechnisch, spurensicherungstechnisch – man könnte meinen, die Polizeiarbeit sei ein extrem technischer Beruf, und vermutlich gab es auch für ihre Erschöpfung, die eindeutig mit dem Auffinden der Leiche zu tun hatte, eine hochkomplizierte zeugentechnische Bezeichnung.

Dass sie nicht telefonieren durfte, hielt sie für reine Schikane. Zu gerne hätte sie den wenigen Freundinnen, die sie besaß, die Geschehnisse des vergangenen Montags geschildert. Hieß es denn nicht immer wieder, über Schockerlebnisse müsse man sprechen, um sie verarbeiten zu können? Nur die grauhaarige Krankenschwester war neugierig und wollte mit zirpender Stimme wissen, wie es ihr gehe, was sie gesehen habe und ob sie von Albträumen geplagt werde. Aber Thekla sprach nicht mit Menschen, die sie nicht kannte. Wer wusste schon, wem die Schwester dann was weitererzählen würde!

Auch hegte sie den Verdacht, dass man ihr heimlich Schlafmittel in den Tee mischte. Woher sonst sollte diese Müdigkeit kommen? Das würde Konsequenzen haben. Und zwar sobald sich ihr Markus darum kümmerte! Da müssten sich die von der Krankenhausküche schon mal warm anziehen. Er würde sie alle verhören und in eine Zelle sperren. Mit solchen Gedanken tröstete sie sich.

Als es nun, nach dem dritten Mittagessen und dem dritten Nachmittagskaffee, an der Tür klopfte, murmelte sie ein erschöpftes »Herein!«.

Herein kam ein riesiger Blumenstrauß aus Rittersporn und Levkojen und dahinter, mit Schweißperlen auf der Stirn, der besorgt wirkende Kriminaloberrat Ewald Schmeing.

»Wie geht es dir?« Er wischte sich mit einem Taschentuch übers Gesicht.

»Geht so«, murmelte Thekla und stellte die Frage, die sie seit Tagen umtrieb: »Wer putzt denn jetzt das Haus?«

»Niemand.« Ewald nahm ihre Hand.

»Dann ist gut.« Sie versenkte ihre Nase in den Duft der Levkojen. Der Chef ihres Mannes setzte sich auf den einzigen Besucherstuhl und schlug die Beine übereinander. Es war ihm unangenehm, seinen eigenen Schweiß zu riechen. Was hätte er für eine kühle Dusche gegeben! Ob sich hinter der kleinen Tür in Theklas Krankenzimmer ein Bad verbarg?

»Es ist immer noch so heiß draußen«, stellte er fest. »Diese Hitze nimmt kein Ende.«

Die Frau zwischen den weißen Laken gab ihm recht, schwieg und sah ihn über eine dunkelblaue Ritterspornrispe hinweg an. Ewald erinnerte sich, dass er bei Melanies Begrüßung einen fast identischen Strauß in der Hand gehabt hatte. Das schien die Standardkombination des Blumenladens zu sein. Ihm fiel auf, wie traurig und verletzbar Thekla wirkte ohne ihre Brille mit dem schwarzen Gestell. Diese Brille war für sie wie ein Schutzschild oder eine Tarnkappe, hinter der sie ihr eigentliches Wesen verbarg.

Er seufzte teilnahmsvoll und fragte: »Bist du eigentlich gut mit dem ausgekommen? Mit dem Kalupka?«

Sie nickte. »So ein höflicher und ordentlicher Mann.«

»Ordentlich?« Er staunte.

»Ja. Allein in der Stadt, aber trotzdem jede Nacht zu Hause geschlafen. Und zwar im eigenen Bett. Das kann man wirklich nicht von jedem sagen! Andere Männer würden solche Situationen ausnutzen!« Ihre Stirn umwölkte sich.

Ewald ahnte, was nun kommen würde, und schluckte. Er hatte keine Lust, sich Theklas Version ihrer gescheiterten Ehe anzuhören, aber es gab kein Entkommen. Und so ließ er sich erzählen, wie Markus Wissing seine Frau mit der Gemüsehändlerin betrogen hatte. Aber nicht nur das. Obwohl es die

Gemüsehändlerin nicht mehr gab, hatte er ihr gemeinsames Zuhause verlassen und war in dieses anrüchige Mehrfamilienhaus, den Schnellen Brüter, gezogen. In ein solches Haus zog man nicht ein, um dort zu wohnen. Das war nur eine Zwischenstation, eine Art Sprungbrett für den Start in ein anderes Leben. Und wohin wollte Markus wohl springen?

Zwischenstation, dachte Ewald. Das hatte auch die Assistentin des Sparkassendirektors gesagt. Sie hatte vorgehabt, von dort aus in Ruhe nach einem ordentlichen Zuhause zu suchen. Und auch die Neue, Melanie Dierks, war in den Schnellen Brüter gezogen, um sich von dort aus weiterzuentwickeln. »Die packt ihre Kisten garantiert erst gar nicht aus«, war Hedwigs Kommentar gewesen.

Ewald biss sich auf die Lippen und schnaufte.

»Ja, der Herr Sparkassendirektor war ein anständiger Mann«, wiederholte Thekla. »Keiner, der rumhurt und bei fremden Frauen schläft oder gar leichte Mädchen kommen lässt. Jeden Morgen hat der allein gefrühstückt und dann die Kaffeetasse für mich in die Spüle gestellt – hätte er ja auch auf dem Tisch stehen lassen können, aber der hat Rücksicht genommen. Nur am Samstag hat er was getrunken, und dann immer mit demselben Freund. ›Heute kommt mein Schachkumpan‹, hat er gesagt, ›richten Sie uns ein paar Häppchen her?‹ Herr Kalupka war ein guter Mensch. Ich wäre seine Hausdame geworden.« Sie weinte, als hätte sie erst jetzt das Ausmaß ihres Unglücks begriffen. »Was wird denn nun aus mir?«

»Hast du oft mit ihm gesprochen?« Ewald war heilfroh, dass die Geschichte ihrer gescheiterten Ehe offenbar schon vorbei war.

Sie schüttelte den Kopf. »Nein. Ich hab mich bei ihm vorgestellt, und er hat mir gesagt, was ich machen soll. Er wusste, dass er sich auf mich verlassen kann. Ich bin eine anständige

Hausdame!« In ihre Darstellung hatte sich ein aggressiver Unterton eingeschlichen.

Der Kriminaloberrat blieb wachsam. »Klar, das weiß doch jeder, ich dachte nur, du hättest vielleicht was mitgekriegt. Nachrichten auf dem Anrufbeantworter oder unerwünschte Besucher.«

Sie schüttelte den Kopf und lächelte. »Weißt du was?«

»Nein.«

»Er konnte ein echter Witzbold sein. Einmal hat er mir einen Zettel hingelegt. Auf dem stand: ›Liebe Frau Wissing, können Sie diesen nächtlichen Camper nicht auch einfach wegputzen?‹« Sie lachte.

»Und was hast du gemacht?«, fragte Ewald interessiert.

»Ich bin tatsächlich einmal am späten Abend spazieren gegangen und hab mit ihm gesprochen. Da hab ich dann gesehen, dass es nur Sebastian Uhlenbrock ist, dieser Spinner. Aber trotzdem. ›Du sollst die öffentliche Ordnung nicht stören‹, hab ich zu ihm gesagt. ›Du darfst doch nicht mitten auf der Straße zelten.‹ Und er hat mir erklärt, dass er grad Urlaub hat und ein Zeichen setzen will. Dann hat er noch gesagt: ›Andere gehen in den Urlaub, und ich gehe in den Protest, das heißt, ich protestiere.‹ Der war schon immer so komisch.« Sie schwieg eine Weile. Dann fragte sie: »Wie geht es meinem Markus?«

Hätte er ihr sagen sollen, dass Kriminalhauptmeister Wissing schon lange nicht mehr ihr Markus war? Ewald beschloss, sich da rauszuhalten, und log: »Er hat gerade sehr viel zu tun. Er lässt dich grüßen.«

»Das ist schön. Meinst du, er kommt zu mir zurück?«

Der Kriminaloberrat wich aus. »Du stellst Fragen! Sag mal, wie geht es dir eigentlich hier? Könntest du morgen schon wieder nach Hause gehen?«

»Ist er dann da?«, fragte sie hoffnungsvoll.

Ihr Gegenüber hob die Schultern. »Das kann ich dir nicht sagen.«

»Ach, ich bin nur immer so müde. Aber sonst hab ich ja nichts.«

»Das hat was mit dem Schock zu tun«, diagnostierte Ewald ins Blaue hinein.

Sie sah ihn ernsthaft an und nickte. »So ist es. Übrigens, weißt du, was der Sebastian dann gesagt hat?«

Ewald unterdrückte ein Gähnen und sah aus dem Fenster. Was gäbe er jetzt nicht alles für eine Dusche! Heroisch widerstand er der Versuchung, Thekla nach ihrem Krankenzimmerbad zu fragen, und hörte nur mit halbem Ohr zu, als sie erneut Sebastians nuschelige Stimme karikierte und dessen Behauptung »Der ist doch sowieso nie zu Hause« zu einem einzigen kaum verständlichen Wort zusammenzog.

Mit der Verzögerung von einer Sekunde zuckte der Kriminaloberrat zusammen. »Stopp, sag das noch mal!«

»Der hat behauptet, Felix Kalupka sei sowieso nie zu Hause. So was macht man einfach nicht«, beklagte sich Thekla. »Wer solche Gerüchte in die Welt setzt, muss bestraft werden. Ein Sparkassendirektor hat Verantwortung zu tragen und muss wachsam sein, das weiß doch jeder. Und wie auch ein jeder weiß, können nur Leute, die ordentlich schlafen, richtige Entscheidungen treffen. Das habe ich ihm dann auch gesagt. Mehrmals. Und ich habe ihn gewarnt. Der ist eben früh ins Bett gegangen und hat nicht bis in die Puppen das Licht brennen lassen.«

Ewald nickte verständnisvoll. »Warum behauptet der denn so was?«

»Frag mich was Leichteres!« Sie hob die Schultern.

Beide schwiegen eine Weile. Eine Fliege summte und stieß gegen die gekippte Fensterscheibe, als Thekla zögernd nachlegte. »Viermal in der Woche kommt der erst um fünf Uhr morgens heim, hat dieser Sebastian behauptet. So eine Unverschämtheit.« Ihre Stimme zitterte vor Wut.

»Viermal?« Ewald hob die Augenbrauen. »Hat er dir etwa auch die Tage genannt?«

»Du wirst diesem Spinner doch wohl nicht glauben wollen!«, fuhr Thekla ihn an.

»Nein, natürlich nicht«, versuchte er sie zu beruhigen. »Pass auf, ich sag dir jetzt was, und das bleibt ganz unter uns: Wir haben den aufs Präsidium bestellt. Dann frag ich ihn direkt nach diesen vier Tagen. Und wenn die dann anders heißen als bei dir, dann wissen wir gleich, dass er nichts als unausgegorenes Zeug erzählt.«

Thekla stach mit dem Zeigefinger in die Luft. »Sehr gut. Lass mich überlegen.« Sie zog die Stirn kraus. »›Montag, Dienstag, Mittwoch und Freitag‹, hat er gesagt. Das weiß ich so genau, weil ich noch überlegt habe, warum er den Donnerstag ausgelassen hat.«

Mit einem ordentlich gespitzten Bleistift kritzelte Ewald winzige Buchstaben auf seinen karierten Spiralblock.

Thekla straffte sich in dem Bewusstsein, eine wichtige Zeugin zu sein.

»Also, der Sache will ich doch mal nachgehen«, murmelte der Kriminaloberrat. »Das ist doch eine neue Information. Vier Nächte in der Woche unterwegs.«

»Das hat der behauptet, aber das stimmt nicht. Der kann doch nicht einfach so was in die Welt setzen. Kannst ihm auch gleich verklickern, dass ich ihn wegen Rufmords drankriege. So geht's ja nicht!« Sie fischte nach ihrer dicken Brille, die auf dem Nachttisch lag, setzte sie auf und war wieder die Thekla, die Ewald kannte: eine verbitterte Frau. Bei der würde auch Hedwigs Standardsatz nichts mehr nützen. Also schluckte er sein »Alles wird gut« wieder runter und versprach: »Ich sorge dafür, dass man dich morgen entlässt.«

Sie nickte. »Was für ein Tag ist das dann?«

»Das ist ein Donnerstag.«

Augenblicklich brach ihm der Schweiß aus. Donnerstag war auch der Tag der Presseerklärung. Fast fluchtartig verließ er das Krankenhaus.

Nach einer schnellen Dusche im Keller des Alten Amtshauses fühlte er sich immerhin ein wenig erfrischter und trat Hedwig selbstbewusst entgegen.

»Hast du den Entwurf schon fertig?«

Sie nickte. »Annalena ist damit einverstanden, und die Neue hat gesagt, dass sie sich da raushält. Was auch klug ist, die weiß ja längst noch nicht alles. Also musst nur noch du drübergucken, und wenn es okay ist, mach ich zwanzig Kopien – und ab die Post.« Sie wirkte sehr zuversichtlich.

»Gib mal her«, befahl er forsch, nahm sich einen Kaffee und verschwand mit dem Ausdruck in seinem Zimmer.

Er hatte es sich schon an seinem Schreibtisch bequem gemacht und den Ventilator eingeschaltet, als er aus einem Impuls heraus wieder aufstand und die Tür zum Flur zuschob. So eine Presseerklärung war schließlich eine heikle Sache. Während er sich in seinen schwarzen Ledersessel fallen ließ, dankte er seinem Schicksal, dass sie sich in ihrer Dienststelle niemals auf den Polizeifunk eingelassen hatten. Der wurde doch von Hinz und Kunz abgehört, und wer wusste schon, was diese Pressegeier sich aus den aufgeschnappten Informationen zusammengedichtet hätten. Nicht auszudenken! Seine Leute und er nahmen nur per Handy Kontakt miteinander auf, und das hatte sich auch im vorliegenden Fall wieder einmal bestens bewährt. Das Einzige, was durch Kalverode waberte, waren ungeheuerliche Gerüchte zu den Themen Sex und Geld. Und denen würde er mit seinem klaren Statement entgegentreten.

Hedwig hatte geschrieben:

Am Montagmorgen gegen 7:30 Uhr wurde Felix K., der Direktor der Sparkasse Kalverode, von der Zeugin Thekla W. in seinem Wohnhaus tot aufgefunden. Die Zeugin hatte als Reinigungskraft Zugang zu dem Haus. Thekla W. informierte umgehend die örtliche Polizei. Die Polizei geht von einem Gewaltverbrechen aus. Vermutlich, so Kriminaloberrat Ewald Schmeing, handelt es sich um eine Beziehungstat. Die Spurensicherung konnte DNA-Spuren sichern, die möglicherweise dem Täter zuzuordnen sind. Die Ermittlungen dauern an. Sollte einem unserer Mitbürger in den letzten Wochen etwas aufgefallen sein, das mit dem Mordfall in Verbindung stehen könnte, so bittet die Polizei um Ihre Mithilfe.

Ewald Schmeing nickte zufrieden. Bloß nicht zu viele Informationen. Außerdem war ab morgen die Anzeigensperre für die Trauernachricht aufgehoben. Aus reiner Gewohnheit nahm er einen Rotstift, schrieb die Sätze um, baute mehrere Konjunktive ein und war schließlich mit dem Ergebnis seines Schriftstückes zufrieden. Mehr würde er diesen gierigen Pressegeiern nicht zum Fraße vorwerfen, zumal er ja auf der Pressekonferenz Rede und Antwort stehen müsste, wovor ihm jetzt schon graute.

»Chef, kann ich wohl mal in dein Zimmer kommen?« Melanie Dierks hatte die Tür zum Büro des Kriminaloberrats bereits sperrangelweit geöffnet und stand vor seinem Schreibtisch. Sie war so verschwitzt, wie er es vor einer Stunde gewesen war, und es ärgerte ihn, dass sie ihn einfach so duzte.

»Okay, komm rein. Eigentlich bräuchten wir alle hitzefrei«, stellte er bei ihrem Anblick fest und fügte hinzu: »Lass dir von Hedwig mal die Dusche im Keller zeigen.«

Sie nickte. »Hitzefrei – wie damals in der Schule. Aber das ist heute nicht drin. Wir haben möglicherweise ein Merkmal, das den Täterkreis stark eingrenzt.«

Ewald zog die Augenbrauen hoch. »Was denn?«

Sie wedelte hektisch mit den Armen: »Der Rechtsmediziner hat mich angerufen. Die Hand, mit der Felix Kalupka niedergeschlagen wurde, war beringt, und das heißt: Der Täter trug einen Ring. Definitiv!« Sie wippte vor Aufregung: »Und das ist das Besondere: Nicht am Ringfinger wie verheiratete Männer…«, sie warf einen Blick auf Ewalds rechte unberingte Hand, »…sondern am Mittelfinger der rechten Hand. Ist es nicht irre, was die Kriminaltechnik heutzutage alles rauskriegt?«

Ewald nickte und drehte den Ventilator in ihre Richtung.

»Der hat sich doch den Ring inzwischen längst abgezogen«, sagte er. »Da nützt uns dieses Wissen nix.«

»Nee, Chef, so leicht ist das nun auch wieder nicht«, widersprach sie. »Der kann den Ring doch schon seit Ewigkeiten tragen. Und vermutlich sitzt der Ring inzwischen so fest, dass er den nicht mehr abkriegt, weil seine Finger gewachsen und dicker geworden sind. Entweder hat er den jetzt noch am Mittelfinger seiner rechten Hand, oder er hat sich den mit einer Zange durchknipsen lassen oder selber abgesäbelt. Deshalb sollten wir ab jetzt verstärkt darauf achten, wer von den Personen, die wir befragen oder als Zeugen vernehmen, am Mittelfinger der rechten Hand entweder noch einen Ring oder eindeutig die Spuren eines Ringes trägt. Ist doch kein Problem.«

»Erstens finde ich das ganz schön weit hergeholt, und zweitens: Wie willst du das denn machen?« Ewald drehte den Kopf zur Seite und versuchte, flach zu atmen. Er hasste es, wenn Frauen nicht nach Parfüm und Seife rochen, sondern nach verschwitztem Menschsein. Das war fast so schlimm wie Horsts Mundgeruch.

»Willst du nicht erst duschen gehen?«, schlug er vor. »Ich denke in der Zwischenzeit darüber nach.«

»Keine Zeit.« Sie schüttelte den Kopf. »Wir müssen sofort

was unternehmen. Was meinst du, wie schnell sich so eine blasse Einkerbung verwächst. Nach wenigen Tagen kann man so was mit dem bloßen Auge kaum noch wahrnehmen. Glaub mir, wir müssen sofort aktiv werden.«

»Ich nehme diesen Hinweis in meine Presseerklärung mit auf«, versprach Ewald. »Die schreib ich nämlich gerade. Überhaupt, das ist eine gute Idee. Dann hilft uns die Bevölkerung.« Er griff nach seinem Rotstift. »Wie findest du die folgende Formulierung: ›In Verbindung mit diesem Gewaltverbrechen wird nach einem etwa einen Meter neunzig großen Mann gesucht, der an seinem rechten Mittelfinger einen Ring getragen hat oder noch trägt. Sachdienliche Hinweise nimmt die Polizei Kalverode entgegen.‹«

Auf Melanies blasser Stirn bildeten sich noch mehr Schweißperlen. »Ich weiß nicht, ob das klug ist. Ich finde, wir sollten gezielter vorgehen. Wenn so ein Aufruf in der Zeitung steht, verdächtigt doch jeder jeden. Dann gehen hier lauter Informationen ein, die wir alle überprüfen müssen. Und es melden sich bestimmt unglaublich viele Spinner.«

»Also, Kalverode hat gerade mal sechstausend Einwohner. Die Hälfte sind Männer, also dreitausend, davon gehen zwei Drittel Kinder und Greise ab, bleiben also tausend potenziell Verdächtige übrig. Von denen sind höchstens zehn Prozent über eins neunzig, und von den Hundert trägt höchstens einer einen Ring am Mittelfinger. Und genau der ist es.« In Windeseile hatte er all diese Zahlen auf sein Presseerklärungsskript notiert und befand: »Genau so machen wir es. Hedwig muss ein paar Überstunden schieben und die Hotline bedienen. Das kann sie am besten. Außerdem hat sie dafür 'ne Fortbildung gemacht.« Abrupt drehte er den Ventilator wieder zu sich. »Was ist das eigentlich für ein Ring?«

Melanie beugte sich zur Kühlung: »Ein ganz flaches Modell, sagt der Rechtsmediziner. Aber er hat natürlich keine Spuren vom ganzen Ring. Kann also gut sein, dass da noch ein Brillantsplitter drinsteckt. Das würde die Schnittwunde erklären. Das Material ist definitiv nicht Silber, sondern Rotgold, Weißgold oder Platin. Nobody knows.« Sie schwieg einen Augenblick und strahlte ihn dann unvermittelt an. »Mensch, das wär's, oder? Der Abdruck eines Rings überführt den Täter. Superstory.« Sie sprang auf. »Ich glaube, so kriegen wir die Sache ins Rollen. Dann mach das mal so mit der Presse!«

Ewald Schmeing sah ihr nach, stemmte sich mit beiden Händen aus seinem Schreibtischstuhl und riss schwungvoll die Fenster auf. Gott hätte uns keine Nasen geben sollen, dachte er. Dann wäre das Leben einfacher …

Wirbelwindgleich stürzte Melanie durch den Flur, als hätte sie Angst, unterwegs ihren Gedanken zu verlieren. Sie riss die Tür zu ihrem Arbeitszimmer auf, ließ sie offen stehen und rannte zum Mindmap.

Unsanft schob sie Annalena beiseite und registrierte dabei aus den Augenwinkeln, dass der plötzliche Luftzug wieder einmal die Papiere auf ihrem Schreibtisch durcheinanderwirbelte.

»Über Ablage reden wir später«, sagte sie mit einem Blick auf Annalena und die herumflatternden Zettel und schrieb in Versalien auf das Mindmap: »Ring am Mittelfinger der rechten Hand.« Dann seufzte sie erleichtert.

Annalena war inzwischen aufgestanden und hatte die Tür geschlossen, um den Durchzug zu beenden. Dabei dachte sie an Melanies gestrige Bemerkung über die Menschheit und deren Ausdünstungen. Sie hatte ganz definitiv recht. Allerdings war es Melanie selbst, die heute so intensiv roch.

Annalena lehnte sich an Melanies Schreibtisch und betrachtete mit Abstand die Landkarte ihrer gemeinsamen Ermittlungen zum Fall Kalupka. »Was soll das bedeuten, das mit dem Ring?«, fragte sie. »Wie kommst du darauf?«

»Ich hab dir doch erzählt, dass ich in der Gerichtsmedizin war und den Arzt gelöchert habe. Er hat seine Hausaufgaben gemacht und mich angerufen. Wir wissen jetzt, dass Felix Kalupka von einer Person niedergeschlagen wurde, die am Mittelfinger ihrer rechten Hand einen Ring trug. Diese Informationen nimmt Ewald auch in seine Presseerklärung auf.« Sie seufzte erleichtert. »Endlich geht was voran!«

»Wie?«, rief Annalena. »Ich leite hier die Ermittlungen, und so was muss mit mir abgesprochen werden! Bei mir laufen die Fäden zusammen. Ihr könnt doch nicht einfach irgendwelche Texte nach draußen geben!«

»Jetzt bleib mal cool! Wir ziehen doch am selben Strang.« Melanie richtete sich auf. »Anstatt dich über diese wirklich wichtige und neue Information zu freuen, regst du dich nur auf. Ich versteh dich nicht.« Erneut wies sie auf das Mindmap. »Der Ring am Mittelfinger der rechten Hand ist ein wesentliches Erkennungszeichen des Täters. Damit haben wir endlich mal was in der Hand. Allerdings müssten wir noch klären, wer mit Hedwig spricht.«

»Mit Hedwig? Wieso das denn?«

»Über ihre Überstunden«, klärte Melanie sie auf. »Sobald diese Sache in der Zeitung steht und wir von der Bevölkerung wissen wollen, welcher Mann nicht nur eins neunzig groß ist, sondern auch noch am Mittelfinger seiner rechten Hand einen Ring trägt, werden hier die Leitungen heißlaufen. Jeder hat doch so einen in seinem Bekanntenkreis.«

»Also, ich gehe jetzt zu Ewald. Das mit der Pressemeldung ist noch nicht gegessen. Der soll jetzt mal ein Machtwort sprechen.« Annalena stand auf, schritt mit hoch erhobenem Kopf durch den dunklen Flur zu Ewalds Büro und zischte zwischen zusammengebissenen Zähnen: »So nicht!«

9. Kapitel

Annalena war wütend eingeschlafen und wütend wieder aufgewacht. Da wollte Ewald, dass alles bei ihr zusammenlief, und machte dann doch sein eigenes Ding! Trotzig hatte er darauf bestanden, die Presseerklärung genau so herauszugeben, wie er es mit Melanie besprochen hatte. Und als Annalena fauchend sein Büro verließ, rief er ihr noch nach: »Ich hab was für dich!«, und drückte ihr den Terminkalender des Toten in die Hand. »Den hab ich konfisziert. Kümmerst du dich darum?«

Ja, wer hatte denn nun das Sagen?

»Ich fühle mich wie im Kindergarten«, hatte sie sich später bei ihrem Vater beklagt, und dabei war ihr aufgefallen, dass ihr gemeinsames Abendessen schon fast zu einem Ritual geworden war. Als sie in die kleine Dachgeschosswohnung im Haus ihres Vaters gezogen war, war einer ihrer wichtigsten Vorsätze gewesen, dass jeder sein eigenes Leben führen müsse und dass sie nur in Notfällen füreinander da sein würden.

Seitdem hatte sie so gut wie jeden Abend mit ihm zusammengesessen und sich immer darauf gefreut. Er hatte gelernt, nach den Kochbüchern seiner verstorbenen Frau zu kochen, und überraschte sie mit immer raffinierteren Speisefolgen, wobei sie insgeheim vermutete, dass ihm mindestens eine seiner diversen Freundinnen bei den oft komplizierten Handgriffen zur Seite stand. Annalena erfuhr, wie schön es war, zu jemandem heimzukommen, der sich auf sie freute.

Gestern Abend hatte Walter Brandt sie zu trösten versucht: »Wie ich meinen alten Freund Ewald kenne, meint er es nur gut mit dir.«

»Ja, ja«, konterte sie. »Das Gegenteil von gut ist gut gemeint. Sagte das nicht auch schon Kurt Tucholsky?«

Er grinste. »Du merkst dir zu viel!«

»Weißt du, anstatt die Sache zu koordinieren, bin ich nur damit beschäftigt, all das zu kontrollieren, was die anderen hinter meinem Rücken treiben. Es ist zum Heulen«, jammerte sie.

»Dann wein doch, ich sag's auch nicht weiter«, hatte er sie getröstet, war zum Büfett gehumpelt und hatte zwei Weingläser auf den Tisch gestellt. Und von dem dann geöffneten Rotwein hatte sie eindeutig zu viel erwischt, dachte sie am nächsten Morgen mit brummendem Schädel.

Aber interessant war ihre Unterhaltung dann doch noch geworden, erinnerte sie sich, während sie in der kleinen Küche eine Aspirin in Wasser auflöste. Hoffentlich wirkte die schnell! Ziemlich beschwipst hatte sie vermutlich bereits kurz vor Mitternacht ihren allwissenden Vater und selbst ernannten Aberglaubenforscher nach der Bedeutung des Mittelfingers befragt und dabei an Melanies absurden Plan einer Ringfahndung gedacht. Und das war natürlich Wasser auf seine Mühlen gewesen.

Seit dem Tod seiner Frau widmete er sich mit ganzer Seele dem deutschen Aberglauben. Ihn interessierten überlieferte Rituale, Erzählungen, Mythen und sämtliche Formen des Abwehrzaubers, was Annalena immer noch in Erstaunen versetzte. Schließlich war ihr Vater früher so realistisch gewesen: Er hatte Physik und Mathematik unterrichtet und später als Direktor eine ganze Schule geleitet. »Viele Physiker erreichen einen bestimmten Punkt der Erkenntnis und werden dann Metaphysiker«, hatte ihr eine seiner Freundinnen mit allwissendem Lächeln anvertraut. »Was deinen Vater und mich sehr innig verbindet, ist die Magie.«

Annalena wollte ihrem Vater keine gezielten Absichten unterstellen, erstaunlich aber war, dass mit Beginn des Aberglaubenprojektes der Damenbesuch im Hause Brandt extrem zugenommen hatte. Seine Zuträgerinnen recherchierten nicht nur für ihn, sondern versorgten ihn obendrein mit Kuchen und Konfekt, gingen für ihn oder (noch lieber) mit ihm auf den Markt und legten ihm weitschweifig dar, welches geheime Wissen zu allen erdenklichen Unbilden des Lebens ihre Mütter und Großmütter an sie weitergegeben hatten. So erkaufen sie sich seine Zuneigung, hatte Annalena oft gedacht.

Unter der Dusche überlegte sie halbherzig, ob irgendetwas von all den Dingen, die der Vater ihr am Vorabend erzählt hatte, mit der Hand eines Mörders zu tun haben könnte. Bestimmt nicht. Es war schon unglaublich, was sich die Leute alles so zu Fingern und Händen ausgedacht hatten. Da gab es beispielsweise die Vorstellung, man könne mit einem nach oben gestreckten Finger den Engeln die Augen ausstechen oder sie gar töten. Unvermittelt fragte sie sich, wie viele Engel denn da so um einen umherschwirrten und warum sie sie nicht sah. Ob ihr Vater darauf eine Antwort wusste? Und dann die Geschichte mit dem Regenbogen. Wer mit dem Finger auf ihn deute, laufe Gefahr, beim nächsten Gewitter von einem umstürzenden Baum erschlagen zu werden. Auch sei es gefährlich, mit bloßen Fingern auf die Fruchtkeime von Kürbissen zu zeigen. Die würden dann nämlich nicht weiterwachsen oder gar verdorren.

Und dann der Mittelfinger! »Er gehört zu den Schwurfingern«, hatte ihr Vater mit ernster Miene doziert. »Deswegen ist das Vorzeigen dieses Fingers eine Geste der höchsten Verachtung.« Der umgangssprachlich auch als »Stinkefinger« Bezeichnete war zudem dem Element Feuer zugeordnet. Doch auch von der Heilkraft des Mittelfingers hatte ihr Vater erzählt: »So stillt man beispielsweise in Thüringen Nasenbluten, indem man den Arm auf der blutenden Seite mit ausgestrecktem Mittelfinger in die Höhe streckt und den anderen nach unten.« Als er die Geste vorführte, hatten beide gelacht. In früheren Zeiten pflegten Ärzte ihre Medizin grundsätzlich mit dem Mittelfinger zu mischen, und ungetaufte Kinder sollten bis zur Aufnahme in den Schoß der Kirche ständig mit dem Mittelfinger berührt werden.

Annalena drehte die Dusche ab und griff nach einem Handtuch. Während sie sich die Haare trocken rubbelte, dachte sie darüber nach, mit was für absurden Verboten und Vorschriften die abergläubischen Menschen früherer Zeit leben mussten.

Dann wanderten ihre Gedanken wieder zurück zum aktuellen Mordfall. Die zwanzig Kopien des Pressetextes hielt Annalena für reine Papierverschwendung. Mehr als zehn Leute würden sowieso nicht zu der Konferenz erscheinen. Wenn alles gut ging, kamen drei Journalisten von den Kalveroder Nachrichten, vier vom überregionalen Westfalenblatt und drei von den privaten Lokalsendern. Und das reichte völlig. Zudem gab es im gesamten Haus nur dreiundzwanzig Stühle. Das hatten sie gestern noch durchgezählt, und Heinz Krabbe hatte den Vorschlag gemacht, jeweils an den Längsseiten des Raums zwei Bierbänke aufzustellen. Das Konferenzzimmer würde heute vermutlich aussehen wie der Theaterraum einer Laienspielgruppe des Kolpingvereins. Alles total unprofessionell.

»Und die Pressekonferenz selbst wird garantiert auch ein absurdes Theater«, schimpfte sie laut vor sich hin und zog ein geblümtes Seidenkleid aus dem Kleiderschrank.

Wenig später stieg sie die Treppe hinunter. Sogar in der großen Diele vernahm sie das laute Schnarchen des Vaters hinter seiner Schlafzimmertür. Er hatte gestern offensichtlich auch ein bisschen zu tief ins Glas geschaut. Eigenartigerweise versöhnte sie das mit dem Tag. Ja, sie musste sogar lächeln.

Schon um sieben Uhr fünfzehn morgens war es unnatürlich warm. Die Sonne leuchtete rot. In einer Viertelstunde müsste sie in ihrem Büro sein. Dabei war dies ein Tag für einen Liegestuhl im Schatten und für kühle Getränke. Seufzend schlenderte sie durch die Fußgängerzone. Noch war so gut wie kein Laden geöffnet. Zu gern hätte sie noch schnell einen Ventilator für den großen Konferenzraum gekauft. Der kleine Tischlüfter von Ewalds Schreibtisch würde nichts bringen, und der Kriminaloberrat hätte den wohl ohnehin nicht herausgerückt.

»Hallo, schöne Frau«, hörte sie plötzlich eine Stimme hinter sich und drehte sich abrupt um.

Es war Friedemann Vortkamp. Seltsam, sie hatte sein Wohnmobil gar nicht gesehen, obwohl sie insgeheim immer danach Ausschau hielt. »Sie gehen ja in einem Kleid aus meiner ersten Kollektion spazieren«, meinte er lachend. »Kompliment. An Ihnen sieht es wirklich besonders gut aus.« Er musterte sie von oben bis unten.

Sie wurde rot, weil sie sich schon beim Kauf des Kleides daran erinnert hatte, dass das ein Stück aus seinem ehemaligen Modestudio war. Nun fühlte sie sich ertappt.

»Darf ich?« Er deutete auf die lange Knopfleiste. »Die sind falsch geknöpft. Musste wohl sehr schnell gehen heute Morgen, was?«

Annalena wäre am liebsten im Erdboden versunken. Das hatte sie nun davon, dass sie nie in den Spiegel schaute.

»Das Eiscafé ist schon geöffnet«, sagte er. »Ich würde das sehr gerne selbst in Ordnung bringen, aber die Fußgängerzone von Kalverode ist dafür eindeutig nicht der rechte Ort. Schade. Aber ich könnte uns einen Cappuccino bestellen, und Sie bringen die Sache auf der Damentoilette wieder auf die Reihe. Was halten Sie davon?«

Sie nickte und schluckte und wäre am liebsten einfach verschwunden. Dabei wollte sie sich gerade diesem Mann gegenüber besonders souverän zeigen. »So machen wir das«, krächzte sie.

»Das Kleid ist wie für Sie gemacht. Dabei kannte ich Sie doch gar nicht, als ich es damals entworfen habe.« Er steuerte auf ein Tischlein zu, und sie stürzte in Richtung Damentoilette.

In einem früheren Leben, bevor er Philosoph, Flaneur und Lebenskünstler geworden war, hatte der damals noch verheiratete Friedemann Vortkamp gemeinsam mit seiner Frau diesen Kleiderstil entworfen. VIP – das war die Abkürzung für »Vortkamps ideale Passform« gewesen.

Annalena stand in der winzigen Toilette des Eiscafés und knöpfte sich das Kleid auf. Von oben nach unten. Anschließend steckte sie Knöpflein für Knöpflein erneut in die dafür vorgesehenen Löchlein. Diesmal von unten nach oben. Krampfhaft vermied sie es dabei, in den Spiegel zu blicken.

Es war kein Trost, sich zu sagen, dass das bestimmt auch mal dem ein oder anderen seiner Models passiert war. Es war einfach nur peinlich. Sie sah auf ihre Armbanduhr. Wenn sie ganz ehrlich war, hatte sie überhaupt keine Zeit mehr für einen Kaffee. Gerade heute. Sollte sie nicht doch einfach verschwinden? Auch wenn sie sich seit Tagen nichts anderes wünschte, als ihm zu begegnen. Komisch, das wurde ihr erst in dieser Sekunde klar. Ihre Kopfschmerzen waren wie weggeweht.

Die Pressekonferenz sollte im großen Konferenzraum stattfinden. Wilfried Lütke-Tillmann und Heinz Krabbe hatten gerade nach Ewalds Anweisung den runden Tisch beiseitegeräumt und das Zimmer entsprechend bestuhlt. Annalena hatte ihren Chef schon lange nicht mehr so aufgeregt gesehen, aber sie war zu sehr mit sich und ihrer Erinnerung an die morgendliche Begegnung mit Friedemann beschäftigt, um näher auf ihn einzugehen.

»Pass auf, ich setze mich hierher«, verkündete Ewald lauthals. »Du, Annalena, sitzt dann zu meiner Rechten. Links von mir wird Melanie Dierks sitzen. So kann ich unsere zweite Kriminalhauptkommissarin gleich der Öffentlichkeit vorstellen.

Und Hedwig platzieren wir direkt neben die Tür. Sie kriegt die Videokamera.« Er übersah Annalenas befremdetes Kopfschütteln und erklärte atemlos: »Ich will wissen, wie wir so rüberkommen, und natürlich will ich auch festgehalten haben, welche Fragen an uns gerichtet werden.«

Du willst doch nur deiner Lebensgefährtin per DVD vorführen, was für ein toller Hecht du bist, dachte Annalena und lächelte. Schließlich hätte auch sie gern dem selbst ernannten Philosophen Friedemann gezeigt, dass sie die beste aller Kommissarinnen war.

Nie zuvor war eine Pressekonferenz im Alten Amtshaus zu Kalverode dermaßen gut besucht gewesen. Hedwig, die die Presseausweise kontrollierte und die Namen der Journalisten in einer Liste erfasste, staunte. »Sogar aus Hannover, Münster und Osnabrück sind welche gekommen. Scheint ja wohl doch ein bedeutender Mensch gewesen zu sein, dieser Kalupka«, raunte sie Horst Toplischek zu und offerierte ihm dazu kleine Pfefferminzbonbons.

Ewald saß sehr gerade hinter seinem Tisch, vor sich ein Mikrofon. Trotz der Hitze trug er einen etwas zu engen zementgrauen Anzug mit Weste und Jackett und dazu eine dunkelblau gemusterte Krawatte. Annalena, die sich fest vorgenommen hatte, kein einziges Wort zu sagen, blickte auf ihren linierten Schreibblock und den frisch angespitzten Bleistift.

Als müsse sie zeigen, wie gleichgültig ihr dieser Auftritt war, hatte Melanie Dierks sich besonders lässig gekleidet. Sie trug eine dunkelblaue Jeans und ein graues T-Shirt. Aus ihren offenen Gesundheitssandalen lugten unlackierte Zehennägel hervor. Unter ihren Achseln breiteten sich Schweißflecken aus.

»Meine Damen und Herren«, begann Ewald Schmeing. »Alle wesentlichen Informationen zum Fall entnehmen Sie bitte der bereits verteilten Presseerklärung. Mehr gibt es dazu momentan nicht zu sagen.« Er machte eine Pause. »Bedauerlicherweise. Nun aber meine besondere Bitte an Sie: Im Zusammenhang mit dem aktuellen Fall suchen wir nach einem Mann von etwa einem Meter neunzig Größe, der am Mittelfinger seiner rechten Hand einen etwa fünf Millimeter breiten Ring getragen hat oder noch trägt.«

Die Presseleute schrieben brav mit oder zeichneten Schmeings Rede mit ihren kleinen Tonbändern auf. Dann aber brach ein Fragengewitter auf den Kriminaloberrat ein.

»Warum erfahren wir erst jetzt von dem Tod des Sparkassendirektors?«

»Was hat es mit der beringten Hand auf sich?«

»Könnte die russische oder die chinesische Mafia ihre Finger im Spiel haben und ihre Fäden bis in die Stadtsparkasse Kalverode ziehen?«

»Wurden im Haus des Toten Beweise gesichert? Gibt es schon einen Verdächtigen oder grundsätzlich so etwas wie einen Verdacht?«

Ewald Schmeing hatte keine Chance zu antworten. Bevor er auch nur zu einem Satz ansetzen konnte, wurde er mit neuen Fragen bombardiert, und Annalena war sich sicher, dass er mit dem Abspielen der Aufzeichnung von der Pressekonferenz nicht einmal bei seiner Freundin Birgit Zentner Eindruck schinden würde, obwohl die ihm in tiefster Liebe zugeneigt war, wie er selbst zu sagen pflegte.

Seine Lebensgefährtin würde auf dem Film einen Mann im grauen Anzug sehen, der sich mit einem Papiertaschentuch den Schweiß von der Stirn wischte, die auf ihn eindreschenden Fragen mit hochgezogenen Schultern abwehrte, ab und zu nickte oder den Kopf schüttelte und ansonsten nichts anderes im Sinn zu haben schien, als diese Stunde lebend zu überstehen.

Melanie Dierks, die er als seine zweite Hauptkommissarin neben »der bereits bewährten Annalena Brandt« vorgestellt hatte, reagierte auf alle direkt an sie gerichteten Fragen mit dem Standardsatz: »Ich bin zu spät zu dem Fall dazugestoßen. Ich muss mich erst eindenken.« Einzig auf die Bemerkung zur chinesischen Mafia konterte sie scherzhaft mit einer Gegenfrage und wollte wissen, wo denn hier in der Gegend die besten chinesischen Restaurants seien. Das wiederum fand ein Mitarbeiter von Radio Lippe ziemlich despektierlich, und auch Ewald bedachte seine neue Mitarbeiterin mit einem reichlich finsteren Blick.

Annalena sah nicht auf, sondern notierte sich alle Fragen mit der Gewissheit, dass die allerwichtigste ihrer persönlichen Fragen nun geklärt war. Sie hatte mit Friedemann Vortkamp Kaffee getrunken und festgestellt, dass er keinen Ring trug. Weder am Mittelfinger noch am Ringfinger. Sie hatte neben ihm gestanden, in seine grauen Augen gesehen und wahrgenommen, dass er nur einen Meter fünfundsiebzig groß war. Höchstens. Und sie hatte gewusst, dass sie ihn keinen Augenblick lang verdächtigt hatte und dass das richtig war. Er war einfach nur ein interessanter und netter Mann, in dessen Gegenwart sie sich wohlfühlte. Selbst mit falsch geknöpftem Kleid.

Fragen, die an sie als nun ganz offiziell leitende Ermittlerin gerichtet wurden, gab sie mit einer höflichen Kopfbewegung an Ewald weiter. Schließlich war die Choreografie dieser Pressekonferenz seine Idee gewesen. Sie, Annalena, hätte das ganz anders aufgezogen und keinesfalls zugelassen, dass hier wie wild Fragen in den Raum geschleudert wurden. Da hätte ein Moderator hergemusst, der darauf achtete, dass sich das Gespräch in die gewünschte Richtung entwickelte: so wenig Informationen wie möglich herausrücken und keine Angriffsflächen zeigen. Aber das alles hatte der gute Ewald ja nicht hören wollen, und deshalb musste er nun diese Suppe selber auslöffeln.

Hedwig stand souverän und professionell neben dem dreibeinigen Kameragestell, trug zur Feier des Tages einen knielangen dunkelblauen Rock nebst rosafarbener ärmelloser Bluse und agierte mit einer Selbstverständlichkeit, als habe sie nie etwas anderes getan, als große Pressekonferenzen in kleinen Städten zu filmen. Annalena lächelte ihr zu. Ausschließlich ihr.

Was für ein Glück, dass sie die als Sachbearbeiterin hatten.

Um zehn Uhr dreißig war der Spuk vorbei. Steif stand Ewald auf und drückte sein Kreuz durch. »Wir hätten einen Ventilator in den Raum stellen sollen«, murmelte er kleinlaut. »Aber dann wären die möglicherweise noch länger geblieben!« Er war vollkommen nass geschwitzt und wirkte bleich und erschöpft.

»Willste vielleicht erst mal in den Keller gehen zum Duschen?«, regte Melanie an, aber Ewald schüttelte den Kopf.

»Nein, ich fahre heim und ziehe mich um.«

Es blieb niemandem verborgen, dass er Annalena keines Blickes würdigte, bevor er sich an seine beiden Oberwachtmeister wandte und befahl: »Bringt das hier wieder in Ordnung! Stühle raus, Tisch rein, und auch diese blöden Bierbänke können weg.« Kraftlos warf er seine zerknüllten Taschentücher in den Papierkorb und verließ den Raum.

Annalena sah ihm nach, schnappte sich ihren Schreibblock und ging still in ihr Büro zurück. Das leichte Seidenkleid knisterte auf ihrer Haut. Sie fühlte sich gut. Vielleicht war sie sogar ein wenig glücklich. Aber das ging niemanden etwas an.

Melanie folgte ihr mit wippendem Zopf und klagte: »So was von unprofessionell! Peinlich! Ich will gar nicht wissen, was morgen in den Zeitungen steht. Wir haben uns vorführen lassen wie die letzten Deppen. Mein Gott, ist mir das unangenehm.«

Annalena verkniff sich den Satz, der ihr auf der Zunge lag: »Das war doch alles deine Idee!«

Stattdessen stellte sie sich neben das Mindmap und übertrug die Stichworte, die die Journalisten in ihren Fragen genannt hatten, von ihrem Notizblock an die Wand.

»Geldwäsche«, schrieb sie mit dickem Filzstift, »Mafia (russisch, chinesisch, italienisch), Familientragödie, Eifersuchtsdrama, Finanzmärkte –> Sparkasse durchleuchten« und zog von all diesen Worten gestrichelte Linien zum Namen Felix Kalupka.

»So, das ist der Stand der Dinge.«

»Dann können wir ja anfangen«, Melanie setzte sich an ihren Schreibtisch.

Annalena nickte. »Du solltest die Sparkasse durchleuchten. Du bist am neutralsten. Alle anderen aus unserer Crew kennen die Kunden und sollten nicht auch noch über deren Kontostand Bescheid wissen. Hat Ewald eigentlich schon die richterliche Verfügung dafür beantragt?«

»Ewald nicht, aber Hedwig hat das schon mal rein prophylaktisch in die Wege geleitet.«

»Mein Gott«, murmelte Annalena. »Wenn wir die nicht hätten.«

»Das magste wohl sagen!«

»Du weißt schon, worauf du achten sollst?«, hakte Annalena nach.

»Klar. Interessant könnte sein, welche Gelder wohin geflossen sind, ob es eine besondere Häufung von Überweisungen ins Ausland gibt und in welchen ominösen Fonds der Kalupka die Gelder seiner Kunden investieren wollte. Über all das mach ich mich mal schlau. Das interessiert mich nämlich auch selbst. Es ist unglaublich, was für schmutzige Geschäfte auf den Finanzmärkten abgewickelt werden. Da geht es nicht nur um Kredite, Darlehen und Hypotheken. Da wird mit einer unübersehbaren Zahl und Vielfalt von Derivaten auf alles Mögliche gewettet. Kannst du dir das vorstellen? Da bündeln

Banken Kredite, und zwar am liebsten die ganz faulen, zu Paketen und verkaufen die dann mit den tollsten Versprechen an andere Banken und Versicherungen. Und zack, schon sind die riskanten Kredite aus den eigenen Büchern verschwunden, und der Schwarze Peter ist ein Haus weitergezogen.« Melanies Kopf war rot angelaufen, und sie fächelte sich mit ihrem Zopf Kühlung zu. »Ich sag dir, ich war da mal einer Sache auf der Spur – aber dann wurde ich gestoppt. Und zwar von ganz oben. Das ist ein einziger Filz!«

»Du, wenn dich das zu sehr aufregt, dann frage ich Markus oder Horst«, meinte Annalena besorgt.

»Bist du wahnsinnig? Die haben doch keine Ahnung. Wenn sich eine auskennt, dann ich. Frag unsere beiden Kollegen doch mal, was es mit den amerikanischen Subprime-Krediten auf sich hat. Die haben garantiert noch nie davon gehört.«

»Gehört hab ich schon davon«, gab Annalena ihr recht. »Aber erklären könnte ich es dir nicht.«

»Na siehste! Oder dieses sogenannte Cross-Border-Leasing, weißt du, was das ist?« Ohne eine Antwort abzuwarten, hielt sie mahnend einen Zeigefinger in die Luft. »Da ermuntert so'n Bankdirektor die Kämmerer von deutschen Kommunen, ihre Wasserwerke zu verkaufen und dann mit einem sogenannten Cross-Border-Leasing erneut zu übernehmen. Klar, im ersten Augenblick fließt da eine Menge Kohle in die Gemeindekasse, aber auf Dauer muss der arme Bürger dann wieder richtig blechen, wenn er sich nur mal ein Wannenbad oder einen Kaffee leisten will.« Sie zitterte. »Das macht mich so wütend, echt, ich würd denen so gern ins Handwerk pfuschen, aber die da oben haben mich gestoppt!« Melanie verdrehte die Augen.

»Wahnsinn. Du hast ja richtiges Expertenwissen!« Annalena war beeindruckt.

»Nur noch nicht darüber, wie man die stoppen kann.« Melanie stellte sich hinter ihren Schreibtisch und zählte an ihren Fingern wütend die Verwerfungen der Finanzhaie auf: »Die leihen sich über Hedgefonds eine große Zahl von Aktien und spekulieren dann auf fallende Kurse. Und natürlich fallen die Kurse, wenn sie die Aktien wie faules Obst auf den Markt schmeißen. Und kaum sind die Aktien ganz unten, kaufen sie sich die für viel weniger Geld zurück und leiten sie an den Fonds weiter. Und was das Allerschärfste ist: Mit sogenannten Kreditausfall-Swaps können die sich gegen den Ausfall von Krediten versichern, sogar gegen den Ausfall von Krediten, die sie selbst gar nicht vergeben haben. Da brauchen sich nur ein paar Hedgefonds zusammenzutun und auf den Niedergang eines größeren Schuldners, beispielsweise eines hochverschuldeten Landes, zu wetten. Dazu kaufen sie ganz viele dieser Kreditausfallversicherungen – und schwuppdiwupp, schon schnellt der Kurs dieser Swaps nach oben. Er steigt aber auch, wenn eine der der drei großen amerikanischen Ratingagenturen einen Schuldner, beispielsweise Griechenland, in seiner Bonität herunterstuft. Dann muss das Land nämlich auf einmal viel mehr Zinsen für seine Staatsanleihen versprechen, weil sonst keiner mehr zugreift. Und schon wächst der Schuldenberg des Landes weiter. Glaub ja nicht, dass das Gesetz des Marktes ein ganz normales Naturgesetz ist. Da wird an allen Schrauben und Schräubchen gedreht!«

Kopfschüttelnd gab Annalena ihr recht. »Woher weißt du das alles?«

»Ich habe lange im Betrugsdezernat der Kripo Hannover gearbeitet. Aber dann wusste ich auf einmal zu viel. Und schon wurde ich versetzt.« Melanie hob die Schultern und grinste schief. »Hab einfach nicht mehr meine Klappe gehalten. Mir ist der Mund übergelaufen. Aber das Allerschlimmste ist der Handel mit Grundnahrungsmitteln. Da gibt es diese sogenannten Futures-Verträge über zukünftige Lieferungen von beispielsweise Mais oder Weizen. Wenn der Preis von so einem Future steigt, dann geht er an den tatsächlichen Märkten auch in die Höhe. Das ist nachgewiesen. Bei einigen klingeln dann die Kassen, aber die richtig Armen auf dieser Welt, die, die einen Euro oder weniger am Tag zum Leben haben, können sich dann weder Weizen noch Mais leisten und müssen verhungern. Futures«, stieß sie verächtlich hervor: »So ein harmloses Wort. Dabei geht es um Leben oder Tod.«

Sie hatte sich in Rage geredet, griff nach einer Wasserflasche und trank.

»Wenn eine rausfindet, was da war, dann bist tatsächlich du es«, sagte Annalena.

»Klar krieg ich es heraus. Schau mal!« Stolz wies Melanie auf zwei durchsichtige Ablagekörbchen. Der Zettelberg um ihren Computer herum war verschwunden. »Jetzt können Fenster und Türen offen stehen, und nichts fliegt weg. Super, oder?«

Markus Wissing streckte den Kopf zur Tür herein. »Kann ich dabei sein?«

»Willst du etwa mit zur Bank?« Annalena zog die Stirn kraus.

»Nein, ich meine die Besprechung mit Sebastian Uhlenbrock. Irgendwie interessiert mich der Typ. Verbringt seinen ganzen Urlaub als einsamer Protestler vor der Stadtsparkasse in Kalverode. Also wenn du mich fragst, da wüsste ich was Besseres.«

»Wann kommt der denn?«

»Weil ich nicht wusste, wie lange die Pressekonferenz geht, hab ich ihn auf vierzehn Uhr bestellt.«

»Das ist gut. Dann haben wir noch zwei Stunden. Wunderbar.« Als sie die Schublade ihres Schreibtisches öffnete, sah sie dort den Terminkalender des Sparkassendirektors und schlug ihn seufzend auf.

Was Sie augenblicklich irritierte, waren die mit bunten Markern gekennzeichneten Wochentage. Über Monate hinweg hatte Kalupka in seinem Dienstkalender die Dienstage grün, die Mittwoche rot und die Montage gelb gestaltet, Samstage und Sonntage blieben neutral, gegen Ende Mai hatte er mit blauen Freitagen begonnen. Sie hatte keine Ahnung, was das bedeuten könne, und erinnerte sich an die wild gemusterten Krawatten des toten Sparkassendirektors. Hatte er passend zu seinen schwarzen Seidenhemden hier die Schockfarben seiner Schlipse festgehalten, damit er nicht zweimal hintereinander das Gleiche trug?

Alle anderen Einträge waren geschäftlicher Art. Sie sah sie durch und stellte für Ewald eine Liste der Termine, der Stichworte und der Kundennamen zusammen.

Sebastian Uhlenbrock entpuppte sich als ein sechsundzwanzigjähriger hochgewachsener schmaler Mann mit blondem Haar und unruhigem Blick. Er sah weitaus gepflegter aus, als Annalena es von jemandem erwartet hatte, der zeitweise in einem Zelt lebte, erschien ihr jedoch auffällig blass.

Alle persönlichen Daten hatte Markus bereits während seines Telefonates mit dem Bad Oeynhausener Krankenpfleger erfasst und auf die gemeinsame und allen zugängliche Festplatte gespeichert. Annalena öffnete die Datei, überflog sie und bot ihrem Besucher eine Tasse Kaffee an.

»Kaltes Wasser wär mir lieber«, sagte er und schlug die langen Beine übereinander. Seine nackten Füße steckten in dunkelblauen Espadrilles. Annalena sah ihn an und musste an Dünen, Sand und Meer denken und natürlich an Friedemann. Ihre Laune war bestens, als sie feststelle: »Sie haben fast sechs Wochen lang in der Fußgängerzone von Kalverode vor der Stadtsparkasse gecampt.«

Ihr Gegenüber nickte. »Ja, das stimmt. Ganz allein in einem Ein-Mann-Zelt. Das müssten Sie doch wissen. Ihre Kollegen haben mich immerhin fast täglich besucht und verwarnt.«

»Warum?«, wollte Annalena wissen.

»Wegen Erregung öffentlichen Ärgernisses. Steht doch alles in Ihren Akten.« Er schüttelte den Kopf und seufzte demonstrativ. »Dabei gibt es ganz andere Dinge, die ich als öffentliches Ärgernis bezeichnen würde, wenn Sie verstehen, was ich meine – und ich rede nicht von Hundescheiße ...«

Annalena hob abwehrend die Hand. »Nein, nein, das will ich alles gar nicht wissen. Ich frage mich nur, warum Sie nicht ans Meer oder zumindest in die Heide gefahren sind, an einen unserer schönen Moorseen, meinetwegen auch an den Baggersee von Blankenhagen – aber eine Fußgängerzone als Urlaubsort? Das ist es, was mich interessiert. Darüber hätte ich gern eine kleine Aufklärung von Ihnen.«

»Die können Sie haben.« Er straffte sich, und sie hatte das unangenehme Gefühl, dass er sich auf einen Vortrag vorbereitete. Es war offensichtlich, dass er nicht zum ersten Mal über dieses Thema sprach. Annalena ließ ihn reden und sah dabei auf seine Leinenschuhe. Die sahen nach Urlaub aus. Nach langen Spaziergängen am Strand. »Schade«, klang es in ihrem Kopf, während Sebastian Uhlenbrook dozierte: »Diese Protestaktion ist meine ganz persönliche Art, darauf aufmerksam zu machen, dass wir nicht mehr von unseren Volksvertretern, sondern allein vom Geld regiert werden. Und Geld ist gefühllos. Und zwar egal, ob es auf der Landesbank oder in der Stadtsparkasse liegt. Geld geht über Leichen. Ich will nur ein Zeichen setzen. Eigentlich sollte Geld doch dafür da sein, um etwas zu kaufen«, er fixierte sie, »beispielsweise so ein schönes Kleid, wie Sie es heute tragen.«

Annalena war konsterniert. Wollte der sie etwa anmachen?

»Geld ist ein Machtmittel«, fuhr er fort. »Geld macht Politik. Wir müssen die Finanzpolitik ändern und neue Wertmaßstäbe schaffen. Wir sind käuflich geworden. Wir haben unseren Stolz verloren. Gegen all das geh ich auf die Barrikaden.«

Er hielt kurz inne und grinste. »Na ja, auf die Barrikaden ist ein bisschen übertrieben, genauer gesagt gehe ich nämlich nur in mein Ein-Mann-Zelt.«

Annalena blieb unbeeindruckt. »Wer ist wir?«

Er starrte sie an, als spräche sie eine fremde Sprache. »Wir! Das ist die Gesellschaft, das sind wir alle. Haben Sie noch nie von Occupy gehört?«

»Doch, doch.« Annalena nickte. »Klar. Ich kenne die Bewegung. Aber deswegen sind Sie nicht hier. Was, meinen Sie, will ich von Ihnen wissen?«

»Keine Ahnung.«

»Wegen Ihrer Protestaktionen würde ich Sie niemals vorladen. Was mich wirklich interessiert: Wenn Sie fast sechs Wochen Nacht für Nacht an besagtem Ort gezeltet haben, müssten Ihnen doch Unregelmäßigkeiten aufgefallen sein.«

Er schmunzelte. »Was meinen Sie denn damit?«

»Nächtliche Spaziergänger zum Beispiel, frühmorgendliche Heimkehrer und Gestalten, die sich auffällig benehmen …«

»Keine Einbrüche?«, unterbrach er sie.

»Einbrüche sind nicht mein Ressort«, stellte sie klar. »Ich brauche Informationen, die auf irgendeine Art mit dem Sparkassendirektor, der Sparkasse oder der Gründerzeitvilla zusammenhängen. Ist Ihnen da eventuell was aufgefallen?«

»Ich weiß schon, die Wissing hat gepetzt, oder?« Er streifte die Espadrilles ab und betrachtete seine nackten Füße.

Annalena erinnerte sich an die Informationen, die Ewald von seinem Krankenbesuch bei Thekla mitgebracht hatte, und nickte. »Petzen kann man das aber nicht nennen.«

»Ich hab der die Wahrheit gesagt, nichts als die Wahrheit«, behauptete Sebastian Uhlenbrock pathetisch. »Und die Wahrheit ist, dass der Kalupka immer erst morgens um fünf nach Hause kommt, fast jeden Tag. Jetzt mal unter uns: Würden Sie so einem Ihr Geld anvertrauen?«

Annalena ignorierte seine Frage und sah ihn weiterhin interessiert an.

»Nur sonntags kam eine Frau zu ihm, aber die ging meistens vor Mitternacht«, berichtete Sebastian. »Ich glaube, der hat irgendwie den Tick, dass er alleine frühstücken will. Wenn er denn frühstückt. Vielleicht kriegt er ja auch um genau die Zeit die Erleuchtung, wie er unser aller Geld verzocken soll … Ich meine, da hat der so ein großes Haus, da kann er seine Freundin doch bei sich wohnen lassen, in einem der Zimmer. Aber nein, der Herr da hat wohl seine eigenen Regeln.«

»Kennen Sie die Frau?«

Er hob die Schultern. »Könnte seine Assistentin sein, aber nageln Sie mich nicht fest. Auf jeden Fall sieht die Sonntagsfrau der ähnlich.«

»Sie mögen ihn nicht«, stellte Annalena fest.

»So ist es«, gab er zu. »Ich mag ihn nicht. Er gehört genau zu den Typen, die mir voll gegen den Strich gehen.«

Auf Annalenas Bildschirm war die Aussage von Thekla Wissing festgehalten. Sie beugte sich vor, überflog den Text und fixierte ihr Gegenüber. »Wissen Sie noch, an welchen Tagen er um fünf Uhr nach Hause zu kommen pflegte?« Meine Güte, was für ein gestelzter Satz! Hoffentlich tippte Hedwig den nicht genauso ab. Sie schüttelte sich unmerklich, und ihr Seidenkleid raschelte.

»Das kann ich Ihnen genau sagen: Montags, dienstags, mittwochs und freitags kommt der Supermann um fünf Uhr in der Früh nach Hause. Möchte nicht wissen, wo er sich so lange rumtreibt. Klar ist dem das peinlich, dass ich das alles mitgekriegt habe. Wer weiß, wo der sich in diesen Nächten herumtreibt. Illegale Spielklubs, Drogenhöhlen – keine Ahnung. Aber warum fragen Sie ihn nicht selbst?«

»Das geht nicht.« Annalena suchte seinen Blick. »Felix Kalupka ist tot.«

Sebastian Uhlenbrock wurde blass. »Was? Seit wann denn? Und wieso weiß das keiner?«

»Wir hatten bis heute eine Nachrichtensperre. Aber inzwischen ist die Presse informiert. Der Sparkassendirektor wurde Montag früh tot aufgefunden.«

»Na, Gott sei Dank war ich da schon wieder in meinem Krankenhaus. Ich hatte ab der Nacht von Freitag auf Samstag wieder Schicht. Und da war einiges los. Und zu genau dieser Klinik muss ich jetzt wieder hin.« Er sah auf die Uhr. »Mein Bus geht in zwanzig Minuten.«

»Ich lasse Sie zum Bahnhof bringen«, sagte Annalena. »Als Dank für Ihre Kooperation.«

10. Kapitel

Ihr Kind war in der Stadt und wurde von der Polizei vernommen. Das hatte man ihr natürlich sofort zugetragen. In dieser Stadt blieb nichts geheim, und vor allem Hiobsbotschaften wurden in Windeseile weitergegeben. Wenn die wüssten, dachte Nicole Uhlenbrock und jubilierte insgeheim, wenn die wüssten, wie sehr mich diese Nachricht freut. Nach außen hin jedoch gab sie die besorgte Mutter und verkündete mit gespielter Beunruhigung, dass das nur ein Irrtum sein könne. Ihr Sebastian würde niemals irgendetwas tun, was ihn mit der Polizei in Verbindung bringen könnte. Sie habe ihn schließlich ordentlich erzogen.

Tatsächlich vergaß sie in diesem Augenblick all die Bußgeldbescheide wegen des verbotenen nächtlichen Campierens in der Fußgängerzone. Dabei hatte sie die Strafgebühren alle selbst bezahlt, denn das Kind wollte ja kein Geld in die Hand nehmen, dieser Träumer. Sie hatte ihm zu viel durchgehen lassen! Was konnte aus so einem schon werden? Auf keinen Fall ein Sparkassendirektor und erst recht nicht ein so begnadeter Liebhaber wie ihr Felix. Sie empfand es als Ironie des Schicksals, dass ihr harmloser Sohn ausgerechnet dessen Haus und Arbeitsplatz bewacht hatte, als habe er gespürt, wie wichtig Felix Kalupka für seine Mutter war. Dabei wusste er nichts von ihrer Verliebtheit. Und das war auch gut so. Sie würde ihn sehr vorsichtig darauf vorbereiten müssen. Er reagierte allergisch auf alles, was mit Geld zusammenhing.

Nicole Uhlenbrock zitterte vor Aufregung. Jetzt war Sebastian im Alten Amtshaus, und garantiert würde er ganz nebenbei erfahren, in welchem Gefängnis Felix Kalupka – natürlich zu Unrecht – einsaß.

Die Mutter des Kalveroder Protestcampers stand am Fenster und sah auf die Straße. Es war acht Uhr abends und immer noch unnatürlich heiß. Leicht bekleidete und glückliche Paare flanierten auf den Bürgersteigen und schleckten Eis aus knusprigen Waffelhörnchen. Die Eisdiele am Kirchplatz machte vermutlich in diesem Sommer einen Jahrhundertumsatz. Nicole seufzte. Aber wo blieb ihr Kind?

Der letzte Überlandbus war schon lange fort, und soweit sie seinen Dienstplan kannte, hatte Sebastian morgen Frühschicht und müsste daher zu ihr kommen, damit sie ihn noch heute Nacht nach Bad Oeynhausen kutschierte. Wie sonst sollte er morgen pünktlich dort antreten? Hoffentlich verlor er nicht auch noch seinen Job wegen dieser Geschichte!

Halb neun abends. Es war nicht zu fassen. Hatten die auf der Wache etwa ihr Kind eingesperrt?

Resolut griff sie zum Telefon, überlegte kurz, ob sie die Notrufnummer wählen sollte, entschied sich dann aber für die ganz normale Festnetznummer der Polizeistation Kalverode.

Das Display ihres Telefons zeigte an, dass der Anruf weitergeleitet wurde. Nach dem dritten Klingeln meldete sich Markus Wissing. Mit dem war sie zur Schule gegangen. Der hatte nur dummes Zeug im Kopf gehabt und sie nie abschreiben lassen. Und trotzdem hatte sie ihm einmal in einer Klassenarbeit ihren Spickzettel zugeschoben. Der schuldete ihr also noch was. Den konnte sie sicher fragen. Was für ein Glück im Unglück.

»Was habt ihr mit meinem Sohn gemacht?«, überfiel sie ihn, ohne sich vorzustellen.

Markus Wissing wusste sofort, wen er an der Strippe hatte, fragte aber, verhalten und mit leichtem Zögern, als müsse er Zeit gewinnen: »Nicole Uhlenbrock – bist du das, Nicole?«

»Ja.«

Am anderen Ende der Leitung blieb es ein paar Augenblicke

still, und Nicole hatte den Verdacht, Markus überlege krampfhaft, welche Lüge er ihr auf die Schnelle auftischen könne. Aber da hätte er früher aufstehen müssen! Nicht mit ihr. Auf so was fiel sie nicht rein.

»Also, was ist?«, wollte sie atemlos wissen.

»Was soll schon sein? Der arbeitet sicher schon wieder. Kollege Krabbe hat ihn zum Busbahnhof gebracht.« Markus Wissing klang gelassen.

»Zum Busbahnhof?« Sie konnte es nicht fassen. »Wieso das denn?«

»Er musste zurück. Hat wohl morgen Frühschicht.«

»Ihr hättet ihn zu mir bringen müssen«, fuhr sie Markus Wissing an.

»Davon hat er uns aber nichts gesagt.«

Nicole schluckte und bemühte sich um einen versöhnlicheren Ton. »Na ja, er ist ja auch kein Kind mehr. Aber als Mutter macht man sich eben so seine Gedanken.«

»Ja, ja, ist schon gut.«

»Ich hab mir eben Sorgen gemacht. Eigentlich wollte er nämlich zu mir kommen«, legte sie nach und versuchte, das Gespräch geschickt auf ihr eigentliches Anliegen zu lenken: »Wie ist das eigentlich mit diesem Kalupka, unserem Sparkassendirektor? Den habt ihr doch ins Gefängnis gesteckt, oder? Kann man vielleicht erfahren, in welches?«

Ihr Gesprächspartner zögerte kurz, räusperte sich und murmelte dann: »Na ja, jetzt kann ich's dir ja sagen.«

Sie merkte, dass ihr vor Aufregung die Knie zitterten, und ging langsam zum Sofa. Betont gelassen, ja fast scherzhaft, fragte sie nach: »Also, in welchem Hochsicherheitstrakt sitzt der?«

Gleich würde sie wissen, wo ihr Felix war, wo sie ihn besuchen und letztlich auch befreien konnte. In diesem winzigen Sekundenbruchteil war sie Markus Wissing so dankbar, dass sie beschloss, zu all seinen Kindern – falls er jemals welche haben sollte – in ihrem Kindergarten besonders nett zu sein, ihnen alles durchgehen zu lassen und sie mit Süßigkeiten vollzustopfen.

»Der Kalupka ist tot. Der sitzt in überhaupt keinem Gefängnis, der liegt in der Rechtsmedizin in Münster. Morgen steht es sowieso in der Zeitung. Also hinterm Sparkassenschalter wird der nie mehr stehen. Dat kannst du vergessen. Damit müssen wir leben.« Er zögerte kurz und besann sich auf den eigentlichen Anlass ihres Anrufes. »Und deinen Sebastian, den kannst du doch noch in der Klinik anrufen. Er hat uns gesagt, dass er immer dort zu erreichen ist. Falls wir noch Nachfragen haben. Alles klar?«

Vermutlich nickte sie. Auf jeden Fall blieb es am anderen Ende der Leitung still. Markus Wissing legte auf.

Nicole Uhlenbrock aber lag – von einer barmherzigen Ohnmacht niedergestreckt – auf ihrem honigfarbenen Sofa. Das Telefon war ihr aus der Hand gefallen und blinkte auf dem blaugrundigen Teppich.

Ewald Schmeing saß neben Annalena und ließ sich bereits zum zweiten Mal die Audiodatei des Gesprächs mit Sebastian Uhlenbrock vorspielen.

Er schnaufte verärgert und begann erneut zu schwitzen. Nach der Pressekonferenz war er mit einer dunkelblauen Jeans und einem blau-weiß gestreiften T-Shirt zurückgekommen, und seine ganze Mannschaft hatte sich mit Blicken darüber verständigt, wie sportlich er sich seit Jüngstem kleidete. Vermutlich hatte Birgit Zentner die Sachen für ihn eingekauft – oder jubelte sie ihm etwa die Kleidungsstücke ihres verstorbenen Mannes unter? Hedwig war es, die dieser These am schärfsten widersprach. »Da würde der doch gar nicht reinpassen. Aribert Zentner war doch so ein schmales Hemd, 'nen richtigen Spinnewipp war der.«

Der Kriminaloberrat schnappte sich eine Flasche Wasser, trank mit großen Schlucken und knallte sie auf den Tisch zurück. »Das gibt's doch nicht«, schimpfte er. »Warum hat die mir denn solche Lügen erzählt? Und wozu? Was soll das? Mir jammert sie groß und breit vor, dass sie ihn nur einmal in der Woche privat sehen durfte, und ich krieg schon fast Mitleid mit der, weil er sie so hinhält, dabei hat er sie garantiert an den vier restlichen Tagen in ihrer Wohnung besucht. Wo sollte der sonst gewesen sein? Etwa im Spielkasino? Der doch nicht. Nee, nee, der war bei seiner Assistentin. Na warte, die schnapp ich mir.«

Annalena hob beschwichtigend beide Hände. »Lass mich mit der reden. Du bist viel zu aufgeregt. Wenn sie uns angelogen hat, wird sie einen Grund dafür haben – und der interessiert mich.«

»Nein!« Ewald schüttelte den Kopf. »Verarschen lass ich mich nicht! Die Frau soll wissen, dass ich weiß, dass sie mich angelogen hat. Deswegen muss ich mit ihr sprechen.« Er stand auf. »Meinst du, die ist noch in der Bank?«

Annalena hob die Schultern und sah auf die Uhr. »Halb acht – brauchst sie ja nur anzurufen.«

»Exakt, und das mach ich jetzt auch!«

Isabella Höhler schien gerade geduscht zu haben. Sie öffnete Ewald Schmeing in einem schneeweißen bodenlangen Bademantel. Weiß ist vermutlich ihre Lieblingsfarbe, dachte Ewald und griff dankbar nach dem ihm angebotenen Glas Mineralwasser. Er hatte im Wohnungsflur festgestellt, dass sein Mitarbeiter Markus Wissing und die Assistentin von Herrn Kalupka nicht nur im selben Haus wohnten, sondern sogar Wand an Wand. Ein Stockwerk über ihnen hatte Melanie Dierks ihr neues Zuhause bezogen.

»Gibt es neue Erkenntnisse?«, fragte Isabella Höhler mit betonter Höflichkeit. »Oder warum sind Sie gekommen?« Das lange und noch nasse Haar fiel ihr bis weit über die Schultern. Ewald entdeckte graue Strähnen darin und wunderte sich, um wie viel jünger sie mit ihrer eigentlich altmodischen Hochsteckfrisur wirkte. Jetzt war sie ungeschminkt und hatte tiefe Schatten unter den Augen. Er dachte an seine Birgit. Die schminkte sich an manchen Abenden genau diese Schatten weg. Komisch, dass ihm das ausgerechnet jetzt durch den Kopf ging.

»Richtig, wir haben Neuigkeiten«, sagte er.

Sie wies auf einen weißen Sessel. »Wollen Sie sich nicht setzen?«

»Danke.« Er schluckte, räusperte sich und begann mit vorwurfsvoller Stimme: »Sie haben mir verschwiegen, dass Sie sich auch montags, dienstags, mittwochs und freitags mit Herrn Kalupka getroffen haben. Dann ist er nämlich zu Ihnen gekommen, hat bei Ihnen genächtigt und morgens um fünf das Haus verlassen. So oberflächlich war die Beziehung dann ja wohl doch nicht. Und ich frage mich, warum Sie mir das nicht gleich gesagt haben. Was wollen Sie verbergen?«

Isabella Höhler starrte ihn an und wurde blass. »Was soll ich …?«

»Sie haben sich an diesen vier Tagen auch mit ihm getroffen. Das hätten Sie uns sagen müssen. Sie haben mich angelogen. Das könnte Folgen haben, gerade in diesem Fall. Sie haben wichtige Informationen zurückgehalten.«

Die Frau vor ihm zitterte und setzte sich sehr langsam auf die äußerste Kante eines rosafarbenen Sessels.

»Ich hab Sie nicht angelogen«, flüsterte sie mit krächzender Stimme. »Ich war wirklich nur sonntags bei ihm.« Sie wirkte unnatürlich blass. Ihre Nase stand weiß und eigenartig spitz in ihrem Gesicht. »Wie kommen Sie nur auf so was? Felix hatte zu viel zu tun, um mich öfter zu sehen.«

Ewald Schmeing fixierte sie mit zusammengekniffenen Augen. Diesen strengen Blick hatte er als junger Mann lange vor dem Spiegel geübt. Aber die Assistentin des Sparkassendirektors blieb unbeeindruckt. »Wann soll er bei mir gewesen sein?«

Ewald nahm seinen Spickzettel zur Hand. »Sonntags sind Sie zu ihm gegangen, montags, dienstags, mittwochs und freitags kam er zu Ihnen.«

»Nee, wirklich nicht!« Sie schüttelte den Kopf. »Montags gehe ich immer in den Französischkurs der Abendschule und dienstags zum Yoga ins Sporthotel. Mittwochs mach ich Hausarbeiten, waschen, bügeln und einkaufen, und jeden zweiten Freitag hab ich meinen Jour fixe mit den Auszubildenden der Bank. Ich hab ihn wirklich nur sonntags gesehen – leider. Was soll denn Ihre Unterstellung? Ich verstehe das nicht! Wie kommen Sie überhaupt darauf?«

Der Kriminaloberrat trank einen Schluck Wasser. Diese Frau war viel zu erschöpft, um ihn anzulügen.

In die plötzliche Stille hinein klingelte ein Telefon, und Isabella zuckte zusammen. »Das ist bei meinem Nachbarn. Ein wirklich hellhöriges Haus. Man kriegt alles von allen mit. Ich wollte schon längst ausgezogen sein.« Sie seufzte. »Aber das hat sich nun ja wohl erledigt.«

Ewald hörte Markus Wissings Stimme durch die Wand, verstand jedoch kein Wort von dem, was er sagte.

Nachdem sie sich mindestens zwei Minuten lang angeschwiegen hatten, fragte Isabella Höhler: »Was kann er an diesen Abenden gemacht haben? Und was soll das heißen, er kam immer erst um fünf Uhr in der Früh nach Hause?«

»Das wüsste ich auch gern«, gestand Ewald Schmeing und bemerkte erst jetzt die Schweißflecken auf seinem gestreiften Freizeithemd.

Sie rümpfte kurz die Nase und stand auf. Ihr Gesicht war grau. »Wenn Sie irgendwas herauskriegen, lassen Sie es mich wissen? Entschuldigen Sie, aber ich brauche jetzt erst einmal einen Kognak. Und Sie?«

Er schüttelte den Kopf. »Ich werde jetzt gehen.«

»Trauen Sie eigentlich Ihrem Zeugen? Der kann sich das doch auch alles ausgedacht haben«, sagte sie, als er schon im Hausflur stand.

Ewald Schmeing hob die Schultern. »Warum sollte er? Nein, auf den ist Verlass.«

Der Zeitungsbericht mit der sogenannten Ringfahndung löste genau das aus, was Annalena befürchtet hatte. Seit sieben Uhr morgens klingelte es auf der extra dafür eingerichteten Leitung, und Hedwig Hagenkötter hatte alle Hände voll zu tun, um die ständig einlaufenden Meldungen zu notieren. Rigoros beschloss sie bereits nach kurzer Zeit, alle von irgendwelchen Anrufern Verdächtigten, die zu ihrem Bekanntenkreis gehörten, sowie jene, die schon wegen ihrer Größe nicht für einen Angriff auf Felix Kalupka infrage kommen konnten, gleich wieder von der Liste zu streichen. Sonst wurde das ja uferlos!

Als Annalena gegen halb acht das Büro betrat, sah Hedwig auf, verdrehte demonstrativ die Augen und erklärte: »Wir entwickeln uns langsam zum Katalysator für alle in Kalverode schwelenden Konflikte. Was die uns hier alles an Infos geben, hat mit dem Fall Kalupka gar nichts zu tun, könnte aber interessantes Material für eine soziologische Studie bieten.«

»Ich glaube es dir. Eine Schwachsinnsaktion!« Annalena schüttelte genervt den Kopf. »Auf diesem Weg kommen wir garantiert nicht weiter. Ich war ja von Anfang an dagegen.«

Hedwig lächelte: »Das Ganze hat für mich glücklicherweise einen Vorteil«, verriet sie. »Ich mache jetzt so viele Überstunden, dass ich im September vier Wochen lang in Urlaub gehen kann.«

Annalena hob die Augenbrauen. »Du meinst, wir haben den Fall im September gelöst?«

»Klar, davon gehe ich aus. Und nur deshalb ertrage ich diesen Telefondienst. Weißt du, ich melde mich mit höflicher Stimme, und jeder blafft mich so unfreundlich an, als wäre ich für seine schlechte Laune und die Hitze verantwortlich. Dann erzählen sie mir, warum sie ihren Nachbarn für den Mörder halten und warum es nur der sein kann. Auf den Ring am Mittelfinger guckt keiner mehr. Also, wenn Ewald in seine wohlverdiente Pension gegangen ist und du hier Chefin bist«, Hedwig schlug Annalena auf die Schulter, »dann machen wir nicht mehr so blöde Bevölkerungsaufrufe. Versprochen?«

In dieser Sekunde klingelte wieder das Telefon und ersparte Annalena jeden Kommentar.

Kurz darauf schoss Melanie Dierks durch den Flur und zog einen Mann hinter sich her, den sie ins Konferenzzimmer stupste. Es war Markus Wissing, der unglaublich schlecht gelaunt wirkte.

»Stellt euch vor, wir haben uns an der Haustür getroffen«, verkündete sie fröhlich. »Und da hab ich mir den Kollegen doch gleich geschnappt und mit hierhergeschleppt.«

Markus schien peinlich berührt. »Muss erst mal meine Mails checken«, murmelte er und verschwand in seinem Zimmer.

Melanie hatte sich heute ein dunkelgrünes Band in ihren Zopf geflochten. »Und, bringt unser Aufruf was?«

»Mehr, als du wissen willst«, verkündete Hedwig Hagenkötter mit finsterster Miene und fügte hinzu: »Nicht mal zum Kaffeekochen komme ich. Übernehmt ihr das?«

Annalena entdeckte die fünf verschiedenfarbigen Smartphones erst, als sie bereits mit ihrer Kaffeetasse am Schreibtisch saß. Die Gehäuse der Telefone waren blau, rot, gelb, grün und schwarz. Horst Toplischek hatte sie mit nummerierten gelben Post-its versehen und ordentlich nebeneinander aufgereiht neben Annalenas Ablagekorb gelegt. Zusätzlich – vermutlich als besonderen Service für den tabellensüchtigen Ewald – hatte er Daten, Eigenschaften und Besonderheiten beim ersten Abhören der einzelnen Mailboxen in einer Liste festgehalten. Und die war überaus interessant.

Annalena staunte. Kollege Toplischek hatte wirklich was drauf. Nie hätte sie sich vorstellen können, dass dieser Mitarbeiter, der sich in Fortbildungskursen zum ersten Kalveroder Spurensicherer emporgearbeitet hatte, innerhalb von vierundzwanzig Stunden die Codes von fünf Smartphones knacken könnte. Respekt.

Spontan stand sie auf und lief in Horsts Büro. »Du bist super! Vielen Dank!«

Toplischek sah aus, als habe er die Nacht durchgearbeitet. Die Augen hinter seiner Brille waren gerötet, und er hatte Bartstoppeln am Kinn.

»War total easy«, wehrte er ab und steckte sich ein Pfefferminzbonbon in den Mund, doch sie merkte ihm an, dass er sich über ihr Lob freute. »Der Typ hat es sich und mir wirklich einfach gemacht«, meinte er dann selbstbewusst grinsend und erklärte: »Alle Handys haben dieselbe PIN, nämlich sein Geburtsdatum – da kommt doch wohl jeder drauf, oder? Und als Passwort hat er einfach die Farbe der jeweiligen Handys eingegeben. Das Rote ließ sich mit ›rot‹ öffnen, das Blaue mit ›blau‹ und so weiter. Ich hab gedacht, ich fang mal mit den blödesten Kombinationen an, vor denen immer gewarnt wird. Und siehe da… es hat geklappt. Wollte sich wohl nicht zu viel merken, unser guter Kalupka. Wollte es sich besonders leicht machen, dieser Schluri – und jetzt ist er tot. Nicht, dass ich da einen unmittelbaren Zusammenhang sehe.«

»Und du hast auch schon in die Mailboxen reingehört?«

»Logo.« Horst Toplischek lehnte sich in seinen Stuhl zurück und verschränkte beide Hände hinter dem Hinterkopf. »Da ist uns ein potenter Hecht ins Netz gegangen.«

»Wieso?«

»Auf dem Gelben hat er mit einer Hilde geflirtet, auf dem Roten mit einer Nina, die er Steppke nannte, scheint eine eher kleine Frau zu sein, und auf dem Blauen mit Nicole. Schwarz war sein offizielles Gerät. Sieht ja auch besonders seriös aus. Das war die Nummer für Geschäftskunden, für seine Exfrau, für Freunde. Und garantiert ist das auch die Nummer, die auf seiner Visitenkarte steht. Aber – und das wird dich überraschen – auch seine Assistentin hat dort sehnsuchtsvolle Nachrichten hinterlassen. Das Grüne ist übrigens einer Frau Mare zugeordnet – also wenn du mich fragst, für die hätte ich das Blaue genommen. Bei Mare denkt man doch an Meer und blauen Himmel und blaues Wasser. Aber vielleicht war Blau ja schon vergeben, als Mare in sein Leben trat.«

»Mare?« Annalena zog die Stirn kraus.

Er nickte. »Schon ein komischer Name, oder? Die Leute nennen ihre Kinder heutzutage, wie sie wollen. Nach Städten und Meeren. Und dann kommt da so was bei rum.«

In der Tat war es so, dass die auf dem grünen Handy gespeicherte Nummer mit der Telefonnummer identisch war, die die Anruferin am Mittwochvormittag beim Notfalltelefon hinterlassen hatte. Hedwig starrte auf ihre Notizen und kniff immer wieder die Augen zusammen. »Das verstehe ich nicht. Der Typ, den Mare vermisst, heißt doch Karl. Wieso hat der Kalupka dann dem sein Handy?«

»Der hat sich Karl genannt«, fuhr Melanie dazwischen. »Offenbar wusste keine der Frauen, wie der wirklich heißt. Erzähl mir nichts von den Männern. Was meinst du, wie die lügen können, um ein Ziel zu erreichen.«

Hedwig musterte Melanie mit einem langen, nachdenklichen und typischen Seelsorgeblick.

»Hast wohl schon ein bisschen Pech gehabt mit die Kerle, oder?«, stellte sie fest.

Melanie wurde rot. »Das tut nichts zur Sache. Ich halt mich erst mal von ihnen fern. So wichtig sind die ja nun auch nicht.« Sie schluckte, und ihr Zopf schlenkerte ein wenig resigniert. »Aber zurück zu unserem Fall. Wir müssen die Identitäten dieser vier Frauen checken. Und zwar eher gestern als heute. Ich hab das Gefühl, dass eine von denen was mit dem Ableben des guten Kalupka zu tun hat. Also wenn ich plötzlich von drei oder vier Nebenbuhlerinnen erfahren würde … Da käme schon mal 'ne Ladung Wut auf.«

»Es gibt noch eine Fünfte, und die kennen wir schon«, stellte Hedwig klar. »Diese Isabella. Was ja seine Assistentin ist – sorry, war. Aber die kannste schon mal gleich vergessen. Die Frau hat keine Kraft für so was, und die sieht auch aus, als würde sie alles schlucken, egal, wie fies die Kerle zu ihr sind.«

»Isabella und das schwarze Handy«, murmelte Annalena. »Da hat er recht gehabt, der Horst. Guckt mal!« Sie hielt die Tabelle hoch, die Horst auf ihren Tisch gelegt hatte, und überflog die Notizen: »Hört euch das an. Gelb für Hilde, Rot für Nina, Blau für Nicole, und Grün steht für Mare.« Nachdenklich fügte sie hinzu: »Ich frag mich, wann der gearbeitet hat. Das muss doch ein totaler Stress sein. So viele Frauen und so viele Identitäten.«

Hedwig hob die Schultern. »Glaubt einer alten Frau: Es gibt von allem!«

»Fünf verschiedene Beziehungen, stell dir das mal vor!« Melanie schnappte empört nach Luft. »So ein Schwein. Macht allen Frauen Hoffnungen und tut bei jeder Einzelnen, als wäre sie einzigartig für ihn. Es ist doch nicht zu fassen.«

»So kannst du das nicht sagen«, unterbrach Annalena sie

leise. »Es ist vorerst nur eine These. Noch haben wir keine Beweise!«

»Warum sonst die fünf Handys? Erzähl mir doch nichts! Vermutlich hatte er sogar sieben Frauen – eine für jeden Tag. Samstag und Donnerstag sind ja noch frei. Wir müssen die Frauen finden, dringend. Gib mal die Liste, ich ruf da jetzt an. Und zwar sofort.«

»Stopp!« Jetzt war es Hedwig, die dazwischenging und Melanie die Liste entwand. »Erstens bist du viel zu wütend, um da anzurufen. Zweitens: Was willst du sagen? Drittens bin ich dafür, dass wir mit genau diesen bunten Handys telefonieren. Die Damen haben den Kalupka doch sicher auf ihrem Display gespeichert, und wenn ein Anruf kommt, werden sie ihn mit genau dem Namen begrüßen, mit dem er sich bei ihnen vorgestellt hat.«

»Das ist albern. Es steht doch in der Zeitung, dass Kalupka tot ist«, meinte Melanie.

»Die wissen doch gar nicht unbedingt, dass ihr Liebster Kalupka heißt«, stellte Hedwig in den Raum und fügte hintergründig hinzu: »Darauf würde ich fast wetten.«

Nicole Uhlenbrock war wach geworden, weil sie fror.

Sie musste bewusstlos gewesen sein. Aber wieso?

Hände und Füße waren eiskalt. Sie schaltete die Stehlampe aus, die noch brannte. Vor den gekippten Fenstern begann es zu dämmern. Hatte sie tatsächlich die ganze Nacht in diesem dünnen Kleidchen auf dem Sofa gelegen? Ohne Decke? Was war geschehen? Und warum lag das Telefon unter dem Couchtisch und blinkte? Langsam kam sie zu sich. Wie ein verwundetes Tier rollte sie sich von der honigfarbenen Couch, schlich durch den Flur und quälte sich im Badezimmer unter die Dusche. Was war passiert? Ihr war schwarz vor Augen geworden, dann konnte sie sich an nichts mehr erinnern. Jeder einzelne Knochen schmerzte. Sie fühlte sich unendlich alt.

Das Wasser in der Dusche schien heute überhaupt nicht warm zu werden. Sie drehte es heißer und heißer, und ihre Haut überzog sich mit roten Flecken, doch sie spürte nichts – nur diese lähmende Kälte. Immer noch.

Sie rutschte an der gekachelten Wand zu Boden und verharrte in der Hocke, die Hände um die Unterschenkel geschlungen, den Kopf auf die Knie gelegt. Plötzlich wurde ihr schwindlig, und mit einem Rest von Verstand rief sie sich zur Vernunft. Sie atmete tief ein und aus, zählte bis zehn, stellte das Wasser ab und griff nach einem Badetuch.

Wie konnte sie sich nur von einem Albtraum in eine solche Krise stürzen lassen? Sicher war alles nur halb so schlimm. Während sie sich abtrocknete, ließ sie den gestrigen Abend Revue passieren. Garantiert hatte sie das Telefonat mit Wissing weitergeträumt. Nachdem er ihr versichert hatte, dass Sebastian mit dem Bus nach Bad Oeynhausen gefahren war, musste sie eingeschlafen sein und sich dann in diesen Albtraum verstrickt haben. Kein Wunder, wo sie sich doch so viele Sorgen machte. Man hörte und las ja überall, dass das, was einen am meisten beschäftigte, auch in die Träume hineinrutschte. Und Felix beschäftigte sie. Sie hatte Angst um ihn. Er fehlte ihr.

Sie hatte immer Angst um die, die sie liebte. Das war schon in ihrer kurzen Ehe so gewesen. Voller Bangigkeit hatte sie ihren Mann jeden Morgen zur Arbeit gehen sehen und ihn dann mehrmals täglich angerufen, um sich zu vergewissern, dass es ihm noch gut ging.

Zunächst war er wütend geworden und hatte sie eine hysterische Zicke genannt, dann berichtete er von den Witzen, die seine Kollegen über sie rissen, später flehte er sie an, mit dieser Verfolgung, wie er es nannte, aufzuhören. Schließlich verschwand er von einem Tag auf den anderen – und das bestätigte nur, dass all ihre Ängste berechtigt waren.

Auch ihr Kind hatte sie behütet, es bis zu seinem sechsten Lebensjahr nicht eine Sekunde aus den Augen gelassen. Da kam ihr ihr Beruf zugute. Sie nahm ihren Sohn mit in den Kindergarten und ging mit ihm nach Hause. In den ersten vier Schuljahren lieferte sie ihn morgens bei seiner Klassenlehrerin ab, um ihn zur vereinbarten Zeit genau dort wieder einzusammeln. Wenn der Kleine mit anderen spielen wollte, war sie dabei. Eine immerwährende Aufsicht. Ein zuverlässiger Schutzengel. Sebastian hatte sie deshalb mit den Füßen getreten und undankbar »Geh weg!« geschrien. Aber er war doch selbst mit zehn Jahren noch viel zu jung gewesen, um einen Schritt alleine zu machen.

Erst als Sebastian pubertierte und ihr fremd wurde, plötzlich anders roch, nicht mehr nach Babypuder und Zitronenöl, sondern nach Schweiß und Anstrengung, ungewaschener Kleidung und noch später nach kaltem Rauch, hatte sie ihm im gleichen Maße, wie das Fremdsein zwischen ihnen wuchs, Freiräume zugestanden. Und er hatte sich zu einem braven Jungen entwickelt. Ein Vorzeigesohn, bis auf diesen Spleen, dass er die Welt verändern oder sogar retten wollte. Ausgerechnet er, wo er doch nicht einmal dafür sorgen konnte, dass seine Mutter ohne Angst lebte.

Angst, das war das Stichwort. Nicole begann erneut zu zittern und griff nach ihrem dunkelgrünen Bademantel. Den hatte Felix ihr geschenkt. Moosgrün. Felix. Bisher war ihr warm ums Herz geworden, wenn sie nur diesen Namen dachte. Jetzt zitterte sie vor Sorge.

Sie ging durch die Küche und füllte die Kaffeemaschine. Im Vorbeigehen sah sie im Briefkastenschlitz der Diele die zusammengefaltete Zeitung. Die konnte warten. Ihr war nicht nach Neuigkeiten.

Der kleine Garten hinter ihrem Haus lag im Halbschatten. Mit ein wenig frischer Luft und einem klaren Kopf sähe die Welt sicher besser aus. Sie straffte sich, füllte die Kaffeetasse und trat mit zusammengebissenen Zähnen in den Garten. In zwei Stunden würde hier das Kreischen der Kinder aus dem nahe gelegenen Kindergarten zu hören sein. Alles wie immer. Alles im grünen Bereich.

Ob sie ihren Sohn nach einem Schlafmittel fragen sollte? Krankenpfleger kamen da doch sicher problemlos ran. Aber der würde dann wieder anfangen mit warmen Fußbädern und heißer Milch und Honig. Dieser Kindskopf.

Ihre Hausamsel zwitscherte. Jeden Morgen um sieben setzte sie sich auf das Mäuerchen, das ihren winzigen Garten von dem der Nachbarn trennte, und begrüßte sie. Alles war wie immer. Die Welt war in Ordnung, und Felix liebte sie. Es konnte gar nicht anders sein.

Sie saßen sich an ihren Schreibtischen gegenüber und fixierten sich mit schmalen Augen und zusammengekniffenen Lippen. Die Kirchturmuhr schlug neun. Missbilligend nahm Annalena wahr, dass Melanie schon wieder einen chaotischen Berg Papier vor sich liegen hatte. Konnte diese Frau denn überhaupt keine Ordnung halten? Unglaublich. Vorhin war der Tisch doch noch leer gewesen.

Die Kollegin musste dieses Durcheinander in genau der einen Minute angerichtet haben, als Annalena an ihrem Mindmap stand und die Smartphones den fünf Frauennamen zuordnete. Dabei hatte Annalena gedacht, Melanie würde ihr aufmerksam zuhören. Da war es ja mit Jörg Ottenhöver fast besser gewesen. Sie seufzte und riss sich zusammen. »Kannst du sehen, was ich aufgeschrieben habe?«

»Logo!« Melanie guckte beleidigt. »Pass auf, ich les es dir vor: Gelb ist Hilde, Blau Nicole, Rot Nina, und Grün gehört zu

Mare. Auf dem Schwarzen hat Isabella angerufen. Isabella ist dann ja wohl bisher die Einzige, von der wir einen Nachnamen haben.« Sie klang gekränkt und aggressiv zugleich.

»Genau.« Annalena spürte, wie angespannt sie war. Sie stellte sich breitbeinig hin und zwang sich zur Ruhe. »Hör mal zu, du gehst mir einfach zu spontan vor. Das stresst mich, und zwar total!« Trotz aller Bemühungen klang sie aufgebracht. Sie sah auf ihre Hände, die zu Fäusten geballt waren. Weiß zeichneten sich die Fingerknöchel ab. »Ich will, dass du mich informierst. Bei allem!«

»Und du bist zu vorsichtig«, schoss Melanie mit rotem Kopf zurück. »Ich halte das nicht aus, wenn erst alles stundenlang durchdiskutiert werden muss. So kommt man nie zu Potte.«

»Und ich halte es nicht aus, wenn man kopflos handelt. Ohne Plan, ohne Struktur. Wir müssen einen Mord aufklären. Das ist kein Spiel, bei dem man nur auf sein Bauchgefühl hört.« Annalenas Stimme wurde laut. »Und damit du es weißt: Ich bin die erste Ermittlerin. Ich geb die Befehle. So war es vereinbart, und deshalb hast du mir zuzuarbeiten und kannst nicht plötzlich auf eigene Faust herumtelefonieren. Meine Güte, wenn Hedwig nicht aufgepasst hätte …«

»Ach was?« Melanies Augen blitzten, und ihr Zopf schien Funken zu sprühen. »Du baust also mehr auf die Küchentischpsychologie unserer Halbtagsschreibkraft als auf das Wissen einer ausgebildeten Kriminalkommissarin. Das ist ja interessant. Wirklich interessant. Mal sehen, was der Kriminaloberrat dazu sagt.«

»Darum geht's doch gar nicht.«

»Aha, worum denn sonst?« Melanie klang aggressiv.

»Ich will, dass wir uns absprechen und dass wir nach Plan vorgehen. Wir brauchen ein System.«

»System, System«, höhnte Melanie und raschelte giftig mit ihren Papieren.

»Hab schon gemerkt, dass du nicht viel davon hältst. Dein Arbeitsplatz spricht ja wohl Bände«, fauchte Annalena.

»Wohl noch nie was von kreativem Chaos gehört!«

Annalena sah sie lange an und zwang sich zur Ruhe. »Ich werde Ewald bitten, mir ein eigenes Zimmer zu geben. Wir passen nicht zusammen.«

»Wie du meinst.« Melanie hob die Schultern und drückte sich von ihrem Schreibtisch ab. »Ich muss jetzt erst mal raus. Hier ist mir die Luft zu dick und zu ungesund!« Sie schaffte es, die Bürotür so hinter sich zu schließen, dass es sich fast wie ein Zuschlagen anhörte, aber nur fast.

Annalena stützte den Kopf auf beide Hände und stöhnte. Meine Güte, mit dieser Frau war es wirklich nicht leicht. Da hatte Ewald ziemlich danebengegriffen! Wie sollten sie nur aus dieser Nummer jemals wieder rauskommen?

Die nahe Kirchturmuhr schlug ein einziges Mal. Viertel nach neun. Annalena zwang sich zur Ruhe. Eins nach dem anderen. Und morgen war Samstag.

Draußen hörte sie Melanies laute Stimme und dazwischen das beruhigende Gemurmel von Hedwig. Sie konnte sich denken, worüber die beiden sprachen. Dazwischen läutete immer wieder das Telefon.

Annalena stand auf, trat ans Fenster und wünschte sich, sie könne in ein großes Wohnmobil steigen, mit Friedemann ans Meer fahren und die Kalveroder Dienststelle einfach vergessen. Ob Friedemann der Siebert bei ihrer Puppenbeerdigung beistehen und möglicherweise sogar eine kleine Grabrede halten würde? Auch wenn sie wusste, dass dafür überhaupt keine Zeit war: Sie würde hingehen. Und zwar nicht wegen der Siebert und auch nicht wegen der Puppen, sondern um Friedemann zu sehen. Der Gedanke an ihn ließ sie ruhiger werden.

Hedwigs Vorschlag zur Ermittlung der Handybesitzerinnen war verdammt gut gewesen, dachte Annalena. Warum war sie selbst nicht darauf gekommen? Weil sie sich von Melanie so stressen ließ. Hedwig war genial. Einfach mit den bunten kleinen Telefonen bei den darauf gespeicherten Frauen anrufen. Und die dann beim Blick auf das Display zunächst in dem Glauben lassen, ihr Liebster sei dran, hören, wie sie sich meldeten, hören, wie sie ihn nannten. Sie griff nach dem blauen Smartphone.

In diesem Moment kam Melanie in ihr gemeinsames Büro zurück. »Ich brauch heute mal etwas Abstand von dir, wenn du verstehst, was ich meine. Und das tut uns beiden sicher gut. Weißte, ich will ja keinen Krieg, echt nicht.« Sie sah zu Boden, als müsse sie von dort einen Text ablesen. »Was hältst du davon, wenn ich mir noch mal die Witwe vornehme? Das war ja auch eine seiner Frauen. Und die kennt ihn. Außerdem bin ich dir dann den ganzen Tag aus dem Weg. Was meinst du?«

Annalena nickte. »Mach das. Ist eine gute Idee.« Sie bemühte sich um einen versöhnlichen Ton. »Versuch doch mal rauszukriegen, was für ein Typ der war und ob der immer schon zur Vielweiberei neigte. Aber denk dran, die ist krank.«

»Sind wir das nicht alle?« Melanie nahm ihre Tasche und verschwand.

11. Kapitel

Halb zehn vormittags. Die Luft flirrte vor Hitze, kein Windhauch bewegte die Blätter des Magnolienbaums in ihrem kleinen Garten, doch auf Nicoles Unterarmen zeigte sich Gänsehaut. Ihre eiskalten Füße steckten in selbst gestrickten Ringelsocken. Sie kroch noch tiefer in ihre Wollstola hinein.

Bis auf die immerwährende Geräuschkulisse des Kindergartens war es eigenartig still. Das Letzte, was Nicole heute brauchte, waren schreiende Drei- bis Sechsjährige. Die würden ihr definitiv den Rest geben. Sie hatte immer noch nicht herausgefunden, woher die Kleinen diese Fähigkeit nahmen, so laut und schrill und dermaßen unvermittelt loszuschreien und dabei die empfindlichsten Nerven der Erwachsenen zu treffen.

Gut, dass sie sich krank gemeldet hatte. Sie fühlte sich tatsächlich so elend wie noch nie. Dabei war sie damals, als sie mit ihrer Ausbildung begann, davon überzeugt gewesen, ohne die Gegenwart von Kindern nicht leben zu können, ohne diese kleinen Wunderwesen, die in ihr eine Zauberin sahen, der alles möglich schien. Ihr war auch alles möglich, dachte sie nun. Sie würde Felix befreien – aber erst musste sie wieder zu Kräften kommen.

Ein plötzliches Gekreisch aus dem Kindergarten schwappte in ihren Garten hinein, brach sich an der Ziegelmauer und schien auf vertrautem Wege direkt in ihren Kopf hineinzufahren. Schmerzende Stiche, ein Dornenkranz aus hohen Tönen.

Sie überlegte, ob sie sich eine Wollmütze aufsetzen und sich Watte in die Ohren stecken sollte, um dem Frieren und den Geräuschen entgegenzuwirken. Diese innerlichen Minusgrade! Woher kamen die nur? Dabei hatte ihre Frauenärztin sie gewarnt: »Rechnen Sie in der Menopause mit Hitzewallungen. Ziehen Sie sich an wie eine Zwiebel, damit Sie jederzeit etwas ausziehen können. So sind Sie für alle Lebenslagen gewappnet.«

Das Leben war ungerecht.

Andere Frauen mochten schwitzen und verloren dabei vielleicht sogar noch das eine oder andere Kilo, bei ihr war es umgekehrt. Lebenslänglich frieren.

Sie zog die Stola noch enger um sich, bedeckte damit auch Kopf und Ohren, schloss die Augen und hielt das Gesicht in die Sonne. Die Amsel hatte sich nach einem kurzen Morgenständchen zurückgezogen. Klar, die hatte sicher was Besseres zu tun, als ausgerechnet ihr was vorzusingen. Außerdem beherrschte ihre Hausamsel das Tirilieren noch nicht perfekt. Das hatte Felix gesagt.

Nicole Uhlenbrock wartete und wusste nicht worauf.

Sie überlegte, ob sie ihren Sohn anrufen solle. Aber was gab es da schon groß zu bereden? Sie könnte ihm von ihren Schlafstörungen erzählen. Er würde kein Medikament, sondern lange Spaziergänge und viel frische Luft empfehlen.

Der hatte doch keine Ahnung! Spaziergänge, womöglich auch noch im Park! Sie konnte doch nicht einfach weggehen und das blaue kleine Handy, ihre Nabelschnur zu Felix, ihr ganz persönliches und einzigartiges Lebensrettungsinstrument, verwaist in seinem Ladegerät zurücklassen. Sie ließ es immer in seinem Ladegerät stecken. Da gehörte es hin.

»Telefonino« nannte die italienische Mutter eines ihrer Schützlinge ihr Handy und trug es so sorglos mit sich herum, als wäre es unverlierbar und selbst ohne Strom empfangsbereit. Nein, dieses Risiko würde sie, Nicole, niemals eingehen. Sie dachte an die italienische Mutter mit ihren Bambini und lächelte halbherzig. Dabei spürte sie schmerzhaft, wie sich ihr Gesicht verzog. Sie hatte zuletzt gelächelt, als Felix bei ihr war. Und das war genau heute vor einer Woche gewesen.

Das kleine blaue Telefon. Mindestens einmal am Tag hatte er sie darauf angerufen. Er hatte es ihr geschenkt, und sie hatte es nur benutzt, um mit ihm zu sprechen. Kein anderer kannte diese Nummer. Doch seit einer Woche hatte er sich nicht mehr gemeldet.

Dabei müsste er eigentlich heute kommen. Es war Freitag, und seit ihrer ersten Begegnung in seinem Büro, seit jenem Tag, als sie ihm sagte, sie wolle ihm ihr Vermögen anvertrauen, hatten sie sich jeden Freitag gesehen.

Er hatte ihr Geld für sie arbeiten lassen, und ihr Geld war offensichtlich fleißig, denn erst letzte Woche hatte er angedeutet, dass sie bald nicht mehr arbeiten müsse. Und sie hatte von einem Leben an seiner Seite geträumt.

Ärgerlich stand sie auf, ging ins Haus zurück und fauchte das Handy auf ihrem Schreibtisch an: »Wieso klingelst du nicht? Was hab ich dir getan, warum tust du mir das an?« Das Mobilteil hing ungerührt an seinem Ladegerät. Nicole empfand es als persönlichen Angriff.

Durch die offene Tür nahm sie erneut die Kalveroder Nachrichten im Briefschlitz wahr. Hatte Wissing gestern nicht irgendwas von Zeitung gesagt? Zögernd trat sie in die Diele.

In genau dieser Sekunde klingelte das verdammte Telefon. Wie erstarrt blieb sie für einen Sekundenbruchteil stehen und sprang dann an den Schreibtisch zurück. Es war ein himmlisches Telefon. Sie hätte es küssen können.

Auf dem Display erschien der Name von Felix. Sie drückte auf die Gesprächstaste und hauchte: »Mein Gott, Liebster, wo steckst du nur? Meine Güte, ich habe dich so vermisst. Danke, dass du dich meldest.«

Am anderen Ende der Leitung blieb es lange still. Dann meldete sich eine Frauenstimme. »Spreche ich mit Nicole?«

»Ja, hier ist Nicole Uhlenbrock.«

»Mein Name ist Annalena Brandt. Ich bin Kommissarin hier in Kalverode. Sie kennen Herrn Kalupka?«

Nicole schwitzte, und sie ließ die Stola fallen. Ihr »Ja?« klang kleinlaut und fragend zugleich. »Was ist?« Steif ging sie mit dem schnurlosen Gerät zu der honigfarbenen Couch. Sie hätte sich dieses Sofa nie anschaffen sollen. Es brachte nichts als Unglück. Wenn sie sich jetzt daraufsetzte und etwas Schreckliches erführe, würde sie es auf den Sperrmüll geben. Das Sofa war an allem schuld. Sie hatte es erst vor gut zwei Wochen gekauft, ohne Felix zu fragen, und sein Kommentar dazu hatte gelautet: »Moosgrün wäre besser gewesen.« Damit hatte das Unglück begonnen. Allein damit.

»Wir haben Ihre Telefonnummer in den Unterlagen von Herrn Kalupka gefunden«, klärte die Frauenstimme sie auf.

»Warum rufen Sie mich mit seinem Handy an? Was ist passiert? Kann ich ihn sprechen?« Ihr Herz klopfte.

»Wie stehen Sie zu Herrn Kalupka?«, wollte die Kommissarin am anderen Ende wissen.

»Er ist mein Lebensgefährte«, log Nicole und setzte sich auf die äußerste Kante ihrer sündteuren Récamiere.

Die Frau am anderen Ende der Leitung schwieg.

»Wir sind verlobt«, setzte Nicole noch eins drauf. Und da es immer noch still blieb, ergänzte sie diese Auskunft mit dem Satz: »Im Herbst werden wir heiraten.« Sie schöpfte Hoffnung und forderte hastig: »Geben Sie ihn mir. Bitte! Nur ganz kurz.«

»Haben Sie keine Zeitung gelesen?«, fragte die Kommissarin.

Nicole Uhlenbrock schüttelte den Kopf. »Heute noch nicht.« Und als ob sie sich dafür entschuldigen müsse, fügte sie hinzu: »Ich hatte Kopfschmerzen.«

»Wo wohnen Sie? Ich komme vorbei«, sagte die Kommissarin mit müder Stimme. »Es gibt einiges zu besprechen.«

»Gut.« Nicole nannte ihr die Adresse.

Annalena konnte sich noch sehr gut an ihre Kindergartenzeit bei »Tante Nicole« erinnern – aber Nicole Uhlenbrock sich nicht mehr an sie. Das war auch besser so, dachte Annalena und fragte, obwohl sie die Antwort wusste: »Sind Sie eigentlich mit Sebastian Uhlenbrock verwandt?«

»Ja, das ist mein Sohn.«

»Ist der gerade bei Ihnen?«

»Nein, nein. Der ist doch in Bad Oeynhausen. Der hat da Frühschicht.«

»Frau Uhlenbrock, ich komme sofort.« Annalena legte den Hörer auf und strich sich das Haar zurück. Beim Hinausgehen rief sie Hedwig zu: »Ich bin gleich wieder da«, und griff nach dem Schlüssel des zweiten Dienstwagens. Mit dem ersten, dem besseren, war Melanie nach Gütersloh unterwegs.

Das Auto hatte in der Sonne gestanden und war entsprechend aufgeheizt. Drinnen herrschten gefühlte hundert Grad. Stöhnend betätigte Annalena den elektrischen Fensterheber, ließ die Scheiben in der Türfüllung verschwinden und betete innerlich, dass ihre einstige Kindergärtnerin nicht gerade jetzt die Kalveroder Nachrichten las.

Auf dem Kirchplatz entdeckte sie das Wohnmobil von Friedemann Vortkamp. Er schien in diesem Augenblick angekommen zu sein. Er verließ das Fahrerhaus und schloss die Tür hinter sich, und obwohl sie eigentlich gar keine Zeit hatte und sofort zu Nicole hätte fahren müssen, entschied Annalena sich zu einem winzigen Umweg, bremste neben ihm, lächelte und sagte: »Hallo!«

»Ja, Wahnsinn, gerade habe ich an Sie gedacht!« Friedemann strahlte sie an.

»Echt?«

Er nickte. »Wegen morgen. Sie kommen doch auch zu der Beerdigung?«

»Ach ja.« Annalena gab sich gestresst. »Das hätte ich ja fast vergessen.«

»Wichtiger Termin«, erinnerte er sie. »Wir sollten die gute Kitty an diesem schweren Tag nicht alleine lassen. Sie hat ja sonst niemanden, der an ihrer Puppenbestattung teilnehmen wird. Sie und ich, wir sind die einzigen geladenen Gäste.« Er zwinkerte ihr zu: »Schwarze Kleidung ist nicht unbedingt Pflicht, zumal wir ja mit den Verstorbenen weder verwandt noch verschwägert sind.«

»Danke für den Tipp.« Sie sah an sich hinunter. Heute trug sie ein hellblaues Leinenkleid – aber im Schrank hing noch ein graues VIP-Kleid mit taubenblauem Blümchendruck. Das würde sie morgen anziehen. War es Glück, das sie plötzlich verspürte? Ja, sie freute sich auf morgen und bekam im selben Moment ein schlechtes Gewissen.

Schließlich musste sie nun zu Nicole. Mit der schrecklichsten aller Nachrichten.

Friedemann studierte ihr Gesicht und schien zu sehen, was sie dachte. »Ja«, murmelte er dann. »Ich habe es vorhin in der Zeitung gelesen. Nun haben wir also keinen Sparkassendirektor mehr. Das ist bitter. Er war einfach noch zu jung. Ach, da kann ich mich gleich zu Ihrer Ringfahndung äußern. Ich trage keinen. Sehen Sie?«

Es war albern und unnötig, aber dennoch griff sie nach seinen Händen. Sein rechter Mittelfinger war ringfrei, und dort, wo einmal der Ehering gesessen haben musste, war nicht einmal mehr eine Einkerbung zu erkennen. Mittlerweile war er ja schon seit mehr als zwei Jahren geschieden. Er hatte schöne Hände mit gepflegten Fingernägeln.

»Wenn ich ehrlich bin«, gestand sie ihm, »habe ich Sie auch nicht wirklich verdächtigt.«

»Dann ist ja gut.« Er entzog ihr seine Hände. »Wir sehen uns.«

»Es gibt einiges zu besprechen«, hatte die Kommissarin gesagt, und Nicole rechnete fest damit, dass diese Frau Brandt einen Katalog von Bestimmungen vor ihr ausbreiten würde. Vermutlich war gesetzlich festgelegt, was eine Verlobte zu einem Gefängnisbesuch bei ihrem zukünftigen Mann mitnehmen durfte und was nicht. Es gab ja zu allem Anweisungen und Gebote. Aber nicht mit ihr! Sie würde die alle austricksen.

Nicole lief ins Schlafzimmer. Woher kam die plötzliche Hitze? Sie riss sich die Kleider vom Leib und knöpfte sich in ein wollweißes Kittelkleid des VIP-Labels. Weiß mit gelben Streublumen. Felix liebte dieses Kleid an ihr, und bestimmt würde die Kommissarin gleich mit ihr in die Haftanstalt fahren, damit sie den Mann besuchen konnte, dem sie ihr Leben geweiht hatte. Ihren Mann. Was mochte ihm alles fehlen, jetzt, da er in der Zelle saß?

Hastig schnappte sie sich sein Duschgel aus dem Bad, sein Rasierzeug, die Nagelschere und die Feile, die weichsten ihrer Handtücher, ein Buch über das Wunder der Liebe sowie die fast schwarze seidene Unterwäsche, die sie einst für ihn gekauft hatte. Zigaretten legte sie auch in den kleinen Aktenkoffer, dabei hatte sie Felix niemals rauchen sehen, aber im Gefängnis rauchten alle. So kannte sie es aus Filmen.

Ihr Herz pochte so laut, dass sie Angst hatte, das Klingeln zu überhören. Bald würde sie ihn sehen. Warum sonst sollte die Kommissarin extra kommen? Doch nur, um sie abzuholen und sie zu ihm zu bringen. Alles würde gut. Nicole beschloss, das honigfarbene Sofa doch zu behalten.

Als es läutete, stürzte Nicole an die Tür und riss sie auf. »Ich bin bereit. Fahren wir zu ihm?«

»Nein«, sagte die Kommissarin und zog bedächtig die Zeitung aus dem Briefschlitz in der Tür. »Können wir uns setzen?«

Mit der prickelnden Gewissheit, dass sie als Ordnungshüterin nichts lieber tat, als bestehende Vorschriften zu ignorieren oder gar zu missachten, griff Melanie Dierks nach ihrem Handy. Draußen flirrte die Luft. Im Inneren des Wagens drehte sie die Klimaanlage auf die höchste Stufe. Die Altenhagener Straße zwischen Kalverode und Gütersloh war leer, kein einziger Wagen in Sicht – warum sollte sie da nicht während des Autofahrens telefonieren? Zeit war Geld, und Ermittlungsarbeit musste koordiniert werden. Die entsprechende Nummer hatte sie noch schnell in ihrem Dienstzimmer eingespeichert. Auch wenn man ihr Chaotentum nachsagte, in solchen Dingen war sie gut organisiert. Konnte ja nicht jeder so pingelig sein wie Madame Brandt.

»Polizei Gütersloh, Kriminalhauptmeister Ottenhöver«, meldete sich eine dunkle und vertraute Stimme.

»Ich bin's, Kollege, Melanie Dierks. Ich habe Ihre Nachfolge in Kalverode angetreten, und wir hatten ja auch schon miteinander telefoniert.«

Er grunzte zustimmend, konnte sich also offenbar erinnern.

»Ich bin auf dem Weg zu Ihnen, genau genommen auf dem Weg zur Witwe Kalupka.«

»Der einstigen Schönheitskönigin von Gütersloh«, ergänzte er.

»Exakt. Können wir uns vorher kurz sehen? Sie haben ja schon mit ihr gesprochen. Ich erhoffe mir ein paar hilfreiche Tipps unter Kollegen.«

»Tipps wozu?«, fragte er. »Zu Frau Brandt oder zu Frau Kalupka?«

»Beides.« Sie grinste. Das war ja wirklich ein ganz cleveres Bürschchen.

»Ich könnte ein kleines Amtshilfeersuchen vorbereiten und Sie bei Ihrem Gang zur Witwe begleiten. Wäre das in Ihrem Sinne?«

»Sehr. Vier Augen sehen bekanntlich mehr als zwei.«

Melanie drückte das Gespräch weg und trat aufs Gaspedal. Der Tacho schoss auf einhundertdreißig. Eindeutig zu schnell für eine Landstraße. Aber wegen fünfzehn Kilometern nahm sie doch nicht die Autobahn! Nur gut, dass Annalena das nicht sah.

In der Kreispolizeibehörde an der Herzebrocker Straße residierte Kollege Ottenhöver in einem eigenen Büro mit bodentiefen Glasfenstern. Melanie dachte, dass so ein Zimmer auch einer Kommissarin würdig wäre. Ein solches Ambiente ermöglichte klare und strukturierte Gedanken. Sie dachte an ihr Doppelzimmer mit Annalena und verspürte einen Anflug von Neid.

Ottenhövers Büro roch frisch gestrichen, und an den weißen Wänden lehnten blitzblank geputzte grüne Stahlregale. Der Schreibtisch glänzte in weiß lackiertem Holz. Vor den hohen Fenstern standen auf einem Bistrotisch eine Espressomaschine und einige Tassen.

Für sie hatte es in Kalverode gerade mal einen abgewaschenen Schreibtisch gegeben. Mehr nicht. Kein eigenes Regal, nicht einmal ein eigenes Regalfach. Wie sollte man da Ordnung halten?

Ottenhöver bot ihr einen Kaffee an. Die riesigen Fenster waren gekippt. Ein leichter Wind blähte die weißen Nesselvorhänge. Alles war hier schöner, vornehmer und durchdachter als in Kalverode. Sie hätte sich hierher versetzen lassen sollen. Mal wieder alles falsch gemacht. Kriminalkommissarin Melanie Dierks griff nach ihrem Zopf, zwirbelte ihn sich über den Zeigefinger und strich sich mit dessen Ende – wie mit einem Pinsel – über ihr Kinn. Es kitzelte. Ihr Gegenüber beobachtete sie fasziniert.

Er hatte auffällig kurz geschnittenes Haar und kaum wahrnehmbare Augenbrauen. Seine Stirn war leicht gerötet. Sie hatte noch nie so eng anliegende Ohren gesehen, erstaunlich, dass die überhaupt die Bügel seiner randlosen Brille hielten. Auch er trug ein kariertes Hemd. Hier in Ostwestfalen sind karierte Hemden vermutlich der absolut letzte Schrei, dachte Melanie, denn auch Horst Toplischek hatte, seit sie ihn kannte, nie etwas anderes getragen.

Jörg Ottenhöver nickte abwartend. »Alles im grünen Bereich?«

»Ich komme schon klar«, antwortete sie und schnippte den Zopf mit einer Handbewegung an seinen Platz zurück.

Sie hatte ihn sich viel älter vorgestellt. Jetzt, als sie in seine grünen Augen sah, dachte sie, dass er vermutlich sogar drei oder vier Jahre jünger war als sie. Er grinste, und sie ahnte, dass er keinen Respekt vor altgedienten Kommissarinnen hatte. Sie griff nach dem Zucker.

Kriminalhauptmeister Ottenhöver schlürfte seinen Kaffee. »Sollen wir uns bei der Kalupka anmelden, oder gehen wir so hin?«

»Wenn Sie sicher sind, dass sie zu Hause ist, sollten wir unangemeldet erscheinen«, schlug Melanie vor.

Er verzog den Mund. »Wo soll sie schon hin, in ihrer Verfassung? Garantiert ist sie zu Hause, denn ihr Freund arbeitet ja tagsüber. Wissen Sie was, wir essen noch eine Kleinigkeit, da drüben ist ein ganz guter Grieche, und dann machen wir uns auf den Weg.«

Angesichts der weitläufigen Parks und der darin versteckten riesigen Villen kam Melanies Theorie von einem Zuviel an Menschen auf der Erde ein wenig ins Wanken. »Hier ist ja noch wirklich viel Platz«, staunte sie, während sie durch eine schattige Ahornallee schritten.

»Hier wohnen die ganz Armen«, erläuterte Jörg mit einem

zynischen Unterton und sah sie von der Seite an. Den Kalveroder Dienstwagen hatten sie in der Nähe des Alten Friedhofs unter schattigen Kastanienbäumen geparkt, um vor der Befragung einen kurzen Verdauungsspaziergang einzulegen.

Beim Mittagessen im kleinen Garten des Hellas Athene hatte Jörg seiner Nachfolgerin gestanden, dass er sich einzig wegen Annalena aus Kalverode wegbeworben hatte. »Die ging mir so was von auf den Keks, alles wusste die besser – und dazu noch dieses affektierte Hochdeutsch. Und Ewald hat dieser blöden Tusse alles durchgehen lassen.«

Melanie widersprach ihm nicht, sondern spielte mit ihrem Zopf.

»Nee, das war echt zum Kotzen!«, gestand er. »Und Markus hat sie sich auch gleich um den Finger gewickelt, und die Hedwig auch, obwohl … das ist keine Kunst. Die kann ja wohl mit allen. Wie finden Sie die eigentlich?«

Melanie hielt sich zurück. »Ich bin ja noch nicht mal eine Woche da.«

»Ach so. Und – was halten Sie von Madame?«

»Schwierig.« Sie fand es interessant, dass er Annalena insgeheim auch als Madame bezeichnete.

Beim Nachtisch – es gab Quark mit Honig – hatte Jörg gegrinst und wie nebenbei gemurmelt: »Ich hätt sie einfach nicht aus dem Wasser ziehen sollen, damals. Dann wäre es für uns beide heute leichter. Das hat man von seinem Gutmenschentum.«

»Aus was für einem Wasser?« Melanies Zopf wippte wissbegierig.

»Mit sieben ist sie in den Kalveroder Ententeich geplumpst. In voller Montur. Einschließlich weißer Schlittschuhstiefel und wattiertem Skianzug. Kann nicht schwimmen, aber wagt sich auf zu dünnes Eis. So isse immer noch. Und ich habe sie rausgefischt und zu ihren Eltern gebracht.«

»Echt? Der Schutzmann als Schutzengel!«

Er blickte geschmeichelt zur Seite. »Da hab ich noch eine Bäckerlehre gemacht und war erst achtzehn. Bäckerlehre, zweiter Bildungsweg und Polizeischule. Gut, dass das vorbei ist. So was könnte ich heute nicht mehr. Als junger Mensch hat man doch mehr Power.«

»Donnerwetter!« So viel Ehrgeiz hätte sie ihm gar nicht zugetraut.

»Jede Nacht nur fünf Stunden Schlaf«, fuhr er fort. »Und da saß ich dann in der Mittagspause auf der Parkbank, wollte nichts, als in Ruhe eine Zigarette rauchen, und direkt vor mir sackt das Kind durchs Eis. Einfach so. Und außer mir kein Schwein unterwegs. Nee, dat war vielleicht ein Dingens! Da musste ich sie ja wohl rausholen.«

Achtzehn, dachte Melanie, dann war er also über zehn Jahre älter als Madame Annalena. Und drei Jahre jünger als sie.

»So ein verwöhntes Gör. Hat immer andere alles für sich machen lassen«, klagte Jörg leise vor sich hin. »Sie konnte noch nicht lesen, aber schwupps – musste ihr Vater das Dankesgedicht aufschreiben, das sie ihm diktiert hat. Ein Dankesgedicht an den Schutzengel. Meine Güte, war das peinlich. Stellen Sie sich das mal vor: Da kommt die Person um die Ecke, vor der man am meisten Respekt hat, und liest einem so ein albernes Gedicht vor. Dass der sich nicht geschämt hat. Ich könnt jetzt noch rot werden für den.«

Melanie horchte auf. »Hey, könnten Sie das vielleicht noch finden? Ihr Kindergedicht?«

Er hob die Schultern. »Mal sehen.«

Augenblicklich stellte sich Melanie vor, wie sie – vielleicht sogar bei einer gefühlsseligen Weihnachtsfeier auf dem Revier – vor versammelter Kollegenschar genussvoll die kindlichen Zeilen von Madame Besserwisserin zum Besten gäbe und das von der Siebenjährigen gemalte Porträt ihres Schutzengels herumgehen ließ: ein großer Mann in klein karierter Bäckerhose, weißer Bäckerjacke und mit riesigen hellblauen Flügeln. Sie grinste.

Kurz darauf standen sie vor der Villa von Frau Kalupka.

Auch die war eingebettet in einen weitläufigen Park mit riesigen Walnussbäumen und umsäumt von einer immergrünen Ilexhecke.

Jörg Ottenhöver läutete kräftig.

Ein untersetzter Mann in grünem Overall öffnete. Er trug weiße Baumwollhandschuhe, einen Tropenhut und fuchtelte mit einer Heckenschere vor ihnen herum.

Melanie zeigte ihren Ausweis.

»Die gnädige Frau ruht im Garten«, sagte er fast flüsternd.

»Dann führen Sie uns bitte zu ihr.«

Während er ihr über den knirschenden Kies folgte, fragte sich Jörg Ottenhöver, was es wohl mit diesem Zopf und dem darin eingeflochtenen grünen Band auf sich haben mochte. Dauernd griff seine Nachfolgerin danach, als müsse sie sich daran festhalten, als wäre er eine Art Talisman. Komische Frau, diese Kommissarin. Da sah man mal wieder, dass der Kriminaloberrat Ewald Schmeing alt wurde. Er hatte einfach kein gutes Händchen mehr fürs Personal und ließ sich von Äußerlichkeiten täuschen. Erst die Musterschülerin und nun diese Ulknudel!

»Sagen Sie mal, wie geht's denn dem Kollegen Wissing?«, erkundigte sich Jörg Ottenhöver bei Melanie.

»Super«, antwortete diese wie aus der Pistole geschossen. »Wir sind quasi Nachbarn.«

»Echt, Sie haben sich auch ein Haus an der Lorenzstraße gekauft? Das ging aber schnell!«

»Wie kommen Sie denn darauf? Sie wissen doch genau, wie wenig wir verdienen, und außerdem bin ich nicht mal eine

Woche da. Nein, er hat eine Dreizimmerwohnung im einzigen Mehrfamilienhaus von Kalverode.«

Jörg Ottenhöver blieb stehen und schnappte nach Luft. »Der ist immer noch nicht zu seiner Thekla zurück?«

»Offensichtlich nicht. Ich wohne fast über ihm. Er hat die Nummer fünf, ich die neun. Nur für den Fall, dass Sie uns mal besuchen wollen.«

Die gnädige Frau lag in einem orangefarbenen Sommerkleidchen auf einer Liege direkt neben dem Pool und empfing ihre Besucher mit einem Hustenanfall. »Hallo, Herr Ottenhöver.« Sie reichte ihm die Hand.

Besonders höflich und mit fast salbungsvoller Stimme fragte er: »Wie geht es Ihnen heute?«

»Nicht so gut«, antwortete sie und wurde erneut von einem Hustenanfall geschüttelt. »Wenn ich ehrlich bin, geht es mir von Tag zu Tag schlechter. Und kein Arzt hat auch nur eine Idee, woher das kommen kann.«

Sie wies auf zwei hölzerne Gartensessel. Eilfertig schob Jörg einen Sonnenschirm vom Rand der Terrasse zur Sitzgruppe und spannte ihn auf. Melanie Dierks fühlte sich an einen Hollywoodfilm aus den Fünfzigern erinnert, als Roswitha Kalupka nach einem kleinen Glöckchen griff und läutete.

»Was möchten Sie trinken? Kaffee oder lieber einen eiskalten Saft?«

Sie entschieden sich für Espresso.

Der Gärtner nahm die Bestellung auf.

»Wir sind aber nicht nur hier, um Sie zu besuchen«, führte Jörg Ottenhöver seinen Höflichkeitsbalz fort, und Melanie nahm aus den Augenwinkeln wahr, wie er von seinen sorgfältig gefalteten Händen die kleinen Finger abspreizte. Offensichtlich hielt er diese Geste für besonders elegant. Er wies mit einem Kopfnicken in Melanies Richtung und erklärte:

»Ich möchte Ihnen die in Kalverode ermittelnde Kommissarin Melanie Dierks vorstellen. Sie hätte noch einige Fragen an Sie.«

Theatralisch seufzte die Hausherrin: »Das hab ich mir schon gedacht«, und ließ sich auf ihre dunkelblauen Seidenkissen zurückfallen. »Gibt es neue Erkenntnisse?«

Melanie reichte ihr die Kalveroder Nachrichten und schlug sie auf. »Haben Sie heute schon Zeitung gelesen?«

Sie nickte und wischte Melanies Exemplar zur Seite. »Ich lese nur die überregionalen Blätter. Der Kleinkram aus der Region interessiert mich nicht.«

Melanie hielt ihr erneut die aufgeschlagene Seite mit dem Porträt ihres Exmannes vor die Nase.

Roswitha Kalupka setzte sich die Lesebrille auf und schüttelte den Kopf. »Dies Bild schmeichelt ihm zu sehr. Er hat zwar gut ausgesehen, aber die Schönheitskönigin war ich.«

Melanie versuchte der Kranken mit einem bewundernden Nicken zu versichern, dass sie immer noch sehr gut aussah.

Roswitha Kalupka schaltete mit spitzen Fingern ihren E-Book-Reader aus, dann ließ sie ihn neben sich auf die Liege fallen. Auf der orangefarbenen Seide wirkte er besonders elegant.

Jörgs Nachfolgerin nahm das Gerät ins Visier und fragte im Plauderton: »Darf man wissen, was Sie da lesen?«

»Ein Buch über das Loslassen und über das Abschiednehmen – die ältesten Themen der Welt. Direkt nach der Liebe.« Roswitha seufzte. »Da lebt man so lange zusammen, und dann … ist man sich so fremd.«

Jörg Ottenhöver biss sich auf die Lippen. Es war offensichtlich, dass er zum Thema Liebe und Vertrautheit nicht so viel zu sagen hatte. Und auch Melanie wand sich. Ihre längste Beziehung hatte nur wenige Jahre gedauert.

»Gibt es irgendetwas an ihm, was ganz besonders war?«, fragte Melanie.

»Besonders, an Felix? Was heißt das schon?« Roswitha strich

sich durch ihr schütteres Haar. »Meine Güte, was gäb ich darum, noch mal so dichtes Haar zu haben. Hatte ich früher auch, kaum zu bändigende Locken – aber jetzt fallen die mir alle aus … Was meinen Sie, wie er sich aufgeführt hat, als ich von Scheidung gesprochen habe. Aber so ging es einfach nicht weiter!«

Sie wurde von einem Hustenanfall geschüttelt, und Jörg eilte herbei, um ihr auf den Rücken zu klopfen.

»Geht schon, lassen Sie nur«, keuchte sie, nahm einen Schluck Wasser und suchte Melanies Blick. »Ich weiß, ich sollte nicht schlecht über ihn reden.« Sie hustete erneut. »Aber er hat mich einfach zu oft betrogen. Komisch, solange er hier wohnte, ging es mir gut. Kaum war er ausgezogen, wurde ich krank. Meinen Sie, das hat was damit zu tun, dass ich ihn in manchen Nächten verwünscht habe, fällt der Fluch nun auf mich zurück? Glauben Sie an so etwas?«

»Nein.« Melanie schüttelte vehement den Kopf.

Eine untersetzte Frau stellte ein Tablett mit Kaffeekanne und Tassen auf den Tisch. Ihre Hände zitterten. Sie wirkte krank.

»Ist gut.« Roswitha Kalupka wandte sich an die Haushälterin. »Ich brauche Sie dann nicht mehr. Wir sehen uns morgen früh. Und gute Besserung.«

Die Frau ging.

»Hoffentlich hab ich die nicht angesteckt«, murmelte Roswitha Kalupka und sah ihrer Angestellten besorgt hinterher.

»Wie heißt sie?«, fragte Jörg Ottenhöfer und notierte sich den Namen Gertraud Vortkamp.

Dann blickte er sich in dem prachtvollen Garten um. Der blaue Himmel spiegelte sich im Wasser des Swimmingpools ebenso wie die gelb gestrichene Villa im Toskanastil.

Als müsse sie sich für ihr Vermögen rechtfertigen, sagte Roswitha: »Es ist mein Haus. Ich habe es geerbt. Meiner Familie gehörte die hiesige Papierfabrik. Und die haben wir an die Caranopp-Stiftung verkauft.«

Sie wischte sich Speichel vom Kinn. Melanie holte Luft und versuchte, ebenso mitfühlend auszusehen wie Hedwig Hagenkötter bei ihren Telefonaten. »Haben Sie schon mal darüber nachgedacht, dass der Auszug Ihres Mannes eine solche Kränkung für Sie gewesen sein könnte, dass Sie deswegen krank geworden sind?«

»Nein!« Sie widersprach aufs Heftigste und begann erneut nach Luft zu schnappen. »Ich hab ihn doch rausgeschmissen, diesen Casanova! Von keiner konnte er die Finger lassen.«

»Das versteh ich, das tut weh«, bestätigte Melanie.

Beide Frauen sahen sich lange an, und Jörg hatte das Gefühl, als bestünde ein stilles Einverständnis zwischen ihnen. Nach einer Weile räusperte er sich und sah in die braunen Augen der einstigen Schönheitskönigin.

»Kennen Sie jemanden, der am Mittelfinger seiner rechten Hand einen Ring trägt? Vielleicht einen Mann?«, fragte er.

Sie überlegte kurz und schüttelte dann den Kopf. »Nein.«

Als sie eine halbe Stunde später Haus und Garten der Kalupka verließen, hatten Melanie Dierks und Jörg Ottenhöver das Gefühl, weder etwas geklärt noch etwas erreicht zu haben. Es war immer noch unerträglich heiß – über dreißig Grad, schätzte Melanie und wedelte sich mit ihrem Zopf frische Luft zu.

»Die arme Frau«, murmelte sie, »so krank und so einsam. Das Leben ist nicht fair zu den Frauen. Geschiedene Männer finden sofort die Nächste, geschiedene Frauen bleiben meist allein zurück.«

»Die ist nicht allein«, widersprach Jörg vehement. »Die hat doch den Richard Schulze-Kottig. Da hab ich sie doch neulich abgesetzt.«

»Hat sie den wirklich noch?«, dachte Melanie laut, blieb stehen und sah Jörg stirnrunzelnd an.

Er seufzte und gestand: »Keine Ahnung. Verdenken würde

ich es ihm nicht. Ist nämlich wirklich dumm gelaufen für den. Da will er bei der Stiftung Karriere machen und erobert dazu noch die schönste Frau vom Landkreis. Und auf einmal wird die krank. Jetzt kann er sie nicht mehr vorzeigen und nicht mit ihr angeben. Das ist doch bitter, oder?«

Melanie sah ihn von der Seite an. »Meinen Sie das wirklich?«

»So ticken wir Männer eben«, antwortete er aufrichtig.

»Dann ist es ja noch schlimmer, als ich dachte.«

Zehn Minuten später setzte sie Jörg vor seinem Dienstgebäude ab. Dann durchquerte sie die Innenstadt, bis sie auf der Landstraße war, und gab Gas. Das musste sein.

Zwischen Stukenbrock und Oerlinghausen wurde sie geblitzt. Der Tacho ihres Dienstwagens zeigte einhundertunddreißig Stundenkilometer. Erlaubt waren nur achtzig.

12. Kapitel

Mit hochrotem Kopf saß Hedwig Hagenkötter direkt neben der dampfenden Kaffeemaschine und schien selbst zu kochen. Alle Fenster des großen Konferenzraumes waren geöffnet, aber es gab keinen Durchzug. Schlaff hingen die weißen Gardinen in den Schlaufen. Kein Windhauch brachte Kühlung.

»Wo warst du so lange?«, fauchte sie, sonst die Gelassenheit in Person, als Annalena die Tür öffnete. »Alle haben nach dir gefragt, und ich konnte nur ›die recherchiert‹ antworten. Was für eine banale Auskunft. Als die nämlich wissen wollten, was genau du recherchierst und wo du verdammt noch mal steckst, stand ich schon wieder auf dem Schlauch. Ich sag das jetzt nur, weil du diejenige bist, die immer darauf besteht, dass jeder wissen muss, wo die anderen gerade stecken und was sie tun.«

»Ist schon gut.« Annalena nahm eine Mineralwasserflasche aus dem Kühlschrank und schraubte sie auf. Sie strich sich das Haar zurück. »Ich war bei der Besitzerin des blauen Handys. Als ich dort anrief, dachte sie, ihr Liebster sei am Apparat. Die hatte tatsächlich keine Ahnung von Kalupkas Tod. Die Kalveroder Nachrichten steckten noch in ihrem Briefkasten.«

»Du hast es ihr also persönlich gesagt?« Hedwig seufzte, nun wieder ganz Mitgefühl.

Annalena nickte.

»Und dann?«

»Nervenzusammenbruch. Stell dir vor, die hat tatsächlich gedacht, ich hol sie ab und bring sie zum Kalupka in die JVA. Sie war gerade dabei, ein Köfferchen für ihn zu packen. Richtig liebevoll, mit gefalteter Unterwäsche, winzigen Schokoladentäfelchen und rosafarbenen Papierherzchen, auf denen ›Ich liebe dich‹ stand. Sie wollte mir einfach nicht glauben, dass Kalupka tot ist. Stell dir vor, die stand mit offenem Mund und wie erstarrt vor mir, und einen Augenblick später ist sie umgekippt. Furchtbar war das. Ich überbring nie wieder allein so eine Botschaft. Nie wieder. Da muss man zu zweit hingehen.«

»Ist auch besser zu zweit«, gab Hedwig ihr recht. »Die wissen schon, warum die so was in ihren Rundschreiben empfehlen.«

»Ich habe dann den Notarzt gerufen«, erzählte Annalena und setzte erneut die Wasserflasche an den Mund. »Jetzt ist sie erst mal im Krankenhaus. Ich muss noch ihren Sohn verständigen.«

»Wie heißt denn die Frau?« Hedwig reckte neugierig den Kopf. »Muss ja noch alles protokolliert werden.«

»Nicole Uhlenbrock.«

»Die Kindergärtnerin? Das kann nicht sein!«

Jetzt war es Annalena, die die Stirn kraus zog. »Wieso nicht?«

»Weil Markus gestern Abend mit ihr telefoniert hat. Die müsste wissen, dass der Kalupka nicht mehr lebt«, erklärte Hedwig. »Pass auf, ich les es dir vor. Ist ja schließlich deine Anweisung, dass alles erfasst werden muss.«

Sie betätigte ein paar Tasten ihres Computers und erhob die Stimme: »Am Donnerstag erreichte mich gegen 19:30 Uhr folgender, über die Dienststelle an mich weitergeleiteter, Anruf: Die Anruferin Nicole Uhlenbrock erkundigte sich nach dem Verbleib ihres Sohnes Sebastian. Dieser war am Nachmittag zu einer Zeugenbefragung auf die Dienststelle ins Alte Amtshaus einbestellt worden. Hiermit gebe ich zu Protokoll, dass ich der Mutter des Zeugen glaubhaft versichert habe, ihr Sohn sei von Oberwachtmeister Krabbe zum örtlichen Bahnhof gebracht worden und von dort mit dem letzten Überlandbus zurück zu seinem Arbeitgeber gefahren. Im weiteren Verlauf des Gesprächs erkundigte sich die besorgte Mutter aus nicht nachvollziehbaren Gründen nach dem Namen des Gefängnisses, in dem der Leiter der hiesigen Sparkasse einsitze. Ich gab daraufhin – im Hinblick auf die bereits erfolgte Pressekonferenz – die Informationen weiter, dass der Aufenthaltsort des von Frau Uhlenbrock gesuchten Sparkassendirektors nicht die Justizvollzugsanstalt sei. Ich habe die Anruferin darüber informiert, dass Felix Kalupka Opfer eines Kapitalverbrechens geworden ist. Gezeichnet Kriminalhauptmeister Markus Wissing.« Hedwig Hagenkötter hob den Kopf. »Na, wie findest du das?«

Annalena zögerte. »Zunächst einmal gut, dass wir diese Info haben, aber dann … ehrlich gesagt, ich weiß gar nicht, was ich davon halten soll. Die hat also schon gewusst, dass er tot ist?«

Hedwig wischte sich den Schweiß von der Stirn und tippte sich mit dem Zeigefinger gegen die Nasenspitze. »Stopp mal. Jetzt hab ich's. Du hast sie vorher angerufen?«

Annalena nickte. »Klar, ich hab sie mit dem blauen Handy angerufen. Das war ja dein Vorschlag.«

»Sag mal, hat sie sich vielleicht mit ›Hallo, wo steckst du nur, mein Liebster?‹ oder so gemeldet?«, wollte Hedwig wissen.

»Genau! Das war ja auch dein Hintergedanke. Die hat wie aus dem Lehrbuch reagiert.«

»Irre, ich hab nämlich mal eine Fortbildung zum Thema psychotische Störungen besucht.« Hedwig wies auf die mit Teilnahmebestätigungen, Diplomen und Auszeichnungen bepflasterte Wand hinter sich. »Pass mal auf, das ist fast klassisch. Die Telefonnummer des Handys fungiert als Symbol für Kalupka selbst. Wenn diese Telefonnummer auf dem Display des Handys erscheint, erreichen so eine psychotische Person genau zwei Infos, die eigentlich überhaupt nicht zusammengehören: Die Nummer ist Kalupka, Kalupka klingelt, Kalupka lebt. Und dann ist die Welt wieder in Ordnung!«

»Und ihr Gespräch mit Wissing?« Annalena zweifelte.

»Verdrängt!«, diagnostizierte Hedwig wie aus der Pistole geschossen. »Ein böser Traum. Was sonst? Denn wer, außer Kalupka, könnte sie mit genau dieser Nummer anrufen? Ich sag dir, der Mensch als solcher und insbesondere diese Frau ist spitzenmäßig im Verdrängen. Aber ausgerechnet die Uhlenbrock, die ist doch mindestens zehn Jahre älter als Kalupka und so was von bieder. Weißte, ich seh sie immer mit ihren Kindergartenkindern hier vorbeidackeln in Richtung Park. Kannst du dir die zwei vorstellen? Vielleicht sogar im Bett?« Sie schüttelte sich.

Annalena hob die Schultern. »Frag mich nicht so was. Seitdem ich hier bin, ist schon so viel passiert, von dem ich nie gedacht hätte, dass ich es mir auch nur vorstellen kann.« Unvermittelt fiel ihr die morgige Puppenbestattung ein. Das war ja auch eine ziemlich schräge Nummer, und sie hatte vorsichtshalber niemandem davon erzählt. Trotz allem: Sie freute sich darauf.

»Also wirklich, je öller, je döller!« Entrüstet ging Hedwig vor dem Kühlschrank in die Hocke und nahm Eiswürfel aus dem Gefrierfach. »Dass die sich nicht schämt.«

»Die ist zu verzweifelt, um sich zu schämen«, konstatierte Annalena. »Die war ganz eng mit dem zusammen, mit dem Kalupka.«

»Die glaubte, eng mit dem zusammenzusein«, fiel Hedwig ihr ins Wort. »Wie all die anderen auch. Diese dummen Hühner!«

Annalena schloss das Fenster zur Straße und vergewisserte sich, dass da unten keine Lauscher standen. Wie verwaist lag die Stadt in der Mittagshitze – dafür hatte das Kalveroder Freibad sicher Hochbetrieb.

Annalena griff in die Schale mit den Eiswürfeln und setzte sich an den großen und ungewöhnlich leer geräumten Konferenztisch, in dessen Mitte sonst immer eine Schüssel mit steinalten und ebenso harten Weihnachtsplätzchen stand. Hatte die Neue die vielleicht alle vertilgt? Das würde garantiert Magenkrämpfe geben. Geschah ihr recht.

Halbherzig fühlte sie sich zur Ehrenrettung ihrer einstigen Kindergartentante aufgerufen und wandte sich an Hedwig: »Vermutlich hat sie, wie so viele Frauen, an genau das geglaubt, was sie sich wünscht.«

»Dann wird's aber mal Zeit, dass sie erwachsen wird und sich Dinge wünscht, die auch realistisch sind«, konterte Hedwig streng und hielt mitten in ihrer Bewegung inne. »Sag mal, kann es sein, dass der Sohn von der Uhlenbrock deshalb die Villa unseres Sparkassendirektors beobachtet hat? Wollte er seiner Mutter die Augen öffnen und ihr das unstete Leben ihres angeblichen Verlobten präsentieren?«

Annalena widersprach vehement: »Nein, das ist eindeutig die falsche Spur. Ich hab doch gestern lange mit ihm geredet. Kein Wort von Muttern und geheimnisvoller Ermittlung. Der will ein politisches Zeichen setzen und gehört zu dieser Occupy-Bewegung. Nur weil es hier keine große Bank gibt, hat er unsere Sparkasse als Objekt des Protestes ausgewählt. Der weiß gar nicht, dass seine Mutter was mit dem Kalupka hatte. Und wenn du mich fragst: Dem wird das auch ziemlich egal sein. Wir haben es hier mit einem wirklich tragischen Zufall zu tun. Erinnere mich dran, dass ich den gleich mal anrufe. Kann ja sein, dass der sich um seine Mutter kümmern will, dieser Gutmensch. Und überhaupt: Die Liebe zwischen Nicole und Felix war geheim. Streng geheim.« Annalena setzte die letzten zwei Worte in unsichtbare Anführungszeichen.

»Wie all seine Liebschaften«, murmelte Hedwig erbost. »Unser Sparkassendirektor hatte seine Damen verdammt gut im Griff. An jedem Wochentag eine andere. Und jetzt liegt die erste schon sediert in einem Krankenhausbett. Unter uns: Mich würd das nicht wundern, wenn eine von denen die Nase vollhatte und dem ganzen Theater am letzten Montag ein Ende gesetzt hat.«

»Du bist ganz schön wütend«, stellte Annalena fest.

»Zu Recht. Leider passen die Damen, von denen wir bisher wissen, nicht zum Täterprofil.«

»Vergiss es, das war keine Frau. Die haben in der KTU errechnet, dass der Täter mindestens einen Meter neunzig groß sein muss und zwischen neunzig und hundert Kilo wiegt. Das war keine Frau.«

»Wir kennen noch nicht alle. Vielleicht ist eine Riesin dabei.«

»Die passt aber nicht in sein Beuteschema. Bisher waren alle klein und schmächtig. Eher Püppchen. Zumindest seine Liebschaften. Die schwache Gattin ist auch nicht eins achtzig.«

Hedwig seufzte genervt. »Und den Schlamassel, den Typen wie Kalupka bei den Frauen anrichten, den muss ich dann wieder ausbaden. Ich muss Herzen kitten.«

»Der ist aber jetzt raus aus dem Geschäft.« Annalena stand auf.

»Das macht die Sache auch nicht besser.«

Die Kommissarin wandte sich zur Tür. »Ich geh dann mal telefonieren.«

»Mit welcher Farbe?«, hakte Hedwig müde nach.

»Neutral. Ich ruf Sebastian Uhlenbrock an. Wo stecken eigentlich die anderen?«

»Die recherchieren«, brummte Hedwig vorwurfsvoll und wackelte so lange mit der Computermaus, bis der Bildschirm aus seinem Mittagsschlaf erwachte. »Dann schreib ich mal auf, was unsere Ringfahndung ergeben hat. Ziemlich viel üble Nachrede. Aber das war mir von Anfang an klar. Meine Güte, wieso ist es heute nur so heiß? Kannst du nicht für Hitzefrei oder wenigstens für ein reinigendes Gewitter sorgen?«

Josef Brüggemann hatte den kleinen Tante-Emma-Laden vor ewigen Zeiten von Herbert Lölling übernommen und zahlte dem einstigen Besitzer seitdem monatlich eine vom Immobilienmakler errechnete Leibrente. »Eigentlich ein gutes Konzept«, versicherte er dem vor ihm sitzenden Markus Wissing und holte ein paar Limonaden aus dem Kühlschrank, deren Haltbarkeitsdaten schon um einiges überschritten waren. »Allerdings ergibt sich ein versicherungsmathematischer Gewinn nur dann, wenn der Lölling bald stirbt. Und danach sieht es immer noch nicht aus. Jetzt hat der sich einen Hund gekauft, geht jeden Tag spazieren und wird sicher hundert Jahre alt. Bei achtzig wäre der Kaufpreis drin gewesen. Inzwischen ist er siebenundachtzig. Ich zahl also schon seit sieben Jahren drauf. Na ja, es sei ihm vergönnt.«

Sie saßen sich im hinteren Teil seines Geschäftes an einem Resopaltisch gegenüber. Der alte Mann hatte zu Beginn ihrer Besprechung einen Eimer Wasser auf den gefliesten Fußboden gekippt und die zweiflügeligen Nord- und Ostfenster geöffnet, sodass der Raum durch die verdunstende Feuchtigkeit angenehm kühl wirkte. Seit mehr als einer Stunde hatte die Ladenglocke nicht mehr geläutet. Um die Mittagszeit hatte ein kleiner Junge fünf Lakritzschnecken für fünfzig Cent erworben. Josef Brüggemann gestand, dass das sein erster Umsatz dieses Tages war. »Ich müsste den Laden eigentlich dichtmachen. Die Leute haben ein Auto und fahren damit in die Einkaufszentren, da ist es ja auch oft günstiger.« Seine von Altersflecken übersäten Hände zitterten, als er seinem Gast den Flaschenöffner reichte. »Aber ich kann doch nicht einfach nichts mehr tun? Das wäre mein Ende! Nee, da stehe ich lieber morgens auf und gehe in den Laden, und ab und zu kommt ja auch mal ein Kunde. Und jetzt mit dem Angebot … da bleib ich erst mal dran.«

Als Markus Wissing vorhin den Laden betreten hatte, war Brüggemann voller Erwartung nach vorne geschlurft und hatte hoffnungsfroh den Kopf gehoben. »Was darf es denn sein?«

Markus hatte ihm seinen Dienstausweis vor die Nase gehalten. Daraufhin hatte Brüggemann mit einer fahrigen Handbewegung sein Hörgerät eingeschaltet. »Gut, dann reden wir. Kommen Sie. Besuch ist auch willkommen.«

Der Inhaber und einzige Angestellte des Lebensmittelgeschäftes hatte Markus in sein »Büro« geführt, das mit den vollgepackten Wandregalen, dem Kühlschrank und dem weißen Tisch mit den Plastikstühlen eher einer Vorratskammer glich.

Grundsätzlich kamen Kunden nur noch zu ihm, wenn so fundamentale Dinge fehlten wie Zucker, Babywindeln, Salz, Duschgel, Milch oder Klopapier, erfuhr Markus im Laufe des Gesprächs. »Aber ich kann mein Sortiment ja nicht allein darauf beschränken, oder?« Fragend richtete Brüggemann seine blassblauen Augen auf den Kriminalhauptmeister.

»Vermutlich nicht«, wich der aus und sah sich um. Eigentlich gehörte alles hier abgerissen, es sah ja aus wie aus dem letzten Jahrtausend.

»Sie wollen modernisieren?«, fragte er.

Brüggemann nickte. »Da gibt's doch die Luna-Kette. Kennen Sie die?« Er wartete Markus' Antwort gar nicht erst ab, sondern fuhr mit plötzlicher Begeisterung fort: »Die wollen mir jeden Monat viertausend Euro Miete für diesen Laden zahlen, weil der so günstig liegt. Aber vorher muss ich ein Kühlhaus einbauen. Sonst wird das nichts. Und ehrlich gesagt, ich brauch das Geld, schon allein um den Lölling zu finanzieren.«

Markus stellte sich dumm. »Ein Kühlhaus, und warum machen Sie das nicht?«

»Wollte ich ja, aber der Kalupka wollte mir keinen Kredit geben. Ich hab ihm verraten, dass ich natürlich nicht meinen ganzen Besitz auf die Sparkasse trag. Dann wollte er von mir wissen, wie viel ich denn noch woanders angelegt habe. Das geht den doch gar nichts an, oder?« Er beugte sich vor und griff nach Markus' Hand. »Stimmt das, was da heute in der Zeitung steht, ist der gestorben?«

»Ja, aber nicht freiwillig.«

»Das kann ich mir vorstellen. Der war ja gar nicht kundenfreundlich. Wenn der meinen Laden gehabt hätte, bei dem hätte keiner was gekauft. Man muss seinem Gegenüber mit Respekt begegnen, wissen Sie? Sonst wird das nichts.«

Markus unterbrach ihn. »Und was wird jetzt aus dem Kühlhaus?«

»Die wollen sich selbst drum kümmern, diese Lunas. Haben sie jedenfalls gesagt.«

»Wer genau hat das gesagt?«

»Warten Sie mal.« Josef Brüggemann zog die Schublade des Resopaltisches auf. »Die hier.« Er drückte dem Kriminalhauptmeister zwei Visitenkarten in die Hand. »Würden Sie da vielleicht mal für mich nachfragen? Wann das denn endlich losgehen kann mit dem Umbau? Sie können das sicher besser als ich.«

»Mach ich doch gerne.«

Zufrieden schaltete Melanie Dierks in den fünften Gang und tippte erneut mit der rechten Schuhspitze ihrer Gesundheitssandale auf das Gaspedal. Die Klimaanlage im Inneren des Wagens lief auf Hochtouren. Draußen rauschte die Landschaft vorbei, staubig und wie erstarrt in der Hitze. Die Straße verlief fast schnurgerade zwischen Feldern und Wiesen. Gleich hinter dem kleinen Flugplatz von Oerlinghausen schaltete sie ihr Handy ein.

»Hedwig, ich melde mich von meiner Befragung zurück und bin nun auf dem Weg nach Kalverode.«

Als wäre sie selbst ermittelnde Mitarbeiterin, hakte Hedwig nach: »Und – wichtige neue Erkenntnisse?«

Melanie schüttelte den Kopf. »Nee, kann man so nicht sagen.« Sie grinste in sich hinein. Das mit dem Schutzengelgedicht ging vorerst niemanden etwas an. Es war ihr ganz persönliches Ass im Ärmel, sollte Annalena sich weiterhin so aufführen. »Beste Grüße von Jörg übrigens, der hat mir Amtshilfe geleistet, kennt sich schon einigermaßen aus in Gütersloh. Also, dem geht's da richtig gut. Supercooles Büro hat der. Mein lieber Scholli. Steht bei euch was Neues an?«

»Kannste um fünf hier sein? Annalena will noch eine Lagebesprechung machen.«

»Sag doch gleich, dass sie die Arbeit neu verteilen will.« Melanie seufzte theatralisch. »Aber bis fünf schaff ich's gut. Bis später dann.«

Sie klickte das Gespräch weg, drehte das Autoradio auf volle Lautstärke und sang laut mit, als Udo Lindenberg behauptete: »Ein Herz kann man nicht reparieren.« Zum ersten Mal seit ihrem Dienstantritt in Kalverode war Melanie Dierks richtig zufrieden mit ihrem Job. So, genau so machte Ermittlungsarbeit Spaß. So musste es sein.

Da wusste sie noch nicht, dass sie bereits drei Stunden später ein Herz zu reparieren hatte.

Aus irgendwelchen geheimnisvollen Schränken hatte Hedwig einen Nachschub an staubtrockenen Weihnachtsplätzchen geholt und eine Schüssel voller Zimtbollen, Kokosmakronen, Heidesand und Bethmännchen auf der Tischmitte platziert.

Die Uhr im Konferenz- und Mehrzweckraum zeigte exakt fünf vor fünf, als sie ihr Laptop auf den Besprechungstisch stellte. Eigentlich fand Hedwig es gut, wenn alle um sie herumsaßen – nur das mit dem Protokollschreiben war lästig, und diese Aufgabe blieb natürlich immer an ihr hängen.

Sie wischte sich den Schweiß von der Stirn. Jetzt eine kalte Dusche statt hitziger Diskussionen – das wär's. Im Keller des Amtshauses gab es sogar eine Dusche, aber die war gerade von den Kollegen Krabbe und Lütke-Tillmann belegt. Hedwig Hagenkötter konnte sich an keinen Sommer erinnern, der so heiß gewesen war. Und sie hatte einige Sommer erlebt.

Hedwig seufzte. Hoffentlich ging das auf Dauer gut mit den beiden Kommissarinnen. Die waren ja wie Feuer und Wasser. Sie persönlich hielt nicht viel von Gegensätzen, die sich angeblich ergänzten. Diese Weisheit hatte der Chef garantiert aus einem seiner Sprüchekalender. Man musste schon irgendwie darauf achten, dass die Leute auch sonst zueinanderpassten.

In diesem Moment betraten Krabbe und Lütke-Tillmann frisch geduscht und mit nassen, zerzausten Haaren den Konferenzraum, und Hedwig fragte sich, ob sie keinen Kamm dabeihatten. Kopfschüttelnd sah sie zu, wie die zwei sich mit Heißhunger über die harten Weihnachtsplätzchen hermachten, und wünschte ihnen guten Appetit. Die hatten wirklich beneidenswert gute Zähne.

»Was steht an?«, wollte Heinz Krabbe mit vollem Mund wissen.

»Zwischenbericht und neue Aufgabenverteilung«, antwortete Hedwig kurz und zog besorgt die Stirn kraus. »Hoffentlich kommen alle. Sonst gibt's ein Informationsloch, und wer ist dann wieder schuld? Garantiert ich.«

»War ja keiner wirklich weit weg«, beruhigte Wilfried sie und griff nach dem gläsernen Teekrug, in dem große Eiswürfel schwammen.

»Doch, doch«, widersprach die Sachbearbeiterin und putzte sich die Brille. »Melanie war in Gütersloh und hat dort mit Jörg Ottenhöver und der Witwe gesprochen.«

»Da kommt doch sowieso nix bei rum.« Heinz Krabbe lümmelte sich in seinem Stuhl. »Außer dass sie einen schönen Ausflug gemacht hat. Hat sie etwa den neuen Dienstwagen genommen?«

Hedwig nickte.

»Da hättste besser mich schicken sollen«, lamentierte Wilfried. »Vermutlich fährt die so chaotisch, wie ihr Schreibtisch aussieht!«

»Nein, tut sie nicht«, verkündete Melanie, die in diesem Moment in den Raum trat, und warf den Autoschlüssel mit einer eleganten Geste auf den Tisch. »Sogar das Fahrtenbuch hat sie ausgefüllt, um weiter in der dritten Person Einzahl zu sprechen. Puh, war das anstrengend.«

Sie ließ sich auf den Stuhl neben Heinz Krabbe fallen und wischte sich die schweißnasse Stirn. »Und diese Hitze!« Geistesabwesend griff sie in seinen Plätzchenberg und kommentierte mit vollem Mund: »Der Heidesand ist wirklich sandig. Wo sind denn die anderen?«

»Im Anmarsch«, versicherte Hedwig und versuchte, die drei auf ihre Seite zu ziehen. »Macht einfach mal kurz, bringt es auf den Punkt. Kein unnötiges Gelaber. Dann habe ich nicht so viel Arbeit. Meint ihr, das geht?«

Tatsächlich sollte es ihnen an diesem späten Nachmittag gelingen, die Besprechung auf weniger als eine Stunde zu beschränken. Hedwigs Finger flogen nur so über die Tastatur, als sie festhielt, wer gerade was machte, und sich darauf konzentrierte, den Stand der Dinge so knapp wie möglich zusammenzufassen. Vermutlich verlief die Besprechung auch deshalb ohne großes Herumgerede, weil sie alle so unglaublich erschöpft waren. Nachdenklich ließ Annalena die Blicke über ihre Truppe wandern: Einzig Hedwig saß aufrecht auf ihrem ergonomischen Sitzkissen und tippte mit weltmeisterlicher Geschwindigkeit. Sie war davon überzeugt, dass die immer noch über der Stadt liegende Saharahitze die Energie ihrer Kollegen hatte verdunsten lassen.

So gut wie keine Kommentare fielen, als Markus von seinem Besuch in Brüggemanns Laden berichtete und den Namen eines Kalveroder Maklers erwähnte, der sich im Auftrag der Firma Luna um den Umbau und das neue Kühlhaus kümmern sollte. Markus schlug vor, bei der amtierenden Assistentin der Sparkassenfiliale nachzufragen, ob dieser Herr in den letzten Wochen ein Gespräch mit Felix Kalupka gehabt habe.

»Gut, dass ich den Terminkalender vom Kalupka konfisziert habe«, warf Ewald ein und blickte erwartungsvoll zu Annalena, die in dem Planer des Sparkassendirektors blätterte und nach dem Namen des Maklers suchte. »Kein Eintrag«, stellte sie fest. »Weder vor noch nach unserem Stichtag.«

»Ich schreib da lieber Falldatum«, sagte Hedwig und grinste. »Der ist ja nicht erstochen worden, sondern die Treppe runtergefallen.« Niemand lachte.

Auf der Mitte des Tisches verdampften die Eiswürfel.

Unkommentiert blieb auch Annalenas Schilderung ihres Besuchs bei der amtierenden Kindergärtnerin aus Kalverode. »Frau Uhlenbrock liegt derzeit im Krankenhaus«, gab Annalena zu Protokoll. »Ich habe mit dem Sohn gesprochen. Sebastian Uhlenbrock versucht, ein paar Tage freizubekommen, und will sich dann um sie kümmern.«

»Wieso war die denn heute so geschockt? Ich hab ihr doch gestern schon gesagt, dass der Kalupka tot ist«, wunderte sich Markus Wissing und berichtete kurz von seinem Telefonat mit Nicole. »Das hatse verdrängt«, warf Hedwig ein und starrte dann wieder auf ihren Bildschirm.

»Der Zusammenbruch war nicht vorgetäuscht«, erklärte Annalena. »Sie hat vermutlich erst im Gespräch mit mir den Tod ihres Freundes realisiert.«

Damit war auch dieser Punkt abgehakt.

Melanie Dierks fächelte sich mit dem Ende ihres Zopfes Kühlung zu und berichtete kurz und knapp von ihrem Besuch bei der Witwe Kalupka. Annalena wunderte sich. Hatte die Neue vielleicht sogar Mitleid mit der kranken Frau?

»Bist du dann auch noch bei ihrem Freund vorbeigefahren«, fragte sie nach.

»Wie denn? Der arbeitet doch«, schoss Melanie zurück und setzte sich ein wenig aufrechter hin.

Ewald Schmeing hob den Zeigefinger und hub zu einer Belehrung an. »Dass ein möglicher Zeuge seiner Tätigkeit nachgeht, sollte niemanden von uns daran hindern, ihn dennoch zu befragen. Polizeiarbeit ist Polizeiarbeit.«

Verächtlich tippte sich Melanie mit der Spitze ihres Zopfes gegen die Stirn. »Dieser Schulze-Kottig hat ja wohl gar nichts damit zu tun. Er ist nur zufällig grad der bedauernswerte Freund einer verlassenen und kranken Frau. Ich habe mit Jörg darüber gesprochen, und der ist ganz meiner Meinung. Bloß nicht zu weite Kreise ziehen. Dann kommen wir nur innen Tüdel, das hat er gesagt. Ein sehr netter Kollege übrigens.« Sie bedachte Annalena mit einem übertriebenen Lächeln.

Die blieb gelassen. »Ich leite die Ermittlungen. Hedwig, halt doch bitte fest, dass die Befragung dieses Schulze-Kottig noch aussteht.«

»Wenn die Chefin das so will ... Ist mir doch wurscht.« Melanie beugte sich zur Mitte des Tisches und versorgte sich mit Zimtbollen.

Betont freundlich wandte Annalena sich an den Kriminaloberrat. »Hedwig sagte, du seist schon mal den vielversprechendsten telefonischen Hinweisen zur Ringfahndung nachgegangen. Neue Erkenntnisse?«

»Na ja«, brummte Ewald Schmeing. »Ist alles nicht so einfach. Weil ich nicht gleich mit der Tür ins Haus fallen wollte, hab ich mal versucht, undercover zu ermitteln.« Sein Seufzer klang gereizt. »Eine Erkenntnis ist auf jeden Fall die, dass keiner mehr richtig hinguckt. Nicht ein Einziger von den Verdächtigen trug einen Ring am Mittelfinger. Weder rechts noch links. Als Erstes hab ich mir vom Metzger Gulasch aufschneiden lassen. Ringfrei. Anschließend war ich beim Friseur, dann beim Schuster und dann noch in der Eisenwarenhandlung, wo auch einer von den angeblich so dubiosen Subjekten zu finden war. Keiner trug einen Ring, und keiner hatte am Mittelfinger der rechten Hand einen weißen Streifen. Und dann hatte ich die Schnauze voll!« Er warf Hedwig einen finsteren Blick zu. »Du musst auch nicht alles glauben, was dir die Leute so erzählen!«

»Wer wollte denn, dass ich alles aufschreibe?«, giftete diese zurück.

Annalena hob beide Hände. »Das haben wir uns ja gleich gedacht, dass keiner wirklich hinguckt. Die Leute fragen sich stattdessen, wer könnte einen Ring tragen, und vor allem: Wer hat mich in letzter Zeit geärgert? Und dann rufen sie hier an. Sag mal, wie viele Namen hast du denn nun?«

»Als ich zuletzt gezählt habe, waren es schon mehr als zweihundert.«

»Nee, das lassen wir erst mal so stehen«, entschied Ewald schnell. »Da haben sich nur Wichtigtuer gemeldet. Hier in Kalverode gibt es vermutlich niemanden, der einen Ring am Mittelfinger trägt. So ein neumodischer Schnickschnack! Wir hätten diese Information gar nicht an die Zeitung geben sollen. Mit diesem Quatsch haben wir uns jetzt den Ärger und die Mehrarbeit eingehandelt.«

Alle schwiegen und starrten auf den Tisch. »Was machst du eigentlich gerade, Horst?«, lenkte Schmeing von der Ringfahndung ab.

Toplischek räusperte sich. »Ich check immer noch die ein- und ausgegangenen SMS und die Anrufe auf den bunten Handys. Sind alles Prepaidnummern, genau wie die Handys der Empfängerinnen selbst. Deswegen kann ich auch die Nummern nicht zuordnen. Dieser Typ war einfach gnadenlos gut organisiert. Vermutlich hat er sich sogar eine Erinnerungsfunktion auf seine Armbanduhr gespeichert oder wo auch immer, auf jeden Fall hat er die unterschiedlichen Handys täglich ein- bis zweimal bedient. Unglaublich.«

»Hat er die Damen eigentlich mit ihren Namen angesprochen?«, fragte Annalena.

»Nein, nur Schätzchen, Prinzessin, mein Herz, meine Liebste und Schnuckelchen, und das gleichmäßig auf alle verteilt...« Er steckte sich ein Pfefferminzbonbon in den Mund. »Ihr hattet doch schon eine Idee, was ihr mit den Handys macht.«

»Nämlich?« Der Kriminaloberrat hob die Augenbrauen.

Annalena legte ihm die Hand auf den Arm. »Später«, sagte sie und wandte sich an die frisch geduschten Oberwachtmeister, deren Haare mittlerweile getrocknet waren. »Gibt's bei euch was Neues?«

»Keine neuen Tapetentüren.« Bedauernd hob Heinz Krabbe die Schultern. »Wir haben aber nach Rücksprache mit Horst das ganze Treppenhaus in der Villa mit Luminol präpariert. Vielleicht finden wir so noch ein paar Blutspritzer. Daher müssen wir heute Nacht noch mal hin.«

»Und was soll das bringen?« Ewald zog die Stirn kraus.

»Kann doch sein, dass es da Blutspuren gibt, die wir übersehen haben.«

»Meinetwegen.« Ewald nickte. »Das wär's für heute?«

»Stopp!« Annalena stand auf. »Wir können uns keinen Leerlauf leisten. Und auch kein Wochenende. Wir arbeiten gegen die Zeit, und deshalb will ich schon jetzt die Aufgaben für morgen festlegen. Ach ja, da komm ich übrigens später.« Sie log. »Ich muss noch was für meinen Vater erledigen. Nur dass ihr es wisst.«

»Okay, lass hören, aber dann will ich heim«, murmelte Krabbe, und Melanie nickte zustimmend.

Als Annalena das sah, drückte sie ihrer Kollegin absichtlich jene Aufgabe aufs Auge, die unbedingt noch heute erledigt werden musste.

13. Kapitel

Alles, was ihr widerfuhr, war Literatur. Anderes ließ sie gar nicht an sich heran. Sie war davon überzeugt, ihre Sinne so geschärft zu haben, dass die den unbedeutenden Rest der Welt wegfilterten, damit sie sich auf das Wesentliche konzentrieren konnte. Ein ausschlaggebender Impuls beispielsweise waren für Nina Mentrop die Tragik und die Komik der menschlichen Existenz. Aber um das wahrzunehmen, brauchte es Abstand. Und daran arbeitete sie.

Während ihrer Ausbildung zur Textilmechanikerin hatte sie gelernt, abgerissene Fäden an den Ringspinnmaschinen in Windeseile zusammenzufügen und den automatischen Knotern sowie den Kettfadenwächtern zu misstrauen. Als Herrin über ein Dutzend Webstühle flitzte sie auf Inlineskatern und mit dicken Ohrenschützern zwischen den klappernden und dröhnenden Maschinen hin und her. In diesen Stunden gab es in ihrem Kopf Stille und Raum zum Nachdenken.

»Das menschliche Miteinander erinnert mich oftmals an ein Stück lausig gewebten Stoff«, lautete ihr erster Tagebucheintrag, in dem sich ihr Brotberuf mit ihrer Berufung als künftige Schriftstellerin verband. »Knoten, zerrissene Fäden, brutal zusammengekettete Enden. Aber ein solcher Fetzen ist nicht nur hässlich, sondern gleichzeitig einmalig und kann – wenn man ihn aus dem richtigen Blickwinkel betrachtet – gelegentlich von eigenartiger Schönheit sein.« Insgeheim hielt sie sich für eine Philosophin.

Nina Mentrop wusste, dass man ihr wegen ihres eher mittelmäßigen Realschulabschlusses solche Gedanken nicht zutraute, und deshalb behielt sie sie für sich. Seit ihrem sechzehnten Lebensjahr schrieb sie an ihrem Wochenbuch, das sie deshalb so nannte, weil ihr nicht an jedem Tag ein Stück Literatur begegnete. Sie glaubte an die Liebe und fühlte sich aufgehoben in der Gewissheit, dass Menschen und Textilien mehr Ähnlichkeiten aufwiesen, als man gemeinhin dachte. Vor allem Textilien und Männer: Da gab es beispielsweise den glamourös glänzenden Kreppsatin, den man nur anheben musste, um dessen matter Kehrseite ansichtig zu werden, sowie einen sich spröde gebenden borkigen Seersucker, dessen Längsfäden unter ziemlicher Spannung standen, glattes, knitterfreudiges, aber vertrauenerweckendes Leinen, das sich allen Gelegenheiten anpasste, sowie das aus unregelmäßigen Garnen gewebte Bouclé mit knotigen Einsprengseln.

Der Typ, der ihr seit zwei Monaten den Hof machte, ließ sie an flauschiges Veloursfrottee mit aufgeschnittenen Schlingen denken. Alles lag offen da, und der Sex mit ihm hatte die behagliche, aber auch etwas langweilige Qualität eines hochgeschlossenen Nachthemds aus wollweißem Flanell.

Er war achtundzwanzig Jahre älter als sie, und dass er offensichtlich log, war das einzig Interessante an ihm und machte sie neugierig. Er hatte sich ihr als Magnus vorgestellt. In Ninas Welt kamen solche Namen nicht vor. Höchstens als Eissorte.

Dieser Magnus hatte sie tatsächlich ins Kino eingeladen und dort ihre Hand gehalten. Das fand sie schon altmodisch genug, aber irgendwie auch süß. So hatte alles begonnen, und beim zweiten Treffen hatte er ihr ein rotes Handy mitgebracht, in dem neben den üblichen Notrufnummern einzig sein Name und seine Nummer eingespeichert waren. »Ein Rotes für dich und ein Rotes für mich. Rot wie die Liebe, rot wie Blut, unser direkter Draht zueinander«, hatte sie in ihrem Wochenbuch festgehalten und knapp angemerkt: »Der lässt auch keinen Kitsch aus« – aber solange kein anderer Typ auf der Matte stand, war es auszuhalten. Man musste nehmen, was kam.

Magnus hatte nur mittwochs Zeit. Ein viel beschäftigter Mann. Mittwochs führte er Nina aus, kroch zu ihr ins Bettchen – wie er es nannte – und krabbelte morgens um vier wieder hinaus in einen wie auch immer zu meisternden Tag. Die Textilmechanikerin fragte sich, was für einen Job er haben mochte. Er sah nicht aus wie ein Bäcker oder Müllmann. Dazu hatte er viel zu gepflegte Hände. Aber gab es außer den Leuten vom Abfallwirtschaftsamt oder in Brotfabriken überhaupt noch Berufsgruppen, die so früh ihren Dienst antraten? Sie fragte ihn nicht. Ließ sich von ihm ausführen, aushalten und hörte zu, wenn er erzählte. Er sprach gern über Geld. Wie man es vermehren könne und wo Abgründe, Fallen und Hinterhalte lauerten. Dass es auf Schnelligkeit und eine gute Nase ankomme. Da er sie großzügig beschenkte, schien er die Tücken des Finanzmarktes zu kennen und elegant zu umschiffen. Er hatte schöne blaue Augen, eine rand- und fleckenlose Brille, einen leicht rötlichen Bartschatten und ungewöhnlich spitze Ohren. Er trug immer schwarze Seidenhemden und viel zu bunte Krawatten. Nina mochte keine Seide. Wie konnte man nur auf Idee kommen, sich in Speichelfäden von Raupen zu hüllen? Eklig. Aber auch das sagte sie ihm nicht. Er war nicht der Mann ihres Lebens, nur ein Gefährte für einen überschaubaren Zeitabschnitt. Er war zu alt für sie, und wenn das, was er ihr an Liebe bot, wirklich alles sein sollte – danke bestens. So stand es in ihrem Wochenbuch. Sie wollte mehr.

Er schien Frauen zu bevorzugen, die ihn anhimmelten und nichts infrage stellten. Auch diese Erkenntnis hatte sie schriftlich festgehalten und darüber nachgedacht, wie der Gegenpart eines solchen Helden aussehen könnte, wäre er beispielsweise die Hauptfigur in einem spannenden und von Nina Mentrop noch zu verfassenden Roman. Einem derart seidenweichen und flexiblen Mann mit satinierter Oberfläche müsste eine wirklich gute Schriftstellerin eine gradlinige Frau mit kochfester, unflexibler und jeansstoffharter Weiblichkeit gegenüberstellen.

Am vergangenen Mittwoch hatte Magnus sich nicht gemeldet. Auch nicht am Donnerstag. Und ausgerechnet jetzt, am Freitagabend um fast zwanzig Uhr, klingelte das rote Handy und ließ seinen Namen im Display aufleuchten.

So brauchte er ihr nicht zu kommen. So nicht. Nina Mentrop drückte auf die grüne Taste und blaffte ihn an: »Du hast vorgestern nicht angerufen und gestern auch nicht. Es reicht!« Mit einem Druck auf die rote Taste beendete sie das Gespräch. Eine Superszene, wie aus einer Fernsehsoap. Zwar noch keine Literatur, aber immerhin.

Das musste sie jetzt erst einmal in ihrem Wochenbuch festhalten. Wie fühlte sie sich? Befreit, erschrocken über ihren Mut? Vermisste sie Magnus vielleicht doch schon ein ganz kleines bisschen? Hatte sie sich etwa in den vergangenen Wochen an ihn gewöhnt, gab es so was wie Vertrautheit? Sie kaute am Ende ihres Bleistiftes. Eine eigenartige Leere breitete sich in ihr aus. Aber nicht unangenehm.

Mit ausgestreckter Hand hielt Annalena Brandt das rote Handy vor sich, schüttelte den Kopf und starrte erneut auf das Display. »Steppke«. Das war die einzige eingespeicherte Kennung neben den Notrufnummern von Polizei und Feuerwehr gewesen. Also war Steppke die rote Frau. Die sieben Buchstaben verblassten auf dem kleinen Bildschirm des Handys.

Laut stellte sie sich die Frage: »Wer um Himmels willen war das denn?«

Doch niemand antwortete. Sie saß allein in Ewalds Büro. Zwei Zimmer weiter telefonierte Melanie mit dem gelben Handy, das einer Hilde zugeordnet war. Ob Melanie auch so einen Drachen erwischt hatte? Frau Rot auf jeden Fall sah rot und trug den Kosenamen »Steppke«. Interessant. Annalena stellte sich vor, dass Steppke ungewöhnlich klein, kompakt und drahtig war und wie alle kleinen Menschen besonders viel Aufmerksamkeit einforderte. Deswegen die harsche Reaktion. Steppke war beim Klingeln des roten Handys auf hundertachtzig gewesen, und wenn Annalena ganz ehrlich war, verspürte sie insgeheim so etwas wie Erleichterung. Sie hatte mit dem Schlimmsten gerechnet, mit einer zweiten Begegnung à la Nicole Uhlenbrock, der Frau, die sie als Kind für die Mächtigste aller Frauen gehalten und die sich unversehens in ein Häufchen Elend verwandelt hatte. Aber Steppke war auf Kampf getrimmt, und das machte die Sache einfacher.

Sie lehnte sich in Ewalds ledernen Schreibtischstuhl zurück und drückte die Wahlwiederholungstaste. Es klingelte fünfmal. Dann sagte eine sehr junge Stimme mit Nachdruck: »Ich will dich nie mehr sehen! Verstanden?«

Annalena fragte schnell: »Mit wem spreche ich denn?«

Augenblicklich kam die Gegenfrage: »Wie kommen Sie an das Handy? Das gehört Magnus. Sie haben es ihm geklaut, und jetzt wagen Sie es auch noch, hier anzurufen? Das ist wirklich ungeheuerlich!«

»Wer ist denn am Apparat?« Annalena notierte sich den Namen Magnus – hieß das nicht der Große, der Bedeutende? Also wirklich, das passte zu Kalupka. Der war sich ja für nichts zu schade!

»Ha, das soll ich Ihnen auch noch verraten? Das hätten Sie wohl gern!« Steppke lachte. Sie war wachsam und mit allen Wassern gewaschen.

»Hören Sie. Mein Name ist Annalena Brandt, und ich bin ermittelnde Hauptkommissarin bei der Polizei in Kalverode. Wir haben dieses Telefon im Haus des Herrn Kalupka gefunden. Es ist nur eine einzige Nummer darauf gespeichert. Die habe ich gewählt, und Sie haben sich gemeldet.«

Die Frau an einem sicher ebenso roten Telefon zögerte einen Augenblick. »Kalupka – kenne ich nicht! Wer soll das sein?«

»Vermutlich der Mann, der Sie normalerweise unter dieser Nummer anruft. Wie haben Sie ihn genannt? Magnus?«

»Hm.« Nina Mentrop schluckte. Das also war sein Geheimnis: ein falscher Name. Wie banal. Sie hätte mehr von ihm erwartet. Und er besaß ein Haus. Dann hatte er vermutlich doch einen guten Job. Aber was machte diese Frau mit seinem Handy?

»Woher soll ich wissen, dass Sie von der Polizei sind? Nur weil Sie mit seinem Mobilteil anrufen?«

»Sie sind vorsichtig, das ist gut«, konstatierte Annalena. »Ich bin Kriminalkommissarin bei der Polizei in Kalverode. Sie können mich auf dem Festnetz zurückrufen. Warten Sie, hier ist die Nummer.«

»Nee, nee, da kann ja jeder kommen. Ich leg jetzt auf, such im Internet nach der Polizeistation und ruf dort an. Und dann sehen wir mal weiter.«

Ganz schön schlau, dachte Annalena und schlug vor: «Wir könnten ein Passwort vereinbaren, was halten Sie beispielsweise von Steppke?«

Die Frau am anderen Ende zögerte und legte auf.

Annalena beschloss, ihr zwanzig Minuten Zeit zu geben. Sie sah auf die Uhr. Es war genau neunzehn Uhr und fünfundvierzig Minuten.

Dass diese Kommissarin »Steppke« gesagt hatte, hinterließ eine eigenartige Ahnung bei Nina Mentrop. Irgendwas stimmt nicht, und ein flaues Gefühl im Magen signalisierte ihr: Magnus war etwas passiert. War er möglicherweise doch in einen Abgrund seiner Geldgeschäfte gestürzt? Von solchen Abstürzen hatte er gern geredet und sich dabei angehört wie ein Fallschirmspringer vor großen Sprüngen aus aufsehenerregenden

Höhen. Seine Aktionen waren weder durch Netze noch durch doppelte Böden abgesichert. Er würde, wenn er fiel, verdammt tief stürzen. Unaufhaltsam.

Für derart brenzlige Unternehmen hätte nicht einmal sie ihm ein Netz knüpfen können. Und sie kannte sich aus mit Netzen. Stattdessen hatte sie ihm ein dunkelgraues Leinensäckchen gewebt und mit acht Euromünzen gefüllt. Zahlenmystisch gesehen stand die Acht für Erfolg, und Erfolg, das hatte sie sofort herausgehört, war ihm wichtig.

Nina Mentrop duschte kalt, wickelte sich in ein flauschiges Veloursfrotteetuch und ließ sich von der Auskunft mit der Polizeistation in Kalverode verbinden. Es war genau zwanzig Uhr und vier Minuten.

Die Katze hieß Stella, trug ein dichtes silbergraues Fell und hatte sich seit zwölf Uhr Mittag das Lamento ihres Frauchens anhören müssen. Jetzt war es neunzehn Uhr dreißig, und Hilde Möllensiep klagte immer noch. Stella miaute laut und bestätigend, gab ihrer Besitzerin in allem recht und strich ihr tröstend um die Beine. Dankbar füllte das Frauchen den Napf und jammerte mit weinerlicher Stimme, sie hätte sich niemals auf die Sache einlassen sollen und dass es ihr eigener Fehler gewesen sei.

»Was für eine absurde Situation«, bekam die Katze zu hören und wurde darüber unterrichtet, dass es sich nicht gehörte, als verheiratete Frau eine Liebschaft zu beginnen, und schon gar nicht mit einem Mann, der fast zwanzig Jahre älter und dann auch noch geschieden war. Was hatte sie sich nur dabei gedacht? Hatte sich das gelohnt, für so 'n bissken Kitzel und Abenteuer und nur weil das Leben so schnell vorüberging? Sie musste verrückt gewesen sein.

Nun war er tot. Das hatte heute in der Zeitung gestanden. Erst die Gerüchte um eine angebliche Geldwäsche in der Sparkasse und dass er gefangen genommen und in Untersuchungshaft gebracht worden sei – und nun das. Mein Gott, hatten die ihn in der Untersuchungshaft etwa gefoltert? Konnte so etwas geschehen, hier, in diesem Land?

An Hildes Arbeitsplatz, der Meldebehörde von Kalverode, war der tote Sparkassendirektor das Thema des Vormittags gewesen, und vor allem die Kollegin aus dem Standesamt, die ja auch das Sterberegister führte, tat so, als sei ausgerechnet sie persönlich betroffen. »So jung – und schon weilt er nicht mehr unter uns«, jammerte sie lauthals, und erst viel später sollte Hilde Möllensiep erfahren, dass die Standesbeamtin in genau dieser Woche einen Besprechungstermin bei Felix Kalupka gehabt hätte. Diese falsche Schlange. Vermutlich weinte sie nur um die verlorene Aussicht auf einen Kredit, während sie selbst um einen wirklichen Menschen hätte weinen wollen, aber sie musste vor den anderen so tun, als kenne sie ihn nur flüchtig. Das, vor allem das, war verdammt schwer gewesen. Wenigstens der Katze konnte sie nun ihr Leid klagen. »Miau«, bestätigte Stella und wies vorwurfsvoll auf ihren hastig geleerten Napf.

Das Pfand ihrer Liebe war ein gelbes Handy. Gelb wie die Sonne. Hilde Möllensiep hatte es mit in ihr Büro genommen und dort wie eine Versicherung gegen die Monotonie des Alltags in ihre Schreibtischschublade gelegt. Sie brauchte die Lade nur aufzuziehen, das kleine Telefon nur anzusehen, um sich wie eine Prinzessin zu fühlen. Schön und begehrt. Auch zu Hause trug sie dieses Handy mit sich herum. Da war es dann ihr Herzschrittmacher, besser: ihr Herzklopfenverursacher, und war immer dann angeschaltet, wenn ihr Mann unterwegs war. Und Ingo Möllensiep war viel unterwegs. Er arbeitete als Koch auf einer Bohrinsel und kam nach seinen vierwöchigen Einsätzen für eine Woche auf Heimaturlaub zurück. Dann musste er sich ausruhen und sah vor allem fern oder schlief.

Hilde Möllensiep war siebenundzwanzig, ein bisschen zu viel allein und davon überzeugt, dass das Leben mehr für sie bereithalten musste als diese rhythmische Abfolge verschiedener Facetten der immer gleichen Langeweile.

Insofern war ihr die Geschichte mit Felix Kalupka gerade recht gekommen. Er war zu einem Zeitpunkt in ihr Leben getreten, als sich dort gerade eine Lücke auftat. Vielleicht war es auch einfach so gewesen, dass sie diese lähmende Leere zum ersten Mal bewusst bemerkt hatte. Die füllte er mit Koseworten, kleinen Geschenken, Küssen und Komplimenten. Er hatte sie im Morgengrauen verlassen, damit es kein Gerede gab, erfuhr die Katze Stella nun und miaute verständnisvoll. Dabei war sie dem nächtlichen Besucher oft genug um die Beine gestrichen. »Ja, hier in Kalverode wird gern und viel geredet«, wiederholte Hilde Möllensiep.

Sie rief sich all die Zärtlichkeiten ins Gedächtnis, die sie über das Handy miteinander ausgetauscht hatten, erinnerte sich an Felix' begehrliches Stöhnen, ihr lustvolles Kichern, an all die Anspielungen, die sie wie eine Geheimsprache kultiviert hatten. Während der Koch auf seiner Bohrinsel kochte, Brot buk und in sämigen Soßen rührte, teilte seine Ehefrau ihr Bett mit dem Montagsmann. So nannte sie ihn, weil sich das schon fast wie Ehemann anhörte. Auf jeden Fall längst nicht so verräterisch wie Verhältnis, Lover, Liebhaber oder gar Affäre – diesen Worten haftete etwas zutiefst Unseriöses an.

»Liebhaber – habe ich ihn wirklich liebgehabt?«, wollte sie nun von der Katze wissen, aber Stella hatte sich zusammengerollt und schnurrte. »Ein bisschen schon«, gestand Hilde sich ein und streichelte das Handy – stellvertretend für Felix' Haut. Wo er jetzt sein mochte? War seine Seele bei ihr, hier in diesem Zimmer? Unheimlich war das schon. Er würde von nun an immer bei ihr sein, alles hören und sehen, ja, vermutlich sogar wissen, was sie dachte. Sie bekam eine Gänsehaut.

In genau diesem Augenblick vibrierte das kleine gelbe Telefon, und Hilde Möllensiep erschrak dermaßen, dass sie es fallen ließ. Es klingelte weiter. Als sie sich danach bückte, las sie auf dem Display das, was immer erschienen war, wenn er sich bei ihr meldete und was er für sie einprogrammiert hatte: »Für Hilde, meine Schöne, meine Wilde.«

Hilde Möllensiep zitterte.

Dass jemand aus dem Jenseits bei ihr anrief, konnte doch nicht sein. Vielleicht war sie ja verrückt geworden? Aber das Teil vibrierte und klingelte weiter, ganz im Hier und im Jetzt. Das konnte nur bedeuten: Felix lebte noch. Hildes Herz klopfte. Die von der Zeitung hatten sich geirrt. So was las man ja immer wieder. Falschmeldungen, Zeitungsenten, Rufmorde. Trotzdem war ihr nicht ganz wohl bei der Sache.

Mit eiskaltem Finger drückte sie auf die Verbindungstaste und hauchte: »Ja?«

Melanie Dierks wollte nach Hause. Dieser Tag war viel zu lang gewesen. Und vor allen Dingen viel zu heiß. In ihrer Dreizimmerwohnung stapelten sich unausgepackte Umzugskisten, in deren Tiefen gebügelte T-Shirts auf sie warteten. Sie sehnte sich nach einer Dusche, nach einem flauschigen Badetuch und stellte sich vor, zumindest die Kleiderkartons zu leeren und die Schränke mit sauberer Wäsche zu füllen.

Vor allem deshalb empfand sie es als reine Schikane, ausgerechnet jetzt noch das gelbe Handy überprüfen zu müssen. Wenn Annalena schon alles an sich riss, hätte sie ja bei den beiden Unbekannten anrufen können.

Melanie stellte eine Wasserflasche vor sich auf den Schreibtisch, zog die Schuhe aus und legte ihre nackten Füße auf die verkratzte Schreibtischplatte. Sie wackelte mit den Zehen. Dabei dachte sie an Jörg Ottenhövers Büro im schönen Gütersloh. Der hatte es verdammt gut getroffen, und bestimmt war der längst zu Hause. Der hatte auch keine Sonderschicht an diesem heißen Wochenende. Sie stöhnte. Was sollte eine solche Befragung denn schon bringen? Diese »Telefonjoker«, wie Hedwig sie liebevoll genannt hatte, konnten den Kalupka gar nicht umgebracht haben. Es sei denn, sie wogen hundert Kilo, waren mindestens einen Meter neunzig groß und trugen am Mittelfinger der rechten Hand einen Ring. Und vom wahren Felix Kalupka wussten die auch nichts. Der hatte doch jeder seiner Geliebten eine andere Welt vorgesponnen. Jede hatte genau das von ihm gekriegt, was sie offensichtlich brauchte. Das, was Annalena von ihrem Gespräch mit Nicole Uhlenbrock berichtet hatte, war symptomatisch für alle. Diese Mare hatte ja nicht einmal seinen Nachnamen gewusst und sich von einem falschen Vornamen blenden lassen.

Wozu also das Ganze? Reine Zeitverschwendung.

Genervt drückte sie auf den einzigen Eintrag im Telefonspeicher des gelben Handys. Nach dem vierten Läuten meldete sich eine leise Frauenstimme. »Ja?«

»Hallo, hier ist die Polizei. Mit wem spreche ich denn?«

Die Stimme am anderen Ende zitterte. »Wer sind Sie?«

»Da haben Sie wohl mit jemand anderem gerechnet, oder?«, meinte Melanie von oben herab. »Ich bin Melanie Dierks, ermittelnde Kriminalkommissarin in Kalverode. Und ich rufe an, weil sich der Herr, auf dessen Anruf Sie zu warten scheinen, garantiert nie wieder bei Ihnen melden wird.«

Am anderen Ende der Leitung blieb es still.

»Hallo, sind Sie noch dran?«, fragte Melanie nach einer Weile mit dem Anflug eines schlechten Gewissens.

Das zweite »Ja« in diesem Telefonat kam mit einer noch kleineren Stimme.

»Ich brauche Ihren Namen und Ihre Adresse«, fuhr Melanie entschlossen fort und dachte an die Dusche in ihrer kleinen Wohnung und ihr nach Äpfeln duftendes Waschgel. Da gehörte sie jetzt hin. Und nicht an diesen Schreibtisch.

»Was ist mit Felix? Was ist ihm passiert?«, fragte die Frau.

Melanie seufzte nervös. »Sie haben doch sicher Zeitung gelesen. Da steht alles drin. Hören Sie, wir haben dieses Handy im Nachlass des Verstorbenen gefunden. Es ist nur eine einzige Nummer gespeichert. Sind Sie Hilde?«

»Ja.«

»Gut, dann brauche ich noch Ihren Nachnamen und Ihre Adresse.« Melanie klang gereizt. Es war ein Kreuz mit diesen Prepaidhandys. Die sollten verboten werden. Je mehr es davon gab, umso anonymer wurde die Welt und desto komplizierter die Ermittlungsarbeit. In keinem Telefonverzeichnis waren sie registriert, und dauernd wechselten die Besitzer. Wenn sie ihren Großeltern glauben durfte, hatte es tatsächlich einmal eine Zeit gegeben, in der nicht einmal jeder Haushalt ein Telefon besaß und in der man zum Nachbarn ging, wenn man auf einen Anruf wartete. Damals war jede Nummer gelistet und in einem Telefonbuch festgehalten gewesen und konnte einem realen Haushalt und Standort zugeordnet werden.

»Hilde Möllensiep«, sagte die Besitzerin des zweiten gelben Handys. »Wo ist denn Annalena?«

Auch das noch. Die kannte die Chefin. Melanie griff zu einer Notlüge. »Frau Brandt ist ermittlungstechnisch unterwegs.«

»Kann ich nicht mit der sprechen? Wir kennen uns noch aus der Kinderzeit.«

»Leider nicht.« Auch noch Sonderwünsche! Was bildete die sich eigentlich ein? Streng und gereizt fügte Melanie hinzu: »Kommen Sie bitte morgen früh um neun zu uns aufs Revier. Wir müssen Ihre Aussage aufnehmen und protokollieren.«

»Das geht nicht.« Die Besitzerin des zweiten Handys kämpfte offensichtlich mit den Tränen.

»Warum nicht?« Melanie blieb hart.

»Ich fahr morgen um sieben mit zwei Freundinnen nach Hannover zum Shopping – das ist schon seit Monaten ausgemacht. Und außerdem, wissen Sie, ich bin … ich bin … verheiratet. Und wenn ich zu Ihnen komme, was meinen Sie, was das für ein Gerede gibt. Verstehen Sie? Irgendeiner sieht's ja immer.«

»Da haben Sie recht. Behandeln wir die Sache also vertraulich.«

Die Frau am anderen Ende der Leitung schnaufte.

»Ist Ihr Mann gerade in der Nähe?« Melanie flüsterte konspirativ.

»Nein, der ist bis übernächste Woche in Norwegen. Und überhaupt, ich habe doch nichts getan.« Die vermutlich gar nicht so wilde Hilde begann plötzlich zu weinen. »Ich hab ihn doch nur ein bisschen liebgehabt. Ist das denn auch schon verboten?«

Melanie biss sich auf die Lippen. Das kannte sie zu gut. So begann es immer. Erst hatte man sich ein bisschen lieb, und eh man sichs versah, war das Herz gebrochen. Und dann war nichts mehr gut.

»Können Sie nicht jetzt noch kurz vorbeikommen? Bitte! Ich muss wissen, was passiert ist. Wie soll ich die Nacht überstehen, wenn ich nicht weiß, was los ist?«

Melanie ließ sich die Adresse geben. »Bis gleich.«

Erleichtert legte Annalena das Telefon zurück. Mit bewundernswerter Ruhe hatte Nina Mentrop zur Kenntnis genommen, dass der Mann, der sich Magnus nannte, möglicherweise nicht mehr lebte, und während des Telefonats mit Annalena die erste Seite der Kalveroder Nachrichten auf ihrem Laptop gelesen. Dort war ein Farbfoto des ermordeten Sparkassendirektors abgebildet. Jenes Porträt, das immer noch in der Diele der Gründerzeitvilla hing. Nina Mentrop hatte kurz geschluckt und dann sachlich bestätigt: »Ja, das ist er. Ein bisschen altmodisch, aber nett.« Detaillierter konnte sie ihn nicht charakterisieren. Annalena wunderte sich: Nina Mentrop schien von ihrem Geliebten weder etwas erwartet noch gewollt zu haben. Sie war nicht einmal neugierig auf ihn gewesen. Was für eine Beziehung! Alles unverbindlich und ohne Interesse. Diese Textilmechanikerin verbrachte ihre Nächte mit jemandem, von dem sie ahnte, dass weder dessen Name noch dessen Identität stimmte, und hatte sich dennoch auf ihn eingelassen.

Unvermittelt musste Annalena an Friedemann Vortkamp denken. Sie gestand sich ein, dass sie neugierig auf ihn war, dass sie gern viel mehr, am liebsten *alles* von ihm gewusst hätte, dabei hatte sie ihn – bis auf zwei Zeugenbefragungen vor einigen Monaten – immer nur kurz gesehen. Der hielt sich wirklich konsequent an den alten Spruch: Willst du was gelten, mach dich selten.

Morgen würden sie sich wieder begegnen. Ihr Herz klopfte, dabei war doch klar, dass dieser Typ nichts für sie war. Dieser Nichtstuer, dieser Träumer, dieser Flaneur – wie Hedwig ihn nannte.

Entschlossen fuhr sie Ewalds Rechner hoch, griff von dort auf ihre Festplatte zu und schrieb ein Kurzprotokoll über das Gespräch mit Nina Mentrop, genannt Steppke. Ein Blick auf die Uhr zeigte, dass es schon fast acht war. Sie wusste, dass ihr Vater in diesem Moment mit gefalteten Händen vor einem gedeckten Abendbrottisch saß und auf sie wartete. Zeit zu gehen.

Melanie Dierks beendete ihr Telefonat in genau dem Moment, als Annalena die Tür öffnete, um sich zu verabschieden. Die beiden Frauen maßen sich mit angespannten Blicken.

»Und, wie war's?«, fragte Annalena und nahm wahr, dass

ihre Kollegin unter dem Tisch mit den Beinen herumfuchtelte. »Hast du die Gelbe erreicht?«

Melanie nickte. »Ich geh noch kurz bei ihr vorbei.«

»Wie heißt sie?«

»Hilde Möllensiep.«

Annalena zog die Stirn kraus. »Das ist nicht dein Ernst!«

»Doch! Sie hat übrigens nach dir gefragt.«

»Das kann ich mir vorstellen.« Annalena nickte. »Die arbeitet auf dem Meldeamt. Wir kennen uns seit der Kindergartenzeit. Im Rahmen der letzten Ermittlungen hab ich kurz mit ihr gesprochen. Aber die und der Kalupka. Ich fass es nicht.«

Melanie hob die Schultern und ließ ihren Zopf schwingen. »Das nehme ich jetzt mal so zur Kenntnis. Ich halt mich da raus.« Sie hatte mit den großen Zehen die Sandalen unter ihrem Schreibtisch in Position gebracht und schlüpfte hinein.

»Die ist doch verheiratet«, merkte Annalena an.

»Das heißt ja wohl nicht, dass die raus ist aus dem Geschäft. Aber gleich so einen Womanizer – da gibt's doch sicher bessere Exemplare hier im Ort. Ich hätte sie natürlich für morgen früh hierher bestellen können«, schwindelte sie, »aber dann habe ich gedacht: Kleinstadt – Diskretion – viel Gerede und überhaupt … Also, ich mach mich mal auf den Weg.«

»Danke!« Für so rücksichtsvoll hätte Annalena die Neue gar nicht gehalten. Vielleicht wurde ja doch alles gut und sie kämen irgendwann besser miteinander klar. Annalena griff nach den farbigen Markierungsstiften und stellte sich vor das Mindmap. Jetzt standen bereits sechs Frauennamen auf der weißen Fläche: Isabella, Nicole, Roswitha, Hilde, Mare und Nina. Wann hatte der Typ eigentlich gearbeitet?

»Natürlich hat es mir nicht genügt«, gestand Hilde Möllensiep. Sie saßen gemeinsam auf der kleinen Terrasse, die an ihr Wohnzimmer grenzte, und tranken Apfelsaft mit Eiswürfeln.

Da Hilde flüsterte, flüsterte Melanie auch. Aus den Gärten der Nachbarschaft klang Gekreische, und man hörte, wie Kinder und Erwachsene in Pools sprangen und sich mit Wasser bespritzten.

Hilde weinte. Vor ihr lag ein Stapel Papiertaschentücher. Sie weinte, als ginge es um ihr Leben. Tatsächlich spülte sie den Schmerz und die Enttäuschung vieler Jahre weg. Sie weinte leise. Ihr Schluchzen erinnerte an das Glucksen in dicken Wasserrohren. Melanie schwieg, trank ihren Apfelsaft, lehnte sich in dem Gartenstuhl zurück und hatte das Empfinden, als rege sich zum ersten Mal seit Tagen ein winziger Lufthauch. Tatsächlich, an dem Ginkgobaum im japanisch anmutenden Garten bewegten sich einige Blätter.

»Ingo ist dauernd fort«, flüsterte Hilde und griff nach einem neuen Taschentuch. »Ich bin zu viel allein, und als der kam, dachte ich, besser so als gar nichts. Ich wollte doch nur ein bisschen Herzklopfen, mich endlich mal lebendig fühlen. Nicht wie tot und begraben. Wissen Sie, was mein Beruf ist?«, fragte sie und wartete die Antwort gar nicht ab. »Zu mir kommen Paare und melden ihre neue gemeinsame Adresse an. Wir ziehen zusammen, sagen sie, und man riecht förmlich ihr Glück, ihre Erwartungen. Die haben Pläne, die wollen noch was.« Sie schniefte. »Und dann guck ich auf mein Leben. Siebenundzwanzig bin ich, und nichts ist los. Das kann es doch nicht gewesen sein. Oder?«

Melanie schwieg und zwirbelte ihren Zopf. Sie sah sich um und wusste: Da lebte sie doch lieber in einer Dreizimmerwohnung und auf dem Absprung als in der Gewissheit, ihr Leben in einer solchen Mittelmäßigkeit beenden zu müssen.

»Und dann kam Felix«, murmelte Hilde nach einer Weile. »Um sich umzumelden. Er ist von Gütersloh nach Kalverode gezogen und gleich in dieses wunderschöne Haus. Da bin ich als Kind schon immer rumgeschlichen und wollte mal rein. Ich bin nicht einmal mit ihm in der schönen Villa gewesen. Er ist immer zu mir gekommen. Jeden Montag.«

»Wenn die Spurensicherung ihre Arbeit beendet hat, nehme ich Sie mit ins Haus«, versprach Melanie und wunderte sich darüber, dass Hilde nun noch intensiver weinte.

Am westlichen Horizont zeigte sich eine dunkle Wolkenwand, als Annalena die große Flügeltür des Alten Amtshauses hinter sich schloss. Ausgerechnet Hilde Möllensiep, dachte sie kopfschüttelnd. Es war nicht zu fassen. Sie hatte sich in den vergangenen Wochen sogar einmal mit ihrer einstigen Kindergartenfreundin getroffen. Zwei farblose Frauen, so war es ihr vorgekommen, die sich in einem Café gegenübersaßen und sich nichts zu sagen hatten. Hilde hatte von ihrem Mann erzählt, der wahnsinnig viel verdiente und wochenlang auf Ölplattformen kochte, von ihrem Haus, von ihrem Garten und von ihren Urlauben. Sie hatte ein wenig zu munter und engagiert geklungen, und Annalena hatte sich damals schon gefragt, ob die heile Welt, die da vor ihr ausgebreitet wurde, wirklich so heil war, wie Hilde es ihr weismachen wollte.

Sie erinnerte sich an Hildes ungeschminkte schmale Lippen, die so wirkten, als müsse sie sie ziemlich oft zusammenpressen und bittere Worte hinunterschlucken. Felix Kalupka schien ein Auge für die Bedürftigen gehabt zu haben. Und er hatte sie ausgenutzt.

Während sie durch den kleinen Park ging und auf die Agnesstraße und das Haus ihres Vaters zusteuerte, fragte sie sich, ob sie auch gefährdet gewesen wäre. Vermutlich hätte es ihr geschmeichelt, dass sich ausgerechnet der Sparkassendirektor mit dieser wunderbaren Villa für sie interessierte. Sie wäre ein bisschen stolz gewesen und hätte sich als etwas Besonderes gefühlt. Gut, dass sie Kalupka zu dessen Lebzeiten nie begegnet war. Dann wäre sie jetzt möglicherweise auch eine der heimlichen Witwen.

Auch ihr Vater hatte nie mit Kalupka zu tun gehabt. »Bei meiner Pension brauche ich keinen Kredit«, hatte er gestern erleichtert gestanden. »Der hat doch nur mit Leuten geredet, die ein Darlehen brauchten.« Aber die Darlehensschiene hatten sie schon überprüft.

Annalena ging etwas schneller, weil sie merkte, dass sie Hunger hatte. Manchmal befürchtete sie, dass die Nähe zu ihrem Vater, wenn sie nicht wachsam blieb, keine andere Beziehung mehr zulassen würde. Doch die Vorstellung, in ein Haus zu kommen, in dem niemand auf sie wartete, wäre noch schlimmer gewesen. Oberhalb der Wohnung ihres Vaters bewohnte sie im Dachgeschoss zwei puppenstubenartige Zimmer mit Küche und Bad.

Der Vater würde ihr anmerken, dass sie morgen etwas Besonderes vorhatte. Es waren winzige Kleinigkeiten, an denen er so etwas spürte. Sie hatte noch nicht herausgefunden, was genau es sein konnte. Klang ihre Stimme anders? Leuchteten ihre Augen besonders? Roch er möglicherweise ihre Vorfreude? Er war ein begnadeter Beobachter. Bei manchen Befragungen hätte sie ihn gern dabeigehabt.

Sie steckte ihren Schlüssel in die Tür und beschloss, ihn mal wieder zu seinem Lieblingsthema zu befragen.

»Sag mal, könnte es so was wie von Dämonen besetzte Stühle geben, und zweitens: Wie kann ich diesen verfluchten Platz wieder neutralisieren?«

Er begriff sofort. »Stress mit der neuen Kollegin?«

Sie nickte, jetzt hatte sie ihn so weit. Er war in seinem Element.

Als sie sich etwa zwei Stunden später nach einem wunderbaren eisgekühlten Lachscarpaccio mit gehobeltem Parmesan und einem leicht moussierenden Weißwein vom Tisch erhoben, hatte er sie kein einziges Mal gefragt, worauf sie sich so freue, dafür aber wusste sie alles über die Magie bestimmter Orte und hatte tatsächlich kurz darüber nachgedacht, ob ausgerechnet der Stuhl von ehemals Ottenhöver und nun Melanie Dierks von Geisterwesen besetzt sein könne. Als Gegenzauber hatte der Vater empfohlen, ein mit Weihwasser besprenkeltes Taschentuch auf den Stuhl zu legen. Dann würde die Stimmung besser. Er hatte sich sogar angeboten, eine seiner Freundinnen erst in die Kirche und dann mit dem geweihten Taschentuch ins Alte Amtshaus zu schicken. Das konnte Annalena ihm gerade noch ausreden.

In dieser Nacht entlud sich um dreiundzwanzig Uhr zehn das lang erwartete Gewitter mit wolkenbruchartigen Regenfällen, und Annalenas letzter Gedanke vor dem Einschlafen galt ihrem durchgeknöpften graugrundigen VIP-Kleid. Wenn mit diesem Gewitter der Sommer vorbei wäre, würde sie es morgen nicht tragen können. Vielleicht war es ja auch ein bisschen zu elegant für eine Puppenbeerdigung.

14. Kapitel

Die Stadt roch wie frisch gewaschen. Alles glitzerte und leuchtete, als habe jemand über Nacht die Welt geschmückt und mit neuem Glanz überzogen. Annalena war um kurz vor sechs fast gleichzeitig mit dem Sonnenaufgang wach geworden und hatte über eine Stunde durch das geöffnete Fenster in den heller werdenden Himmel gesehen. Sie nahm es als gutes Omen, mit weniger Hektik als sonst in diesen Tag zu starten, und beschäftigte sich in Gedanken mit dem Fall Kalupka. Das war nicht einfach, denn sie wurde immer wieder von ihrer Vorfreude auf die bevorstehende Puppenbeerdigung abgelenkt.

Nun stand sie in schwarzem Slip und mit schwarzem Spitzenbüstenhalter in ihrer Küche und wartete darauf, dass die Kaffeemaschine endlich durchgelaufen war. Jeden Morgen das Gleiche. Seit Monaten schon wollte sie die entkalken. Aber man kam ja zu nichts.

Angenehm kühlte das frisch gewaschene und noch nasse Haar ihr den Nacken. Sollte sie es mit dem Föhn ein bisschen stylen? Sie hatte ja Zeit. Warum begannen nicht alle Tage so? Offiziell würde sie später mit dem alten dunkelblauen Mercedes ihres Vaters zum Großmarkt fahren, um Vorräte für die nächsten Wochen zu bunkern. In Wirklichkeit aber würde sie in die Siedlung mit den alten Zollhäusern und zu Kitty Siebert fahren. Es gab genug Vorräte im Haus, und die Freundinnen ihres Vaters waren dankbar, wenn sie für ihn einkaufen und kochen durften.

Mit der Kaffeetasse in der Hand sah sie in den Garten. Perfekt. Dieser Tag war wie geschaffen für ihr grau grundiertes und von oben bis unten durchgeknöpftes Seidenkleid mit den blauen Streublümchen. Heute würde sie es von Anfang an richtig knöpfen.

Annalena war nervös. Sie musste verrückt sein. Da stand sie hier in Unterwäsche, aufgeregt wie ein Teenager, und bereitete sich auf den Besuch bei einer älteren, verschrateten Dame vor, die ihre Puppen beerdigen wollte. Gut, dass niemand davon wusste. Aber da gab es noch einen, der ebenso verrückt war wie sie und der würde kommen, und auf den freute sie sich. Und das war doch ein kleines bisschen legitim.

Ohne sich dabei richtig anzusehen, legte sie vor dem Badezimmerspiegel erst Make-up, dann Rouge, Lidschatten, Eyeliner, Wimperntusche und Lipgloss auf. Es war fast so, als erfinde sie ihr Gesicht neu. Die Frau, der sie flüchtig zulächelte, gefiel ihr. Statt der üblichen Schnürschuhe griff sie nun zu schwarzen Ballerinas. Es stand ja wohl kaum eine Verfolgungsjagd an, und wenn doch, würde sie ihre durchtrainierten Kollegen schicken.

Acht Puppen waren von Kitty Siebert in spitzenbesetzte weiße Kleider gehüllt und in liebevoll gefertigten Schreinen auf dem großen Esstisch in Kittys Wohnzimmer aufgebahrt worden. Wie Täuflinge liegen sie dort, dachte Annalena und wunderte sich über den Kloß in ihrem Hals. Es waren doch nur Puppen.

Vor jedem der kleinen Särge brannte ein rotes Grablicht. Annalena begrüßte Friedemann mit einem Kopfnicken und fragte sich nachdenklich, wann dieser Tisch wohl zuletzt für ein Festmahl gedeckt worden sein mochte. Vor Kittys Unfall? Zu der Zeit, als sie noch verlobt war und die schönsten Beine von Kalverode hatte? Wenn man den massiven Holztisch auszog, bot er Platz für mindestens zehn Personen. Nun war er ein Podest für acht Puppensärge, die garantiert von Friedemann gezimmert worden waren. Er deckte sich regelmäßig bei der Sargtischlerei mit Holzabfällen ein und schuf damit Schubfächer und raffinierte Ablagesysteme für die Innenausstattung seines Wohnmobils. Warum nicht auch kleine Schreine? Sie wusste, dass er das konnte. Vor die Särge hatte Kitty kleine Kärtchen mit dem jeweiligen Namen der Puppe gelehnt.

Die unberufene Kuratorin des nicht realisierten Puppenmuseums brachte ihre Gäste zu einem senfgelben Sofa. Davor stand ein niedriger Couchtisch mit Delfter Kacheln, der für drei Personen gedeckt war.

Während Friedemann und Annalena Kaffee tranken, Schnittchen aßen und sich hinter dem Rücken der Puppenmutter verstohlen zulächelten, wusste Kitty von allen acht Puppen Geschichten zu erzählen. Wo sie ihr begegnet waren, wie viel sie für sie gezahlt hatte und dass sie hier, in ihrem Gnadenhof für Puppen, ein neues Zuhause gefunden hatten.

Annalena hörte nicht richtig zu. Sie hatte das Glitzern in Friedemanns Augen wahrgenommen und fühlte sich wie einst als Schülerin, wenn sich auf der Heimfahrt im Zug ausgerechnet der Mitschüler neben sie setzte, den sie insgeheim verehrte. Da hatte sie nichts sagen können, ganz flach geatmet und angespannt aus dem Fenster gestarrt. Jetzt hatte sie sich zumindest so weit im Griff, dass diese Unsicherheit nicht allzu offensichtlich wurde.

Kitty Siebert trug ein knielanges schwarzes Kleid und dünne Strümpfe. Ihr ebenholzschwarzer Stock lehnte am Couchtisch. Annalena hatte noch nie die verkrüppelten Füße der Puppensammlerin gesehen. Sie steckten immer in klobigen, bis zur Wadenmitte reichenden Spezialschuhen. Was für ein grauenvoller Unfall musste das damals gewesen sein, der ihr beide Unterschenkel zerquetscht hatte!

»Ich habe ja nichts gegen Spiele«, hörte sie Kitty gerade berichten. »Das hat er gesagt und dabei freundlich, aber irgendwie auch falsch gelächelt. Er spielt nämlich Schach. Und dass das ein königliches Spiel ist, hat er betont. Wenn ich ein richtiges Museum eröffnen würde, eines für Eisenbahnen oder Schachspiele, ja dann, dann kämen wir vielleicht ins Geschäft. Aber alte und vergammelte Puppen. Nee, niemals. Die will doch keiner sehen, und Geld will erst recht niemand dafür bezahlen. Jetzt kann er nicht mehr Schach spielen, weil er tot ist. Und er ist schuld, dass mein Puppenprojekt gestorben ist. So passt mal wieder eins zum anderen.« Sie seufzte und griff nach ihrem Stock. »Nun tun wir das Unvermeidliche.« Friedemann half ihr beim Aufstehen und sah gemeinsam mit der Kommissarin zu, wie Kitty Siebert zum gegenüberliegenden Sideboard humpelte, wo sie eine Langspielplatte auf den Teller eines alten Plattenspielers legte und den Tonarm in Position brachte. Die Schelllackplatte eierte. Annalena staunte. Ein Chor sang Bach-Motetten. Friedemann putzte sich erst die Brille und dann die Nase. Annalena schluckte.

Acht exakt nebeneinanderliegende Gruben waren am westlichen Rand des kleinen Gärtchens ausgehoben worden. Feierlich brachte Friedemann Vortkamp einen Puppensarg nach dem anderen aus dem Wohnzimmer, verschloss ihn ordentlich und versenkte ihn. Dann bedeckte er alle acht Schreine mit Erde. Annalena und Kitty legten Blumen auf die winzigen Hügelchen.

Die Puppensammlerin weinte still. Aus ihrem unbewegten Gesicht tropften Tränen. »Nächste Woche kommen die anderen dran. Ich muss sie erst herrichten«, erklärte sie und suchte Friedemanns Blick. »Ich brauche noch mindestens vierzig Särge. Alle gleich groß.«

»Wird gemacht!« Er nickte ernst. »Ich mach mich gleich an die Arbeit.«

Kitty griff nach den Händen ihrer Besucher: »Danke, dass ihr gekommen seid. Lasst mich nun allein.«

Annalena und Friedemann gingen gemeinsam zu ihren Autos zurück. »Wenn Sie noch Zeit und Lust haben, könnten wir einen längeren Spaziergang machen. Danach wäre mir jetzt. So eine wunderbare Luft.«

Sie schüttelte den Kopf. »Leider nicht. Sonderschicht.«

»Auch am Samstag? Schade.« Er lächelte ein wenig traurig. »Fällt Ihnen das eigentlich auf? Dauernd muss ich ›schade‹ sagen, wenn wir uns sehen. Ich habe wirklich Pech.«

Das Glockenspiel der Agneskirche verkündete halb zwölf, als Annalena den schweren Mercedes vor dem Alten Amtshaus parkte, beide Fenster sacht hochfuhr und das Büro betrat. Bis auf Oberwachtmeister Heinz Krabbe waren alle zum Samstagsdienst angetreten. Der sportliche Krabbe hatte mal wieder eine Sondererlaubnis bekommen, weil er als Stürmer des FC Kalverode unentbehrlich war und heute ein Entscheidungsspiel anstand. Bei der Hitze! Bezogen auf Heinz Krabbes Wochenenddienste beschlich Annalena das eigenartige Gefühl, dass eigentlich immer Entscheidungsspiele anstanden.

So, wie die gesamte Crew um den runden Tisch saß, in dessen Mitte Karaffen mit kaltem Wasser und Eiswürfeln standen, dazwischen Teller mit offenbar niemals versiegenden Weihnachtsplätzchen aus Hedwigs Bestand, hätte man denken können, es gehe allein um einen gemütlichen Plausch, doch Annalena nahm beim ersten Blick die Anspannung in Ewalds Gesicht wahr.

Hedwig nickte ihr zu, wandte sich dann wieder ihren Notizen zu und tippte in Windeseile die vermutlich soeben gefassten Entschlüsse in den vor ihr stehenden Laptop.

»Entschuldigung«, murmelte Annalena und suchte den Blick des Kriminaloberrats.

»Schon gut«, antwortete der mit müder Geste.

Sie hängte ihre Handtasche über die Lehne des einzigen

noch freien Stuhls und legte Block und Füllfederhalter vor sich. »Ich musste etwas für meinen Vater erledigen. Das hat länger gedauert als geplant.« In der gleichen Sekunde ärgerte sie sich. War diese Lüge notwendig? Wenn Krabbe dauernd Fußball spielen durfte, konnte sie ja auch mal an einem Samstag etwas später kommen.

»Oh, la, la.« Melanie Dierks beugte sich vor und starrte Annalena an. »Da hat aber jemand gezaubert. Waren wir bei der Kosmetikerin? Man kennt dich ja kaum wieder!«

Annalena wurde rot.

»Ts, ts, ts«, machte Hedwig und schüttelte den Kopf.

Melanie griff sich an ihren heute mit einem gelben Band durchflochtenen Zopf und wurde patzig: »Man wird ja wohl noch ein Kompliment machen dürfen. So viel Zeit muss sein.«

Wie auf Befehl nahmen alle vier am Tisch sitzenden Männer ihre Chefin ins Visier.

Reflexartig schloss Annalena zwei Knöpfe am Ausschnitt ihres Seidenkleides. Sie hätte sich abschminken und umziehen sollen. Aber dann wäre sie ihrem Vater in die Arme gelaufen. Sie straffte sich und wandte sich an Hedwig. »Kann ich bitte kurz über den Stand der Dinge informiert werden?«

»Na klar«, antwortete diese und wollte von Ewald wissen: »Soll ich einfach mal unsere Zusammenfassung vorlesen?«

Der Kriminaloberrat nickte. Er schien erleichtert, nun nicht mehr den Vorsitz führen zu müssen. »Dann kann sie ja immer noch Zwischenfragen stellen.«

»Felix Kalupka«, las Hedwig vor und bemühte sich um eine neutrale Stimme, »unterhielt Beziehungen zu fünf Frauen.« Sie sah kurz hoch und ergänzte. »Das ist der heutige Stand der Ermittlungen. Vielleicht taucht ja auch noch eine sechste auf.«

»Spar dir die Kommentare für später«, ermahnte Ewald und steckte sich einen extrem trockenen Zimtstern in den Mund.

»Eine der Frauen war Isabella Höhler, gleichzeitig seine

Assistentin – nach jetzigem Stand der Dinge kam sie jeden Sonntag zu ihm«, fuhr Hedwig fort. »Weiterhin traf er sich montags mit Hilde Möllensiep aus Kalverode, dienstags mit Maren Lisowski aus Blankenhagen, mittwochs mit Nina Mentrop aus Detmold und freitags mit Nicole Uhlenbrock aus Kalverode. Keine der Frauen kommt als unmittelbare Täterin infrage. Vier von ihnen sind alleinstehend, die fünfte ist verheiratet. Der Ehemann der Letztgenannten ist als Täter (mögliches Motiv: Eifersucht) nicht denkbar, da er sich zum fraglichen Zeitpunkt auf einer Bohrinsel aufhielt. Es wird vereinbart, diesen Ermittlungsstrang vorerst ruhen zu lassen.«

Hedwig trank einen Schluck Kaffee und las dann weiter vor: »Hauptkommissarin Melanie Dierks berichtet in diesem Zusammenhang vom gesundheitlichen Zustand der geschiedenen Frau Kalupka. Dieser ist so schlecht, dass auch hier Überlegungen zu einer möglichen Täterschaft ausgeschlossen werden können. Gerüchten zufolge hat sie die Trennung veranlasst. Außerdem hat die Exfrau des Verstorbenen für den fraglichen Zeitpunkt ein Alibi. Des Weiteren konnte Horst Toplischek nach einer DNA-Analyse den roten Damenslip aus dem Papierkorb des Toten seiner Assistentin zuordnen.«

»Wie, Horst hat 'ne Assistentin?«, fragte Wilfried vorlaut, und alle lachten.

»Das ist unglücklich formuliert«, gab Ewald zu und wandte sich an Hedwig. »Schreib doch besser: der Assistentin des Toten zuordnen. Dann wird es auch dem letzten Knallkopp klar.« Er schüttelte den Kopf und warf Wilfried einen strengen Blick zu.

Hedwig nickte und fuhr fort: »Die vier am Tatort gefundenen Haare konnten bislang noch keiner Person zugeordnet werden. Nach einer Haarwurzelanalyse wissen wir allerdings, dass sie zu einem Mann gehören. Markus Wissing hat auf Wunsch von Hauptkommissarin Brandt mit dem beauftragten

Makler des Luna-Konzerns gesprochen. Dieser hatte keinen Termin bei Felix Kalupka, da das Bauvorhaben als Gesamtheit vom Mutterkonzern in Essen geregelt wird. Die Auswertung der Disketten und Datensticks, die hinter den Tapetentüren versteckt waren, blieb bisher ohne nennenswerte Ergebnisse. Das war's dann, mehr hab ich nicht mitgeschrieben.«

Annalena nickte. »Danke. Interessant.«

»Und jetzt?« Alle Augen waren fragend auf sie gerichtet.

»Jetzt sollten wir erneut Thekla Wissing befragen«, schlug sie vor und fixierte Markus Wissing.

Der schüttelte vehement den Kopf und reagierte ungewöhnlich schnell. »Du glaubst doch wohl nicht, dass ich das mache! Ich kann meine Frau nicht befragen. Wir leben getrennt, und ich bin befangen.«

»Jetzt mal mit der Ruhe«, mischte Ewald sich ein. »Wieso erneut befragen? Worum geht es denn?« Er zog die Stirn kraus. Annalena sah ihm an, dass er nach Hause wollte.

»Er hat regelmäßig Schach gespielt. Und zwar in der großen schwarz-weiß gefliesten Diele der Villa. Da standen ja auch Freiluftschachfiguren unter dem Treppenlauf. Ich will wissen, mit wem!«

»Ja, und? Schachspieler morden nicht«, widersprach Horst Toplischek ungewöhnlich engagiert. »Die vernichten andere mit dem Kopf, nicht mit der Hand.«

Ewald verdrehte die Augen und wandte sich an Annalena. »Du meinst, Thekla Wissing hat diesen Schachspieler gesehen und kennt ihn womöglich? Das sind in der Tat Fragen, die wir ihr stellen sollten.«

»Roswitha Kalupka kennt den Mann, mit dem Felix Schach gespielt hat«, merkte Melanie an, wurde aber von Markus unterbrochen, der sich bissig an Ewald wandte: »Na, dann viel Spaß mit Thekla. Die kommt gut ausgeruht aus dem Krankenhaus und wird euch dumm und dusselig quatschen.«

Der Kriminaloberrat brachte ihn mit einer Handbewegung zum Schweigen und sah in die Runde: »Wer geht da hin?«

Wie in der Schule hob Melanie Dierks den Zeigefinger. »Ich könnte das machen. Die kennt mich ja nicht. Dann ist das alles neutraler.«

»Dann mach dat mal, min Deern.« Ewald lächelte. Endlich kamen die Dinge wieder zum Laufen.

»Stopp, bevor ihr alle wieder abhaut«, sagte Hedwig. »Ich hab da noch eine Frage auf meinem Notizblock stehen.«

»Und die wäre?« Annalena schraubte ihren Füllfederhalter zu.

»Es geht um diesen Taucheranzug, den Krabbe aus dem Keller geholt hat. Als ich neulich mal mit Markus diskutiert habe, meinte der, wir sollten den kriminaltechnisch checken lassen.«

Wie von der Tarantel gestochen sprang Horst Toplischek auf und hob verzweifelt beide Hände. »Ihr könnt doch nicht alles bei mir abladen! Ich weiß schon gar nicht mehr, wo mir der Kopf steht.«

»Mach einfach eins nach dem anderen«, sagte Annalena betont ruhig.

»Und wer bezahlt mir meine Überstunden?«

»Dafür gibt's dann Freizeitausgleich, sobald der Fall gelöst ist.«

Nach der Sitzung malte Annalena das Wort »Schachspieler« mit Fragezeichen neben Kalupkas Namen auf ihr Mindmap – Melanie hatte sich hoffentlich dessen Namen notiert – und schrieb nach kurzem Nachdenken die Worte »Donnerstag« und »Samstag« dazu. An allen anderen Tagen hätte Felix Kalupka vermutlich keine Zeit zum Spielen gehabt. Da besuchte er seine Damen, und wenn man denen glauben konnte, mit beachtenswerter Pünktlichkeit.

Thekla Wissing war heilfroh, dass es in der letzten Nacht so viel geregnet hatte. Das ersparte ihr das Gießen. Nach ihrem gerade mal viertägigen Krankenhausaufenthalt war der Garten total vertrocknet und viele Blumen und Sträucher nicht mehr zu retten gewesen. Die Rasenfläche war ein einziges braunes Feld. Ob man für so was Entschädigung bekam?

Dass es eine Haftentschädigung gab, hatte ihr Mann des Öfteren erzählt. Sperrte man jemanden zu Unrecht ein, kostete das den Staat mindestens fünfundzwanzig Euro pro Tag als Entschuldigungsgeld. Tatsächlich war ja auch sie total unschuldig, nämlich trotz bester Gesundheit, ins Agnesspital eingeliefert worden. Vier ganze Tage. Das müsste nach Adam Riese hundert Euro ergeben.

Sollte sie Ewald Schmeing anrufen und wegen der verdorrten Blumen fragen? Eigentlich war es dafür zu heiß. Im Grunde genommen war es sogar zu heiß zum Denken. Sie lag in einem Liegestuhl auf der schattigen Terrasse ihres Hauses und trug eines dieser leichten und durchgeknöpften VIP-Kleider. Von den sechsunddreißig Knöpfen hatte sie nur zwei – etwa in Höhe des Bauchnabels – geschlossen, als es an der Tür läutete. Es war kurz vor vierzehn Uhr. Die Vorstellung, dass Markus nun doch reumütig zu ihr zurückkehrte, jagte ihr eine Gänsehaut verhaltenen Glücks über den Rücken. Andererseits: Wer sonst würde schon an einem Samstag zu ihr kommen?

Aber konnte sie ihn so empfangen? Hastig schloss sie jedes zweite der Perlmuttknöpfchen und fuhr sich mit der Hand durch das strähnige Haar. Leicht würde sie es ihm nicht machen. Da sollte er sich besser keinen Illusionen hingeben. Aber sie würde ihn wieder ins Haus lassen. Sie war nun mal eine großzügige Frau, und seine Reue über das, was er ihr angetan hatte, konnte durchaus als erster Schritt in die richtige Richtung gesehen werden. Sie beschloss, nicht ganz so streng mit ihm zu sein, wie er es eigentlich verdient hätte. Vor dem Traualtar hatten sie sich schließlich geschworen, auch in schlechten Zeiten zusammenzuhalten.

Thekla Wissing schlüpfte in hochhackige Sandaletten und klapperte zur Tür.

Vor ihr stand eine Frau, die sie noch nie gesehen hatte. Straff zurückgekämmtes dunkelblondes Haar, das von der Mitte des Hinterkopfes an zu einem geflochtenen Zopf mit gelbem mitlaufendem Band zusammengefasst war. Dazu ein eigenartig kantiges Gesicht. Braune Augen mit tiefen Schatten. Ob die krank war? Als die Fremde Hallo sagte, klappte ihre Kinnlade nach unten – wie bei geschnitzten Kasperlfiguren.

»Ja?«, fragte Thekla, gleichermaßen unwillig wie enttäuscht. »Was wollen Sie?«

»Frau Wissing?« Die Fremde zog einen Ausweis aus ihrer Leinenjacke und stellte sich vor: »Hauptkommissarin Melanie Dierks. Ich bin seit knapp einer Woche bei der Polizei in Kalverode. Da gibt es noch ein paar Fragen zu Felix Kalupka. Kann ich reinkommen?«

»Sie?«, fragte Thekla. »Warum kommen Sie? Warum nicht mein Mann?«

»Er geht derzeit einer wichtigen Spur nach«, log Melanie und betrachtete die Frau, die vor ihr stand. Sie hatte sich Markus' Frau ganz anders vorgestellt. Zu ihm mit seiner Elvistolle hätte ein Fünfzigerjahregirl mit Petticoat und Faltenrock gepasst. Auf jeden Fall irgendetwas Besonderes. Aber die hier war völlig normal, genauso normal wie sie selbst.

»Ja, kommen Sie rein. Muss ja nicht jeder alles mithören«, meinte Thekla. »Wie geht es ihm?«

»Wem?«, fragte Melanie dagegen und war heilfroh, dass Hedwig nicht Zeugin dieses vermutlich erneut misslingenden Gesprächs war. Da hatte sie wirklich noch einiges nachzuholen.

»Meinem Markus natürlich.« Thekla schüttelte verständnislos den Kopf.

»Wir sind alle erschöpft und an der Grenze«, gestand Melanie.

»Dann kommen Sie mal mit rein auf einen Kaffee«, sagte Thekla und führte die Besucherin zur schattigen Terrasse. Sie wies auf einen Liegestuhl, murmelte: »Bin gleich wieder da«, und verschwand in der Küche. Dort holte sie erst einmal tief Luft.

Also wirklich, das hätte sie Ewald Schmeing nicht zugetraut. Der kümmerte sich ja richtig um seine Leute, kümmerte sich sogar um die Ehe seiner Mitarbeiter und damit um deren Seelenheil! So ein kluger Mann. Wie wunderbar, dass es ihn gab. Und wie geschickt von ihm, dieses allwissende Lehrertöchterlein, das ihrem Markus den Kopf verdrehen wollte, gleich wieder zu entlassen und durch jene Nullachtfünfzehn-Person zu ersetzen, die sich nun draußen im Liegestuhl ausstreckte. Die sah zum Glück nicht so aus, dass man in ihrer Gegenwart den Verstand verlor. Zumindest ihr Markus nicht. Sie kannte ihn, und der Kriminaloberrat schien ihn auch zu kennen. Wenn sie sich mit dieser Kommissarin gut stellte, schoss es Thekla durch den Kopf, so könnte sie regelmäßig über alle Geschichten aus der Dienststelle informiert werden. Auch über all das, was Markus tat und sagte. So etwas wie Zuversicht breitete sich in ihr aus. Jetzt, da Annalena offensichtlich verschwunden war, würde Markus zu ihr zurückkehren.

Während die Maschine blubberte und kleine Dampfwolken auspuffte, knöpfte sie sich mit besonderer Sorgfalt ihr Kleid von oben bis unten zu. Garantiert würde Markus fragen: »Na, wie war es denn bei meiner Frau?« Sie kannte ihn doch! Und diese nette Kollegin könnte dann gar nicht anders, als zu antworten, dass sie selten einer so wunderbaren Gastgeberin begegnet sei, sich noch nie in einem derart gepflegten Haus aufgehalten habe und sich überhaupt dort nicht nur wohl, sondern gänzlich aufgehoben gefühlt habe. Ha! Thekla triumphierte. Spätestens dann würde Markus Sehnsucht bekommen und zu ihr zurückkehren. Und das alles hatte Ewald klug und weise eingefädelt. Allein deshalb hatte er die Neue geschickt. Um ihr ein Zeichen zu geben!

Mit dem Kaffeetablett trat sie auf die Terrasse. »So, da wären wir.«

Die neue Kommissarin schlief, lag breitbeinig in dem längsgestreiften Liegestuhl, hatte den Mund leicht geöffnet, der lange Zopf mit dem darin eingeflochtenen gelben Band wischte fast den Boden. Ihre Wangen waren rot, die Augenlider zuckten, und sie gab leichte Schnarchtöne von sich.

Thekla fasste mit spitzen Fingern das Leinenjäckchen ihres Gastes und hob es leicht an. Tatsächlich, die trug ein Schulterholster mit einer Walther P 99 und ein Gürtelholster für Handschellen. Genau wie ihr Markus.

Die Walther hätte sie bequem an sich nehmen können. Stattdessen ging sie in die Knie und schüttelte Melanie. »Bei euch muss ja wirklich die Hölle los sein. Jetzt sind Sie mir schon vor Erschöpfung umgekippt. Schauen Sie mal, hier ist ein Kaffee. Der macht Sie wieder munter.«

Melanie setzte sich auf und wischte sich mit ihrem Zopfende die schweißnasse Stirn. »Mein Gott, ist mir das peinlich. Sie sagen es niemandem weiter? Versprochen?«

Thekla nickte. »Versprochen! Auf mich ist Verlass.«

Ihre Besucherin sah so betreten drein, dass Thekla wusste: Von der würde sie in Zukunft alles erfahren. Melanie hieß die. Den Namen musste sie sich merken.

»Ich weiß auch nicht, wie mir so was passieren konnte«, versuchte die Kommissarin sich zu rechtfertigen und lächelte schief. »Liegt wohl daran, dass es hier so entspannt und gemütlich ist.«

Thekla triumphierte innerlich. »Ist ja nichts passiert. Ich hätt Ihnen die Waffe schon nicht geklaut.«

Eigentlich war sie ganz nett, diese Frau Wissing, dachte Melanie. Aber sie konnte Markus verstehen. In einem derart klinisch reinen Haus, wo alles an seinem Platz zu stehen hatte, hätte sie es auch nicht ausgehalten. Vermutlich war Thekla ständig mit Kehrschaufel und Handfeger hinter ihrem Mann hergelaufen. Sie kannte solche Frauen. Und dann meinten sie es auch noch gut!

»Wie war er denn so, der Kalupka?«, fragte Melanie und sah Thekla neugierig an. Ohne hinzuschauen, fischte sie ihr Aufnahmegerät aus der Handtasche. »Darf ich?«

Thekla nickte. »Klar, ich hab nichts zu verbergen.«

Die Kommissarin schaltete es ein und legte es auf den Boden zwischen die beiden Liegestühle.

»Sie kannten den Sparkassendirektor ja ganz gut«, begann Melanie und schob hinterher, als müsse sie noch eins draufsetzen: »Ich denke, Sie waren vermutlich diejenige, die ihn von allen am besten kannte. Ich meine, seine private und persönliche Seite. Die Angestellten haben ja nur den Chef in ihm zu sehen gekriegt.«

Thekla straffte sich und nickte geschmeichelt. So eine gute Kommissarin. Und was die für eine tolle Menschenkenntnis hatte. »Ja«, bestätigte sie mit übertriebener Bescheidenheit. »Ein wunderbarer Mensch. Zuverlässig und ordentlich. Höchstens mal eine Kaffeetasse musste man hinter dem herspülen – und außerdem gibt's in der Küche eine Spülmaschine. Und Fußbodenheizung! Alles sauber, alles perfekt. Seine Wäsche hat er selbst in die Wäscherei gegeben, und für die Krawatten, stellen Sie sich das mal vor, hatte er einen extra Krawattenhalter … Zu Hause und im Büro! Von so einem Mann kann jede Frau nur träumen.«

»Ach was!« Melanie nickte und ahnte, dass ein solcher Mann für sie ein Albtraum wäre.

»Hatte er denn niemals Besuch? Gut aussehend, vermögend, alleinstehend …«

»Keine Frauen«, entgegnete Thekla schnell und beugte sich vertraulich vor. »Ich habe mich oft gefragt, wozu der so ein großes Haus braucht. Vielleicht für später, für einen Neuanfang. Der war ja noch nicht lange geschieden und wollte wohl erst mal ein bisschen Zeit für sich. Ist ja auch vernünftig so. Wer weiß, was seine Frau dem angetan hat. Und wer so einen Posten hat, muss ja auch ein bisschen repräsentieren, oder? Was meinen Sie? Auf jeden Fall hab ich mich innerlich schon drauf eingestellt. Ich wäre sicher seine Hausdame geworden!«

Melanie nickte.

»Am Anfang hab ich ihm frische Blumen hingestellt. Aus meinem eigenen Garten. Aber er wollte die nicht. Hat ihn zu sehr an seine Frau erinnert. Die muss den ganz schön verletzt haben!«

»Sie waren jeden Tag bei ihm?« Melanie staunte.

Thekla nickte. Schließlich wollte sie gut dastehen. »Logisch.«

»Auch sonntags?«

»Sonntags nur von elf bis zwölf, die eine Stunde nach dem Hochamt in der Agneskirche. Ist ja fast nebenan«, gestand Thekla ein bisschen kleinlaut.

Melanie dachte an die Gerüchte der letzten Tage. Thekla als eine Art Puffmutter im Keller der Gründerzeitvilla? Das war absurd. Wie kamen die Leute nur immer auf solche Gedanken?

»Da hab ich dann ein bisschen aufgeräumt, weil er ja samstags immer Besuch gekriegt hat«, erklärte die verhinderte Hausdame.

»Echt, von wem?« Melanie war plötzlich wieder hellwach.

»Von seinem Turnierpartner. Mit dem hat er Schach gespielt. Jeden Samstag. Danach konnte man die Uhr stellen. Auf Kalupka war Verlass. In allem.« Thekla seufzte so demonstrativ, als sei mit dem Tod des Sparkassendirektors auch die Verlässlichkeit aus der Welt verschwunden. »Und dann haben wir nach dem Hochamt auf seinem Küchenbalkon gesessen, und er hat mir erzählt, was er mit meinem ganzen Geld machen, wie er es vermehren würde. So viel würde er daraus machen können, dass ich mein ganzes Erdgeschoss mit einer Fußbodenheizung ausstatten kann. Aber ich kam ja noch nicht ran an die Euros, der Markus hat alles so festgelegt, dass es nur solide ist, aber nicht wirklich gewinnbringend. Herr Kalupka hat mir geholfen, die Sachen bis zum Jahresende zu kündigen. Wenigstens das!«

»Und am vergangenen Sonntag?«

Thekla wurde rot. »Da war ich nicht bei ihm. Aber er hat gesagt, das macht nichts, ich könne ja dann am Montag alles wegräumen. Da hatte meine Schwägerin nämlich ihren Fünfzigsten, und ich hab der beim Empfang geholfen.« Sie verriet der Kommissarin nicht, dass sie nur deshalb zu Markus' Schwester gegangen war, um dort ihren Mann zu treffen. Aber der war einfach nicht gekommen. »Auch wenn ich erst Montag komme, gibt er mir das Geld für den Sonntag, hat der Kalupka gesagt, da sehen Sie mal, was das für ein Ehrenmann ist.«

Geld, Geld, dachte Melanie. Der hat offensichtlich nur Sex und Geld im Kopf gehabt. Dieser nickelgeile Möpp. Ungeheuerlich. Sie warf einen Blick auf das immer noch laufende Diktiergerät und enthielt sich jeglichen Kommentars. »Haben Sie Kalupkas Schachpartner mal gesehen?«

»Nein. Aber der heißt Richard. Das weiß ich«, sagte Thekla und zögerte kurz. »Wissen Sie, der Bankdirektor hat über alles Buch geführt. Wahrscheinlich auch über jeden einzelnen Schachzug. ›Man braucht für alles Nachweise‹, hat er immer gesagt. ›Merken Sie sich das, Frau Wissing. Wenn Sie Ihr Leben dokumentieren, kann Ihnen nichts passieren‹.« Sie sah auf ihre leeren Hände, als wären die schuld an ihrem Unglück. Kein einziger Nachweis ihrer Existenz lag darin.

»Das ist ein guter Tipp«, lobte Melanie. »Ich werde unsere Mitarbeiter danach suchen lassen. Wir haben unglaublich viel

Datenträger gesichert. Auf einem dieser Sticks, Disketten und externen Festplatten wird es wohl zu finden sein. Das könnte Frau Brandt und mich ein ganzes Stück weiterbringen.«

»Frau Brandt?« Theklas Kinn klappte nach unten. »Was hat die denn damit zu tun?«

»Ewald hat ihr die Leitung der Ermittlungen übertragen. Er wird schon wissen, warum.« Melanie wuchtete sich aus dem Liegestuhl. »Danke für die kleine Atempause und für den wirklich hilfreichen Tipp.« Sie griff nach dem Aufnahmegerät.

»Annalena Brandt?« Thekla Wissing schnappte nach Luft.

»Ja, ausgerechnet die!«, murmelte Melanie und ging zur Tür.

»Lass mich raten. Donnerstag oder Samstag. Ich tippe auf Samstag«, empfing Annalena die Kollegin und wandte sich von ihrem Mindmap ab, vor dem sie offensichtlich bevorzugt zu meditieren schien.

»Bist du auch noch Hellseherin?« Melanie ließ die Tasche fallen und zog den Schreibtischstuhl heran. Sie hoffte, dass Madame nicht so hellsichtig war, um die Fast-Katastrophe im Hause Wissing zu erahnen. Diese Thekla hätte ihr doch tatsächlich ohne Weiteres die Waffe abnehmen können, als sie kurz eingenickt war. Nicht auszudenken. Melanie war immer noch geschockt.

Das alles lag nur daran, dass sie seit Tagen ständig unter Strom stand. Sie kam nach Hause, fiel ins Bett, und ehe sie sichs versah, war es schon wieder hell, und der Stress ging weiter. Sobald sie morgens die Augen aufschlug, standen da immer noch achtzig vollgepackte Umzugskisten. Wann würde sie jemals dazu kommen, sich da durchzuwühlen? Das hielt ja der Stärkste nicht aus. Und sie war nur eine Frau.

»Samstag stimmt. Da hat der mit einem Richard Schach gespielt. Der scheint nicht aus Kalverode zu sein, sonst hätte das schon die Runde gemacht. Dass die da nicht einmal nachgefragt hat! Die scheint doch sonst so neugierig zu sein!« Melanie schüttelte verständnislos den Kopf.

»Hatte wahrscheinlich einen Heidenrespekt vor ihrem Boss«, meinte Annalena und strich sich das Haar zurück. »Roswitha Kalupka hat dir den vollen Namen des Schachpartners genannt?«

»Ja.« Melanie stellte sich vor das Mindmap und griff nach einem Edding. Sie zog einen Pfeil von »Samstag« zum Wort »Schachspieler« und ergänzte den Namen »Richard Schulze-Kottig«. »Jeden Samstag haben die miteinander gespielt. Unser Opfer hatte gerade mal einen freien Tag pro Woche. Den Donnerstag. Ganz schön anstrengend, so ein Leben!«

Annalena nickte nachdenklich. »Vermutlich litt er unter Minderwertigkeitskomplexen und brauchte ganz viel Bewunderung.«

Melanie schüttelte den Kopf. »Nein, das glaube ich nicht, der hielt sich für was ganz Besonderes. Bei ihm hat ja auch alles funktioniert. Job, Geld, Haus, Sex …«

»Von Letzterem ein bisschen zu viel, oder?« Annalena grinste und wandte sich wieder ihrem Mindmap zu. »Er hatte also nur am Donnerstagabend ›frei‹ – oder wie wir es nennen wollen.«

»Bist du dir sicher?« Melanie knöpfte sich das Achselholster auf und schloss ihre Waffe in den Schreibtisch ein. »Würd mich nicht wundern, wenn da auch noch eine Kebse für Donnerstag aufscheint. Dem trau ich alles zu. Wir wissen immer noch viel zu wenig vom dem. Die Wissing meinte, der Kalupka habe alles aufgeschrieben. Da hätte er echt einen Tick gehabt. Der hat beispielsweise auch für sie dokumentiert, in welchem Rhythmus sie die Fenster geputzt, die Polstermöbel mit dem Klopfsauger bearbeitet und die Teppiche gelüftet hat. Der war kontrollbesessen.«

»Und das heißt?« Annalena hob die Brauen.

»Ich wette, dass er auch das Schachspiel dokumentiert hat. Der hat nicht nur zum Spaß Schach gespielt. Der war doch für ein Turnier angemeldet.« Melanie fächelte sich mit ihrem Zopf frische Luft zu und stellte klar: »Außerdem halten Schachspieler immer ihre Züge fest – wegen Manöverkritik und so.«

»Hast du eigentlich unsere Jungs in den letzten zwei Tagen beobachtet?«, unterbrach Annalena sie. »Die hören sich mit roten Ohren durch die von Kalupka aufgenommenen Gespräche. Der hatte sein Telefon wohl immer auf Lautsprecher gestellt und alles mitgeschnitten. Das Gestöhne und Geflüstere macht die Jungs ganz kirre. Und falls da zwischendrin ein Schachbegriff fallen sollte, überhören die das doch garantiert.« Sie seufzte.

»Ja, nimm denen das mal wieder weg, bevor denen ihre Hormone verrücktspielen«, stimmte Melanie mit gespielter Besorgnis zu. »Der Krabbe kann das ja wenigstens noch beim Fußball kompensieren – aber Lütke-Tillmann …« Sie hielt inne. »Gab's denn nur diese MP3-Dateien mit den mitgeschnittenen Gesprächen oder auch Word- und Excel-Dateien?«

»Beides natürlich«, bestätigte Annalena.

»Dann sollen die erst mal die anderen Dateien untersuchen. Da brauchen die doch nur nach Stichworten vorzugehen: Matt, Remis, Rochade, Bauernopfer und was es da alles so gibt. Oder soll ich das übernehmen?«

»Weißt du was, mir wäre es am liebsten, wenn du so schnell wie möglich die Datensticks mit den ganzen Excel-Listen checken würdest. Die haben in einer Blechdose hinter Kalupkas Tapetentüren gelegen. Könnten vierzig oder fünfzig Stück sein. Ich hab schon mal reingeguckt. Nichts als Zahlen und Tabellen. Du blickst da sicher durch. Wenn wir das gesichtet haben, kommt hoffentlich Struktur in die Recherche.«

»Struktur? Bei mir?« Melanie wies demonstrativ auf ihren

vollgepackten Schreibtisch, und Annalena fragte sich, wieso die plötzlich so nett war. Instinktiv beugte sie sich vor und überprüfte, ob auf dem Bürostuhl ihres Gegenübers ein mit Weihwasser durchtränktes Taschentuch lag. Aber da war nichts.

15. Kapitel

Alle taten so, als wäre nichts geschehen, als wäre es ein Tag wie jeder andere. Dabei war seit gut einer Woche für Maren Lisowski nichts mehr wie vorher. Es kam ihr so vor, als stünden die Bibliotheksbesucher in dichtem Nebel, und wenn sie sprachen, so klangen ihre Worte eigenartig moduliert und erinnerten sie an Schallplatten, die sich viel zu langsam drehten.

Niemand sprach sie auf ihren Kummer an. So gut also konnte sie den vor anderen verbergen. Respekt. Das sollte ihr mal einer nachmachen! In Wirklichkeit wusste sie, dass niemand sie ansprach, weil sie unsichtbar geworden war. Unsichtbar auch für jene Frau aus Kalverode, mit der sie über den Karl ihres Lebens gesprochen hatte und die gesagt hatte, sie solle sich nicht so sorgen, alles werde gut. Nichts war bis heute gut geworden! Gar nichts!

Karl hatte sich nicht gerührt, das kleine grüne Telefon war stumm geblieben, und sie war Stunde um Stunde immer weiter aus ihrem Leben hinausgefallen, langsam, aber unaufhaltsam einen Abhang hinuntergerollt und letztendlich in einem grauen und dumpfen Etwas gelandet, durch das sie sich seither wie in Zeitlupe bewegte und von dem sie wusste, dass sie früher oder später darin ersticken würde. Denn Durchatmen war unmöglich geworden.

Jeder einzelne Tag war ein zäher Brei und angefüllt mit entsetzlicher Unruhe. Ein Wort von ihm hätte wieder Licht in ihre Welt gebracht, aber dieses Wort kam nicht. Wenn ihm etwas Schlimmes passiert ist, dachte Maren, möchte ich es am liebsten gar nicht wissen. Gleichzeitig spürte sie aber auch, dass es nicht auszuhalten war, wenn sie nicht wusste, wo Karl steckte und was er machte. Sie brauchte Klarheit, selbst wenn damit die Gewissheit verbunden wäre, dass er sich für eine andere Frau, ein anderes Leben entschieden hatte.

Am Samstag noch hatte sie gehofft und gewartet. Sonntag dann war sie mit ihrem kleinen Wagen zum Baggersee nach Blankenhagen gefahren, um den in der Hitze verdunstenden See herumspaziert und hatte sich in der absurden Erwartung, er könne auch nun wieder dort sein, an die Stelle begeben, wo sie ihm zum ersten Mal begegnet war.

Hier hatte er einst am Ufer gesessen und geangelt. Damals. Und er hatte ihr Leben umgestülpt. Karl war das Interessanteste, was ihr jemals begegnet war. Sie hatte ihm stundenlang zuhören können. Er hatte ihr von seinem Tiefseetauchen erzählt, und während sie ihm andächtig lauschte, hatte sie ihn in ihrer Phantasie in einen goldbraunen ledernen Taucheranzug mit Kupferhelm und Bullauge gesteckt. So kannte sie es aus Edgar-Wallace-Filmen. Aber ihn schickte sie nicht in die schmutzige Themse, um dort nach zerstückelten Leichen zu suchen, sondern ließ ihn in labyrinthischen Korallenriffen eines Südseeparadieses herumschwimmen, wo er von bunten und wohlgeformten Fischen umschwärmt wurde. Dann stellte sie sich vor, dass er dort einer Seejungfrau begegnete, die Marens Züge trug.

»Alles wird gut«, hatte die Frau von der Kelveroder Selbsthilfegruppe gesagt. »Machen Sie sich keine Sorgen.« Das war jetzt schon sechs unendlich lange Tage her. Maren Lisowski hielt es einfach nicht mehr aus.

Abrupt stand sie auf und fuhr mit hektischen Bewegungen ihren Rechner herunter.

»Was ist?«, fragte die Kollegin, die neben ihr am Schalter saß.

»Sorry, aber ich muss was ganz Wichtiges erledigen«, stotterte Maren atemlos. »Wirklich, ganz wichtig. Ich nehm mir für heute Nachmittag Urlaub.«

»Hey, das kannst du doch nicht bringen!«, rief die andere ihr nach. »Ausgerechnet an einem Montag!«

Aber Maren gab keine Antwort. Sie setzte sich in ihr Auto und fuhr die knapp vierzig Kilometer bis Kalverode. Bloß nicht nachdenken, bloß nicht zögern, bloß nicht umdrehen.

Maren Lisowski selbst las keine Zeitungen, ihr genügten Radionachrichten und die Tagesschau. Sie las nur in Büchern. Da war sie konsequent. Doch als sie auf dem Kirchplatz von Sankt Agnes parkte, streifte ihr Blick die Auslage des Schreibwarenladens und blieb dort hängen. Der Glaskasten zog sie magnetisch an. Wie in Trance ging sie ihm Schritt für Schritt entgegen.

Das war doch ein Bild von *ihm*? Es dauerte ein paar Sekunden, bis sie das Foto mit der Bildunterschrift in Verbindung brachte: »Noch keine neuen Erkenntnisse im Mordfall Kalupka.« Kalupka? Karl Kalupka? War das sein vollständiger Name? War das überhaupt ihr Karl? Nur weil ihm der Mann auf dem Foto so ähnlich sah? Dieses Wort, das sie bisher nur aus Büchern und Filmen kannte – »Mordfall« –, sank langsam und wie ein Tropfen Gift in ihr Bewusstsein. Ihr wurde schwarz vor Augen.

Als sie wieder zu sich kam, saß sie auf einer Bank im Schatten einer Linde. Neben sich eine Flasche Wasser, die ihr nicht gehörte, und vor ihr hatte sich breitbeinig und mit den Händen auf den Hüften ein älterer Herr aufgebaut, der anklagend wissen wollte: »Mussten Sie ausgerechnet vor meinem Laden zusammenklappen? Und wo kommen Sie denn überhaupt her? Ich hab Sie hier noch nie gesehen. Der Krankenwagen ist schon unterwegs.«

Sie sah ihn lange an. Er wirkte gar nicht krank. »Was fehlt Ihnen denn?«

Der Typ vor ihr schüttelte verständnislos den Kopf und

gab keine Antwort. Wieder einer, der mich nicht sieht, dachte Maren Lisowski und kniff sich in den Oberschenkel, bis es schmerzte. »Au!«

»Dass Sie mir bloß nicht noch mal umkippen«, schimpfte der rotgesichtige Ladenbesitzer und sah sich suchend um. »Wo bleiben die denn nur?«

Marens Blick wanderte zwischen ihrem Auto und dem Mann hin und her. Wo war sie? Dann fiel es ihr wieder ein. »Wo ist denn die Polizei?«, fragte sie schüchtern und sah sich suchend um.

Ihr Gegenüber hob abwehrend beide Hände. »Wieso Polizei? Ich habe Ihnen nichts getan. Ich hab Sie nur aufgehoben. Sie sind umgefallen. Direkt vor meinem Fenster. Und dann hab ich Sie auf die Bank gelegt. Was hätt ich denn sonst machen sollen?«

Er trat an sein Schaufenster und warf einen prüfenden Blick in die Auslage, als vermute er dort einen Grund für den Zusammenbruch der Frau.

Währenddessen saß Maren sehr steif und sehr gerade auf der Bank. Der Name kehrte zu ihr zurück. Kalupka. Buchstabe um Buchstabe. Was für ein schöner Klang. Karl Kalupka. Drei mal A. Maren und Karl Kalupka. Das ergäbe vier wunderbare As, solide und sicher wie die Grundfesten eines Hauses. Darauf konnte man bauen.

Sie kniff die Augen zusammen und schüttelte sich. Vermutlich las sie zu viele Krimis. Sie musste sich verguckt haben, wie es ihr oft in letzter Zeit passierte. Da hatte sicher nicht »Mordfall« gestanden, sondern ein ganz anderes Wort, in dem zufällig auch die Buchstaben O und A vorkamen.

»Na endlich, da kommt ja der Krankenwagen«, sagte der Ladenbesitzer, erleichtert darüber, diese schwierige Kundin los zu sein.

Gut eine Stunde später öffnete Maren Lisowski die Tür zum Alten Amtshaus. Sie hatte Unmengen von Dokumenten unterschreiben müssen, nachdem der Notarzt ihr einen Finger vor die Augen gehalten hatte, dessen Pendelbewegung sie brav mit ihren Blicken verfolgte. »Keine Gehirnerschütterung«, diagnostizierte der Mann mit der randlosen Brille und dem Arztkittel. Aber er müsse sich absichern. Sie hörte, wie er mit dem Bielefelder Klinikum telefonierte. »Ja, sie soll in die Röhre. Ich brauch so schnell wie möglich eine MRT. Wir müssen eine Raumforderung im Kopf ausschließen.«

Hätte sie ihm sagen sollen, dass mit ihrem Kopf alles in Ordnung war, sie jedoch unter einem Vakuum in ihrem Herzen litt, weil Karl verschwunden war?

Hier in Kalverode gab es eine Frau, die versprochen hatte: «Alles wird gut.« Die sollte jetzt ihr Versprechen einlösen und ihr den Karl ihres Lebens zurückgeben.

Maren war gesund und hatte keine Zeit mehr zu verlieren. Sie musste gehen. »Aber auf eigene Gefahr, auf eigenes Risiko. Nicht dass ich dann auch noch wegen unterlassener Hilfeleistung dran bin«, hatte der Arzt gemeint, kopfschüttelnd über so viel Unvernunft. Und das hatte diesen Papierkrieg ausgelöst.

»Ich hatte am vergangenen Mittwoch eine Vermisstenanzeige aufgegeben und mit einer Frau von der Kalveroder Selbsthilfegruppe gesprochen«, sagte sie und hakte fordernd nach. »Wo wohnt die? Die brauche ich jetzt.«

Der junge Mann hinter dem Tresen bedachte sie mit einem langen und leicht flackernden Blick. »Da haben Sie aber Glück. Die ist zufällig grad hier.« Er griff zum Telefon. »Schickt doch mal die Hedwig vor«, sagte er und wies auf eine Holzbank. »Da können Sie warten.«

Warten, dachte Maren. Schon wieder warten. Ihr ganzes Leben hing seit einer Woche in dieser entsetzlichen Warteschleife. Aber die Frau, mit der sie telefoniert hatte, würde sie erlösen. Die würde wissen, wo Karl war und wann er zurückkäme.

Maren Lisowski sah sich auf der Wache um. Alle Fenster waren geöffnet. Weiße Vorhänge wehten im Wind. An der Wand hingen Fahndungsplakate und große Poster, mit denen vor Alkoholmissbrauch und Drogen gewarnt wurde. Da hätte auch ein Plakat hingehört, das auf die Gefahren der Liebe aufmerksam machte, dachte Maren und fühlte erneut diese fast unerträgliche Sehnsucht in der Brust.

Der junge Mann hinter dem Tresen hatte einen weißblonden Lockenkopf und eine ungewöhnlich rote Gesichtsfarbe. Sie sah nicht, was er machte, nahm nur eigenartige Geräusche wahr, die seine Gesichtsmuskeln zucken ließen und ihm Schweißperlen auf die Stirn trieben.

Den winzigen Stöpsel in seinem Ohr entdeckte sie erst in dem Augenblick, als eine stämmige Frau um die fünfzig den Empfangsraum betrat und ihr freundlich die Hand hinstreckte. »Hedwig Hagenkötter von der Selbsthilfegruppe. Sie suchen mich?«

»Haben Sie ihn gefunden?«

»Moment, kommen Sie erst einmal mit«, sagte Hedwig und wuschelte ihrem Kollegen durchs Haar. Was für ein Segen, dass der gleich richtig geschaltet und nicht verraten hatte, dass Hedwig eine Kollegin war. »Überarbeite dich bloß nicht.« Der blickte kurz hoch und wurde noch eine Nuance roter.

Kurz darauf saßen sie sich in einem sehr kleinen Café gegenüber. Draußen vor der Tür waren alle Tische besetzt, drinnen hielt sich niemand auf.

»Hier sind wir unter uns«, sagte die Frau, die sich als Leiterin der Selbsthilfegruppe vorgestellt hatte, und setzte ein gütiges Lächeln auf. »Ist er doch zurückgekommen?«

Maren schüttelte den Kopf. »Er fehlt mir immer noch.« Ihre Stimme zitterte, und es hörte sich so an, als brächte sie mit diesem Satz ihre ganze Verzweiflung auf den Punkt.

»Erzählen Sie mir von ihm«, bat Hedwig. »Was ist er für ein Typ?«

Maren schluckte. Ihr war zum Heulen zumute. »Wo kann er nur sein? Und warum meldet er sich nicht?« Sie weinte. Endlich.

Die Frau ihr gegenüber reichte ihr ein Taschentuch. Dann griff sie in eine große Einkaufstasche und legte eine Mappe mit Schwarz-Weiß-Fotografien auf den Tisch. »Sagen Sie mir einfach, wem er ähnlich sieht. Ich hab mir zufälligerweise auf der Wache mal alle Vermisstenmeldungen ausdrucken lassen. Man weiß ja nie.«

Das mit den Fotos war Melanies Idee gewesen. »Wenn das unsere Mare ist, zeig ihr erst mal andere Bilder. So lenkst du sie ab«, hatte sie schnell vorgeschlagen, als Wilfried die Besucherin anmeldete und Hedwig die Augen verdrehte: »Auch das noch! Wie bring ich der das nur bei?«

»Lass sie ein paar Minuten warten, und geh dann mit ihr ins Café, oder soll ich mit ihr reden?«

Hedwig Hagenkötter hatte an diesem Punkt so schnell und so entschieden den Kopf geschüttelt, dass Melanie begriff: Von ihren Gesprächsführungsqualitäten schien die nebenberufliche Leiterin einer Selbsthilfegruppe für liebessüchtige Frauen nicht besonders viel zu halten.

»Na gut, dann such ich dir die Jungs mal raus«, hatte Melanie klein beigegeben und im Internet nach etwa einem Dutzend gut aussehender Männer gefahndet. Sie wurde schnell fündig. Zwischen deren Porträts schob sie das von Felix Kalupka – an zweitletzter Stelle.

»Führ ihr erst die Unbekannten vor. Mit jedem Bild, das nicht ihren Vermissten zeigt, fühlt sie sich sicherer und schöpft sie Hoffnung. Und weißt du, vielleicht hatte der ja auch gar nichts mit ihr. Ich persönlich fände es super, wenn die auch beim vorletzten Bild den Kopf schütteln würde und dann nach Hause fährt. Und da sollte dann ihr Alter vor der Tür stehen, und alles ist wieder gut. Wie im Märchen.«

»Das glaubst du doch wohl selber nicht«, hatte Hedwig gesagt und nach der Mappe gegriffen.

»So viele Männer«, murmelte Maren nun fast andächtig. »Und die werden alle vermisst?«

Hedwig deutete ein Nicken an.

Maren betrachtete die Fotos angespannt und hielt jedes einzelne mindestens dreißig Sekunden lang in der Hand. All diese Männer hatten mindestens eine, die sie liebte und sich nach ihnen sehnte. Die sie vermisste. Sie sah sich die Gesichter der Männer an, und es schien ihr, als stünden hinter jedem mindestens drei traurige Frauen. Die Mutter, die Schwester und die verzweifelt suchende Freundin. Daher gab es so viele gebrochene Frauen. Maren hatte sich schon immer gefragt, woher die kamen und warum sie sich so schnell vermehrten. Und immer wollten sie Bücher über die Liebe ausleihen, als könne man das Glück aus Büchern lernen oder sich mit ihnen sogar gegen ein Unglück wappnen. Dabei halfen Bücher nur für eine kurze Zeit beim Vergessen. Und das auch nicht immer.

»Wohin gehen denn die ganzen verschwundenen Männer?«, flüsterte Maren Lisowski fassungslos und hatte plötzlich den schrecklichen Verdacht, dass es so etwas wie eine Parallelwelt geben könnte, von der alle guten Männer weggeschluckt wurden.

»Ich weiß es nicht«, antwortete Hedwig und sah sich ihre Besucherin genauer an. Die Frau vor ihr hatte tiefe Schatten unter den Augen und wirkte so fahrig und unkonzentriert, als habe sie seit einigen Nächten nicht mehr geschlafen.

Diese Frau also war von Felix Mare genannt worden. Doch an der gab es nichts, was Hedwig an ein Meer denken ließ, nicht einmal an ein Meer mit wolkenverhangenem grauem Himmel darüber.

Vor ihr saß das, was man landläufig als unscheinbares Mäuschen bezeichnete. Keine besondere Ausstrahlung und kein Make-up, kein Schmuck. Die Zähne eigenartig schief, ein fliehendes Kinn, kleine Augen mit farbloser Iris. Vermutlich eine Art Kontrastprogramm zur Schönheitskönigin von Gütersloh, lästerte Hedwig innerlich und fragte sich, was Felix Kalupka an der gefunden haben mochte. Flachbrüstig, Bauchansatz, kurze, stämmige Beine. Ein absolutes Häufchen Elend mit dem legitimen, aber höchstwahrscheinlich uneinlösbaren Anspruch auf Glück. Das Leben war ungerecht.

»Sie haben gesagt, alles wird gut«, sagte Maren nun und bedachte Hedwig mit einem hoffnungsvollen Blick.

»Das sagt man doch so dahin.« Man würde sie doch nicht wegen einer stehenden Redewendung belangen. Das wäre ja noch schöner!

»Aber Sie machen es wieder gut«, stellte Mare klar und schenkte ihrem Gegenüber den Blick eines Kleinkindes, das weiß, dass den Erwachsenen alles möglich ist.

Hedwig wollte lügen, aber es gelang ihr nicht. Sie seufzte.

Noch immer blätterte Maren durch die Fotos. »So wunderbare Männer – wer holt sich die bloß?«

Hedwig rutschte auf ihrem Caféhausstuhl hin und her. Was zum Teufel antwortete man auf eine solche Frage? Das Schicksal, das Leben, der Tod, andere Frauen? Sie kannte diesen Typ Frau aus ihren Selbsthilfegruppen. Es waren von ihren Liebhabern manipulierte «Alles-oder-nichts-Frauen«. Denen war am schwierigsten beizukommen. Sie verstanden sich als Teil ihres Mannes. Und wenn der wegging, löste sich auch ein Stück von ihnen auf.

»Was wissen Sie von ihm? Hat er Ihnen seine Pläne mitgeteilt? Was macht er beruflich?«, wollte Hedwig nun von Maren wissen.

Deren Blick wurde klarer, und sie richtete sich ein wenig auf. »Ich weiß nicht viel von ihm. Einmal hatte er einen Albtraum, in dem es um Schachfiguren ging. Als ich ihn weckte, sagte er, er habe sich für eine Bezirksmeisterschaft angemeldet. Was Genaueres weiß ich auch nicht.«

»Bezirksmeisterschaft also«, wiederholte Hedwig und gab ihrer Stimme einen extrem zuversichtlichen Ton. »Das hilft uns schon viel weiter. Ich habe einen guten Draht zur Kommissarin. Wir sind befreundet. Sie wird sich die Anmeldelisten für diese Turniere schicken lassen. Und dann sehen wir mal.«

Maren blätterte weiter und seufzte. »Vermutlich sind all diese Männer zu gut für unsere Welt«, murmelte sie. Dann hatte sie das vorletzte Porträt erreicht. Ihr »Nein« klang heiser, eher erstaunt als erschrocken. »Woher haben Sie das Bild?«

»Ist das Ihr Karl?«, fragte Hedwig dagegen.

Mare nickte.

Die Sachbearbeiterin der Polizeidienststelle in Kalverode griff nach Maren Lisowskis Hand. »Wir gehen nun zurück zur Inspektion. Vielleicht weiß meine Freundin Annalena mehr«, sagte sie und winkte der Kellnerin.

»Das kann nicht sein«, widersprach Mare, als zwei Frauen sie etwa zehn Minuten später mit der traurigen Wahrheit konfrontierten. »Er ist gesund, er raucht nicht, und er trinkt nicht, und er ist Taucher. Zum Tauchen lässt er sich regelmäßig untersuchen. Er ist ganz stolz auf seine Kondition. Der da heißt Felix, und meiner heißt Karl. Sie müssen sich irren.«

Hedwig sagte ihr nicht, wie gern sie sich in diesem Fall geirrt hätte.

16. Kapitel

»Es ist nicht zu fassen!« Horst Toplischek tobte. Mit rotem Kopf lehnte er in der Türöffnung zu Ewalds Büro und konnte sich nicht beruhigen. Melanie hatte ihn noch nie so schreien hören. Jetzt vernahm sie die ruhige Stimme des Kriminaloberrats, wusste aber im gleichen Moment, dass die nicht zu ihrem Kollegen durchdringen würde, denn der hauptamtliche Spurensicherer wütete weiter: »Wer hat denn hier die Fortbildung in Verhörtechnik gemacht? Wer geht denn dauernd auf Seminare? Wer lernt und studiert, bis ihm der Schädel qualmt? Von früh bis spät? Die da nicht! Und trotzdem lasst ihr die mit der Frau da sprechen? Die machen doch nix als Fehler! Die halten die Standards nicht ein. Wieso informiert mich denn keiner? Das ist mein Metier!«

»Du hast doch schon genug an der Hacke«, unterbrach Melanie sein Gejammere.

Horst hielt eine Sekunde inne und schnappte empört nach Luft. Dann fauchte er sie an: »Verstehst du denn nicht, dass ich auch mal mein Wissen einsetzen will? Noch kein einziges Mal habt ihr mich mit Zeugen oder Verdächtigen sprechen lassen! Wozu mach ich das denn alles? Zum Wohl dieser Dienststelle! Aber nein, kein Dank, keine Anerkennung, ihr gebt mir ja nicht mal die Chance, euch zu zeigen, was ich kann. Und Ratschläge darf ich auch nicht geben. Aber das sage ich euch: Von jetzt an leg ich mich am Wochenende auf die Couch und lern nix mehr dazu. Ihr habt keinen Experten verdient. Ihr nicht! Und dann schickt ihr auch noch die Hedwig zur Annalena in die Vernehmung. Es ist ungeheuerlich. Ich fühle mich echt verarscht.« Er schüttelte den Kopf so vehement, dass seine grauen Haare stoben.

»Das ist keine Vernehmung«, verbesserte Melanie ihn. »Das ist ein Gespräch unter Frauen. Wir wissen doch definitiv, dass keine der fünf Kalupka-Freundinnen als Täterin infrage kommt. Annalena und Hedwig beruhigen die vermutlich fünfte Freundin unseres Opfers, die erst jetzt checkt, dass ihr Karl nicht mehr lebt. Außerdem hat Hedwig eine Ausbildung in Gesprächstherapie.«

»Das kann ich auch«, wurde sie von Horst unterbrochen. »Ich hab unter Aufsicht geübt, wie man den Leuten beibringt, dass einer tot ist. Nämlich schonend. Und wer davon überhaupt keine Ahnung hat, ist Hedwig.«

Melanie widersprach. »Hedwig leitet eine Selbsthilfegruppe. Sie hat Erfahrung in solchen Sachen. Außerdem ist sie eine Frau. Und Liebesdinge lassen sich am besten von Frau zu Frau besprechen.«

»Das hab ich auch alles gelernt. Hab sogar einen Sonderkurs zum Thema ›Schlechte Nachrichten überbringen‹ gemacht. Gute gibt es ja bei uns nicht so viele.«

Melanie sah ihn lange an. Sie fragte sich, wie Horst wohl in einem Vier-Augen-Gespräch sein mochte, und es schüttelte sie.

Ewald deutete per Zeichensprache an, dass er genug hatte. Melanie nahm Horst ins Visier und fragte streng: »Wieso bist du nicht in deinem Labor? Sind denn schon alle Audiodateien abgehört? Du hast doch sechzig bis achtzig Stunden Zeit dafür geschätzt. Hast du dich da etwa so vertan?«

Er kniff die Augen zusammen und antwortete schnell: »Das machen die Jungs, Heinz und Wilfried. Da könnense vielleicht noch was bei lernen.« Grinsend fügte er hinzu: »Dafür hab ich die Textdateien durchgeguckt und seinen privaten Terminkalender gefunden. Du hattest ja schon ein paar Stichworte aufgeschrieben. Der Kalupka ist tatsächlich für ein Schachturnier angemeldet. Letzter Sonntag im August, Bielefeld.«

»Da wird er ja wohl nicht mehr hingehen können«, kommentierte Ewald lakonisch.

Melanie wandte sich an Horst: »Hast du die Teilnehmerliste?«

Er nickte.

»Und?« Sie hob die Augenbrauen.

»Nur achtzehn Teilnehmer«, antwortete er und hielt ein gefaltetes Blatt hoch.

»Dann komm mal mit. Ich will die Namen mit denen auf unserem Mindmap abgleichen«.

Seufzend schlurfte er hinter ihr her.

Melanie Dierks stand vor Annalenas Notizwand und hielt einen Strauß dicker wasserfester Filzstifte in der Hand.

»Was machst du da?« Annalenas Stimme klang panischer als gewollt.

»Das siehst du doch, ich reihe die Mädels ein«, antwortete Melanie gelassen. Sie hatte eine Art Strahlenkranz um Kalupkas Porträt gezogen, von dem Pfeile abgingen, die wiederum auf fünf verschiedene Namen zielten.

»Hey, das ist aber meine Wand«, sagte Annalena und ärgerte sich. Hatte nicht sie selbst noch vor Kurzem verkündet, dass jeder von ihnen an dem Mindmap arbeiten sollte?

Melanie drehte sich um und riss in gespieltem Erstaunen die Augen auf. Toplischek wies mit dem Zeigefinger auf das Mindmap. »Weißte, dahinter ist nämlich ein Spiegel versteckt. Den hat unsere Kollegin mit Rückseiten von Tapetenrollen zugepappt. Und weißt du, warum?«

Melanie schüttelte den Kopf, und ihr Zopf schaukelte von links nach rechts.

»Unsere Annalena hat nämlich eine Spiegelphobie! Darüber sollte sie sich mal mit Hedwig unterhalten. Da besteht Gesprächsbedarf, und in der Zeit kann sie mir das Verhören möglicher Zeugen oder gar Täter überlassen. Aber hier macht ja jeder, was er will.«

»Echt, du hast auch ein Handicap?« Melanie bedachte Annalena mit einem anerkennenden Blick und wirkte erleichtert. »Da bin ich aber froh.«

Annalena verdrehte die Augen. »Dann pinsel halt weiter.« Kopfschüttelnd wandte sie sich wieder an Horst.

»Ich hab's auch gleich.« Die Stifte in Melanies Hand quietschten, sobald sie ihre kräftigen Linien zog. »Also«, sagte sie dann, »beginnen wir doch am besten mit den Wochentagen. Montag Hilde Möllensiep, Dienstag, wie wir seit Kurzem wissen, Maren Lisowski, Mittwoch Nina Mentrop. Donnerstag hatte er frei – oder soll ich hier vielleicht doch besser erst einmal ein Fragezeichen hinmalen?« Sie wartete Annalenas Reaktion ab, doch die schwieg. »Na gut. Freitag Nicole Uhlenbrock«, schrieb Melanie an die Wand. »Und was war Samstag?«

»Samstags war Schach«, ergänzte Annalena schnell und fügte hinzu: »Offensichtlich war der Samstag sein frauenfreier Tag. Abgesehen davon, dass Thekla Wissing jeden Samstag kam und Schnittchen bereitstellte und Rotwein dekantierte.«

»Rotwein was?«, fragte Horst.

»Rotwein öffnete«, klärte Annalena ihn auf und wusste, dass Hedwig, auch wenn sie keine Spezialseminare zum Thema Vernehmungstechniken besucht haben mochte, sofort gewusst hätte, was dekantieren heißt. Um intelligente Vernehmungen zu führen, braucht es auch ein bisschen Allgemeinbildung, dachte sie, verschluckte die Bemerkung aber.

»Und sonntags Isabella Höhler«, beendete Melanie ihre Aufzählung. Sie schrieb mit großen, ausladenden Buchstaben und brachte mit ihrem fetten Gepinsel – zumindest schien es Annalena so – das ausgewogene Bild ihrer bisherigen Ermittlungen ins Wanken.

Nichts sah mehr so ansprechend aus wie zuvor, Zeilen mit

hastig hingeworfenen Stichworten liefen aus dem Ruder, Buchstaben überlappten sich, kamen sich in die Quere. Plötzlich wirkte das Ganze wie ein wildes und planloses Gekritzel ohne Sinn und ohne Ziel. Super!, dachte Annalena und verspürte einen Anflug von Bitterkeit. Jetzt hatte die Neue also auch diese Übersicht durch ihr Chaotentum versaut.

Am liebsten hätte sie alle Tapetenstreifen abgerissen und noch einmal ganz von vorne begonnen, aber dazu hatten sie wirklich keine Zeit. Mit dicken und farbigen Wellenlinien ordnete Melanie nun die verschiedenfarbigen Handys den jeweiligen Frauen zu. Dann trat sie zurück und besah sich ihr Werk. »Das hat was Dynamisches«, stellte sie klar und ging befriedigt zu ihrem Schreibtisch.

Der oberste Spurensicherer wedelte mit seinem Blatt Papier. »Für das Schachturnier sind Kalupka und Schulze-Kottig angemeldet.«

»Ich glaub's nicht.« Annalena ließ sich auf ihren Stuhl fallen.

»Mit dem hat er bestimmt geübt«, diagnostizierte Melanie. »Vielleicht braucht man ja so einen Coach, wenn man zum Turnier geht. Aber wegen Schachmatt bringt man doch keinen um, oder?«

Annalena nickte nachdenklich. »Das stimmt. Nur: Ist der Schulze-Kottig nicht auch der Freund von Roswitha Kalupka?« Sie suchte Melanies Blick. »Hast du das nicht ins Protokoll geschrieben?«

»Ja, ich glaube, so heißt der.« Melanie zögerte. »Ich hätte doch gleich mit dem sprechen sollen.«

»In der Tat!« Annalena klang gereizt. »Was mich interessiert: Haben die erst zusammen Schach gespielt, und dann kamen Liebe und Eifersucht dazwischen – oder war es dem Kalupka ganz recht, dass sich sein Schachpartner um Roswitha kümmerte, während er jedem Rock nachlief?«

»Weißt du was, Chefin?«, sagte Horst unvermittelt. »Dieses Gespräch führe aber ich.«

Annalena nickte genervt und betrachtete den frisch gemalten Strahlenkranz um Kalupkas Kopf. Wie hatten sie nur diese wichtige Figur übersehen können! Schuld war Melanie. Die hatte da den Wurm reingebracht! Die und ihr Durcheinander! Sie zwang sich zu einem verbindlichen Ton und wechselte das Thema: »Ist euch eigentlich klar, dass wir fünf Witwen haben? Wenn wir seine Exfrau noch dazuzählen, sind es sogar sechs.«

Melanie begann zu kichern. »Und jede davon hält sich für die Einzige mit hochexklusivem Recht auf Trost und Trauer. Stellt euch nur mal vor, wir wären in Indien: Da könnten die zur Witwenverbrennung gleich sechs Scheiterhaufen um den Toten herum errichten.«

»Das dürfen die nicht mehr«, stellte Horst klar. »Seit 1829 ist das verboten.«

»Ja und? Da halten sich die Witwen doch nicht dran. Die springen von selbst ins Feuer, damit jeder sieht, wie groß ihr Schmerz ist«, hielt Melanie dagegen.

Annalena fragte sich, woher die beiden ihr Expertenwissen haben mochten. »Wir sind aber nicht in Indien, und wir haben ein Problem«, sagte sie und wies mit dem Lineal auf die fünf Frauennamen. »Wir können die doch nicht alle über die Beerdigung informieren.«

»Wenn überhaupt jemand einlädt, dann wird's ja wohl Roswitha Kalupka sein«, meinte Horst nachdenklich. »Das ist zwar seine Ex, aber immerhin die einzige Angehörige.«

»So wie die drauf ist, lässt die alle Pseudowitwen antanzen und beguckt sich das Hauen und Stechen«, meinte Melanie und fügte hinzu: »Jörg hat mich gestern angerufen und erzählt, dass er sie besucht hat. Der geht's übrigens wieder viel besser. Sogar die Schönheitskönigin nimmt er ihr nun wieder ab. Außerdem hat er das Gefühl, der Kalupka wäre jeder Skandal recht. Hauptsache, sie kommt in die Presse.«

Hedwig Hagenkötter war schweigend ins Büro der beiden Kommissarinnen gekommen und lehnte sich gegen die Wand. Horst wandte sich um und fragte feindselig: »Na, musstest du deine Vernehmung abbrechen, weil du nicht weiterweißt?«

»Nein, wieso?« Hedwig schüttelte den Kopf. »Ich hab die Lisowski nach Hause geschickt und ihr meine Handynummer gegeben. Ihre Personalien haben wir ja.« Sie wandte sich an Melanie: »Der Kalupka hat sich ihr gegenüber tatsächlich als Karl ausgegeben. Der hat sie echt von vorne bis hinten verarscht. Unglaublich! Ich weiß ja, dass Frauen gelegentlich nur das sehen wollen, was in ihr Bild passt, aber die da, nee, also so was von blauäugig. Die hat ihrem Prinzen alles abgenommen. Jede Lüge, jeden Schwachsinn. Der hätte ihr erzählen können, dass die Erde eine Scheibe ist, und sie hätte ihm auch das geglaubt.«

»Was wusste sie denn nun konkret von ihm?«

»Nichts«, sagte Hedwig. »Das ist ja das Problem. Keine Vergangenheit, keine Zukunft. Nur ein bisschen Gegenwart, und auch nur an einem Abend in der Woche. Jeden Dienstag. Der Rest war Hoffen und Warten. Wisst ihr was? Die tut mir echt leid.«

»Wird es wohl nötig gehabt haben«, murmelte Melanie ohne Mitleid.

»Was nötig gehabt?«, hakte Horst nach.

»Liebe, Sehnsucht und diesen ganzen Quatsch. Dieses ganze Unglück.« Melanie schwieg, kniff die Lippen zusammen und sah aus dem Fenster.

Hedwig seufzte. Sie hätte zu gerne gewusst, vor wem sich Melanie in eine derart bittere Haltung geflüchtet hatte.

»Was ist jetzt, kann ich jetzt diesen Richard Schulze-Kottig aus Gütersloh vernehmen oder nicht?« Horst Toplischek hatte beide Hände in die Hüften gestemmt und wippte ungeduldig auf und ab. Er wirkte wie ein verwegener alternder Rocker.

»Es ist wirklich blöd, dass ihr den damals nicht gleich mitbefragt habt«, wandte Annalena sich vorwurfsvoll an Melanie.

Die hob die Schultern. »So isses nun mal!«

Annalena straffte sich. »Also gut. Aber wir müssen erst herausarbeiten, was genau wir von dem erfahren wollen.«

»Pah«, schnaubte Horst. »Das brauchen wir wirklich nicht. Ich mach meine Vernehmungen nämlich immer aus dem Bauch heraus.« Die drei Frauen starrten ihn so neugierig an, als warteten sie darauf, dass Horsts Bauch anlässlich dieses Bekenntnisses zu sprechen beginne.

Bauchgefühl! Deswegen hat ihn bislang wohl auch noch keiner ins Vernehmungszimmer gelassen, dachte Annalena und überlegte, wie sie aus dieser Nummer wieder herauskommen könnte.

»Ich komme mit«, erklärte Melanie selbstbewusst. »Erstens hätte ich gleich mit dem reden sollen, zweitens kenne ich den Weg, drittens sehen vier Augen mehr als zwei, und viertens« – hier unterdrückte sie ein Grinsen – »kann ich ja möglicherweise auch noch was von dir lernen. Außerdem können wir einen kleinen Abstecher zu Jörg machen. Der freut sich bestimmt.«

»Stopp, stopp, stopp«, unterbrach Annalena die beiden. »Mir geht das alles viel zu schnell. Was wissen wir denn eigentlich über diesen Schulze-Kottig?«

Melanie zählte auf: »Schulze-Kottig hat mit dem Verstorbenen Schach gespielt. Und zwar jeden Samstag. Er hat die Schönheitskönigin getröstet, als Kalupka alles anbaggerte, was nicht bei drei auf den Bäumen war. Und er ist gemeinsam mit Felix Kalupka zum Schachturnier angemeldet.«

»Was heißt hier getröstet? Und wenn es nun umgekehrt war? Wenn sie sich erst mit dem Schachpartner ihres Mannes eingelassen hat und der sich dann als Reaktion darauf nach anderen Frauen umgesehen hat?«, gab Hedwig zu bedenken.

»Würdet ihr weiterhin mit jemandem Schach spielen, der euch euren Partner ausgespannt hat?«, konterte Annalena. »Selbst wenn es ein guter Spieler ist und man viel von ihm lernen kann?«

»Kommt drauf an, bei meinem Alten schon«, meinte Hedwig grinsend. »Der Frau wäre ich sogar dankbar.«

»Das meinst du nicht im Ernst, oder?«

Hedwig lachte. »Kalt erwischt!«

Annalena schwitzte. Da waren einfach zu viele Leute in ihrem Zimmer, und draußen waren es immer noch über dreißig Grad. Sie war es gewohnt, in aller Ruhe Strategien zu entwickeln, während sie alle Wenns und Abers durchspielte. Doch mit einem derartigen Volksaufstand in ihrem Büro war ja nicht mal klares Denken möglich. Sie riss die Fenster sperrangelweit auf. Kein Windhauch streifte die weißen Vorhänge. Die Kirchturmuhr von Sankt Agnes läutete. Es war genau sechzehn Uhr. Zeit, Entscheidungen zu treffen.

Sie richtete ihren Zeigefinger auf Horst und Melanie. »Bis Gütersloh seid ihr eine gute Stunde unterwegs. Der Typ arbeitet bei der Caranopp-Stiftung und ist garantiert nicht vor sechs zu Hause. Und da ich annehme, dass ihr den angesehenen Finanzmanager der Stiftung nicht in seinem Büro kompromittieren wollt, schlage ich vor, dass ihr frühestens um fünf hier abdüst – besser noch halb sechs. Und bis dahin brauche ich ein bisschen Zeit zum Nachdenken. Dass das klar ist.«

»Logo, ich wollte sowieso noch was von Melanie«, verkündete Hedwig. »Kommst du mit zu mir?«

Melanie nickte.

»Und du, Horst, hältst dich bitte an meine Anweisungen«, befahl Annalena. »Ich habe nämlich gelernt, dass zielorientierte Befragungen am ehesten zu verwertbaren Aussagen führen. Meinetwegen kann dein Bauch ja noch mitgrummeln, aber vorrangig müssen Fakten abgefragt werden. Und diesen Fragenkatalog stelle ich euch bis dahin zusammen, okay?«

»Na schön«, grummelte Horst nicht wirklich überzeugt. »Ich hab sowieso genug zu tun, und wenn's sein muss, dann fahren wir eben zu zweit.«

Sie würde den Kriminaloberrat unter Druck setzen, beschloss Annalena. Entweder bekam sie ein eigenes Zimmer, oder sie ließ sich versetzen. Das ging doch nicht an, dass alle anderen ständig bei ihr herumstanden und sie von der Arbeit abhielten. Markus Wissing hatte ein eigenes Zimmer und auch dieser Stinkstiefel Toplischek, wobei der vermutlich vor allem deshalb alleine hinter seinem Schreibtisch hockte, weil es niemand neben ihm ausgehalten hätte. Aber ihr als Frau war garantiert unterstellt worden, dass sie sozial verträglich sei. Die Doppelbesetzung in ihrem Büro erschien Annalena mit einem Mal wie eine Schikane. Und jetzt läutete auch noch das Telefon.

Genervt meldete sie sich: »Polizeiinspektion Kalverode, Hauptkommissarin Brandt am Apparat.«

Jemand räusperte sich, und es knackte in der Leitung, bevor sie eine Stimme hörte. »Ich bin's. Friedemann Vortkamp.«

Annalena sah, dass sich auf ihren Unterarmen eine Gänsehaut bildete. Sie schnappte nach Luft, und ihr wurde bewusst, dass sie lächelte. »Wollen Sie etwa schon wieder ein ›Schade‹ sagen? Ich habe nämlich auch heute keine Zeit.«

Er seufzte demonstrativ, und sie registrierte das verhaltene Schmunzeln in seiner Stimme: »Das kenne ich ja schon von Ihnen. Aber es stimmt. Ich finde es weiterhin schade. Jetzt rufe ich aber an, weil mir gestern etwas zu Ohren gekommen ist, was mir zu denken gibt. Kann ich es Ihnen kurz erzählen?«

Annalena ließ sich ihre Enttäuschung nicht anmerken. Es wäre ja auch zu schön, wenn er einfach nur gesagt hätte: »Ich wollte mal kurz Ihre Stimme hören. Nur so.«

Sie gab sich angespannt. »Ich höre.«

»Also, meine Cousine Gertraud Vortkamp macht den Haushalt bei Roswitha Kalupka in Gütersloh. Und jetzt ist sie ernsthaft krank.«

»Aha.« Annalena stand auf und schrieb den Namen von Friedemanns Cousine über den von Roswitha Kalupka. Wieso hatte ihr das niemand gesagt? Was für eine eigenartige Verbindung! Dieser Name hatte definitiv nicht in Melanies Einsatzbericht gestanden. Der wäre ihr aufgefallen. Mit dem Telefon am Ohr trat sie ans Fenster und stellte sich zwischen die weißen Vorhänge, die zum ersten Mal an diesem Tag von einer leichten Brise bewegt wurden. »Und jetzt wollen Sie mir erzählen, dass es so etwas wie schwarze Magie gibt und dass die Krankheit geheimnisvollerweise direkt von Frau Kalupka auf deren Hausdame übergesprungen ist?« Ihre Stimme klang strenger als geplant.

»Das muss ich Ihnen nicht erst erzählen«, antwortete er hörbar pikiert. »Ich weiß, dass es sie gibt. Ebenso wie Kitty Siebert es weiß. Und jetzt wissen Sie das mit meiner Cousine auch, und ich wünsche Ihnen einen schönen Abend.«

Annalena biss sich auf die Lippen. Sie hatte ihn gekränkt. Kleinlaut murmelte sie: »Tut mir leid.«

Aber er hatte schon aufgelegt.

Noch so eine Mimose, der ist ja fast schlimmer als Horst, dachte sie ärgerlich und ging kopfschüttelnd zu ihrem Schreibtisch zurück. Sollte sie wirklich den nach eigenen Angaben besten Befrager aller Zeiten zusammen mit Melanie nach Gütersloh schicken? Und dachte dieser Friedemann tatsächlich, sie könne im Rahmen ihrer Mordermittlungen so ganz nebenbei die Krankheit seiner Cousine aufklären? Worum sollte sie sich denn noch alles kümmern? Mit knirschenden Zähnen schrieb sie eine Checkliste für Horst und Melanie.

»Klar mach ich Überstunden und Wochenenddienst, für euch doch immer«, versprach Jörg Ottenhöver am Telefon. »Sag bloß, die Brandt lässt dich die Befragung führen. Da hast du aber wirklich Karriere gemacht. Respekt. Ich hab ja immer befürchtet, dass diese ganzen Zusatzausbildungen dir gar nichts bringen, aber unter uns: So'n richtiges Lob hast du doch nie dafür gekriegt, oder?« Seine Stimme klang lauernd.

»Es ist eben wahnsinnig viel zu tun«, wich Horst Toplischek aus und fühlte sich mit einem Mal ungeheuer bedeutsam. »Und wir sitzen ja alle in einem Boot. Da muss eben jeder ran, und jeder von uns wird dann auch für genau die Aufgaben eingesetzt, die er am besten zu leisten vermag.« Hingerissen von seiner plötzlichen Wichtigkeit lauschte er dem Klang seiner Worte.

»Da haste recht«, bestätigte Jörg Ottenhöver. »Wird ja auch Zeit, dass Madame endlich die Qualitäten ihres Fußvolkes anerkennt. Hättse mal früher hingucken sollen, dann wär sogar ich bei euch geblieben. Ja, auch Lehrertöchterchen können noch dazulernen. Wer hätte das gedacht. Wann kommt ihr denn ungefähr?«

»Ich denke, wir fahren gegen achtzehn Uhr los. Es müssen noch ein paar Vorbereitungen getroffen werden.«

»Super, dann schlagen wir zu dritt bei diesem Stiftungstypen auf, ich sag dir, dem geht dann garantiert der Arsch auf Grundeis, und anschließend zeige ich euch einen supertollen Biergarten.«

»Ich dachte, Biergärten gibt's nur in Bayern?«, scherzte Horst von oben herab und spürte, wie ihm das Wasser im Mund zusammenlief.

»Biergärten gibt's überall da, wo man im Freien 'nen Pilsken trinken kann«, verkündete Jörg gerade, als Annalena die Tür zu Horsts Zimmer öffnete und – ohne nach rechts oder links zu sehen – rief: »Wenn ihr sowieso schon da hinfahrt, dann schaut doch bitte auch kurz bei Roswitha Kalupka rein. Mich interessiert, ob es der wirklich schon viel besser geht. Vielleicht ist ihr ja in der Zwischenzeit noch was eingefallen, was für uns von Bedeutung sein könnte.«

Horst wies auf sein Telefon. »Kann ich vielleicht ganz kurz mein wichtiges Gespräch beenden? Also …«, sagte er dann mit bedeutungsschwangerer Stimme. »Haste ja wohl gehört. Hier ist die Hölle los. Wir machen uns dann mal auf den Weg.«

Er fuhr seinen Computer herunter, ging in den Flur und rief, so laut er konnte, nach Melanie.

Roswitha Kalupka hatte die vergangenen Tage genutzt, um ihren gesamten Lebensbereich nach draußen zu verlagern. Dieser Sommer war nach ihrem Geschmack. Stolz wies sie auf Tisch und Stühle, Gartendusche, Eisschrank, Fernsehgerät und Sonnenliege und verkündete ihr neues Schlagwort »Outdoor-Living«. Sie verriet ihren Besuchern, dass sie auch nachts draußen schlief, vor dem Einschlafen ohne zusätzliche Lampe in ihrem E-Book-Reader las und daher nicht von Mücken belästigt wurde. »Das ist die frische Luft. Die tut mir einfach gut. Ich merke richtig, wie ich gesund werde.«

Mit beschwipster Stimme bot sie ihren Gästen etwas zu trinken an. In ihrem Outdoor-Kühlschrank waren Mineralwasser-, Gin- und Proseccoflaschen gelagert.

»Wer fährt zurück?«, fragte Horst, und als Melanie auf sich zeigte, entschied er sich für einen Prosecco.

Tatsächlich sah Roswitha Kalupka tausend Mal besser aus, als Melanie es in Erinnerung hatte. Ihre Haut schien glatter, ihr Haar glänzte und knisterte, und sie strahlte einen ganz anderen Elan aus als letztes Mal. Die einzige Schönheitskönigin von Gütersloh trug ein knallgelbes Seidenkleid der Marke VIP mit unverschämt vielen geöffneten Knöpfen. Darunter lugte lachsfarbene Spitzenunterwäsche hervor. Das schwarze Haar hatte sie zu einem lockeren Knoten hochgesteckt.

»Sie sehen wirklich phantastisch aus«, rutschte es Melanie gegen ihren Willen heraus.

»Danke, mir geht es auch wunderbar. Endlich wieder!« Roswitha Kalupka strahlte. »Vielleicht geht es mir auch besser, weil die Geschichte mit Felix endgültig beendet ist. Aus und vorbei. Mehr als tot geht ja wohl nicht, oder?« Sie kicherte, und Melanie fragte sich, wie viele Flaschen Prosecco die lustige Witwe im Laufe des Tages getrunken haben mochte. »Alles wird gut«, frohlockte die Kalupka nun und lud mit einer einladenden Geste an ihren Tisch. Ihre Mundwinkel waren trocken. Der unkontrollierte Speichelfluss war offensichtlich überstanden.

»So viel Zeit haben wir nicht«, begann Horst Toplischek das Gespräch und verbot den beiden anderen mit einer Geste, sich zu setzen. Dann hob er wie auf einer Party sein langstieliges Sektglas.

»Na, dann lassen Sie mal hören.« Roswitha Kalupka schenkte sich ein wenig Gin nach.

Toplischek fragte betont beiläufig: »Wo waren Sie eigentlich in der Nacht von Samstag auf Sonntag in der vorvergangenen Woche?«

Sie kniff die Augen zusammen und fixierte ihn mit einem schelmischen Blick. »War das nicht die Nacht, in der mein Ex sämtliche Löffel sowie alles andere abgegeben hat?«

Horst nickte, und Melanie und Jörg warfen sich beredte Blicke zu. Die hatte eindeutig zu viel Alkohol im Blut.

»Da ging's mir noch gar nicht gut. Ich musste den Notarzt rufen und hing dann wegen akuter Atemnot vierundzwanzig Stunden lang in der Klinik am Sauerstoffgerät. Schrecklich, aber jetzt geht es wieder bergauf!« Sie hielt inne und wurde offensichtlich auf einen Schlag wieder nüchtern. »Wissen Sie, es gibt nichts Schlimmeres, als wenn der Körper Dinge tut, die Sie mit dem Verstand nicht mehr kontrollieren können. Ich hab gesabbert wie eine alte Bulldogge. Es hörte einfach nicht auf. Können Sie sich das vorstellen? Mein Gott, war das fürchterlich! Manchmal kam Gertraud, und wir haben die ganze Nacht ferngesehen, weil die auch nicht schlafen konnte und mir einen Sabberlappen nach dem anderen bringen musste. Ich hab mich vor mir selbst geekelt.«

»Hat Ihre Haushaltshilfe heute frei?«, fragte Horst.

»Die ist leider krank«, jammerte Roswitha. »Wegen der Hitze hatte ich sie gebeten, im Keller zu putzen und aufzuräumen, denn da unten ist es noch relativ kühl. Und dann kam sie gestern hoch und sagte, sie habe Kopfschmerzen und ihr sei schwindlig. Und stellen Sie sich vor, wegen dieser Kopfschmerzen ist sie ins Krankenhaus gegangen. Finden Sie das nicht übertrieben? Das Personal ist heute auch nicht mehr das, was es mal war.«

Horst gab ihr recht.

»Na ja, so wie es mir momentan geht, komme ich auch ohne sie klar«, fuhr Roswitha Kalupka fort. »Aber was mache ich, wenn ich einen Rückfall kriege? Kennen Sie jemanden, der mir dann zur Hand gehen könnte?« Sie sah die Polizisten bittend an.

»Ich kann mich gern mal umhören«, sagte Jörg und gab ihr seine Karte.

17. Kapitel

Maren Lisowski hatte sich immer zur breiten Masse gezählt, zur Dutzendware der Natur, wie sie es selbst gelegentlich nannte. Für sie war das keine Abwertung. So schlecht war diese Kategorie nämlich gar nicht. In dieser Liga hielten sich schließlich so gut wie alle auf, und das gab ihr Sicherheit. Sicherheit, Schutz und Deckung.

Die breite Masse hatte etwas Behütendes. In ihrer Mitte war man nicht allein – zumindest hatte sie es so empfunden. Aber dann hattte sie doch ihren Kopf aus der Herde der Mittelmäßigen in die Höhe gestreckt und war Karls Blick begegnet. Und wurde jetzt dafür bestraft. Glück gab es nun mal nicht umsonst.

Während Maren Lisowski ihr kleines Auto Richtung Gütersloh steuerte, dachte sie an diese nette Frau aus Kalverode. Die hatte nicht ein einziges Mal das Wort Karl ausgesprochen, hatte immer nur von einem Felix dahergeredet, was hatte der eigentlich damit zu tun? Nichts! Sie hatte es ihnen oft genug gesagt!

Oder hatten möglicherweise sie und Karl mit dieser ganzen Geschichte gar nichts zu tun?

Maren spürte, wie ihr Körper von einer Gänsehaut überzogen wurde und ihr Magen rebellierte. Sie fuhr an den Straßenrand und unterdrückte das aufsteigende Würgen. Die hatten sich geirrt! Das war's. Die hatten sich einfach geirrt. Konnte das sein? Etwas in ihr jubilierte.

Der Tote war irgendjemand, der ihrem Karl einfach verdammt ähnlich sah. Aber es war nicht Karl. Der hieß ja nicht mal so. Karl gegen Felix! Warum hatte sie sich so verwirren lassen!

Je länger sie darüber nachdachte, umso fremder erschien ihr das Porträt jenes Menschen, den sie als Karl identifiziert hatte. Der war es doch gar nicht! Der Schock hatte ihre Wahrnehmung ruiniert. Davon hörte man ja immer wieder. Vielleicht wartete er zu Hause auf sie. Auch wenn heute Montag war. Spätestens morgen würde er kommen. Am Dienstag, wie er ja immer an Dienstagen zu ihr kam.

Maren Lisowski begriff: Die ganze Geschichte war nichts als eine Prüfung des Schicksals. Und sie würde sich ihr stellen und siegreich daraus hervorgehen. Dies war ein Test, der die Tiefe ihrer Liebe auslotete. Klar, dass sie den bestand!

Dass er sich nicht meldete, dass man ihr einzureden versuchte, er sei tot – nichts als eine Probe ihrer Loyalität. Wenn sie weiterhin an ihn glaubte, würde er zurückkehren und sie aus ihrer Mittelmäßigkeit erlösen. Sie legte sich die flache Hand auf den rebellierenden Magen. Das half.

Sie holte tief Luft und stellte sich vor, erneut und nur für eine so kurze Zeitspanne in die schützende Masse des Durchschnitts einzutauchen, dass sie wieder ein bisschen Halt bekam. Dann fuhr sie heim. Ab sofort würde sie auf ihn warten. Und er würde kommen.

Bis zum Ende ihres Lebens sollte sich Melanie Dierks an ihr ungläubiges Staunen an jenem Abend erinnern. Es begann in dem Augenblick, als sich die schmiedeeiserne Haustür mit den dicken verspiegelten Glasscheiben öffnete und ihnen der Hausbesitzer ein unwirsches »Ja?« entgegenblaffte.

Vor ihnen stand ein männliches Schneewittchen: ein Mann mit makelloser, fast weißer, jedoch nicht blasser Haut, ein Mann mit schwarzem, groß gelocktem und perfekt geschnittenem Haar, nicht einen Millimeter zu kurz, nicht einen zu lang, und dieser Mann hatte Augen von einem so tiefen Blau, dass es nicht echt sein konnte. Melanie war sich sicher, dass diese

Märchenfigur farbige Kontaktlinsen trug. Aber allein ein solches Blau zu finden und zu wissen, dass es zu ihm passte! Die Schönheit dieses Mannes war so überwältigend, dass Melanie alle Kraft brauchte, um nicht mit offenem Mund dazustehen.

Der einstige Schachpartner des Ermordeten trug eine weiße Leinenhose und ein weißes T-Shirt. Er roch frisch geduscht, und seine perfekt gepflegten Füße mit den sorgfältig pedikürten Zehennägeln steckten in schwarzen Flip-Flops.

»Was ist?«, wollte er wissen.

»Sind Sie Richard Schulze-Kottig?«, fragte Jörg.

Geistesgegenwärtig hielt Horst dem Finanzmanager der Caranopp-Stiftung seine Identitätskarte vor die Nase und stellte sich vor. »Können wir kurz reinkommen?«

Das männliche Schneewittchen hob die Augenbrauen und verzog seine perfekten Lippen zu einem spöttischen Grinsen. »Bitte sehr!« Er machte eine einladende Geste.

Im Gänsemarsch folgten sie ihm durch die Diele in einen Wohnraum, dessen Boden mit grauem Schiefer belegt war. Alle Fenster waren geöffnet, und auf der Terrasse wiegten sich Oleanderbüsche in Terrakottakübeln im Wind. Der Rasen und die Blumenrabatten im Garten waren von derselben Makellosigkeit wie der Hausbesitzer.

Schonungslos ergriff Horst Toplischek die Initiative und befahl dem Gastgeber: »Setzen Sie sich.«

Dieser hob erstaunt die Augenbrauen und ließ sich in einem schwarzen Ledersessel nieder, der so wirkte, als habe man ihn eigens für Richard Schulze-Kottig designed. Kein anderer Mensch sähe in ihm so königlich aus.

Wahnsinn!, dachte Melanie, der ausgerechnet in diesem Augenblick ihre achtzig unausgepackten Umzugskisten einfielen. Alles komplett durchgestylt.

»Ich brauche Ihre Fingerabdrücke«, erklärte Horst ohne große Umschweife und machte sich an seinem kriminaltechnischen Untersuchungskoffer zu schaffen. Jörg suchte Melanies Blick, aber die war immer noch wie gelähmt angesichts der Vollkommenheit dieses Herrn Schulze-Kottig. Es erschien ihr wie ein Naturgesetz, dass allein die Schönheitskönigin von Gütersloh einen Platz an dessen Seite einnehmen durfte – oder besser noch Miss World. Was gäbe das für wunderbare Töchter und Söhne.

»Fingerabdrücke? Wieso das denn?«, fragte Richard Schulze-Kottig.

Melanie betrachtete seine Hände. Kein Ring, kein Schmuck. Nirgends. Er trug keinen Knopf im Ohr und kein goldenes Kettchen, nicht einmal eine Armbanduhr.

»Ihr Schachpartner Felix Kalupka ist ermordet worden«, antwortete Jörg und breitete das Papier und die Stempelkissen vor.

»Ja, ja, ich weiß.« Richard Schulze-Kottig nickte, und es hatte den Anschein, als überzögen sich seine Augen für den Bruchteil einer Sekunde mit Trauerflor. »Schreckliche Sache. Aber was hat das mit mir zu tun?«

»Nichts«, antwortete Horst. »Reine Routine.«

Der schönste Mann, den Melanie je gesehen hatte, betrachtete seine Hände. »Wegen reiner Routine soll ich mir jetzt die Finger dreckig machen? Haben Sie denn keinen Fingerabdruckscanner? Die gibt's ja mittlerweile auf jeder Meldebehörde.«

»Nein, hab ich nicht.« Horst ließ sich nicht beirren.

Das männliche Schneewittchen schüttelte den Kopf. »Da mach ich nicht mit. Ich habe morgen eine wichtige Sitzung, da kann ich nicht mit schwarzen Pfoten antreten.« Selbst das Wort Pfoten klang aus seinem Mund vornehm und elegant.

»Ich hab zur Not ein Mittel dabei, mit dessen Hilfe die Farbe ratzfatz wieder runtergeht«, beruhigte Horst ihn. »Ist ja nur, um Sie als Täter auszuschließen.«

»Das will ich aber auch hoffen!« Richard Schulze-Kottig richtete seine dunkelblauen Strahleaugen auf Melanie. Die hatte sich noch nie so hässlich gefühlt. Wie so oft, wenn sie nicht weiterwusste, schnappte sie mit der linken Hand nach ihrem Zopf und steckte sich das Ende des darin eingeflochtenen weißen Bandes in den Mund.

»Und wegen solcher popeliger Fingerabdrücke kommen Sie gleich zu dritt?« Auch das Wort popelig wirkte allein durch den Klang seiner Stimme wie gereinigt und vornehm gesalbt.

»Das ist Zufall«, sagte Horst schnell und wies auf Melanie und Jörg. »Die Hauptkommissarin und der Kriminalhauptmeister sind noch dabei, weil sie in eine andere Richtung ermitteln. Könnte natürlich jeder in seinen eigenen Dienstwagen steigen und durch die Gegend fahren – aber wir wollen ja keine öffentlichen Gelder vergeuden. Das machen Sie ja schon mit Ihrer Stiftung, diesem Steuersparmodell.«

Der Finanzmanager von Caranopp reagierte gar nicht auf diesen Angriff, sondern reichte dem obersten Kalveroder Spurensicherer betont lässig die linke Hand. »Darf man fragen, in welche Richtung Ihre Ermittlungen gehen?« Die schönsten Augenbrauen der Welt hoben sich zu einer Frage.

»Nein«, beschied Horst ungewöhnlich schnell. »Die Untersuchungen sind in vollem Gange, und deshalb wird nicht darüber gesprochen.« Er griff nach dem Daumen und schnaufte.

Richard Schulze-Kottig wandte den Kopf zur Seite, und Melanie, die nicht die Augen von ihm lassen konnte, wunderte sich: Die schneewittchenweiße Haut wurde um eine Nuance blasser. »Was soll das denn jetzt?«, fauchte Schulze-Kottig leise und hielt sich die rechte Hand vor Nase und Mund. »Ist das jetzt Ihre individuelle Spezialfoltermethode?«

»Ich weiß nicht, wovon Sie sprechen.« Horst hauchte in Richards Richtung und griff nach dessen linkem Zeigefinger.

»Sie stinken aus dem Mund«, stöhnte Richard. »Und zwar gewaltig. Das ist eine Zumutung!«

Melanie Dierks nahm aus den Augenwinkeln wahr, wie Jörg zustimmend nickte und seinen Daumen in die Luft stieß. Endlich mal jemand, der das Problem ansprach und auf den Punkt brachte.

Horst Toplischek blieb unbeeindruckt. »Ich riech nix.«

Der Mann mit mittlerweile vier schwarzen Fingerkuppen suchte erneut Melanies Blick. »Da drüben rechts ist das Bad. Im linken Schränkchen über dem Spiegel habe ich Mundspray gebunkert. Das würde ich Ihrem Kollegen glatt spendieren. Wär toll, wenn Sie es holen könnten.«

Melanie nickte angespannt und ging hinüber ins Badezimmer. Obwohl die beiden Fenster geöffnet waren, hing ein Duft nach Duschgel noch im Raum und erfüllte ihn mit exotischer Frische. Flauschige weiße Handtücher waren in einem frei stehenden Glasregal gestapelt. Unter den Fenstern befand sich ein ausladender Waschtisch mit zwei weißen Marmorbecken. Hier also putzt sich Roswitha Kalupka morgens und abends die Zähne, dachte Melanie mit einem Anflug von Neid und stellte sich vor, wie Roswithas elektrische Bürste über ihre perfekten Zähne kreiste und der Schneewittchenmann zufrieden lächelnd neben ihr stand, vermutlich nur mit einem Handtuch um die Lenden, weiter wollte sie besser nicht denken.

Was hatte Schulze-Kottig gesagt? Das linke Schränkchen über dem Spiegel? Was für ein Witzbold. Hier befanden sich ja *nur* Spiegelschränke und Spiegel. Unvermittelt musste sie an ihre Kollegin denken. Annalena mit ihrer Spiegelphobie hätte in diesem Raum garantiert die Krise gekriegt. Sie sah sich um und öffnete den linken Spiegelschrank über den Waschbecken. Darin lagen mindestens zwei Dutzend türkisfarbener Metallfläschchen mit Mundspray, und Melanie Dierks fragte sich, ob Schulze-Kottig vielleicht nebenberuflich als Werbeträger für dieses Produkt tätig war. Sein Gesicht und sein strahlendes Lächeln hätten jedenfalls perfekt in einen Werbespot für frischen Atem gepasst. Melanie nahm ein Fläschchen »Gletscherfrische« für Horst heraus und ließ eine zweite in ihrer Hosentasche verschwinden – als Erinnerung.

Mit einem leichten Seufzer bemühte sie sich, ihrem eigenen Spiegelbild auszuweichen, und nahm dabei aus den Augenwinkeln eine Abalonemuschel wahr, in deren polierter Innenfläche eine teure Armbanduhr, ein kleiner Brillantohrstecker und ein Ring lagen. Offenbar hat er es nicht mehr geschafft, nach dem Duschen den Schmuck anzulegen, dachte Melanie. Wir waren einfach zu schnell.

Wachtpostengleich stand Jörg neben der Terrassentür des Wohnzimmers und nickte Melanie kurz zu, als sie wieder den Raum betrat. Beide beobachteten sie, wie Horst dem immer noch sitzenden Schulze-Kottig eine kleine Flasche mit Nitroverdünner und eine Handvoll Wattepads reichte. »Damit kriegen Sie das sofort wieder runter. Machen Sie mal, dann sehen Sie schon!«

Das männliche Schneewittchen wandte sich an Melanie: »Haben Sie das Zeug gefunden? Andernfalls muss ich mich auf die Europäische Menschenrechtskonvention berufen. Sie wissen schon, Artikel drei: Verbot der Folter.« Offensichtlich bemühte er sich, die ganze Sache mit Humor zu sehen.

Schweigend reichte Melanie dem Kollegen Toplischek das Mundspray. Richard Schulze-Kottig stand langsam auf. Seine weiße Leinenhose war perfekt zerknittert. Er ging zur Tür und öffnete sie, um seine Besucher zu verabschieden. »Das war's dann ja wohl, oder?«

»Keineswegs«, erwiderte Horst. »Ich hätte da noch ein paar Fragen.«

Wenig später saßen sie zu viert in den schwarzen Ledersesseln. Auf dem Glastisch vor Richard Schulze-Kottig lag das Aufnahmegerät, dessen Kontrolllämpchen grün leuchtete. Dem Bewohner des Hauses war nicht mehr nach Scherzen zumute – er schien genervt. Seine Antworten fielen einsilbig aus, und er vermied es, seinen Besuchern in die Augen zu blicken. Stattdessen starrte er mit einer solchen Inbrunst in den Garten hinaus, als flanierten dort eifrige Bedienstete vorbei, die ihm den Text seiner Antworten auf großen Plakaten präsentierten.

»Wo waren Sie in der Nacht von Sonntag auf Montag?«, fiel Horst mit der Tür ins Haus.

»Hier im Bett, wo sonst?«, antwortete Richard.

Wenn er jetzt noch wissen will, ob das jemand bezeugen kann, fang ich laut an zu schreien, dachte Melanie – doch als Horst genau diese Frage stellte, schnappte sie sich ihren Zopf und biss hinein.

Das männliche Schneewittchen schüttelte den Kopf, dass die schwarzen Locken zitterten. »Schönheitsschlaf«, sagte er streng, holte seine Augen aus dem Garten zurück und bedachte die drei Polizeibeamten mit einem Blick, als wolle er ihnen genau diese Maßnahme ans Herz legen.

»Wie lange kennen Sie Felix Kalupka schon?«, fragte Horst als Nächstes. Melanie hoffte, dass er Annalenas Fragenkatalog abarbeitete.

Richard Schulze-Kottig konzentrierte sich auf den Walnussbaum in der Mitte seines Gartens. »Acht oder neun Jahre«, sagte er dann.

»Und woher kennen Sie ihn?«

»Wir sind im gleichen Schachklub.« Er verbesserte sich: »Wir *waren* im gleichen Klub.«

»Sie waren beileibe nicht nur im gleichen Schachklub«, stellte Horst mit leiser und ungewöhnlich scharfer Stimme fest. »Sie teilten sich auch dieselbe Frau – oder kann man eher von einem Nacheinander sprechen?«

Richard schluckte. »Ich weiß nicht, was Sie das angeht.«

»Sehr viel. Es könnte doch durchaus sein, dass alles mit allem zusammenhängt, oder?« Nach einer Kunstpause hob er den Kopf, starrte kryptisch in den Garten und sprühte sich eine Prise Gletscherfrische in den Rachen.

»Felix ist nicht gerade der Treueste unter den Männern, wenn Sie verstehen, was ich meine«, erklärte Richard. »Roswitha hat sich deswegen oft genug bei mir ausgeweint. Aber zusammengekommen sind wir erst, nachdem er es wirklich zu wild getrieben hat und sie sich von ihm trennen musste. Da wollte er in Kalverode ein neues Leben beginnen. Ich habe Prinzipien. Man fängt mit der Frau seiner Freunde nichts an. Aber hier war das Revier wieder freigegeben.«

Jägersprache, dachte Melanie. Auch das noch! Sie wollte nichts von Revieren hören, in denen herumgewildert wurde, oder von Fährten, die jemand verfolgte. Nicht einmal dann, wenn ein männliches Schneewittchen davon sprach.

»Der war's nicht«, stellte Horst als selbst ernannter Vernehmungsexperte fest, nachdem sie an diesem Abend gegen halb acht Schulze-Kottigs Haus verlassen hatten und in Richtung Biergarten aufgebrochen waren. »Das sagt mir mein Bauch.«

Melanie warf einen Blick auf genau diesen Körperteil. Sie hatte während der vergangenen Stunde befürchtet, Horst könne wesentliche Fragen vergessen, und war drauf und dran gewesen, sich in dessen taktlose Befragung einzumischen.

»Aber der war doch immer mal wieder in Kalverode«, meinte Jörg Ottenhöver zweifelnd. »Also wenn du mich fragst, könnte er durchaus der Mörder gewesen sein. Der kennt doch auch dem Kalupka sein Haus. Die beiden haben da ja zusammen Schach gespielt.«

»Und Thekla hat die Schnittchen geschmiert«, bestätigte Horst und leckte sich die Lippen.

Melanie schloss den Dienstwagen auf. Wie selbstverständlich ließ Jörg sich auf den Beifahrersitz fallen, während Horst sich mitsamt seinem Untersuchungskoffer auf die Rückbank quälte.

»Zum Biergarten geht's da lang.« Jörgs Zeigefinger wies geradeaus.

»Ich muss eigentlich nach Hause«, jammerte Horst von der Rückbank und rutschte unruhig hin und her.

»Dann ruf eben an und sag ihnen, dass es später wird.« Jörg reichte sein Handy nach hinten. »Ich bin nur mitgekommen, um euch den Biergarten zu zeigen, und da gehen wir jetzt auch hin. Basta. Sei nicht so ein Spielverderber!«

»Bin ich gar nicht«, widersprach Horst und tippte auf das Telefon ein.

Melanie verkündete: »Ich habe Hunger.«

»Ich auch«, bestätigte Horst von seiner Rückbank aus und zischte sich erneut eine Prise Gletscherfrische in den Rachen. Das Zeug schien ihm zu schmecken. Ob er süchtig danach werden würde? Was für wunderbare Aussichten! Melanie lächelte.

»Da gibt's superleckere Münsterländer Töttchen«, gab Jörg bekannt. »Und spitzenmäßiges Wurstbrot.«

»Nur Westfälisches?« Horst zog die Nase kraus.

Melanie Dierks gab Gas. Hauptsache, es gab etwas zu essen.

Ihr zweites Staunen an diesem Tag betraf die Trinkfestigkeit ihrer Kollegen. Während sie noch vor ihrer ersten Apfelschorle saß, hatten Jörg und Horst bereits gemeinsam zwölf Pilskes vernichtet, wie Ottenhöver die kleinen Pilstulpen liebevoll nannte. Je weiter der Abend fortschritt, desto überzeugter waren die beiden Herren davon, dass die Schulze-Kottig-Befragung absolut überflüssig gewesen war.

»Das wissen wir aber nur, weil ich den so gezielt vernommen hab«, lobte Horst sich selbst und suchte Melanies Blick. Die nickte erschöpft.

»Und überhaupt, warum sollte ausgerechnet der dem Kalupka was antun?«, schob Horst hinterher. »War doch alles schon geklärt zwischen den beiden. Kalupka hatte sein neues Leben angefangen. Dem war das so was von egal, wer seine Alte trösten würde. Echt, dat kannste mir glauben!«

»Und wenn Schulze-Kottig einen Schachgegner ausschalten wollte?«, fragte Jörg mit schwerer Zunge.

»Nee, niemals!« Horst wurde laut. »Beim Schach wird im Kopf und auf dem Brett gemordet, nicht aber in der Wirklichkeit.«

An den Nebentischen drehten sich einige Leute um.

»Nicht so laut!«, zischte Melanie. Sie blieb skeptisch. Bei so viel Perfektionismus musste irgendwo ein dunkler Fleck sein. Andernfalls wäre das Leben ungerecht.

Sie sah auf ihre Uhr. »Wir sollten uns langsam auf den Weg machen. Ich bring Sie natürlich heim«, versprach sie Jörg und hakte gleich nach: »Kümmern Sie sich dann morgen um die kranke Haushälterin? Dann müssen wir nicht noch mal herkommen.«

»Wenn es sein muss. Ist das eine Anweisung von der Brandt?«

Melanie schüttelte den Kopf und log: »Nein, nein. Aber ganz unter uns: Finden Sie das nicht auch eigenartig? Erst ist die Hausherrin krank und die Wirtschafterin fit – und nun ist es gerade umgekehrt. Fragen Sie doch einfach mal nach. Vielleicht kennt ja einer Ihrer Kollegen diese Gertraud Vortkamp.«

»Vortkamp?« Jörgs Stimme kippte. »Ich glaub's ja nicht. Ist die etwa mit diesem Friedemann verwandt?«

»Ja, das ist seine Cousine. Wieso?«, mischte Horst sich ein.

»Diesen Friedemann Vortkamp sollten Sie im Auge behalten!« Ottenhöver hatte seinen Zeigefinger erhoben. »Ganz komischer Typ ist das. Ganz komisch. Bei dem würd mich nix wundern.«

18. Kapitel

»Diese Banker sind ein komisches Volk!«, meinte Ewald am Dienstagmorgen bei der Frühbesprechung. »Da könnt ihr mir erzählen, was ihr wollt. Gestern Nachmittag war der blödeste Termin, den ich seit Langem hatte. Keiner wusste was vom anderen, und keiner wusste was vom Kalupka, und natürlich hat auch keiner mitgekriegt, dass der Chef und seine Assistentin eine Affäre hatten. Und stellt euch vor, die sind untereinander alle per Sie. Hocken den ganzen Tag aufeinander und siezen sich. Und logisch, dass der Kalupka seine Isabella im Büro auch gesiezt hat. Aber nach Feierabend mit der in der Kiste.« Er schüttelte den Kopf, holte erneut Luft und polterte los: »Und stellt euch vor, jeder Einzelne von denen wollte mir eine absolut gewinnsichere Geldanlage aufschwatzen! Was anderes haben die einfach nicht in ihren Köpfen.«

»Wieso bist du denn überhaupt dahin marschiert?« Annalena zog die Stirn kraus. »Das war doch gar nicht abgesprochen! Ich hab nichts davon gewusst.«

»Ach, das war ein eher spontaner Entschluss. Eine Sache hat mich nicht in Ruhe gelassen, und ich dachte, frag doch einfach noch mal nach.«

»Und was war das?«

»Nur so ein Gefühl.«

»Na super!« Annalena seufzte. Schon wieder Gefühl und sicher auch hier direkt aus dem Bauch kommend – wie bei Horst, der noch in seinem Zimmerchen saß und das gestrige Verhör auf den Punkt brachte, es sich möglicherweise von seinem Wanst diktieren ließ. Sie wollte lieber gar nicht wissen, wie das verlaufen war. Vermutlich war diese Reise nach Gütersloh eher ein Betriebsausflug gewesen als ein ernst zu nehmender Einsatz.

Es war halb neun, und die Luft flirrte bereits vor Hitze. Auf Ewald Schmeings Glatze hatten sich Schweißperlen gebildet. »Ich dachte, ich frag einfach noch mal nach. Hat ja keiner von uns richtig mit denen gesprochen, oder? Ich meine, im Sinne einer Zeugenvernehmung und so. Na ja, ist ja wohl auch nicht möglich. Neben denen könnte die Welt untergehen – und die würden dir weiter das Ohr ablabern mit ihren Geldanlagen. Die haben nix mitgekriegt, gar nix.«

»War Isabella auch da?«, wollte Hedwig wissen.

Er schüttelte den Kopf. »Die ist krank.«

»Kann ich mir vorstellen«, murmelte Annalena und wandte sich an Melanie. »Wie war es denn bei euch?«

Melanie hob die Schultern. Sie trug heute eine weiße Leinenhose, in deren Vordertasche ein türkisfarbenes Fläschchen steckte. Ob das ihr Parfum war? Dann könnte sie es eigentlich gleich einsetzen. Melanies hellblaues T-Shirt war an den Achseln durchgeschwitzt. Sie wies mit dem Kopf in Richtung Toplischeks Zimmer. »Horst schreibt gerade sein Protokoll.«

»Aber wie wär's mit einer Kurzfassung vorab?«

Bevor sie antworten konnte, mischte Ewald sich ein. »Ihr habt den guten Wagen mitgenommen. Wieso denn? War das abgesprochen?«

»Der hat wenigstens eine gescheite Klimaanlage«, rechtfertigte Melanie sich.

Ewald wandte sich an Annalena. »Hast du gewusst, wo die hin sind?«

Sie nickte. »Klaro! Die sind noch mal zu Roswitha Kalupka gefahren und haben in diesem Zusammenhang auch die Fingerabdrücke von einem Mann geholt, mit dem Felix Kalupka regelmäßig Schach gespielt hat.«

Ewald sah sie fassungslos an. »Du hast die Melanie und den Horst geschickt?«

Annalena nickte. »Und heute Mittag machen wir uns erneut an die Diele in der Villa Kalupka. Wilfried, Heinz und Markus verdunkeln da schon mal alles, wegen der Luminoldiagnose. Könnte ja sein, dass wir ein paar Blutspritzer übersehen haben.«

»Ist das Prinzip der Chemolumineszenz nicht schon längst überholt? Ich meine, ich hätte da neulich was gelesen«, hakte Ewald nach.

»Mag sein, aber für unsere Zwecke ist es im Moment genau richtig«, widersprach Annalena. »Und danach nehmen wir uns die Schachfiguren vor. Glücklicherweise sind die aus poliertem Holz. Ich bete zu Gott, dass da Fingerabdrücke drauf sind.«

»Thekla hat die jeden Montag gewienert, das hat sie überall rumerzählt. Hatte ja sonst nix zu tun«, wusste Hedwig und beruhigte ihre Mannschaft im selben Atemzug: »Allerdings nicht an dem Montag, als ihr toter Chef da lag.«

»Wenigstens das.« Melanie schien erleichtert. Passend zur Farbe der Sprühflasche hatte sie sich heute ein türkisfarbenes Band in den Zopf geflochten.

»Wir haben die Fingerabdrücke von Thekla, Felix Kalupka und Richard Schulze-Kottig sowie von Isabella Höhler«, zählte Annalena auf. »Und die gleichen wir mit denen auf den Figuren ab. Falls noch ein weiterer drauf sein sollte und dieser zudem in der Datenbank beim Bundeskriminalamt gespeichert ist, haben wir nicht nur verdammt viel Glück, sondern vermutlich auch den Fall gelöst.«

»Du müsstest doch eigentlich wissen, dass es nie so läuft wie im Lehrbuch«, bremste Ewald sie aus. »Aber macht, was ihr meint. Hauptsache, wir haben die Geschichte bald vom Tisch. Ich brauch dringend ein paar Tage Urlaub. Möchte einfach nur im Schatten sitzen und mich ausruhen. Nicht denken.«

Die drei um ihn herum sitzenden Frauen nickten. Sie verstanden ihn so gut!

Er wischte sich mit einem Papiertaschentuch über den nassen Kopf und wollte wissen: »Was macht eigentlich unsere Ringfahndung?«

»Nichts als Ärger!«, antwortete Hedwig Hagenkötter. »Nachbarn und Feinde werden denunziert, aber kein einziger weiterführender Hinweis. Nee, dat war echt 'ne Schnapsidee. Kannste so was von vergessen. Du hast ja auch gesagt, dass ich mich da nicht mehr drum kümmern muss.«

Melanie Dierks kniff die Augen zusammen und legte die Stirn in Falten. Wo und wann hatte sie in letzter Zeit einen Ring gesehen, und wieso hatte sie sich nichts dabei gedacht?

Das Bild einer Muschelschale, eines verspiegelten Badezimmers mit schattenfreiem Licht und der Geruch nach exotisch frischem Duschgel stiegen in ihr auf. »Ich muss mal kurz was recherchieren«, murmelte sie und verschwand aus Hedwigs Mehrzweckzimmer.

Die drei Männer hatten ganze Arbeit geleistet und den Raum vollständig abgedunkelt. Mit der Frage »Seid ihr bereit?« löschte Markus nun das Deckenlicht. Die plötzliche Finsternis hatte etwas Unwirkliches, und es dauerte ziemlich lange, bis Annalena und ihre Kollegen winzige fluoreszierende Pünktchen in unterschiedlichen Größen wahrnahmen. Kaum Spuren von Blut, dachte Annalena und erinnerte sich an den schmalen Hautriss am rechten Jochbein des Toten.

»Der hat seinen Kopf noch gedreht, seht ihr?«, verkündete Markus nun und fügte hinzu: »Richtung Treppengeländer.«

»Das kann nicht sein«, widersprach Wilfried. »Ich dachte, der hätte sich das Genick gebrochen und war sofort tot.«

»Aber unterhalb von seinem rechten Auge war 'ne Wunde«,

erklärte Markus unbeirrt. »Und als er den Kopf gedreht hat, ist ein Tropfen Blut auf die Fliesen gefallen. Anders kann ich mir das nicht erklären. Vielleicht hat er ja seinem Mörder noch mal in die Augen gesehen.«

»Seid mal bitte ruhig!«

Annalena drehte sich langsam im Kreis und versuchte, alles auf sich wirken zu lassen, selbst die kleinste Irritation wahrzunehmen. Dabei fragte sie sich, was genau sie sich davon erwartete. Sicher nicht den mit blutigen Fingern geschriebenen Namen des Mörders, auch wenn ihr diese Szene aus Albträumen, in denen sie dann ihren eigenen Namen lesen musste, bekannt vorkam.

In der Diele herrschten saunamäßige Temperaturen. Seit einer Woche war hier nicht mehr gelüftet worden, und seit einer Woche knallte die Sonne durch die hohen Fenster. Während die Kommissarin sich drehte, öffnete sie einen Knopf nach dem anderen ihres Kleides und fächelte sich mit den aufgeklappten Stoffhälften Kühlung zu. Dabei stellte sie sich vor, dass sie alle sich auszögen – und keiner würde es sehen.

Ohne Vorwarnung waren plötzlich winzig kleine Lichter zu sehen, direkt in Augenhöhe. Mit ausgestreckten Händen ging sie darauf zu – und stieß gegen das Treppengeländer.

»Hey, seht ihr das auch? Blutflecken am Treppengeländer. Wie kommen die da hin?«

Sie nahm wahr, wie Markus, Heinz und Wilfried sich mit vorsichtigen Schritten näherten, und schloss schnell die Knöpfe ihres Kleides.

»Tatsächlich«, murmelte Wilfried neben ihr. »Keine Ahnung, was das soll. Irre! Meinst du, das ist das Blut vom Kalupka? Und warum nur so winzige Pünktchen? Als hätte das bis hierher gespritzt! Das kann ja wohl nicht sein!« Er schien den Kopf zu schütteln.

»Vielleicht hat Horst eine Theorie dazu«, schlug Markus

vor. »Der ist doch dauernd auf Fortbildungen zur Spurensicherung und so'n Kram.«

»Ich könnt schon was dazu sagen«, verkündete Heinz Krabbe selbstbewusst und setzte im Dunkeln seine Hypothese zusammen: »Das ist ja wirklich ein sauberes Haus, da will ich gar nichts sagen. Und deine Thekla hat sicher toll geputzt.«

Markus schnaufte irritiert. »Was soll das denn nun?«

»Nichts«, antwortete der Oberwachtmeister schnell. »Aber es gab hier Fliegen. Als wir die Leiche abholten, waren große metallisch blaue Fliegen in der Diele. Sogenannte Schmeißfliegen. Postmortal entwickeln sich in kürzester Zeit Fliegenlarven. Wenn so ein Brummer dann schlüpft und Richtung Treppe fliegt, könnten genau solche Pünktchen entstehen.«

Annalena zog die Stirn kraus und sah genauer hin. »Tatsächlich, könnte sein. Aber wie willst du das nachweisen, diese Insektentheorie? Und – was bringt es uns?«

»Können Spinnen Beweismaterial verschleppen?«, fragte Wilfried interessiert. »Vielleicht Haare, Hautschuppen oder so?«

Annalena zögerte. »Wir lassen das mit der Verdunklung so, wie es gerade ist, und dann soll Horst sich das noch mal angucken. Aber unabhängig davon müssen wir uns noch um die Schachfiguren kümmern.« Sie wandte sich in die Richtung, in der sie Markus vermutete. »Kannst du jetzt erst mal wieder ein bisschen Licht ins Dunkel bringen?«

Mit hochrotem Kopf recherchierte Melanie Dierks im Internet. Sie hatte das Gefühl, gegen die Zeit arbeiten zu müssen, und klickte sich, so schnell es ging, durch die Seiten. Noch war sie allein, noch konnte sie klar denken. Was war nur los mit ihr? Warum machte sie in Annalenas Gegenwart so viele Fehler? Sobald die andere Kommissarin ihr gegenüber am Schreibtisch und vor ihrem immer unübersichtlicher scheinenden Mindmap saß, hatte Melanie nicht nur das Gefühl, alles falsch zu machen – nein, sie machte wirklich alles falsch. Das wurmte sie. Melanie war über ein Jahrzehnt älter als ihre Kollegin und fand, dass sie souveräner sein müsste. Sie war eine Einzelkämpferin und fühlte sich in diesem »Zweibettzimmer«, wie sie ihren Arbeitsplatz insgeheim nannte, auf verlorenem Posten. Sie hätte ein Einzelbüro gebraucht, wie Jörg Ottenhöver es nun hatte. In Gütersloh.

Melanie suchte im Netz nach Informationen über die Stiftung Caranopp und nach Fotos von Schulze-Kottig. Das Archiv des Westfalenblattes war voll von Artikeln über die Stiftung mit ihren moralischen Postulaten der Nächstenliebe, der Rücksichtnahme und der nachhaltigen Fürsorge. Bei Caranopp schienen nur untadelige Gutmenschen von hoher sittlicher Reife beschäftigt zu sein. Lächelnd präsentierten sie sich auf Gruppenbildern, einer schöner und edler als der andere. Sie gruben in Indien Brunnen und weihten Wasseraufbereitungsanlagen und Grundschulen ein, sie schenkten birmanischen Frauen alte Singer-Nähmaschinen mit Fußpedal und standen mit strahlendem Lächeln daneben, während ihnen die Beschenkten rohseidene Morgenmäntel maßschneiderten. Sie legten die Grundsteine für Waisenhäuser in Südafrika, damit aidskranke Kinder in sauberen Betten sterben konnten, und immer hatten sie dieses selige Lächeln auf dem Gesicht, bei dem Melanie unwillkürlich an Hedwigs Lieblingssatz denken musste: »Alles wird gut.« Das sagte sich so leicht. Und niemand glaubte mehr daran.

Wie beruhigend, dachte sie zynisch. Die Stiftung rettet die Welt, und allen voran ihr schöner Finanzmanager Richard Schulze-Kottig. Er konnte gucken, wie er wollte – er war immer fotogen und wirkte wie der nobelste aller Menschen.

Auf den Fotos der älteren Artikel stand gelegentlich eine strahlende Roswitha Kalupka neben ihm, auch Felix Kalupka vermeinte Melanie bei irgendwelchen Empfängen im Hintergrund zu erkennen. Natürlich waren all diese gesellschaftlichen Events ausschließlich guten Zwecken und Geschäften gewidmet, denen nichts Anrüchiges anhaftete, aber die Kommissarin war sich sicher, dass Felix Kalupka auch dort in aller Stille Fäden gesponnen hatte, die ausschließlich seinen Zielen und seinen erotischen Interessen dienten.

Es machte ihr Freude, so ungerecht und in reinen Klischees zu denken, während sie in den Archiven der Zeitung verbissen nach einer Aufnahme suchte, auf der Schulze-Kottigs Hände zu erkennen waren. Trug er einen Ring? Und wenn ja, wo? Vielleicht am Mittelfinger? Möglicherweise am Mittelfinger der rechten Hand? Sie konnte sich nicht einmal daran erinnern, wie dieser verdammte Ring in der Muschelschale ausgesehen hatte. Warum war sie so ehrfürchtig gewesen? Wovon hatte sie sich so blenden lassen?

Auf den Bildern trug Schulze-Kottig – bis auf sehr teuer wirkende Krawattennadeln – kaum Schmuck. Nur einmal entdeckte sie so was wie einen Knopf im Ohr, aber es konnte auch einfach ein Lichtreflex sein. Die Hände waren leider immer versteckt. Sie seufzte und betrachtete sein ebenmäßiges Gesicht. Was hatte Gott sich dabei gedacht? Sie war so in ihre Arbeit versunken, dass sie gar nicht bemerkte, wie sich die Tür zu ihrem Büro öffnete.

»Kannste mal 'ne ganz kurze Pause machen?«, fragte Hedwig und trat mit einem Umschlag in der Hand an ihren Schreibtisch. »Jetzt, wo Annalena grad nicht da ist, muss ich dir mal schnell was zeigen.«

»Wenn's sein muss.« Melanie fächelte sich mit der Spitze ihres Zopfes Kühlung zu.

»Ja, es muss sein.« Hedwig hörte sich streng an und öffnete den Umschlag. »Was haste dir denn dabei gedacht?« Sie hielt Melanie ein Schwarz-Weiß-Bild vor die Nase, auf dem diese am Steuer eines dunklen Wagens saß. Einschließlich ihres typischen Erkennungsmerkmals: Die Spitze ihres Zopfes steckte in ihrem Mund. »Jetzt komm mir nicht damit, dass du das nicht bist«, warnte Hedwig, bevor Melanie irgendwas dazu sagen konnte. »Wenn das der Chef sieht! Der neue Dienstwagen – und du fährst hundertdreißig. Dabei sind zwischen Stukenbrock und Oerlinghausen nur achtzig erlaubt. Ich kenn die Strecke. Weißt du, was das kostet?«

Melanie stutzte und starrte auf den Bildschirm. »Hundertneunzig?«

»Nee, sechshundertachtzig Euro kostet das und drei Monate Fahrverbot. Ich weiß nicht, wie wir aus der Nummer wieder rauskommen. Da müssen wir uns einen ganz wichtigen Gefahr-in-Verzug-Grund zusammenlügen! Du bist fünfzig Stundenkilometer zu schnell gefahren.«

Melanie reagierte kaum, sondern wies auf eines der Fotos auf dem Bildschirm. »Guck mal, wie groß schätzt du den? Mindestens hundertneunzig Zentimeter, oder? Ich stand gestern neben dem. Der hat mich um Haupteslänge überragt.«

Hedwig pfiff durch die Zähne. »Wow! Hast du dich etwa in den verguckt? So ein lecker Bürschchen.«

»Meinst du, der ist eins neunzig groß?«, hakte die Kommissarin erneut nach.

Hedwig nickte. »Mindestens!« Sie maß Melanie mit einem kritischen Blick. »Der ist garantiert dreißig Zentimeter größer als du. Deshalb also das türkise Band in deinem Haar? Mein lieber Schwan!«

»Was hat das denn damit zu tun?« Melanie schüttelte so unwirsch den Kopf, dass Hedwig nach deren fliegendem Zopf greifen konnte.

»Türkis steht für Kontakt, Kommunikation und Erfindungsgeist. Du willst also mit dem in Kontakt treten. Alle Achtung.

Wenn der nur nicht eine Nummer zu groß für dich ist, Kind!« Besorgt schüttelte sie den Kopf.

»Du spinnst doch. Das ist der Schachpartner unseres Opfers. Der wurde gestern unter meiner Aufsicht von Horst verhört. Hast du Toplischeks Bericht schon gelesen?«

»Ja, alle Fehler korrigiert und sprachlich geglättet. Meine Güte, Deutsch für Anfänger. Und so richtig viel ist bei der Befragung dann ja auch nicht rumgekommen!«

»Möglicherweise kommt ja noch was nach«, meinte Melanie kryptisch.

19. Kapitel

Die Figuren der Königinnen waren aus kompaktem Teakholz, hell und dunkel gebeizt und etwa einen Meter zwanzig hoch. Es dauerte eine Zeit, bis auch deren Könige, Läufer, Springer und Türme aus dem Schatten der Treppenhöhlung in die große Halle geholt worden waren. Heinz Krabbe und Wilfried Lütke-Tillmann stellten alle Schachfiguren in die Mitte des Raumes. Zweiunddreißig Skulpturen auf zweiunddreißig Fliesen. Sie hatten sich einen Spaß daraus gemacht, die hellen Figuren auf die dunklen und die dunklen auf die hellen Quadrate zu platzieren.

Markus hatte währenddessen still neben Annalena gestanden, die Aktionen der beiden Kollegen beobachtet und sich gefragt, ob seine Frau Thekla wirklich jeden Montag mit einem ihrer gebügelten Putztücher über die Köpfe der sechzehn Bauern, vier Springer, Türme und Läufer und der beiden Könige und Damen gefahren war. Er traute es ihr zu. Vermutlich hatte sie sich auch dafür ein spezielles Holzpflegemittel besorgt, oder besser noch zwei: eines für das helle und eines für das dunkle Spielerpersonal.

»Wir können nicht alle mitnehmen«, unterbrach Annalena seine Gedanken und wies auf die Figurengruppen. »Ich denke, die Dame wird am meisten bewegt, und deswegen laden wir jetzt erst mal die zwei Mädels ein. Okay?«

Markus nickte und zog seine Latexhandschuhe straffer. »Die restlichen Figuren lassen wir in der Mitte stehen«, befahl Annalena. »Wenn wir mit den Damen nicht weiterkommen, muss Horst die nämlich alle noch mal absuchen.«

Markus lachte. »Weißte was, wir sagen ihm, dass er in die

Villa Kalupka muss, um sechzehn Bauern zu verhören. Das fänd ich echt komisch. Und dann trifft er hier auf die Figuren, und die sagen nix.«

»Der Horst behauptet, dass an einem Tatort alles was zu sagen hat. Man muss nur hinhören können und natürlich auch richtig gucken«, stellte Heinz Krabbe mit einem Anflug von Ehrfurcht klar.

»Ich schätze, dass die meisten Fingerabdrücke am runden Kopf der Figuren zu finden sind«, diagnostizierte Wissing, strich sich seine schwarz glänzende Elvistolle zurück und umarmte die beiden hölzernen Damen mittig. »Meine Güte, die sind wirklich schwer.« Er wandte sich an Heinz Krabbe. »Wenn du schlau bist, kannste gleich vom Horst was lernen. Mach doch bei dem einen Schnellkurs im Fingerabdrückenehmen.«

Knapp zwei Stunden später stand fest, dass die Figuren lediglich von Felix Kalupka, Thekla Wissing und Richard Schulze-Kottig angefasst worden waren. Weitere Fingerabdrücke gab es einfach nicht. Nicht einmal von Isabella Höhler. Dafür waren die, die Horst und Heinz von den Figuren abgenommen hatten, wie aus dem Lehrbuch. Klar und deutlich, was Annalena und Markus darauf zurückführten, dass Thekla tatsächlich allmontäglich die Schachfiguren mit Möbelpolitur besprüht und glänzend gewischt hatte. »Was für ein Glück, dass deine Frau so gründlich ist«, stellte Horst mit einem Anflug von Hochachtung klar.

»Aber was nützt uns das?«, fragte Annalena kopfschüttelnd. »Ist doch logisch, dass der Schulze-Kottig die Figuren angefasst hat. Der hat ja auch damit gespielt. Das hat gar nichts zu bedeuten.«

»Lass uns noch mal suchen! Wir müssten dem seine Fingerabdrücke doch noch woanders im Haus finden«, schlug

Melanie vor, als Annalena nachdenklich vor ihrem Mindmap stand.

»Klar, der ist sicher mal aufs Klo gegangen oder hat sich in der Küche ein Glas Wasser geholt. Vergiss es!« Annalena schüttelte den Kopf. »Wir müssen noch mal von ganz vorne anfangen.«

»Merkst du denn gar nicht, dass die Melanie da noch mal hinwill? Zu diesem schönen Mann?«, unterbrach Hedwig sie. »Die ist schon ganz hibbelig.«

»Quatsch mit Soße!« Melanie wurde rot.

»Dat ist aber auch ein lecker Bürschken«, scherzte Hedwig weiter. »Unsere Kollegin guckt sich die ganze Zeit schon Fotos von dem an.«

»Lass mal sehen!« Annalena trat an Melanies Rechner.

Die versuchte, die geöffneten Dateien in Windeseile wegzuklicken. Aber es waren zu viele. So schnell ging es doch nicht. Letztlich blieb ein Bild auf dem Desktop, das Richard Schulze-Kottig Arm in Arm mit der Schönheitskönigin von Gütersloh zeigte. Beide Frauen ließen es lange auf sich wirken.

»Was für ein perfektes Paar!« Annalena schien beeindruckt.

»Ja«, meinte Melanie und nickte. »Was mag Gott sich dabei gedacht haben? Warum verteilt er das Schöne nicht gerechter?«

Die Kommissarinnen sahen sich an und lächelten.

»Hey, weißt du was?«, schlug Annalena nach einer Weile vor. »Wir fahren heute noch mal hin. Einfach so. Ich will die beiden live zusammen sehen. Mit eigenen Augen!«

Sie bedachte Horst, der immer noch mit seiner Fingerabdruckliste in der Tür zu ihrem Büro stand, mit einem langen Blick und fügte hinzu: »Genau das sagt mir mein Bauchgefühl!«

Melanie lachte befreit.

Hedwig schüttelte mürrisch den Kopf. »Ihr spinnt doch!

Wenn Ewald das erfährt, wird er wieder von Steuergeldverschwendung reden.« Abrupt wandte sie sich an Melanie: »Du fährst mir nicht, dass das klar ist! Und du weißt, warum! Du setzt dich nicht ans Steuer!«

Die grinste immer noch. »Ist ja schon gut. Bleib cool!«

»Abfahrt um fünf?«, schlug Annalena vor.

Melanie nickte. »Vorher muss ich aber noch mal in den Keller und duschen.«

»Wir nehmen den Wagen mit der Klimaanlage«, versprach Annalena.

»Ich dusch trotzdem!«, meinte Melanie.

»Sie will auf den schönen Mann einen guten Eindruck machen«, stellte Hedwig klar und fügte leise hinzu: »Was bin ich froh, dass ich aus dem Alter raus bin!«

»Dafür haste aber genug andere anner Hacke, die noch voll in dem Alter sind und ständig inner Krise stecken«, bemerkte Horst. Er stand immer noch beleidigt im Türrahmen zum Kommissarinnenzimmer. »Wenn euch das nichts bringt, kann ich meine Fingerabdrücke wieder wegräumen.«

»Na ja, so ein Ausschlussverfahren ist nie verkehrt«, tröstete Annalena ihn halbherzig. »Es wäre einfach ein Traum gewesen, noch einen Satz Abdrücke mehr zu finden, und noch toller wäre es gewesen, wenn die dann auch noch in der Datenbank des Bundeskriminalamtes gespeichert gewesen wären. Aber warum sollten ausgerechnet wir so ein Glück haben?«

In ihr gluckste es, und sie fragte sich, woher die plötzliche Heiterkeit kam und das Kichern. Wann hatte sie zuletzt gemeinsam mit jemandem gelacht? Ein erneuter Blick auf die Kollegin bestätigte ihr, dass sie die Neue eigentlich ganz nett fand, zumindest verglichen mit ihrem Vorgänger Jörg Ottenhöver. Vielleicht lag es aber auch daran, dass sie erst vor wenigen Minuten eine SMS von Friedemann Vortkamp bekommen hatte. »Wie geht es Gertraud?«, hatte sie auf ihrem Display gelesen und es sofort in das übersetzt, was er eigentlich sagen wollte: Tatsächlich nämlich hatte er garantiert schreiben wollen: »Wann sehen wir uns wieder?« Und in Gedanken antwortete sie ihm mit einem »BALD!« in Großbuchstaben. Das ließ ihr Herz hüpfen und machte die Welt zu einem freundlicheren Ort.

»Was ist eigentlich mit der Haushälterin von Roswitha Kalupka?«, rief sie Horst hinterher, der im Schneckentempo zu seinem Zimmer zurückschlich.

»Die liegt im Krankenhaus«, antwortete er. »Ich hab da vorhin angerufen. Kopf- und Gliederschmerzen, motorische Störungen, Verdacht auf Nierenversagen. Die kommt da so schnell nicht wieder raus.«

»Wie kriegt man denn so was?« Annalena schüttelte den Kopf.

»Frag lieber, wo. Die war vorher drei Tage lang im Haus der Kalupka.«

Annalena stutzte. »Dann sollten wir da noch mal die Spurensicherung hinschicken.«

»Hab schon bei Jörg angerufen«, antwortete Horst, und Annalena merkte, dass es sie gar nicht ärgerte, dass dieser Ermittlungsschritt mal wieder fast an ihr vorbeigegangen wäre. »Schade« und »bald« dachte sie. Das waren zwei Worte, auf die es wirklich ankam.

»Und was machst du jetzt?«, wollte sie von ihrem Kollegen wissen.

»Ich mach mich über den verdammten Taucheranzug her. Der liegt nur im Weg rum. Damit endlich mal wieder Platz in meinem Labor ist. Jeder schleppt da alles rein, wirklich jeder.«

Melanie hatte einen Lidstrich gezogen und sich die Wimpern getuscht. Ihr Atem roch gletscherfrisch, und sie ließ sich erwartungsvoll auf den Beifahrersitz des Dienstwagens fallen. »Hedwig hat mir das Fahren verboten. Also musst du den Chauffeur machen.«

»Wieso eigentlich?«

»Das ist eine lange Geschichte.« Melanie versuchte einen Themenwechsel. »Wieso interessierst du dich plötzlich für die Haushälterin von der Kalupka?«

Annalena schaltete und gab Gas. Wenigstens das hatte sie durchsetzen können: dass der neue Dienstwagen keine Automatik hatte.

Ein peinlicher Verdacht keimte in ihr auf. War sie etwa vor allem deshalb an Gertraud Vortkamp interessiert, weil die mit Friedemann verwandt war? Sie riss sich zusammen und sagte so sachlich wie möglich: »Die eine ist ganz plötzlich krank geworden und die andere von heute auf morgen wieder gesund, wie du selbst gesagt hast. Das kann natürlich Zufall sein. Aber ich glaube nicht an Zufälle. Du etwa?«

Melanie schüttelte den Kopf. »Hab ich noch nie. Pass auf!«, sagte sie plötzlich. »Hier wird man geblitzt!«

»Gut, dass du es sagst!« Annalena bremste ab. »Außerdem interessiert mich der Schulze-Kottig.«

»Die Strecke dahin müsste sogar noch im Navi gespeichert sein. Wir waren ja gestern auch mit diesem Wagen unterwegs.«

Die Frauen schwiegen eine Zeit lang. Die Klimaanlage des Dienstwagens lief auf Hochtouren. Melanie griff nach ihrem Zopf und fächelte sich Luft zu. Plötzlich begann sie, wie wild in ihrer Tasche herumzuwühlen.

»Brauchst du was?«, fragte Annalena.

»Ich hab ihm gesagt, er soll mit der Haushälterin reden, und er hat es mir versprochen. Aber was dabei herausgekommen ist, keine Ahnung. Nichts hat er mir davon erzählt. Gar nichts! Also, den ruf ich jetzt an.«

»Den? Wen meinst du damit?« Annalena zog die Augenbrauen hoch.

»Na, Jörg natürlich. Ich kenn doch sonst keinen in Gütersloh.«

»Wenn du ihn darum gebeten hast«, murmelte Annalena, »dann wird er das auch getan haben. Vermutlich kämpft er immer noch mit seiner Protokollprosa. Der will sicher einen guten Eindruck auf dich machen.«

»Echt? Nee, das ist mir so was von egal. Aber ich will wissen, was Sache ist. Hoffentlich war der überhaupt bei der.« Endlich hatte Melanie ihr Handy gefunden und wählte Jörgs Nummer. Sie schien gleich durchzukommen, denn Annalena hörte: »Ach was, nein! Ungeheuerlich!« Dann kam eine lange Pause. »Ich fasse es nicht, wirklich? Das ist ja hochinteressant.«

Mit welchen Geschichten wollte Ottenhöver sich bei der Neuen wichtig machen?, fragte sich Annalena, während sie kurz vor dem Gütersloher Ortsschild in den dritten Gang zurückschaltete. Mittlerweile hatte Melanie ihr Telefonat beendet. Ihre Kollegin blickte sie fragend an. »Und? Was rausgekriegt?«

Melanie nickte. »So detailliert wollte ich das eigentlich alles gar nicht wissen. Aber der fängt ja wirklich bei Adam und Eva an.«

»Wieso?«

»Na ja, nicht gerade da, aber zumindest mit Kalupkas Rausschmiss aus der Gütersloher Villa.«

»Erzähl!«

»Der gute Felix hat es irgendwann wohl doch ein bisschen zu weit getrieben und einige seine Liebschaften ungeniert mit nach Hause gebracht. Da ist seiner Frau nach all den Jahren der Kragen geplatzt, hat die Haushälterin gesagt. Er hatte eine Woche Zeit, das Haus zu räumen, und Frau Vortkamp sollte ihm dabei helfen.«

»Und Roswitha?«

»Hat so lange Wellnessurlaub in einem italienischen Luxushotel gemacht. Da kann ich sie verstehen, ich hätte auch keinen Bock, zuzusehen, wie mein Partner seine Sachen packt.«

Annalena nickte. »Und dann noch Dinge mitnimmt, an denen mein Herz hängt.«

»Genau!«

»Aber dann«, berichtete Melanie weiter, »erwies sich dieser Vorstadtcasanova ganz plötzlich als fürsorglicher Hausvater, was Gertraud Vortkamp sehr gewundert hat. Offenbar hat Felix Kalupka schon im Vorfeld alle künftigen Nebenkosten senken wollen. Auf einmal. Auf jeden Fall hat er wohl alle elektrischen Geräte überprüft und sämtliche Glühbirnen gegen Energiesparlampen getauscht. Eine ganze Palette mit Sparleuchten soll angeliefert worden sein. Wenn ich das höre, habe ich den Eindruck, dass die Vortkamp ziemlich übertreibt, aber vielleicht war die ja im Fieberwahn, als sie mit Jörg geredet hat.«

Annalena nickte halbherzig und konzentrierte sich auf die Parkplatzsuche.

»Für den Fieberwahn spricht auch ihre Behauptung, der Kalupka sei am Tag seines Auszugs noch mal in voller Taucheranzugmontur in den Swimmingpool gestiegen, um die Umwälzpumpe zu reinigen«, vollendete Melanie ihren Bericht und stellte kopfschüttelnd fest: »Für mich kann das nur eins bedeuten.«

»Und zwar?«

»Der wollte die Nebenkosten senken und alles so hinterlassen, dass seine Frau keinen Grund hätte, bei ihm anzurufen. Ist doch eigentlich ganz nett gedacht, oder?«

Annalena nickte und parkte ein. Sie sah kurz zur Seite. »Und was ist mit Roswithas Krankheit?«

»Danach hat Jörg leider überhaupt nicht gefragt, also echt, den kannste schicken!«

Das Außenthermometer zeigte weiterhin neunundzwanzig Grad, doch drinnen im Wagen war es angenehm kühl. Melanie klappte die Sonnenblende herunter und begutachtete sich in dem eingebauten Spiegel. Annalena sah sie von der Seite an. Sie arbeiteten jetzt seit einer Woche zusammen. Und Melanie gewann von Tag zu Tag. Bei ihrer ersten Begegnung hatte sie die neue Kollegin unattraktiv und hässlich gefunden – inzwischen würde sie deren Gesicht als interessant, als apart bezeichnen. Auf jeden Fall war sie keine Null-acht-fünfzehn-Frau.

»Lass das mal mit dem Klingeln«, sagte Melanie leise, während Annalena per Funksignal den Wagen schloss. »Wir gehen einfach mal ums Haus rum. Vielleicht ist er ja im Garten.«

»Meinetwegen.« Annalena wischte sich den Schweiß von der Stirn.

Auf leisen Sohlen schlichen sie sich an den lila blühenden Rhododendronbüschen vorbei. Der Rasen roch frisch gemäht. Am Rand der gefliesten Terrasse plätscherte ein Springbrunnen. Richard Schulze-Kottig und Roswitha Kalupka hatten es sich auf zwei stufenlos verstellbaren Corbusier-Liegen mit schwarzem Lederbezug bequem gemacht. Sie sprachen angespannt, aber leise miteinander. Zwischen ihnen stand ein zierlicher Glastisch. Sie tranken etwas, das wie Gin Tonic mit Zitronenscheiben aussah. Vornehm klirrte das Eis.

Melanie gab ihrer Kollegin ein Zeichen und hielt sich den Finger an die Lippen.

»Du hättest mir das sagen sollen«, klagte Roswitha Kalupka gerade in einem Ton, der ganz und gar in Widerspruch zu ihrer strahlenden Erscheinung stand. »Zumindest hättest du mich warnen können.«

»Ich hatte erst vor einer Woche Gewissheit«, antwortete Schulze-Kottig. »Outdoor-Living und Hausputz für Gertraud waren – wenn du so willst – zwei letzte Versuchsanordnungen.«

»Und ich war dein Versuchskaninchen.« Roswitha Kalupka schien zu lächeln.

»Ja, es war ein Blindversuch. Anders hätte es nicht funktioniert.«

»Wenigstens das. Und nun?«

»Nun verkaufst du dein Haus. Und zwar so schnell wie möglich. Ich habe mich schon mal umgehört und mit einem Makler Kontakt aufgenommen. Was willst du denn mit so viel Haus und Garten? Eine elegante Penthousewohnung mitten in der Stadt, das würde dir entsprechen.«

»Aber …«, setzte sie zum Widerspruch an.

»Kein Aber«, sagte Richard schnell. »Du kannst da nicht mehr wohnen, das wissen wir beide. Also, ich setze jedenfalls keinen Fuß mehr in dein Haus. Du siehst ja, wie es deiner Gertraud nun geht.«

»Das war nicht gerade nett von dir.«

»Ich brauchte nun mal Beweise«, rechtfertigte er sich, griff nach ihrer Hand und fügte sanft hinzu: »Du weißt doch, in der Liebe und im Krieg ist alles erlaubt.«

»So viel List hätte ich dir nicht zugetraut!« Sie zog ihre Hand zurück und griff nach dem Glas. Beide schwiegen.

Während Annalena lauschte, hielt sie den Blick auf Melanie geheftet. Deren T-Shirt war hochgerutscht und gab unterhalb der Taille den Blick auf ein gut gepolstertes Arschgeweih frei. Das war echt das Letzte, was sie bei ihrer Kollegin vermutet hätte. Es gab doch immer wieder was zum Staunen.

In diesem Moment straffte sich das Arschgeweih und schoss aus dem Busch hervor. Annalena biss sich auf die Lippen. Schon wieder ein Alleingang! Das war so nicht besprochen.

Sie sah, wie Melanie sich breitbeinig vor den zwei Lederliegen aufbaute und Richard Schulze-Kottig ins Visier nahm.

»Was für Beweise?« Jedes ihrer Worte war ein Geschoss, das sie auf den gepflegten Mann abfeuerte.

Der starrte sie an. »Wo kommen Sie denn her?«

»Wir sind ums Haus gegangen«, antwortete Melanie, als wäre es das Selbstverständlichste der Welt.

»Komisch, sonst höre ich es immer läuten«, meinte Richard und sah Roswitha Kalupka fragend an. Die hob die Schultern.

»Ich hab nicht geklingelt«, stellte Melanie klar und winkte Annalena zu sich. »Also, von welchen Beweisen wird hier gesprochen?«

Richard Schulze-Kottig hatte sich wieder im Griff. »Sie spinnen ja wohl«, sagte er mit leiser und scharfer Stimme. »Dringen auf mein Grundstück ein, belauschen ein Privatgespräch und führen sich auf wie der Oberstaatsanwalt persönlich. Ich muss Ihnen gar nichts sagen. Stattdessen kann ich Sie wegen Hausfriedensbruch belangen!«

Er beugte sich zu dem Glastisch und griff nach seinem Handy.

Annalena trat einen Schritt vor. »Wir haben doch nur ein paar Fragen an Sie.«

»Und ich habe Feierabend!«

Sie wandte sich an Roswitha Kalupka: »Was ist mit Gertraud Vortkamp passiert? Warum ist sie krank?«

Annalena staunte. Wenn sie nicht gewusst hätte, dass die Witwe des Sparkassendirektors vor ihr saß – sie hätte sie nicht erkannt. Am Montag vor einer Woche noch hatte sie ausgesehen, als würde sie demnächst »über den Jordan surfen«, wie Heinz Krabbe respektlos bemerkt hatte – nun wirkte sie wie frisch dem Jungbrunnen entstiegen.

»Ich?« Roswitha Kalupka schnaufte verächtlich. »Ich habe gar nichts gemacht. Ich dachte, ich tu ihr was Gutes, frag sie, ob sie bei der Hitze nicht mal den kühlen Keller aufräumen will und im schattigen Wohnzimmer die Regale wischt. Und dann hatte sie diesen Zusammenbruch. Das ist ja wohl nicht meine Schuld.« Sie wandte sich an Richard. »Erklär du es ihr.«

»Da gibt's nichts zu erklären.« Er kniff die Lippen zusammen. »Und jetzt hab ich die Schnauze voll.« Mit dem Mittelfinger der rechten Hand tippte er die Nummer Eins-Eins-Null in sein Handy.

Im selben Moment entdeckten die Kommissarinnen den weißgoldenen Ring mit dem eingelassenen Brillantsplitter. Annalena hörte Melanie schnaufen. Sie atmete flach, wie ein kleines Frettchen, das gleich in den Karnickelbau schießen wird.

Der schöne Herr Schulze-Kottig hatte sich elegant auf seine Liege drapiert. Er trug eine schwarze Leinenhose und ein dunkelgraues Seidenhemd. Annalena nahm mit Blicken Maß. Klar, der war mindestens eins neunzig groß! Sie verglich ihn mit der schmalen Kalupka, die ungefähr ihre Größe hatte.

Wie sicher musste er sich fühlen? Gelassen rollte er sich von der Liege und stand auf. Am Mittelfinger der rechten Hand trug er einen Ring, und alle Beteiligten wussten, dass er am vergangenen Samstag in Kalupkas Villa gewesen war. Dennoch wirkte er entspannt und ausgeglichen. Konnte dieser Mann wirklich der Mörder sein?

»Nun noch mal von vorn«, sagte Melanie gerade und stellte sich breitbeinig zwischen beide Liegen. Sie sah aus wie ein zu kurz geratener Cowboy. Wortlos hatte sich Roswitha Kalupka erhoben und neben ihren Partner gestellt.

Herablassend blickte der Finanzmanager der Caranopp-Stiftung auf die Kommissarin hinunter. Um seine Mundwinkel zuckte es verächtlich. Annalena kniff die Augen zusammen und merkte, dass sie wütend wurde. Was für eine gnadenlose Arroganz, dachte sie. Nur weil der schön und reich ist und an den sogenannten Schaltstellen der Macht sitzt, meint er, sich alles erlauben zu können.

»Also?« Melanie blieb am Ball. »Wo waren Sie am Samstag?«

»Am letzten Samstag oder an dem davor?«, konterte er schnippisch.

»Ich spreche von Samstag, dem 25. Juli.« Melanie blieb sachlich.

»Darf ich?« Er griff nach seinem Handy. »Das ist nämlich auch mein Terminkalender. Hoffentlich ist die Woche noch gespeichert!« Demonstrativ legte er die schöne Stirn in Falten. »Genau, da war ich ab neunzehn Uhr bei Felix, und wir haben unten in seiner Diele Schach gespielt. Zwei Remis, die dritte Partie habe ich aufgegeben.«

Ehe er sichs versehen konnte, hatte Melanie ihm das Handy stibitzt und war damit an den Rand des Grundstücks gelaufen.

»Ich checke nur eben Ihre anderen Termine!«, rief sie ihm zu. Annalena sah, dass er blass wurde. Die einstige Schönheitskönigin schmiegte sich an seine Seite. Sie trug einen wollweißen Leinenrock und eine Bluse mit durchbrochener Spitze. Mit großen braunen Augen sah sie zu ihm auf. »Die können dir doch nichts, oder?«

»Nee, und schon gar nicht diese Provinzgendarmen!« Er schnaufte verächtlich.

Annalena spürte förmlich, wie ihr Körper sich verkrampfte. Provinzgendarmen! Das ging zu weit! Mit zusammengekniffenen Augen betrachtete sie das Paar. Zwei makellose Menschen. Aber wie gut waren deren Nerven? Roswitha Kalupka hatte sofort die Augen niedergeschlagen, Richard Schulze-Kottig jedoch hielt Annalenas Blick stand. Sie schaute so entschlossen, wie sie es in Übungseinheiten auf der Polizeischule gelernt hatte. In seinem Blick nahm sie ein leichtes Flackern wahr, als Melanie vom Rand des Grundstücks triumphierend verkündete: »Da ist ja wirklich schwer was los bei Ihnen! Fast stündlich neue Einträge.« Sie hatte sich durch die Aufzeichnungen von drei Monaten gescrollt. »Jeder Samstag, jeder Sonntag, und dann auch noch alle Wochentage vollgepackt mit Terminen. Nur nicht Sonntag, der 26. Juli. Wieso nicht?«

Er stutzte für den Bruchteil einer Sekunde, und Annalena frohlockte insgeheim. Jetzt hab ich ihn, dachte sie.

»Was soll da schon los gewesen sein?«, antwortete er mit einer unwirschen Kopfbewegung. »Da habe ich am Computer geübt. Immerhin ist das Turnier in wenigen Wochen.« Er tippte sich an die Stirn. »Sie glauben doch wohl nicht, dass ich meinen Schachpartner umbringe, nur weil er meinen König mattsetzt?«

»Nein«, sagte Annalena betont ruhig. »Nein, natürlich nicht, weil er Ihren König in die Enge getrieben hat, sondern weil er Ihre Königin mattgesetzt hat. So war es doch, oder?« Sie wies auf Roswitha Kalupka.

»Was für ein Schwachsinn!« Schulze-Kottigs Stimme zitterte.

Annalena hätte nicht zu sagen vermocht, woher ihre Vermutung kam, aber in der Sekunde, als sie ihren Verdacht aussprach, wusste sie, dass er stimmte. Sie war auf der richtigen Spur.

Melanie war neben sie getreten. Betont langsam ließ sie Richard Schulze-Kottigs Handy in ihrer hinteren Hosentasche verschwinden. Da lag es nun, direkt über dem linken Ausläufer ihres Arschgeweihs. »Sie kriegen es wieder, sobald wir die Daten kopiert haben«, versprach sie und reagierte erst dann mit einem Rückwärtsschritt auf Annalenas abwehrende Handbewegung.

Mit gefährlich ruhiger Stimme stellte Annalena klar: »Sie haben am Samstagabend mit Felix Kalupka in dessen Haus in Kalverode Schach gespielt. Stimmt das?«

Der Mann vor ihr nickte. »Sag ich doch die ganze Zeit.«

»Was genau ist da passiert?« Sie sah ihm direkt in die Augen. Die flackerten nun nicht mehr, sondern starrten kampfbereit zurück.

»Nichts«, antwortete er. »Wie gesagt, zwei Remis und eine Flasche Rotwein.«

»Und während dieses Spiels haben Sie ihm gesagt, dass Sie alles rausgekriegt haben.« Sie sah zu ihm hoch und ärgerte sich, dass sie sich nicht an einem Tisch in einem Vernehmungsraum gegenübersaßen. Gleiche Augenhöhe wäre in dieser Situation von Vorteil gewesen.

Er schwieg und biss sich auf die Lippen.

»Du kannst es ihm doch sagen«, unterbrach Roswitha das Schweigen. »Ist doch nichts dabei!«

»Halt du dich da raus!«, fuhr er sie an.

»Was haben Sie herausgekriegt?«, wiederholte Annalena und war heilfroh, dass Melanie hinter ihr stand.

Der Mann blickte demonstrativ über sie hinweg.

Roswitha putzte sich die Nase und löste sich von seiner Seite. »Du hast mich nicht anzuschreien, mach das nicht noch mal! Nie mehr!« Sie suchte Annalenas Blick. »Er hat herausgefunden, dass mein Haus vergiftet ist. Und er hat meinen Mann mit diesem Wissen konfrontiert.« Sie zitterte. »Bevor der auszog, hat der mein ganzes Haus vergiftet! Von oben bis unten! Stellen Sie sich das mal vor. Das hätt ich nie von dem gedacht. Nicht in meinen schlimmsten Träumen. Ist das nicht eine linke Nummer?«

Melanie nickte mit gespielter Betroffenheit.

»Bitte, ich flehe dich an, Roswitha! Halt den Mund. Du redest uns um Kopf und Kragen. Ich will meinen Anwalt sprechen.«

»Ich verstehe nicht, wozu Sie einen Anwalt brauchen, wenn Sie angeblich nichts anderes herausgefunden haben, als dass Ihr Nebenbuhler etwas Ungesetzliches getan hat«, schürte Melanie das Feuer.

Er fiel prompt darauf herein. »Weil ihr einem immer alles Mögliche anhängt. Schon allein für eure verdammte Statistik müsst ihr einen Täter finden. Egal, ob der das war oder nicht.«

Besitzergreifend griff er nach Roswithas Hand. »Komm mit ins Haus. Wir lassen die einfach hier draußen stehen.«

Roswitha zögerte.

»*Wir* gehen jetzt nicht ins Haus«, stellte Annalena klar und gab Melanie ein Zeichen. Die fasste in ihre rechte Hosentasche und legte dem schönen Herrn Schulze-Kottig mit einem schnellen Klickklack Handschellen an. »Für den Fall der Fälle«, erklärte sie, und es hatte den Anschein, als würde ihr diese Aktion besonders viel Freude bereiten.

»Damit kommen Sie nicht weit!«, drohte Schulze-Kottig.

»Wir nehmen Sie mit nach Kalverode«, erklärte Annalena ungerührt und log: »Wir haben am Tatort einen Handabdruck sichern können: rechte Hand mit Ring am Mittelfinger. Den gleichen wir mit Ihrer Hand ab, und dann werden wir schon sehen.«

Bevor sich die Fondtür des Dienstwagens hinter ihm schloss, befahl Richard seiner Freundin, augenblicklich den Anwalt der Stiftung anzurufen. »Adresse steht in meinem Telefonverzeichnis, erste Schreibtischschublade rechts!«

Roswitha Kalupka nickte halbherzig, und Annalena fragte sich, ob die einstige Schönheitskönigin von Gütersloh das tatsächlich machen würde. Momentan sah es jedenfalls nicht so aus.

20. Kapitel

Während der Autofahrt war Schulze-Kottig ungewöhnlich still. Fast kleinlaut, dachte Melanie und hielt sich an ihrem Zopfende fest. Eigenartig auch, dass er nicht einmal eine Zahnbürste hatte einpacken wollen. »Ich bin sowieso gleich wieder zu Hause, und für Sie gibt das dann ein saftiges Nachspiel. Rechnen Sie mit dem Schlimmsten!«, hatte er gesagt. Der war sich seiner Sache ganz schön sicher. So ein angenehmes Äußeres – und dennoch hatte er sich, wie die meisten Männer, die sie kannte, als arrogantes Miststück erwiesen.

Melanie merkte, dass sie ihn zu gern zum Sündenbock für die Gemeinheiten aller Männer an den Frauen dieser Welt gemacht hätte, und riss sich zusammen.

Konzentriert steuerte Annalena den Wagen durch den Gütersloher Feierabendverkehr. Die ganze Stadt schien Richtung Baggerseen und Grillplätze aufzubrechen. Das Außenthermometer zeigte immer noch siebenundzwanzig Grad. Sie war drauf und dran, ihre Kollegin wie in einem ganz normalen Small Talk nach dem gestrigen Biergartenbesuch zu fragen, hielt sich dann aber zurück. Stattdessen gab sie Melanie ein Zeichen, den Typen hinter ihnen nicht aus den Augen zu lassen.

Als Melanie sich erneut nach ihrem unfreiwilligen Gast umsah, waren dessen Nase und Kinn auffällig blass. Jetzt schwächelt er, dachte sie nicht ohne Triumph und schoss eine Vermutung in seine Richtung: »Sie haben am Samstag von der Vergiftung des Hauses erfahren. Herr Kalupka hat es Ihnen sicher nicht ohne klammheimliche Freude erzählt. Das hat Sie bestimmt ganz schön wütend gemacht. Kann ich sogar verstehen.«

»Ach, blasen Sie mir doch den Schuh auf«, fauchte er und blickte demonstrativ aus dem Fenster.

Abhauen kann der zum Glück nicht, dachte Annalena, als sie vor einer Ampel hielten. Die Dienstwagen der Polizei waren inzwischen durchgängig so konzipiert, dass die hinteren Türen eine Kindersicherung hatten.

Beide Frauen schwiegen. Der Mann hinter ihnen knirschte mit den Zähnen.

Sie waren gegen zwanzig Uhr zurück. In der Dienststelle des Alten Amtshauses herrschte Unruhe. Alle Fenster waren geöffnet, selbst Kriminaloberrat Schmeing wuselte noch durch die Gänge und hielt Hedwig mit Sonderwünschen und Spezialrecherchen auf Trab. In der Luft lag eine Spannung, wie Annalena sie noch nie erlebt hatte.

»Was ist passiert?«, fragte sie.

»Wer ist das denn?«, stellte Ewald die Gegenfrage und wies auf Richard Schulze-Kottig.

»Ich hab dem sein Handy«, verkündete Melanie anstelle einer Antwort. Sie wandte sich an Horst. »Kannst du es gleich auswerten?«

»Nein! Auf keinen Fall.« Er schüttelte den Kopf. »Gut, dass ihr da seid. Ich muss euch nämlich ganz dringend sprechen.«

»Wichtigkeit kennt keine Grenzen«, murmelte Melanie vor sich hin und verkündete dann etwas lauter: »Dann schließ ich es mal solange in meinen Schreibtisch ein.«

»Mach das.« Annalena nickte ihr zu und wandte sich an Heinz Krabbe. Sie wies mit einer Kopfbewegung auf Schulze-Kottig, der noch immer in Handschellen dastand. »Bring den doch bitte erst mal in unser kleines Besprechungszimmer. Vielleicht will er ja auch was trinken. Kaffee? Mit Gin Tonic können wir leider nicht dienen. Und dann bleib bei ihm.«

Zehn Minuten später ließ Horst das platzen, was er eine Bombe nannte. Er saß sehr gerade in seinem Besprechungsstuhl, und es hatte den Anschein, als wolle er sich gleich lobend gegen die Brust schlagen. Ewald sah auf die Uhr, und Hedwig hatte das unvermeidliche Notebook vor sich stehen.

»Also, Leute«, begann Horst mit salbungsvoller Stimme, und da wusste Annalena, dass ihnen eine längere Rede bevorstand. Melanie steckte sich ein Stück Zopf in den Mund. »Es ist gut, dass ich mich nun um diesen Taucheranzug gekümmert habe.«

»Mach's kurz, wenn's geht.« Annalena klang unwirscher als geplant. »Ich muss noch den Typen da vernehmen.«

»Das hab ich doch gestern schon gemacht!« Horst war für den Bruchteil einer Sekunde irritiert. »Weiß gar nicht, warum du den noch mal hergeschleppt hast.«

»Neue Erkenntnisse«, antwortete Melanie an Annalenas Stelle und wippte ungeduldig auf ihrem Stuhl. »Nun mach mal hinne!«

»Der Anzug war kontaminiert«, sagte Horst und schwieg erwartungsvoll. Melanie gähnte, die anderen am runden Konferenztisch zeigten sich unbeeindruckt.

Als keine Fragen auf ihn einprasselten, legte Horst los und beschrieb in aller Ausführlichkeit, wie er an den Taucheranzug herangegangen war, welche Stellen er besonders untersucht und auf welche Details er geachtet hatte. Zwischendrin legte er bedeutungsvolle Kunstpausen ein.

Es war Melanie, die ihn unterbrach. »Also, worum geht es denn nun genau?«

»Quecksilber«, sagte er, und da seine Stimme bei diesem Wort kippte, klang es fast wie ein Freudenschrei. »Der Neoprenanzug war voll mit Quecksilber.«

»Und wie erklärst du dir das?« Annalena zog die Stirn kraus.

»Ihr müsst es euch so vorstellen: Da zieht der seinen Taucheranzug an und legt in voller Montur diese Energiesparleuchten, eine nach der anderen, vor sich hin. Anschließend setzt er sich die Sauerstoffmaske auf, guckt noch mal, ob auch kein Fetzelchen seiner Haut der Luft ausgesetzt ist, und dann nimmt der einen Hammer und haut die Lampen kaputt. Eine nach der anderen.«

»Ja, und? Soll er doch!« Wilfrieds Magen knurrte so laut, dass alle es hörten und Hedwig feixend anbot, das Knurren mit ins Protokoll aufzunehmen.

Horst schüttelte den Kopf über so viel Unwissenheit. »Quecksilber ist ein ganz fieses Gift. Es speichert sich im Gehirn, in der Leber, den Nieren und der Milz ab. Es macht einen nachhaltig krank. Das Gemeine daran ist, dass es sich bei Raumtemperatur erst verflüssigt und dann verdunstet. Wie ich schon sagte: Man sieht es nicht, man riecht es nicht, und man schmeckt es nicht. Die neuen Energiesparlampen sind voll mit Quecksilber. Da haben die Behörden aus gesundheitlichen Gründen Fieberthermometer mit Quecksilber verboten, dann aber brav genickt, als diese Leuchten eingeführt wurden. Es ist nicht zu fassen!«

»Hey, bleib cool, die haben sich schon was dabei gedacht, da brauchste nur an das Ozonloch zu denken«, unterbrach Markus ihn. »Erzähl einfach weiter. Bitte. Und bring's doch endlich mal auf den Punkt.«

Mit dramatischem Unterton verkündete Horst: »Ich habe Glassplitter an dem Anzug gefunden, das und Überreste der Energiesparlampen. Der hat wohl versucht, alles wegzubürsten, aber bei so feinen Splittern hatte er keine Chance!« Er stöhnte dramatisch. »Wo war der Anzug eigentlich?«

Annalena stand auf. »Lass mich schnell nachschauen, immerhin haben wir ein Mindmap.« Sie kam nach nicht einmal dreißig Sekunden zurück. »Der Taucheranzug hing im Vorraum des Kellers an einem Bügel.« Garantiert hatte Kalupka seinen Anzug auslüften wollen. Was für ein Geizkragen! Der hätte sich doch wirklich einen neuen kaufen können. Aber so wurde die Beweiskette immer schlüssiger.

Melanie starrte Horst und Annalena kopfschüttelnd an. »Ihr glaubt doch nicht im Ernst, dass jemand ein ganzes Haus vergiftet und unbewohnbar macht, nur um Rache an seiner Frau zu nehmen?«

»Das ist ein schleichendes Zellgift«, dozierte Horst ungerührt weiter. »Es wirkt nicht sofort.«

»Außer bei Gertraud Vortkamp. Der scheint es nun richtig schlecht zu gehen.« Annalena seufzte. »Ihr Cousin macht sich echte Sorgen.« Sie merkte, dass sie sich auf das Gespräch mit Friedemann freute, auch wenn es keine guten Nachrichten zu übermitteln gab.

»Die hat ja nun auch wirklich die klassischen Symptome«, erklärte Horst nicht ohne Stolz auf sein Expertenwissen. »Ist vermutlich besonders anfällig. Und überhaupt: Kommt ja fast einem Selbstmord gleich, wenn die sich tagelang im Haus rumtreibt und sich dabei auch noch viel bewegt.«

»Moment mal.« Annalena hob den Zeigefinger. Eine Geste, die sie von ihrem Vater und allen Lehrergenerationen vor ihm übernommen hatte. »Dann ist der Schulze-Kottig auf jeden Fall dran. Melanie ist Zeugin. Wir haben nämlich beide gehört, dass es seine Idee war, Frau Vortkamp das Haus von oben bis unten putzen zu lassen, während Roswitha Kalupka seit Freitagmittag ihrem Outdoor-Living nachging. Der wusste, warum. Daher plädiere ich im Falle Gertraud Vortkamp auf Anklage wegen schwerer Körperverletzung, wenn nicht gar Mordversuch.«

»Ha, da hätte er mal doch seine Zahnbürste einpacken sollen«, verkündete Melanie nicht ohne Schadenfreude und sprühte sich eine Ladung Gletscherfrische in den Rachen.

Horst tat es ihr gleich und nickte bedauernd: »Die arme

Putzfrau saß sozusagen mitten in der Giftwolke. Das hält der Stärkste nicht aus.«

»Das heißt, es wirkt unterschiedlich schnell?«, wollte Annalena wissen.

Der oberste Spurensicherer nickte. »Und wer kommt schon auf den Gedanken, dass das eine Quecksilbervergiftung sein könnte? So was gibt's ja heute gar nicht mehr. Der letzte Fall war in einem japanischen Fischerdorf. Da haben die Leute zu viele Meeresfrüchte gegessen, vermutlich auch noch rohe.« Er schüttelte sich. »Die Fische hatten sich dummerweise von Industrieabfällen ernährt. Folge: Haarausfall, Schlafstörungen, Lähmungen, Massenvergiftung. Aber zurück zu unserem Sparkassendirektor. Der war wirklich geschickt. Sein Quecksilber hat sich klammheimlich und subtil in allen Räumen niedergelassen und dort ganze Arbeit geleistet. Und die Scherben von den Lampen hat er einfach in den ganz normalen Hausmüll getan. Alle Zimmer waren vergiftet. Der hat das Zeug verteilt und das Haus hermetisch abgeschlossen, damit kein Durchzug ist. Die Kalupka war doch für eine Woche in ihrem Wellnesshotel – und so konnte sich das Gift richtig gut festsetzen. Und deshalb ging es der schönen Roswitha gleich besser, als sie ihren Lebensraum nach draußen verlegt hat. Weil da keine Dämpfe mehr waren. So eine linke Nummer, das würde mich auch ganz schön wütend machen.«

Annalena nickte nachdenklich. »Gute Arbeit, Kollege, alle Achtung.« Sie sah auf die Uhr. Es war genau zwanzig Uhr dreiundvierzig. »Dann wollen wir mal. Und wenn es die ganze Nacht dauert. Ich bleib so lange an dem Schulze-Kottig dran, bis wir wissen, was genau in der Nacht von Samstag auf Sonntag passiert ist. Der hat was damit zu tun. Das spüre ich.«

»Ja, ja, das Bauchgefühl.« Ewald stand auf. »Ich muss nach Hause. Schafft ihr das alleine?«

Die Stühle scharrten auf dem Dielenboden, als die Kalveroder Mannschaft die Runde auflöste. Am Ende stand nur noch Markus im Raum.

»Ich werde bluffen«, verkündete Annalena und suchte seinen Blick. »Kannst du noch bleiben?«

»Klar, ich hab ja sonst nichts zu tun heute Abend«, sagte er, und Annalena sah ihm an, dass er es wirklich so meinte.

»Wenn du mit mir in den Vernehmungsraum kommen würdest«, meinte sie, »dann könnte ich dem die Handschellen abnehmen.«

Er nickte. »Lass mich aber vorher die Tür abschließen, nicht dass uns der noch ausbüxt.«

Es war das größte Ausmaß an Unprofessionalität, das ihr jemals untergekommen war. Annalena kochte vor Wut. Da hatten sie doch tatsächlich vergessen, diesem Typen sein Handy abzunehmen. Sie hätte gleich darauf kommen müssen, dass so einer zwei von den Dingern besaß. Ein geschäftliches und ein privates. Heinz Krabbe hatte Richard Schulze-Kottig zwar mit Handschellen am Tisch fixiert, bevor er den Raum für einige Minuten verlassen hatte, aber die eine Hand des Verdächtigen war frei gewesen, und so hatte dieser entspannt telefonieren können. Wer weiß, wen er in den vergangenen Minuten alles angerufen hatte!

Annalena konfiszierte das Gerät augenblicklich und ließ es an Horst weitergeben. Dass diese Dinger mittlerweile aber auch so dünn und klein sein mussten! Fast schon unsichtbar. Keinem von ihnen war aufgefallen, wie er es in der Brusttasche seines Hemdes hatte verschwinden lassen, zumal er – vermutlich absichtlich hörbar für alle – Roswitha damit beauftragt hatte, den Anwalt zu informieren.

Krabbe hatte reichlich betreten geguckt und Besserung gelobt. Dann war er mit ungewöhnlich roten Ohren in Richtung Fußballtraining verschwunden.

»Mein Anwalt ist schon unterwegs«, sagte Richard Schulze-Kottig nun. »Und vorher sag ich nichts.«

»Okay.« Annalena bedachte ihn mit einem ernsten Blick. »Dann richten wir schon mal Ihre Zelle her. Es sieht nämlich nicht so aus, als könnten wir Sie heute noch heimfahren.«

Mit einem leichten Kopfnicken gab sie Markus zu verstehen, dass er Richard Schulze-Kottig im Auge behalten sollte, und ging zurück in ihr Büro.

Ihr Vater wartete garantiert noch mit dem Abendessen auf sie. Es wurde Zeit, dass sie ihm absagte. Er würde enttäuscht sein.

Melanie Dierks saß vor ihrem Computer, bediente mit der rechten Hand die Maus und telefonierte mit links. Sie drückte sich den Hörer gegen das Schlüsselbein und raunte Annalena zu: »Du, ich hab da eine Idee, lass mich ganz schnell noch was recherchieren, dann komme ich zu euch.«

Annalena sah ihr an, wie nervös sie war.

Der Anwalt hatte graues, kurz geschnittenes Haar, das ihm feucht zu Berge stand, und einen gepflegten Vollbart. Seine Lesebrille hing an einem schmalen Lederbändchen vor seiner Brust. Der graue Anzug saß ein bisschen zu lose, und das hellgraue Hemd wirkte verschwitzt. Er trug eine dunkle Krawatte. Als Annalena ihm die Hand gab, fuhr er sie mit gepresster Stimme an: »Sie lassen meinen Mandanten auf der Stelle nach Hause gehen, verstanden?«

»Keinesfalls«, entgegnete sie. »Es sind noch einige Dinge zu klären.«

»Geben Sie mir eine Viertelstunde.« Der Anwalt schien nicht mehr ganz so selbstsicher zu sein.

Sie nickte und ging ihm voran.

»Hör mal, wenn der Anwalt dabei ist, dann kannst du nicht bluffen.« Markus wies besorgt auf die Tür, hinter der sich Richard Schulze-Kottig mit seinem Berater besprechen durfte.

»Das wollen wir doch erst mal sehen«, widersprach Annalena. »Ich muss gar nicht so sehr bluffen, bei den vielen Trümpfen, die ich in der Hand habe.«

»Nee, gegen so einen Großen kannste nicht antreten. Das geht nicht gut.« Er klang besorgt. »Wenn du dich nur einmal vertust, dann werden dich alle Zeitungen in Stücke reißen.«

Sie straffte sich. »Ich weiß, was ich tu. Glaub mir.« Sie sah auf die Uhr. »Noch fünf Minuten. Mehr kriegt er nicht.«

»Und dann?«

»Dann konfrontieren wir ihn mit der Wahrheit.«

»Mit der Wahrheit, die du dir ausgedacht hast!«

Sie sah ihn lange an. »Hast du etwa Angst vor dem?«

Bevor er antworten konnte, trat Melanie auf sie zu. »Guckt mal«, sagte sie und passte sich instinktiv ihrem Flüsterton an. »Unser Schachspieler wurde geblitzt. Und zwar in der Nacht von Samstag auf Sonntag, genauer gesagt, am Sonntag, den 26. Juli, vier Uhr und acht Minuten.«

»Echt?« Annalena griff nach dem Beweis. »Das heißt, der hat den Kalupka vermutlich die Treppe runtergestoßen und ist danach seelenruhig heimgefahren.«

»Na ja, seelenruhig würde ich das nicht nennen«, widersprach Melanie. »Immerhin ist der auf dieser Strecke, wo grad mal achtzig erlaubt sind, hundertvierzig gefahren.«

Auf dem Schwarz-Weiß-Foto war Richard Schulze-Kottig abgebildet. Die Hände waren verkrampft um das Lenkrad gekrallt, am rechten Mittelfinger war der Ring mit dem Brillantsplitter deutlich zu erkennen. Horst hatte sie bereits darüber informiert, dass Richards Fingerabdrücke in der ganzen Kalupka-Villa verteilt waren.

»Und wisst ihr, was ich noch herausgefunden habe?«, setzte Melanie nach.

Annalena schüttelte den Kopf.

»Die haben nicht nur zusammen Schach gespielt, der feine Schulze-Kottig hat den Kalupka seine ganzen Stiftungsgelder verwalten lassen. Ist doch wirklich praktisch, als kleiner Sparkassendirektor über so viel Kohle verfügen zu können. Da kann man beim ganz großen Spiel mitmischen.«

Annalena zog die Stirn kraus. »Woher weißt du das? Und wieso erfahr ich das erst jetzt?«

Melanie fuhr beleidigt zusammen. »Du hast mir das doch angeschafft. Du wolltest doch, dass ich die Datensticks von Kalupka checke. Seit Samstagnacht arbeite ich daran. Und wenn ich nicht so konsequent drangeblieben wäre, wüssten wir immer noch nicht, dass auf einem der externen Speicher finanzielle Transaktionen festgehalten sind, von denen wohl keiner was wissen sollte.«

»Und?«

»Fassen wir es mal so zusammen: Die für die Gutmenschenstiftung gespendeten Gelder sind nicht nur durch Kalupkas Hände, sondern auch in illegale Waffengeschäfte geflossen!«

Annalena riss die Augen auf. »Hast du das schriftlich?«

»Logo. Ich kann es dir ausdrucken! Ich hab mich deswegen bereits heute früh mit der Karlsruher Bundesanwaltschaft in Verbindung gesetzt. Die waren hocherfreut.« Selbstbewusst wies sie mit der Spitze ihres Zopfes auf Annalena. »Und weißt du was? Die waren mir so was von dankbar. Die hatten den Kalupka nämlich schon im Visier und hätten ihn in den nächsten Wochen hochgehen lassen, glaub mir. Stattdessen ist er runtergefallen. Von seiner eigenen Treppe.« Sie hob die Schultern. »Das Leben ist wirklich komisch.«

»Wie hoch soll die Kaution sein?«, fragte der Anwalt mit belegter Stimme und ergänzte: »Erstens besteht keine Fluchtgefahr, und zweitens hat sich mein Mandant nichts zuschulden kommen lassen.«

»Moment mal, nicht so schnell!« Annalena setzte sich an den Tisch und registrierte, dass Markus die Tür von innen schloss. Mit einem Blick auf Schulze-Kottig und dessen Begleiter schaltete sie das Aufnahmegerät und die Außenaufzeichnung ein. So konnte Melanie auf einem Bildschirm im Nebenraum alles mitverfolgen.

»Was genau werfen Sie meinem Mandanten denn vor?«, fragte der Anwalt und trommelte mit gepflegten Fingern auf die Tischplatte.

»Mord und Mordversuch«, stellte Annalena mit fester Stimme klar.

Richard Schulze-Kottig zuckte zusammen. »Was?«

»Den Mord an Felix Kalupka«, wiederholte Annalena, »den Mordversuch an Gertraud Vortkamp – und dann haben wir noch eine Zweckentfremdung von Spendengeldern.«

Richards Anwalt wurde blass. Er griff nach seiner Brille und warf seinem Mandanten einen fragenden Blick zu. »Was soll das? Was meint die damit?«

»Die spinnt doch.« Richard Schulze-Kottig schwitzte.

Annalena drückte die Fingerspitzen beider Hände gegeneinander und fragte mit betont ruhiger Stimme: »Wann genau sind Sie denn nach Ihrem Schachspiel am Samstagabend nach Hause gefahren?«

Schulze-Kottig dachte nach. »Also, wir haben bis elf, half zwölf gespielt und dann noch einen Schluck Wein getrunken und ein paar Oliven gegessen. Gefahren bin ich dann zwischen zwölf und eins.«

»Hat Felix Kalupka Sie zur Tür begleitet?«

Richard Schulze Kottig nickte.

»Aha – und wie erklären Sie sich dann das?« Annalena präsentierte ihm das Foto aus dem Starenkasten. »Das sind Sie! Sie wurden in der Nacht zum Sonntag, den 26. Juli, um genau vier Uhr und acht Minuten geblitzt.«

»Ach, da bin ich mal zu schnell gefahren, das kommt ja in den besten Familien vor. Dann zahl ich eben meine Strafe und hab ein paar Punkte mehr in Flensburg, aber einen Strick können Sie mir nicht daraus drehen. Sie nicht!« Seine Stimme kippte. »Das war's dann wohl. Kann ich gehen?«

Annalena schüttelte den Kopf. »Ich erzähle Ihnen jetzt mal, was an jenem 25. Juli wirklich passiert ist.«

»Wir sind nicht scharf auf eine Märchenstunde, auch wenn sie uns geschenkt wird«, sagte der Anwalt schnell und erhob sich.

»Das kann ich mir denken.« Annalena bemühte sich um Gelassenheit. Unvermittelt dachte sie an Friedemann und stellte sich vor, er säße draußen vor dem Bildschirm, er würde sie sehen und hören, mit oder ohne Melanie neben sich, und so raffte sie ihr ganzes Wissen zusammen, heftete auf die Schnelle eine Information an die andere und entwarf jenen Abend in der Villa Kalupka, als Felix und Richard miteinander Schach gespielt hatten.

»Wir wissen von Frau Wissing, dass das Schachspiel in der Diele bereits aufgebaut war«, sagte sie. »Oben an der Brüstung der Galerie hatte die Haushälterin einen Tisch gedeckt, zwei Teller, Schnittchen, zwei Weingläser und eine geöffnete Flasche Barolo. Die leere Flasche wurde am Montag von Thekla Wissing weggeräumt, dabei beschmutzte sie sich ihr gelbes T-Shirt.« Sie baute sich vor Richard Schulze-Kottig auf. »War das so? Stand da der Tisch?«

Schulze-Kottig nickte. Sein Anwalt versetzte ihm einen kleinen Stoß in die Seite und murmelte: »Sagen Sie nichts.«

Annalena ließ sich davon nicht beirren. Sie sah die Szene

fast vor sich und erzählte weiter. »Sie spielten wie immer. Und dann gab es das Remis. Daraufhin sind Sie die Treppe hochgegangen, haben sich oben an das Galeriegeländer gestellt und sich die Stellung der Figuren aus der Vogelperspektive angesehen. Und jetzt kommt es: Einem von Ihnen ist aufgefallen, dass er einen Zug hätte anders machen müssen, um zu gewinnen. Er hat zwar die Partie anerkannt, wollte aber dennoch die eben entdeckte Strategie testen. Quasi als Beweis. Und dann kam es zum Streit.«

»So ein Quatsch«, warf Richard Schulze-Kottig ein und verdrehte die Augen.

»Unterbrechen Sie mich nicht«, sagte Annalena streng. »Mag sein, dass sich die Situation dann wieder ein wenig entspannt hat, aber eskaliert ist die ganze Geschichte, als Sie, Herr Schulze-Kottig, Ihrem Schachpartner gesagt haben, dass Sie den größten Teil der Stiftungsgelder innerhalb der nächsten Woche brauchen. Da haben Sie vermutlich zum ersten Mal von der stiftungswidrigen Verwendung Ihrer Gelder erfahren, oder?«

»Sagen Sie nichts!« Der Anwalt legte seinem Mandanten eine Hand auf den Arm.

Annalena bemerkte, dass Richard sich auf die Lippen biss und ungewöhnlich blass wurde. Volltreffer, dachte sie insgeheim und triumphierte. »Sie wollten, dass der Sparkassendirektor seine Transaktionen offenlegt, und haben damit gedroht, ihm das Mandat zur Geldverwaltung zu entziehen.«

Richard hob die Schultern und sah demonstrativ an ihr vorbei.

»Was für ein Skandal«, stellte Annalena klar. »Die Stiftung hilft mit Spendengeldern Streuminenopfern und verwaisten Kindern, und gleichzeitig wird ihr Vermögen dadurch vermehrt, dass Waffen in kriegstreibende Länder geliefert werden. Das könnte die Presse interessieren, oder? Uns liegen einschlägige Unterlagen vor.«

Der Anwalt runzelte die Stirn und fächelte sich mit einem karierten Taschentuch Luft zu. »Was soll ich dazu sagen?«

»Lieber nichts!« Annalena spürte, wie sie zur Hochform auflief. »Der Abend ist nämlich noch nicht vorbei. Es kam nun zum handfesten Streit. Und Felix Kalupka hat dann zu Ihnen, Herrn Schulze-Kottig, gesagt: ›Geschieht dir ganz recht, dass du nur noch ein sabberndes Wrack als Frau hast, und das kann ich dir versprechen: Besser wird es nicht mehr mit Roswitha, nur noch schlimmer. Viel Spaß damit.‹ Und als er das sagte, haben Sie rot gesehen und ihn angegriffen. Noch gehen wir davon aus, dass es ein Unfall war, Sie hatten beide schon etwas getrunken. Sie haben ihm einen Kinnhaken verpassen wollen und dabei sein Jochbein blutig geschlagen. Wir wissen inzwischen, dass die Wunde von ihrem Ring stammt. Dann ist Felix unglücklich gestürzt und die Treppe hinuntergefallen. War er gleich tot?« Sie suchte Schulze-Kottigs Blick.

Der sah zu Boden.

»Und dann sind Sie auf und davon. Haben ihn dort in der Diele liegen gelassen, ihm nicht einmal die Augen zugedrückt.« Sie stellte sich direkt neben ihn und fragte besonders laut und deutlich: »War er gleich tot?«

Als Richard nickte, wusste sie, dass sie ihn hatte.

Annalena merkte, wie die Anspannung von ihr wich. Sie holte tief Luft und setzte sich wieder. Dann suchte sie den Blick von Richards Anwalt und fuhr fort: »Auf der Heimfahrt ist Ihrem Mandanten klar geworden, was Felix da behauptet hatte, und er brauchte eigentlich nur noch eins und eins zusammenzuzählen, um zu wissen, dass Roswithas Haus vergiftet war. Und hier greift die Anklage des Mordversuchs. Denn anstatt Experten zu engagieren, hat Herr Schulze-Kottig sich ein Experiment überlegt und damit das Leben von Frau Vortkamp aufs Spiel gesetzt. Zynisch, oder?«

»Kann ich bitte unter vier Augen mit meinem Mandanten

sprechen?«, fragte der Anwalt. Er wirkte längst nicht mehr so selbstsicher wie noch vor einer halben Stunde.

Annalena nickte. »Ich werde Herrn Schulze-Kottig bis morgen früh hierbehalten.«

»Wenn Sie sich da mal nicht irren«, murmelte der Anwalt mit kleinlauter Stimme.

Annalena sah Markus an und wies auf Richard Schulze-Kottig. »Führ ihn ab. Alles Weitere entscheidet der Ermittlungsrichter.«

Epilog

Draußen vor den Fenstern regnete es. Endlich. Die Hitzewelle war vorbei, und heute würden sie die Arbeiten zum Fall Kalupka abschließen.

Dann ist hier zwar alles ordentlich abgelegt und dokumentiert, dachte Hedwig, aber sie würde weiterhin mit den Folgeschäden dieses Falles beschäftigt sein. Dabei nahm sie es mit der Schweigepflicht sehr genau. Wenn eine ihrer Klientinnen vormittags ihrer Hilfe bedurfte, so verfiel sie ins Flüstern und legte die Hand um den Hörer ihres Seelsorgeapparates. Und über das, was die Witwen des Felix Kalupka in der Selbsthilfegruppe preisgaben, wahrte sie ihren Kollegen gegenüber Stillschweigen.

Es war eigenartig, welche Symptome sich bei den Frauen zeigten. Alle litten sie unter dem gleichen Entzug, doch bei jeder von ihnen stellte der sich anders dar.

Maren hatte es nach dem ersten Schock die Sprache verschlagen, erst jetzt, Wochen später, begann sie stockend Auskunft über das Ausmaß ihres Verlustes zu geben. Nicole hatte eine Aversion gegen Sofas entwickelt, zusätzlich kämpfte sie beim Anblick der Farbe Gelb mit plötzlicher Übelkeit. Isabella konnte nicht aufhören zu zählen. Sie zählte alles: Pflastersteine, Treppenstufen, Dachziegelreihen und die Zugvögel, die sich jetzt, zu Beginn des Herbstes, auf Dachfirsten formierten. Sie hatte nur noch Zahlen im Kopf, als wäre auf Zahlen Verlass. Und ausgerechnet Hilde Möllensiep, von der alle gedacht hatten, dass sie stabil sei und mitten im Leben stünde, hatte verlernt, für sich zu sorgen.

»Seit es ihn nicht mehr gibt, funktioniere ich nur noch auf

der Arbeit«, gestand sie der Runde. »Wie ein Roboter, ohne zu denken. Und zu Hause verkommt alles. Ich steh am Fenster und bin leer, und nichts geht voran. Mein Mann bleibt auf seiner Bohrinsel, er fühlt sich bei mir nicht mehr wohl, und, was soll ich sagen, es ist mir sogar recht.«

»Ich kann dir beim Putzen helfen«, hatte Thekla Wissing vorgeschlagen und selbstsicher hinzugefügt: »Weißte, im Putzen und Aufräumen bin ich Spitze.«

Aber Hilde hatte dieses Angbot traurig abgelehnt. »Es nützt nichts. Verkommt dann sowieso wieder alles bei mir. Lass man stecken. Und wozu denn auch?«

Über Theklas Interesse an dieser Runde hatte Hedwig Hagenkötter sich lange gewundert. Aber es stimmte schon: Irgendwie war auch Frau Wissing eine Leidtragende des plötzlichen Ablebens von Felix Kalupka. Er hatte ihr das Gefühl der Wichtigkeit geschenkt, einen Job und realitätsferne Träume, in denen sie als Hausdame und Gesellschafterin eine wichtige Rolle spielen durfte. Wenn man dem Sparkassendirektor eine überragende Fähigkeit nachsagen konnte, dann die, andere mit Träumen zu erfüllen – und keinen einzigen davon wahr werden zu lassen. Jede hatte mit ihm einen anderen Traum geträumt und gelebt.

Heute war Freitag, heute würden sie wieder alle kommen – zum Witwenblues, wie Hedwig diese Abende nannte. Aber auch das ging niemanden etwas an.

Hauptkommissarin Dierks sah den Regen vor ihren Fenstern und ahnte, dass der Sommer vorbei war. Irgendwo in einer ihrer achtzig Umzugskisten steckten Winterpullover. Sie öffnete die Tür ihres Schlafzimmerschranks und betrachtete die leeren Regalfächer. Wie wunderbar klar und übersichtlich das aussah. All das wäre zerstört, wenn sie jetzt planlos Dinge hineinstopfte. Aber vielleicht gab es ja einen Plan … Wenn sie den nur fände …

Seufzend streifte sie die Schuhe ab, murmelte: »Vielleicht später«, legte sich mit einer karierten Decke auf ihr Wohnzimmersofa und schlief augenblicklich ein. Der Traum, in dem unendlich viele Heinzelmännchen all ihre Umzugskisten leerten und systematisch verräumten, entlockte ihr ein seliges Lächeln.

Kopfschüttelnd stand auch Annalena Brandt an diesem Abend vor ihrem Kleiderschrank. Friedemann Vortkamp hatte sie angerufen und ihr erzählt, dass es seiner Cousine wieder besser gehe. »Dank Ihres Tipps. Jetzt behandeln die Ärzte sie gezielt wegen Quecksilbervergiftung. Ich bin Ihnen so dankbar. Darf ich Sie zum Essen einladen?« Nach ihrem verhaltenen »Ja« beschäftigte sie als Nächstes die Frage: »Was ziehe ich bloß an?« Er schien über ihre Zusage ebenso überrascht zu sein wie sie selbst. Vermutlich hatte er schon ein »Schade« auf der Zunge gehabt. »Ich freue mich«, sagte er dann. »Ja, ich freue mich sehr. Dann haben wir endlich mal ein bisschen Zeit für uns.«

Als sie die Treppe von ihrer Wohnung hinunterschritt, um mit klopfendem Herzen in der Diele auf ihn zu warten, öffnete ihr Vater seine Wohnungstür. »Isst du heute mit mir?«

»Nein, ich habe noch einen Termin.«

»Das ist wirklich schade. Ich habe nämlich endlich das Manuskript für mein Aberglaubenbuch abgeschlossen und würde zu gern mit dir darauf anstoßen.«

»Später?«, fragte sie und nahm sich vor, ihren Vater nach einem Zauber zu fragen, der dafür sorgte, dass ihr Herzklopfen und die Freude auf das gemeinsame Abendessen mit Friedemann noch lange anhalten würden.

Danksagung

Ein ganz besonderer Dank gilt meinem Mann Thomas für das geduldige und aufmerksame Lesen und die hilfreichen Gespräche und Anmerkungen nach Lektüre des Rohmanuskriptes. Ebenso danke ich meiner lieben Erstleserin Gisela Dittrich, Herrn Professor Dr. Herbert Seibold, der die medizinisch-forensischen Details einer genauen Prüfung unterzog und mir interessante Tipps gab, sowie Herrn Dr. Jens Amendt vom Institut für Rechtsmedizin in Frankfurt am Main.

Mein Onkel Fritz Broser beriet mich in seiner Eigenschaft als Maschinenbauingenieur zum Thema Webmaschinen.

Mein Dank gilt auch Frau Dr. Annika Krummacher, die mich nun schon sieben Romane lang als Lektorin begleitet.

Alle Personen und Handlungen sind frei erfunden.